2021

E. Apfel
Jeremy Grey – Die Nebelwelt
Band 1: Das Curiosum

Ungekürzte Taschenbuchausgabe
ISBN 978-9403640600
Druck: Bookmundo
1. Auflage, Oktober 2021

Veröffentlicht über: Bookmundo.de
Bookmundo ist ein Service von
Mijnbestseller Nederland B.V.
Delftestraat 33
3013AE Rotterdam (NL)

E. Apfel

JEREMY GREY
DIE NEBELWELT

Das Curiosum

Fantasy Roman

**Es gibt Geschichten,
die als Erzählungen auf die Welt kommen
und daraufhin zu Wahrheiten werden.**

Edward D. Harlow

Die Idee zur Geschichte „Jeremy Grey – Das Curiosum der Nebelwelt" liegt in der Vorstellung, dass eine Welt, so wie wir sie uns wünschen, mit einer Gesellschaft, die sich allein Gutem verschrieben hat, tatsächlich bereits existiert. Es ist eine Welt, die sich seit über fünfhundert Jahren vor der unseren verbirgt. Die Menschen dort wachsen mit der Nähe zur Natur auf und verstehen deren Zusammenhänge deshalb besser, haben ein tieferes Verständnis für ihre Welt entwickelt.

Magie ist davon nicht ausgenommen. Während in unserer Welt Magie vielleicht in einem Sonnenuntergang, einem Lagerfeuer oder einem Glühwürmchen gesucht wird, können die Menschen der Nebelwelt die Energie der Dinge so stark spüren, dass sie mit der Zeit sogar gelernt haben, sie zu beeinflussen.

Einzig eines ist gleichermaßen magisch – in unserer wie in jener Welt: der Nebel. Denn so viel ist sicher: Der Nebel verbirgt wesentlich mehr als das, was er einhüllt.

Magie!

Seit jeher fasziniert den Menschen die Magie. Doch was ist Magie eigentlich? Ist sie das Gleiche wie Zauberei? Die Gelehrten der Nebelwelt sagen, dass es keine Zauberei gibt. Wohl aber die Magie. Sie steckt in allem, was uns umgibt: in der Erde, in der Luft und vor allem im Wasser. Um ein Verständnis für diese Magie zu entwickeln, muss man sich mit der Energie in den Elementen verbinden. Damit begann alles und so kann sich eine ganze Welt hinter dem Schutz des Nebels verbergen.

Kapitelübersicht

Kapitel 1	Jeremy Grey	11
Kapitel 2	Der Traum, die Freunde und der Apfelbaum	25
Kapitel 3	Die Entdeckung der Nebelwelt	39
Kapitel 4	Ein Meister der Magie	51
Kapitel 5	Alte Freunde – neue Freunde	65
Kapitel 6	Der Druide Erion	75
Kapitel 7	Das große Willkommen	91
Kapitel 8	Alles bleibt anders	113
Kapitel 9	Delphena von Thare – Seherin im Curiosum	133
Kapitel 10	Leathan die Wasserstadt	143
Kapitel 11	Belisama Lir	161
Kapitel 12	Die Reise ins Dunkel	171
Kapitel 13	Corhedes – Beherrscher von Stein und Erde	181
Kapitel 14	Ceciles Weg	189
Kapitel 15	Verloren im Sumpf	193
Kapitel 16	Heelo die Wasserhexe	199
Kapitel 17	Der Weg der Seherin	209
Kapitel 18	Ignis der Feuerfürst	215
Kapitel 19	Der Tempel des Ewan Magnus	227

Kapitel 20	Sahena – Herrin über die Luft	235
Kapitel 21	Geburt einer Seherin	247
Kapitel 22	Die unendliche Leere	251
Kapitel 23	Ein beschwerlicher Weg	261
Kapitel 24	Der letzte magische Jäger	269
Kapitel 25	Niemen – Stadt im Fels	283
Kapitel 26	Der Weg zum Orakel	293
Kapitel 27	Der Traumgänger-Traum	303
Kapitel 28	Die Offenbarungen des Orakels	309
Kapitel 29	Angriff auf Uyndham	319
Kapitel 30	Morius Vanta – oberster Hüter des Nebels	331
Kapitel 31	Kirra Willgrimm	337
Kapitel 32	Die fünfte Essenz	349
Kapitel 33	Gefangen in der Zwischenwelt	355
Kapitel 34	Die schwarze Macht des Onyx	361
Kapitel 35	Erions Trank	367
Kapitel 36	Die letzte Entscheidung	377
Kapitel 37	Alles bleibt anders	395

Seltsam, im Nebel zu wandern!
Einsam ist jeder Busch und Stein,
Kein Baum sieht den andern,
Jeder ist allein.

Voll von Freunden war mir die Welt,
Als noch mein Leben Licht war.
Nun, da der Nebel fällt,
Ist keiner mehr sichtbar.

Aus: „Im Nebel" von Hermann Hesse
November, 1905

Wundersam ist es im Nebel zu gehn,
Der alles betäubt wie im Traum.
Nichts sieht und nichts ist wirklich zu sehn,
Verschwommen die Grenzen von Zeit und Raum.

Doch was, wenn der Zauber verhüllt eine Welt,
Vor Jahrhunderten aus unsrer geboren?
Und wenn der weiße Vorhang fällt,
sind alle dort verloren?

Aus: „Die Prophezeiung" von Ewan Magnus
November, 1405

Kapitel 1

Jeremy Grey

Wenn hinter dem Wald die Sonne aufgeht und ihre Strahlen durch die Äste der Baumkronen gebrochen werden, dann fällt ein flimmerndes Licht durch das Dachgaubenfenster von Jeremys Zimmer. Manchmal, wenn er schon wach ist, liegt er einfach noch im Bett und beobachtet das Licht, wie es auf der Holzwand tanzt. Jede Minute wird es stärker, bis die Sonne über den Baumkronen steht und mit ihrer ganzen Kraft den Raum erhellt. Dieses Schauspiel ist ein Privileg des Bewohners im Dachgeschoss des alten Bauernhauses, in dem Jeremy mit seinen Eltern Kathrin und Thomas Grey lebt.

Doch dieses Privileg wird ihm nicht jeden Tag zuteil. Ein dumpfer Schlag der ins Schloss fallenden Haustür sollte heute diesem Genuss zuvor kommen.

Derb aus seinen Träumen gerissen schoss Jeremy im Bett hoch und stieß sich, nicht zum ersten Mal, den Kopf am Pfosten oberhalb seiner Schlafnische. Erst als draußen der Motor des Wagens seines Vaters startete und die Steine unter den Reifen knirschten als er davonfuhr, wurde Jeremy klar, wovon er aufgewacht war.

Es dauerte noch ein paar Sekunden bis er realisierte, wie viel Uhr es sein musste, wenn sein Vater das Haus verließ. Vor allem weil er normalerweise vor ihm das Haus verlassen musste, um rechtzeitig in der Schule zu sein. Ein hastiger Blick auf den Wecker, den er wohl wieder mal zu stellen vergessen hatte, bestätigte ihn. 7:30 Uhr! In 20 Minuten würde der Unterricht beginnen. Schlaftrunken wie er noch war, sprang er in seine Hose und warf sich die Klamotten über, während er die Zähne putzte. Fast wäre er über seine Schultasche gestolpert, fing sich aber noch und landete mit trampelnden Schritten unten in der Küche.

„Was machst du denn so einen Krach, Jeremy!“, lamentierte seine Mutter, die er mit seinem Gepolter jäh aus ihren Gedanken gerissen hatte. „Und überhaupt, warum stehst du denn schon auf?“

„Von wegen ‚schon'!“, entgegnete Jeremy, während er sich ein Stück Brot vom Tisch nahm und hastig in den Mund schob. „Eff ifft fafft fon achht!“

„Ja und? Ich dachte, heute fängt die Schule wegen des letzten Schultages eine Stunde später an? Hast du das nicht gestern gesagt?“

Mit der Erinnerung kam die Verzweiflung über seine Vergesslichkeit zu Jeremy, und er seufzte tief. Die Tatsache, dass er sich nun nicht mehr beeilen musste, brachte jedoch natürlich Erleichterung.

„Ach ja ...“, stöhnte er und ließ sich auf einen Stuhl plumpsen.

„Es tut mir so leid, Schatz, aber ich bin selber etwas spät dran. Ich hab' dir gar keine Brotzeit für die Schule gemacht. Kommst du zurecht?“

Jeremys Augen folgten den hektischen Bewegungen seiner Mutter, die zwischen Garderobe, Tasche und Schlüsselbrett umherlief. „Kein Problem, Mama.“, sagte er und sah ihr nach, wie sie Richtung Haustüre ging. 'Bamm', knallte auch sie die Tür hinter sich zu. Jeremy zuckte leicht zusammen. Im Grunde hatte er nun ein angenehmes, ruhiges Frühstück vor sich. Und den letzten Schultag vor den großen Sommerferien!

„Das wird ein guter Tag.“, sagte er sich, und stellte ein paar Dinge zum Frühstück zusammen.

Die Küche des alten Bauernhofs war fast vollständig aus Holz, wie das bei den älteren Höfen eben so ist. Die Wände aus dicken, übereinander angeordneten Balken, verbreiteten eine behagliche Atmosphäre. Das große Sprossenfenster zeigte zur gleichen Seite wie sein Fenster im Dachgeschoss, und mittlerweile erwärmte auch hier die Sonne den Raum. Jeremy saß auf seinem Lieblingsplatz in der Küche. Von dort konnte er über die große Wiese den gegenüberliegenden Waldrand sehen. Fast die Hälfte der Wiese lag bereits im schräg einfallenden Sonnenlicht. Der Rest, bis zum Waldrand, lag noch im morgendlichen Dunst. Auf dem beschienenen Teil konnte man zusehen, wie die Wärme der Strahlen den kühlen Morgennebel langsam auflöste. Das Spiel zwischen Nebel und Sonne gewann Jeremys Aufmerksamkeit, und er träumte von den vielen Abenteuern, die er hier auf der Wiese und hinten im Wald, vor allem aber oben im Baumhaus hatte. Jonas und er hatten es gebaut und Natalie hatte sie während des Bauens immer mit Essen und Trinken versorgt. Die beiden waren auf jeden Fall seine besten Freunde. Aber Lukas und Anna gehörten unbedingt auch zum engsten Kreis.

Keine Frage, er hatte es wirklich gut hier. Schade war nur, dass seine Eltern so wenig Zeit für ihn hatten. Vor allem aber, dass ihm zu Hause nie jemand zuhörte. Im Grunde lebten sie hier nur aneinander vorbei. Immer war Mama in Eile, musste zu irgendeinem Termin oder Papa, wenn er nicht gerade am Computer saß, wollte noch irgendetwas am Haus reparieren oder umbauen.

Abgesehen davon konnte Jeremy aber durchaus zufrieden sein, denn er hatte ja seine Freunde. Es war schon ein kleines Paradies, in dem er wohnte. Während er so in Gedanken Richtung Waldrand blickte, lächelte er immer wieder über die tolle Zeit, die sie hier hatten. Bis ihn ein kleiner Gedanke wieder in die Wirklichkeit zurückholte: Schule! Vor lauter Erinnerungen hatte er ganz die Zeit vergessen, und ein Blick auf die Küchenuhr bestätigte ihm, dass er nun tatsächlich zu spät dran war!

Über den Kies vor dem Haus, vor bis an das alte Tor des Grundstücks, raus auf den kleinen Weg neben dem Bächlein, die Abzweigung runter zum Feldweg, mit dem er sich gut drei Minuten sparen konnte und dann über die kleine Brücke zur alten Allee. Den ganzen Weg zur Schule trat Jeremy kräftig in die Pedale seines klapprigen Fahrrads. Am Ende der alten Allee die letzte Rechtskurve und dann nur noch das kurze Stück durch das Wäldchen vor der Schule. Keuchend rannte er die Treppe hinauf. Die letzten Meter zu seinem Klassenzimmer versuchte er wieder zu Atem zu kommen.

Als er eintrat, war das Zimmer abgedunkelt und seine Augen mussten sich erst mal an die Dunkelheit gewöhnen. Über den Projektor sahen sich die Schüler einen Film an. „Psst“, zischte es aus dem Dunkeln, als er mit seinem Fuß am ersten Tisch hängen blieb, aber dann landete er ohne weitere Zwischenfälle an seinem Platz. Obwohl es noch früh am Morgen war, hatte es mindestens schon 20 Grad und durch die rasante Fahrt in die Schule war Jeremy jetzt ganz verschwitzt. Im Klassenzimmer schien es noch ein paar Grad mehr zu haben. Eigentlich ein perfektes Wetter für den Anfang der Sommerferien, dachte Jeremy und grinste. Der Film, den sich die Klasse ansah, handelte von einer Murmeltier-Familie und einem abenteuerlustigen Jungtier, das sich etwas zu weit von der Familie entfernte um plötzlich auf sich allein gestellt zu sein. Ein netter Film, für den sich Jeremy allerdings etwas zu alt fand. Mit der brummenden Stimme des Sprechers und den sich wiederholenden Landschaftsbildern im Film entspannte er sich nun so sehr, dass seine Augenlider immer schwerer wurden – der Film schien aber auch kein Ende zu nehmen – bis schließlich sein Kopf langsam auf die vor ihm auf dem Tisch verschränkten Arme sank.

„Jeremy, wach' endlich auf! Was ist nur los mit dir?", Natalies Stimme war so eindringlich, dass Jeremy ganz schnell wach wurde. Vom Liegen auf seinen Armen hatte er eine runde, rote Druckstelle auf der Stirn. Kaum hatten sich seine Augen einigermaßen an die Helligkeit gewöhnt, sah er, wie Lisa an seinem Tisch vorbeiging und ihm voller Mitleid in die Augen sah.

„Na toll ...", ärgerte sich Jeremy. „Hat Frau Löwitsch gemerkt, dass ich eingepennt bin?", fragte Jeremy Natalie.

„Zu deinem Glück scheint sie dich irgendwie zu mögen. Sie hat mich nur gerade gefragt, ob ich wüsste, was in letzter Zeit mit dir los sei."

Jeremy hob verwundert die Augenbrauen: „Und, was hast du gesagt?"

Sichtlich genervt von Jeremys Trägheit antwortete Natalie: „Na, dass du mit komischen Leuten rumhängst und wahrscheinlich Drogen nimmst, natürlich. Komm jetzt endlich! Ich will zur letzten Mathestunde vor den Ferien keinen Stress mit Herrn Biaska bekommen!"

Das Argument hatte gesessen. Frank Biaska, der Mathelehrer, hatte nicht umsonst den Spitznamen 'Fiasko-Frank'. Mit ihm war nicht gut Kirschen essen. Bei ihm zu spät zu kommen, war ein sicherer Weg sich unglücklich zu machen.

Auf dem Weg zur Mathe-Klasse dachte Jeremy nur an Lisa. Es ärgerte ihn, dass sie ihn wahrscheinlich für einen verpennten Loser hielt. Als er mit Natalie ins Mathe-Zimmer kam, sah Jeremy in die Klasse und kreuzte zufällig den Blick mit Lisa. Ihre wachen Augen hatten immer etwas Warmes, Wohlwollendes in sich und Jeremy war in seiner Schüchternheit ihr gegenüber so erschrocken, dass er nichts Besseres als ein peinlich schiefes Grinsen zustande brachte. Die ganze Mathestunde hasste er sich dafür. Ab und zu sah er heimlich zu ihr und beobachtete, wie sie auf ihrem Stift herumkaute, wie ihre langen dunklen Haare über ihre Schultern hingen und wenn sie sich in seine Richtung drehte, sah er schnell wieder weg. Es war ein Jammer. Dabei hatte er für seine Schüchternheit gar keinen Grund. Er war groß, sportlich, hatte schwarze Haare und blaue Augen. Lisa und er wären ein absolutes Traumpaar. Nächstes Schuljahr, das nahm er sich fest vor, da würde er sich mehr trauen.

Die Mathestunde verging ohne Fiasko und auch Deutsch war wie im Flug vergangen, als der Pausengong ertönte. Jeremy holte sich eine Erdbeermilch und ein Sandwich am Pausenverkauf und suchte sich einen ruhigen Platz auf dem Schulhof, etwas abseits des wilden Treibens. Wie es aber eben so ist, wenn man seine Ruhe haben will, hatte Jeremy nicht einmal sein halbes Sandwich gegessen, als ihm jemand im Vorbeigehen die andere Hälfte aus der Hand schlug.

Kevin Kitter, der Schulschläger, hatte sich „einen Spaß erlaubt", seine Gefolgschaft von geistigen Überfliegern hinter sich. Unterwürfig lachten sie über seine ‚ach so witzige' Tat und zeigten höhnisch mit den Fingern auf Jeremy.

„Ha-ha! Na, super!", grummelte Jeremy mit genervtem Blick auf Kevin. Hätte er nichts gesagt, wäre „Killer-Kevin", wie er allseits genannt wurde, vielleicht weitergegangen. Jetzt aber hob er seinen Fuß und trat mit der Kraft seines nicht unbeträchtlichen Körpergewichtes auf die Erdbeermilch, die Jeremy neben sich abgestellt hatte. Die Verpackung platzte und der Inhalt spritzte auf Jeremys Hose.

„Toll, nichwahr?", kommentierte Kevin seine Tat unter dem grölenden Gelächter seiner Anhänger. Jeremy war stinksauer. Er wollte aufstehen und diesem Dummkopf eine Abreibung verpassen. Abgesehen davon, dass Kevin mindestens einen Kopf größer, etwa zwei Jahre älter und wahrscheinlich doppelt so schwer war, wurde Jeremys Vorhaben schon im Keim erstickt. Noch bevor er aufstehen konnte, hatte Kevin ihn schon so kräftig mit der flachen Hand auf den Kopf geschlagen, dass er sich wieder setzen musste.

„Will da einer frech werden, ha?“, rotzte Kevin Jeremy an. Jeremy hätte heulen können vor Wut und Hilflosigkeit. Das hatte er nun davon, dass er sich ein ruhiges Eck gesucht hatte. Zu seinem Glück beendete der Schulgong die Pause und der Hof begann sich langsam zu leeren.

„Reiß dich bloß zusammen, du Penner!“, motzte Kevin Jeremy noch einmal an und verpasste ihm zum Abschied einen ordentlichen Tritt an den Oberschenkel. Die schadenfrohe Meute folgte ihrem großen Meister und zurück blieb Jeremy mit erdbeermilchnasser Hose und schmerzendem Oberschenkel. Er stand auf und humpelte die Treppe hoch zum Klassenzimmer. Frau Gruber, die Geschichtslehrerin, hatte bereits für Ruhe in der Klasse gesorgt und alle saßen auf ihren Plätzen. Als Jeremy die Klasse betrat, hatte er das Gefühl, dass alle auf seine nasse Hose starrten. Er meinte sogar jemanden kichern gehört zu haben.

„Jeremy Grey! Wie siehst du denn aus? Und wieder kommst du zu spät! Wann lernst du endlich auf das erzieherische Wort zu hören? Setz' dich!“

‚Das erzieherische Wort'! Die alte Gruber kommt wirklich aus dem letzten Jahrhundert, dachte sich Jeremy und humpelte an seinen Platz neben Lukas.

„Hat dich ein Grizzly angefallen?“, witzelte Lukas hinter vorgehaltener Hand.

„Killer-Kevin, sag' ich nur.“, entgegnete Jeremy und Lukas fiel das Grinsen aus dem Gesicht.

Als die Geschichtsstunde endlich zu Ende war, kamen Jonas und Natalie an Jeremys Tisch gestürzt.

„Dieser unterbelichtete Vollidiot.“, schimpfte Lukas und gab Jeremy etwas von seiner Schokolade. So schafften es die Freunde, seine Laune wieder deutlich zu verbessern. In der Zwischenzeit war, ohne dass es jemand bemerkt hatte, die Englischlehrerin Frau Ippen in das Klassenzimmer gekommen und es trat sofort absolute Stille ein, als sie, wie sie es gerne tat, mit dem großen Tafel-Lineal auf ihren Schreibtisch schlug.

Ohne große Umschweife las sie in alphabetischer Reihenfolge die Namen der Schüler vor, die sich bei ihr die Zeugnisse abholen konnten. Eigentlich wussten ja alle schon vorher, was für Noten sich über das Jahr ergeben hatten, dennoch konnten einige noch aufgeregt darüber diskutieren. Jeremy war einfach nur froh, wieder ein Jahr hinter sich gebracht zu haben.

Nach der Schule sprangen einige auf ihre Fahrräder, andere wurden abgeholt und Jeremy stand noch mit Jonas, Lukas, Natalie und Anna auf dem Schulhof zusammen. Alle redeten durcheinander und die Freude über die großen Sommerferien sprühte aus ihren Augen. Jeremy blickte ruhig in die Runde.

Jonas und Natalie, die beiden kannte er schon richtig lange. Sie waren wie zwei beste Freunde miteinander und doch war sich Jeremy manchmal nicht sicher, ob zwischen den beiden nicht noch mehr war. Sie redeten mit Lukas und Anna durcheinander und lachten über Geschichten aus dem vergangenen Schuljahr.

Jeremy lächelte zufrieden. Gerade in dem Moment ging ein paar Meter weiter Lisa vorbei und sah zu ihm herüber. Und sie lächelte zurück. Lisa wurde gerade von ihrer Mutter mit dem Auto abgeholt und Jeremy sah ihr hinterher.

„Jeremy? Bist du schon wieder eingeschlafen?" Jonas sah den weggetretenen Jeremy an, der langsam wieder aus seinen Gedanken auftauchte. Ihm war völlig klar, was mit Jeremy los war. Als Jeremy in sein grinsendes Gesicht sah, patschte er ihm auf die Schulter. „Alter!"

„Hey", rief er in die Runde. „wie wär's, wenn wir uns alle zur Feier der großen Ferien morgen im Baumhaus treffen?"

„Jaaa!", riefen Jonas und Lukas begeistert.

„Ach Mann, das ist gemein!", jammerte Natalie. „Ich muss mit meinen Eltern zu Oma und Opa in die Stadt fahren ... voll langweilig. Vielleicht schaff' ich es und komm' später nach."

„Ich kann auch nicht ...", sagte Anna traurig, „... muss Koffer packen, weil wir am Nachmittag schon fliegen."

„Wo soll's denn hingehen?", fragte Jonas, der fast nie mit seinen Eltern verreisen konnte, weil dafür nie genug Geld da war.

„Ach, nur nach Italien."

„Du bist gut. Da würd' ich mich total drüber freuen.", kommentierte Jonas seufzend. „Aber egal! Ich freu mich voll auf Ferien mit Jeremy auf dem Bauernhof. Und auf dem Baumhaus!", ergänzte Jonas mit funkelnden Augen.

„Fahrt ihr eigentlich weg?", fragte Natalie Jeremy.

„Ach, du weißt doch, wie viel meine Eltern immer arbeiten

müssen. Es waren mal wieder nur leere Versprechungen.“, klagte Jeremy.

Der Schulhof war so gut wie leergefegt und auch Anna und Lukas waren gefahren. Natalie verabschiedete sich und Jonas und Jeremy hatten ein Stück gemeinsamen Heimweg. Sie hatten es nicht eilig nach Hause zu kommen und schoben ihre Fahrräder.

„Manchmal frage ich mich schon, wo das ganze hier hinführt.“, seufzte Jeremy.

„Was meinst du?“, fragte Jonas mit ernster Miene.

„Na ja, wir gehen in die Schule, lernen einen Haufen sinnloses Zeug auswendig, machen, was man uns vorschreibt. Das meiste von dem, was wir hier lernen, werden wir im Leben wahrscheinlich nie wieder brauchen. Und ich finde, dass viel zu wenig davon auch wirklich interessant ist.“

„Das kann man wohl sagen.“, bestätigte ihn Jonas.

„Wenn ich mir meine Eltern so ansehe, dann frage ich mich ernsthaft, wozu auch sie diesen ganzen Mist gelernt haben. Vielleicht um danach jeden Tag, jede freie Minute damit zu verbringen zu arbeiten und Geld zu verdienen? Solange ich denken kann, ist meine Mutter in Eile und mein Vater kommt ‚heute mal‘ später nach Hause ...“

„Bei mir kommt das Problem genau von der anderen Seite: meine Eltern streiten immer, weil nicht genug Geld da ist.“, klagte Jonas.

„Oh je, da haste Recht, das ist wahrscheinlich noch schlimmer. Irgendwie laufen alle dem gleichen blöden Geld hinterher. Wo bleibt denn da der Spaß?“

So diskutierten die beiden über das Leben und was die Menschen so aus ihrer Zeit machen.

„Das ist schon klar Jeremy, aber was sollen wir denn schon anders machen? Unsere Eltern mussten und wir müssen auch.“

„Ich weiß es ja auch nicht!“, gab Jeremy zu. „Auf jeden Fall sollten wir uns nicht alles gefallen lassen. Frau Gruber zum Beispiel. Vielleicht sollte sie mal einsehen, dass sich nicht alle für Geschichte begeistern können? Kannst du dich erinnern, was sie heute zu mir gesagt hat? Ich soll endlich lernen auf das ‚erzieherische Wort zu hören‘! Aufs Wort hören? Erinnert dich das nicht auch eher an eine Hundeschule?“

Die beiden sahen sich an und mussten gleichzeitig lachen. Sie nahmen sich für ihr morgiges Treffen vor, einen 'Plan des Lebens' zu schmieden. Gemeinsam dieser andauernden Jagd nach Geld zu entkommen und mehr aus ihrem Leben zu machen als ihre Eltern.

An der nächsten Abzweigung verabschiedeten sie sich und schwangen sich auf ihre Räder. Nachdem sich Jeremy beim Treten in die Pedale erstmal ein bisschen abreagiert hatte, fuhr er in gemütlicherem Tempo weiter. Der Feldweg und die ganze Allee lagen noch vor ihm und bergauf ist es besser, sich die Kraft einzuteilen.

Das alte Bauernhaus mitten auf dem Land hatte seine Vor- und Nachteile. Ein Vorteil war auf jeden Fall, dass darin so viel Platz war, dass man sich gut aus dem Weg gehen konnte. Wie meistens ging Jeremy zur Hintertür hinein und direkt hoch in sein Zimmer im Dachgeschoss. Immer wenn die Tür hinter ihm zufiel, fiel alle Anspannung von ihm ab. Er warf seine Schultasche in die Ecke und legte sich aufs Bett. Normalerweise kreisten seine Gedanken noch um die Geschehnisse des Tages, um dann in irgendwelche Träumereien überzugehen. Meistens genoss er die Ruhe und ließ seinen Blick durchs Zimmer schweifen. Über die schräge Holzdecke, zur kleinen Dachgaube, vor der sein Schreibtisch stand. Direkt am Fenster, von dem aus man auf die große Wiese und den dahinterliegenden Wald sah.

Diesmal jedoch konnte Jeremy einfach keine Ruhe finden. Gut, jetzt waren endlich Ferien, aber das Gespräch mit Jonas und der ewigen Jagd nach Geld ging ihm nicht mehr aus dem Kopf. Er musste irgendeinen Weg finden, dieser Falle zu entgehen. Er wollte selbst entscheiden, was er mit seinem Leben machte!

Im Zimmer umherwandernd blieb er schließlich an seinem Schreibtisch stehen und sah zum Fenster hinaus. Die Wiese war vom Regen der letzten Tage saftig und hoch geworden. Auch als der alte Bauernhof noch bewirtschaftet wurde, war hier nie ein Acker, sondern immer nur diese hügelige Wiese gewesen. Wie ein kleines Biotop mit ihren vielen bunten Blumen und Kräutern und dem von ein paar Findlingen umgebenen alten Apfelbaum. Manchmal saß Jeremy auf einem dieser Steine und beobachtete Bienen, Schmetterlinge oder andere Insekten oder lauschte einfach auf die Geräusche der Natur. Das beruhigte ihn meistens, wenn ihm irgendetwas Sorgen bereitete. Kurz entschlossen machte er sich dorthin auf den Weg. Als er die Treppe hinunterkam und durch die Küche hinausgehen wollte, stieg ihm unerwartet der Geruch von knusprig frischer Pizza in die Nase.

„Hey Jeremy, ich hab' dich gar nicht kommen hören! Setz' dich doch, die Pizza ist so gut wie fertig!"

Die Pizza seiner Mutter war leider das beste Argument alles stehen und liegen zu lassen und so folgte Jeremy der Einladung. Hunger hatte er sowieso.

„Wie war's denn in der Schule?"

Mit einem flüchtigen „Gut!", versuchte Jeremy der unwillkommenen Frage auszuweichen.

„Gut? Das soll alles sein? Denkst du, ich weiß nicht, dass es heute Zeugnisse gab? Komm schon. Zeig' mal her! Ich bin neugierig!"

Es gab keine Überraschungen im Zeugnis, also auch keinen Grund, es nicht herzeigen zu wollen. Jeremy holte es und legte es auf den Küchentisch. Während sie den Salat anrichtete, warf seine Mutter immer wieder einen Blick darauf. Bevor sie aber irgendetwas dazu sagen konnte, und ziemlich genau als sie den Salat auf den Tisch gestellt hatte und die Pizza fertig war, kam sein Vater von der Arbeit nach Hause. Die Tage, an denen sie gemeinsam essen konnten, waren selten und so rückte das Thema Schule und Zeugnis gar nicht erst in den Vordergrund.

Sein Vater erzählte wie so oft von irgendwelchen ärgerlichen Vorkommnissen, die es in seiner Arbeit gab. Auch seine Mutter erzählte von Problemen – ihre handelten von geplatzten Terminen und Kolleginnen, die ihre Arbeit nicht richtig erledigten. Die beiden tauschten Ratschläge aus und wie immer interessierte sich niemand dafür, wie es Jeremy ergangen war. Dabei hätten sie ihm sicher ihre ganze Aufmerksamkeit gewidmet, wenn er die Geschichte mit Kevin Kitter erzählt hätte.

Irgendwie war er diesmal aber froh, dass die beiden nur mit sich selbst beschäftigt waren. Er hätte gar keine Lust gehabt auf die „guten Ratschläge". So genoss Jeremy während des Gesprächs seiner Eltern inbrünstig jeden einzelnen Bissen seiner Pizza und beobachtete, wie sich deren Gespräch wieder einmal zum Streit entwickelte. Immer wenn der eine die Ratschläge des anderen nicht annehmen konnte, wurde aus dem ursprünglichen Gedanken des Helfens ein Vorwurf. Jeremy hatte diese ewige Schreierei so satt. Wieso nur konnten die beiden nicht normal oder sogar nett miteinander reden? Jedes Mal wenn er die Eltern anderer Kinder sah, wie sie sich liebevoll ansahen oder besonders nett miteinander umgingen, machte ihn das traurig. Sowie er fertig gegessen hatte, stand er auf und ging nach oben. Er hätte nicht erwartet, dass seine Eltern ihn in ihrer Streiterei überhaupt bemerken würden, doch sie wurden plötzlich beide leise und sahen ihm nur nach. Er spürte förmlich die Blicke in seinem Rücken. Vor seinem Zimmer angekommen, öffnete er die Türe, ging jedoch nicht hinein, sondern ließ sie gleich wieder ins Schloss fallen. Kurz darauf hörte er von unten seine Mutter.

„Was ist nur los mit ihm? Er benimmt sich so seltsam in letzter Zeit!"

„Und hast du seine Hose gesehen?", bemerkte sein Vater. „Er hat uns doch irgendwas verschwiegen."

Jeremy schüttelte verständnislos den Kopf und schlich noch etwas näher an die Treppe um besser lauschen zu können.

„Ich mache mir wirklich Sorgen.", sagte seine Mutter. „Die Kleine von den Nachbarn drüben muss ein supertolles Zeugnis bekommen haben. Ich habe ihre Mutter beim Einkaufen getroffen. Und Jeremy ..., das Zeugnis bestätigt mich in meiner Sorge nur noch, er hat in fast jedem Fach mindestens eine Note schlechter als letztes Jahr. Er wird doch keine Drogen nehmen oder sowas?"

„Ach Kathrin, Quatsch! Drogen! Moment, was hast du gerade gesagt? Er ist in jedem Fach eine Note schlechter?"

„Ja, fast in jedem."

„Wieso hast du das nicht früher gesagt, als er noch am Tisch saß?" Vaters Ton war plötzlich lauter und aggressiv geworden.

„Was schreist du denn schon wieder herum!"

Und schon wieder waren die beiden in ihr altes Streitmuster gefallen. Jeremy wollte das nicht wirklich hören. Er drehte sich um, schlich zurück in sein Zimmer und drückte behutsam die Türe hinter sich zu. Zwar hörte er die lauten Stimmen noch, aber wenigstens nicht, was sie über ihn sagten. Dass sich die beiden stritten war ja nichts Ungewohntes, nur hasste er es, wenn er der Grund dazu war!

Aber er fühlte sich auch schuldig. Schuldig an der schlechten Stimmung, an seinen schlechteren Noten. Er legte sich aufs Bett und starrte an die Decke.

Drogen ... ts ... Wieder einmal zweifelte er an sich selbst. Er dachte an das Gespräch mit Jonas. Und er wollte nur weg von diesem Wahnsinn. Weg aus dieser kranken Welt. Jeremy stand auf und setzte sich an seinen Schreibtisch. Oft, wenn ihm wieder mal alles zu viel wurde, wenn alles nur ungerecht und frustrierend zu sein schien, flüchtete er sich ins Zeichnen. Er nahm sich seinen Block, ein paar Bleistifte und zeichnete einfach drauf los. Manchmal entstanden die Dinge erst, während er zeichnete. So verlor er sich in der Tätigkeit und vergaß darüber ganz die Zeit.

Im Haus war es bereits seit längerem still geworden, als Jeremy von einem dumpfen Schlag an sein Fenster aus seiner Zeichen-Meditation aufschreckte. Als er hinaussah, sollte er gleich noch ein zweites Mal erschrecken: direkt hinter der Scheibe saß eine grauschwarz gefiederte Krähe und sah ihn an. Wie gebannt starrte er auf die Krähe, die ihn ihrerseits regelrecht zu mustern schien, bis sie sich plötzlich krächzend wieder in die Luft schwang. Jeremy stand auf und sah ihr hinterher. Das Mondlicht schimmerte auf den Federn ihres Rückens, bis sie im Dunkel des Waldes verschwunden war.

Jeremy sah, grübelnd über diese unwirkliche Begegnung, hinaus auf die große Wiese. In der Stille der Nacht lag sie da, ruhig und doch voller Energie vom hellen Licht des Mondes. Aufgewühlt von seiner Begegnung starrte er in die Landschaft, als würde im nächsten Augenblick noch etwas völlig Unvorhergesehenes geschehen. Er suchte nach einer Erklärung. Eine Krähe mitten in der Nacht? Dieses Mondlicht ... und wie es ihn fesselte. Einerseits war er froh im Haus zu sein, andererseits zog es ihn wie einen Mondsüchtigen nach draußen. Schon allein aus Neugier.

Zögerlich ließ sich Jeremy wieder auf seinen Stuhl sinken. Sein Blick streifte den Wecker: Nach zwei Uhr nachts. Unglaublich wie die Zeit vergangen war. Nein, jetzt rauszugehen war keine gute Idee. Schließlich wollte er sich am kommenden Tag mit seinen Freunden im Baumhaus treffen und ein wenig Schlaf würde ihm auch nicht schaden. Eigentlich hätte er müde genug sein müssen um sofort in Tiefschlaf zu fallen, aber wie ihm diese Krähe in die Augen gesehen hatte, ging ihm nicht aus dem Kopf.

Er saß noch eine Weile an seinem Schreibtisch und dachte an den letzten Schultag, den Streit zwischen seinen Eltern und vor allem an sein Gespräch mit Jonas darüber, dass die Erwachsenen immer nur ans Geld verdienen denken und dabei ganz vergessen zu leben. Er wünschte sich nichts sehnlicher, als aus dieser Falle entfliehen zu können. Und er malte sich in Gedanken eine Welt aus. Eine Welt ohne Zwänge und ohne Streit, eine Welt, in der man einfach glücklich sein durfte. Niemand würde darin Macht über andere haben oder nur ständig dem Geld nachlaufen.

Irgendwann war er dann an seinem Schreibtisch eingeschlafen. Etwa gegen drei oder halb vier Uhr. Tief schlief er jedenfalls noch nicht, als ein krachender Donnerschlag ihn aufschrecken ließ.

Draußen war es dunkel und dicke Regentropfen trommelten an sein Fenster. Zwischendurch erhellten Blitze sein Zimmer. Es war ein ausgewachsenes Sommergewitter. Jeremy stand auf, zog die Vorhänge vor das Fenster und legte sich ins Bett.

Kapitel 2

Der Traum, die Freunde und der Apfelbaum

Jeremy stellte mit Freuden fest, dass er alleine im Haus war, als er am nächsten Tag kurz vor elf Uhr in die Küche kam. Er machte sich ein Müsli und setzte sich an seinen Lieblingsplatz.

Gedankenversunken sah er aus dem Fenster, als er sich erinnerte, dass er von einem Mädchen geträumt hatte. Sie war etwa in Jeremys Alter und ihre schwarzen, langen Haare verdeckten zum Teil ihr Gesicht. Sie hatte dunkle Augen und etwas begeistertes im Blick. Im Traum kniete er auf einer Wiese und Sie hatte ihm die Hand entgegengestreckt und gesagt „Schnell, komm' mit, wir müssen hier weg!" Seltsam. In dem Moment, als er ihre Hand nehmen wollte um mit ihr zu gehen, war er aufgewacht.

Normalerweise dachte Jeremy nicht lange über seine Träume nach, aber dieser kam ihm aus irgendwelchen Gründen wichtig vor. Je wacher er jedoch wurde, desto weiter rückte der Traum in die Ferne und die Gedanken um den kommenden Tag erfüllten ihn.

Irgendwann um Mittag wollte er sich mit Jonas und Lukas im Baumhaus treffen. Es wäre wohl besser, er ginge dann schon mal los. Ein bisschen Zeit alleine wäre nicht das Schlechteste. Nach der gestrigen Nacht würde ihm etwas frische Luft in den Baumkronen gut tun. Ein bisschen Nachdenken über den ganzen Abend und vor allem über den Vorfall mit der Krähe.

Der Trampelpfad, den er und seine Freunde immer benutzten wenn sie in den Wald gingen, war auf beiden Seiten von hohem Gras und ein paar buschigen, blau blühenden Blumen gesäumt. Als Jeremy am alten Apfelbaum vorbeikam, nahm er sich einen Apfel vom Boden, untersuchte ihn gründlich und biss schließlich herzhaft hinein. Eigentlich wusste er schon vorher, dass diese Äpfel total sauer waren, aber er hatte einfach Lust darauf, verzog das Gesicht zu einem Sauer-macht-lustig-Grinsen und warf den angebissenen Apfel in hohem Bogen bis fast an den Waldrand.

Der Duft der Tannen, das Moos zwischen den Bäumen, die Walderde, ein leichter Pilzgeruch in der feuchten Luft des Waldes: es war wie eine Schwelle, die er überschritt, um in seine Freiheit zu gehen. Dorthin, wo ihm niemand Vorschriften machte. Dort, wo er dem Traum von einer Welt, wie er sie sich wünschen würde, so viel näher war.

In diesem Waldstück am Bauernhof waren so gut wie nie Spaziergänger unterwegs und die Gefahr, dass jemand ein Baumhaus entdecken könnte, ging gegen Null. Trotzdem hatten die Jungs damals einen Baum ausgesucht, der sehr versteckt lag.

Von der Wiese kommend, ging man erst zwischen ein paar großen, dicken Buchen durch, dann schlängelte sich ein kleiner Pfad durch ein Heidelbeerfeld, der zu einer moosüberzogenen kleinen Lichtung führte. Weiter an ein paar ziemlich hohen, alten Tannen vorbei, stand man vor einem mit Lianen überwucherten, buschartigen Gehölz. Nur wer wusste, dass da ein Spalt zwischen den Lianen war, der konnte ihn auch entdecken und wenn er hindurchging war es, als wäre er durch eine Türe in einen anderen, versteckten Wald gegangen. Ein von dicken Wurzeln durchzogener Boden, auf dem außer ein paar Pilzen und kleineren Pflanzen kaum etwas wuchs, bildete den Grund für eine mächtige, uralte Eiche. Schon die ersten Äste dieser Eiche waren so dick, dass sie für sich selbst bereits den Durchmesser eines gestandenen Baumes hatten. Majestätisch ragte dieser Baum in die Höhe, wo er alle anderen Bäume des Waldes bei Weitem überragte.

Auf diese Eiche hatten sie das Baumhaus gebaut. Für die ersten zwei Meter waren drei Sprossen an den Stamm genagelt worden, ab dann konnte man gut über die dicken Äste nach oben klettern. Etwa in der Mitte gab es noch zwei Sprossen und dann, ein paar Äste weiter, war man unter dem Baumhaus angekommen.

Der Eingang war eine Bodenluke. Jeremy schloss sie hinter sich und setzte sich auf den Teppich. Er nahm sich eine Decke aus der kleinen Sitztruhe und machte es sich gemütlich.

Er verbrachte oft viele Stunden im Baumhaus. Manchmal las er, manchmal zeichnete er und manchmal wartete er einfach auf seine Freunde und blickte über die umliegenden Baumkronen. Dabei stellte er sich Geschichten vor und versank derart in seinen Gedanken, dass die Zeit nur so verflog. Diesmal hatte er sich jedoch ein Buch über heimische Vögel mitgenommen, um etwas über das Verhalten der Krähen nachzulesen. 'K' wie Krähe, Seite 38. Jeremy staunte nicht schlecht, als er unter den Abbildungen verschiedener Krähen gleich auf der ersten Seite des Kapitels, *seine* graue Krähe des Vorabends sah. „Nebelkrähe", las er sich laut vor und vertiefte sich in den Erklärungen zu den Besonderheiten dieser intelligenten Tiere.

Die Kürze der letzten Nacht machte sich schon bald bemerkbar und das ruhige Schaukeln des Baumes und das sanfte Säuseln des Windes im Baumhaus entspannten ihn, und seine Augenlider wurden immer schwerer. Das Buch glitt aus seinen Händen und er selbst in einen seligen Schlaf.

Plötzlich gab es einen heftigen Schlag an der Bodenluke des Baumhauses. Jeremy schreckte auf und in der Annahme, Jonas oder Lukas hätten geklopft, zog er sich rasch die Decke von den Beinen und machte sich daran die Luke zu öffnen. Doch noch bevor er sie greifen konnte, wurde das Baumhaus so stark hin und her geschüttelt, dass er dachte, die Erde würde beben.

Die Bretter und Balken knarzten und ächzten, dass Jeremy befürchtete, das komplette Haus würde in die Tiefe stürzen. In seiner Panik klammerte er sich an einen dicken Ast, der seitlich durch das Baumhaus führte.

Plötzlich war absolute Stille eingetreten. „Jonas?", rief Jeremy zaghaft, „bist du da draußen?", doch es kam keine Antwort. Jeremy hangelte sich zum Fenster und öffnete es. Er sah hinunter, das heißt, er versuchte es, doch im Wald war inzwischen dichter Nebel aufgezogen. So dicht, dass er den Waldboden nicht mehr sehen, ja nicht einmal erahnen konnte. Wie konnte in so kurzer Zeit so ein dichter Nebel entstehen?

Die Stille im Wald war unheimlich und Jeremy war fast schon froh, dass er im Baumhaus einigermaßen in Sicherheit zu sein schien. Umso mehr erschrak er, als plötzlich ein markerschütterndes tiefes Brüllen, wie von einem riesigen Urzeitwesen, in die Ruhe des Waldes einschlug. Zitternd vor Schreck klammerte sich Jeremy diesmal an das Fensterbrett und starrte, vom Entsetzen gebannt, in den Nebel am Boden, in der Hoffnung erkennen zu können, was dieses beängstigende Brüllen von sich gegeben hatte.

Irgendetwas war da auch. Wie ein Schatten im weißen Nebel. Groß, aber unglaublich schnell. Es änderte wie durch Zauberei in Sekunden seine Position. Noch während er versuchte, dem Schatten mit den Augen zu folgen, spürte Jeremy, wie der Boden des Baumhauses unter seinen Füßen ruckartig nachgab, sich etwas absenkte und im gleichen Moment, mit einem krachenden Schlag komplett herausbrach.

In letzter Sekunde hatte sich Jeremy noch an das Fensterbrett geklammert und hing nun völlig verloren mit baumelnden Beinen im Freien. Das blanke Entsetzen in den Augen sah er die fallenden Bretter und Balken auf ihrem Weg nach unten krachend auf den Ästen des Baumes zerbersten, bis sie im dichten Nebel unter dem Baumhaus verschwanden. Ihr Aufschlagen am Waldboden hörte sich so dumpf und fern an, dass er den Eindruck bekam, über einer hundert Meter tiefen Schlucht zu hängen.

Ein gequältes „Hilfe“ kam über seine Lippen, so schwach, dass er es fast selbst nicht gehört hätte. Also nahm er alle Kraft zusammen und schrie aus Leibeskräften „Hiiilfe!“

Sein Schrei erstickte jedoch im dichten Nebel und statt einer Antwort hörte er nur das Krächzen einer Nebelkrähe, die ausgerechnet jetzt auf dem Brett des Fensters an dem er sich festhielt, genau zwischen seinen Händen gelandet war. Nur den Bruchteil einer Sekunde später löste sich das Fensterbrett mit einem Ruck von der Seitenwand des Baumhauses und fiel mitsamt Jeremy nach unten in den Nebel.

Ungefähr fünfzehn Meter waren es bis zum Boden und Jeremy hätte sich an den dicken Seitenarmen des Baumes schlimm verletzen können. Ohne Verletzungen wäre er wohl kaum unten angekommen. Doch Jeremy fiel langsam. Als würde der Nebel um ihn herum die Zeit verlangsamen und die Naturgesetze verändern, fiel er in Zeitlupe an diesem Baum hinunter, auf eine Weise, wie es eigentlich gar nicht möglich war. Er landete mit beiden Beinen sicher und unversehrt auf dem Waldboden.

Schwerer Nebel, so dicht wie er ihn noch nie gesehen hatte, umgab ihn dort und nahm ihm die Sicht.

Trotz des Wunders seiner sanften Landung erinnerte er sich

schnell wieder an das markerschütternde Brüllen. Nun war er genau dort, wo es hergekommen war.

Bewegungslos, flach atmend und mit weit aufgerissenen Augen sah er in den Nebel, als wie aus dem Nichts ein riesenhafter Bär vor ihm auftauchte. Sein Fell hatte die Farbe des Nebels und er hatte sich aufgerichtet. Er war fast dreimal so groß wie Jeremy.

Das war es eindeutig, was er von oben gesehen und vor allem gehört hatte! Jeremy stand vor dieser unbegreiflichen Bedrohung und erwartete einen Prankenhieb, einen Biss, ein Brüllen oder irgendetwas, das sein unmittelbares, schmerzvolles Ende bedeutet hätte.

Doch weder brüllte er, noch schien er sich für Jeremy überhaupt zu interessieren. Jeremy sah an ihm hoch und der mächtige Bär sah einfach über ihn hinweg!

Als würde er auf irgendetwas warten. Hatte er jetzt wirklich seinen Verstand verloren? War er vielleicht bei seinem Sturz auf den Kopf gefallen? Bildete er sich das alles nur ein? Ungläubig führte er seine Hand an das Fell. In dem Moment als er es berührte, hatte er das Gefühl, etwas würde seine Hand umschließen und festhalten. Er wollte die Hand zurückziehen, doch es war ihm nicht möglich. Er konnte sich nicht kontrollieren! Mit der Berührung löste sich das Fell oder besser gesagt das, was er für ein Fell gehalten hatte, mehr und mehr auf und verwandelte sich in Schlieren von dichtestem Nebel.

Zuerst hüllten sie seine Finger ein. Dann seine ganze Hand. Wie hypnotisiert streckte er seinen Arm immer weiter in den Nebel, obwohl ihm alles andere als wohl dabei war! Als er versuchte, sich mit der anderen Hand abstützend selbst aus dem Nebel wieder heraus zu ziehen, versank er mit ihr natürlich ebenso und noch bevor er irgendwie reagieren konnte, zog ihn die unsichtbare Kraft in den Bären-Nebel hinein.

„Jeeeremy!!“ „Jeremy, mach’ endlich auf. Du liegst auf der Luuuke! Ich hör’ doch, dass du da bist!“ Die Stimme seines Freundes Jonas hörte sich zuerst an wie aus weiter Ferne, doch dann wurde sie so klar, als säße er neben ihm. Wie aus einem Alptraum erwachend schoss er hoch und musste tief Luft holen. Eben noch am Boden in diesem 'Bärennebel'? Und plötzlich wieder im Baumhaus? Jeremy bekam seine Gedanken nicht mehr geordnet.

„Ja ... äh ..., ja warte ... Sorry! Ich muss eingeschlafen sein." Jeremy beugte sich zur Bodenluke, kurz innehaltend sah er sich um, ob jetzt das Baumhaus wieder zu rütteln beginnen würde und ob er nun wirklich wach war.

„Jetzt mach schon! Was ist denn los?", hörte er Jonas' Stimme wieder unter dem Baumhausboden. Jeremy öffnete die Falltür und sah ihm in die Augen.

„Mein Gott, was ist denn mit dir passiert? Du bist ja blass wie der Nebel da draußen!", sagte Jonas.

„Keine Ahnung. Was ... Nebel? Echt jetzt?" Ungläubig sah er an Jonas vorbei nach draußen. Tatsächlich zogen unter dem Baumhaus schwere Nebelschwaden vorbei.

„Komm erst mal rein.", forderte Jeremy Jonas auf und reichte ihm die Hand.

Jetzt war es tatsächlich neblig? Jeremy hatte Mühe die Realität von seinem Traum zu trennen. Eigentlich hatte es sich nicht einmal wie ein Traum angefühlt. Eher wie eine Art Vision.

Kaum war Jonas im Baumhaus, kam auch Lukas unten an. „Ist das ein krasser Nebel!", rief er nach oben zu den beiden. „Und das zu dieser Tageszeit! Und auch noch mitten im Wald. Das ist echt komisch.", stimmte Jonas ihm zu.

Jeremy sah aus dem Baumhausfenster vorsichtig nach unten. Er fühlte sich benommen. „Wie spät ist es denn?"

„Bestimmt schon drei Uhr Nachmittag. Sorry, aber ich durfte vor dem Mittagessen nicht gehen und musste dann auch noch aufräumen.", antwortete Jonas.

„Oh Mann ... genau wie bei mir. Was meinen Alten manchmal alles einfällt: Tisch abräumen, Schultasche ausräumen, Zimmer aufräumen ... das hört nie auf. Als wenn sie einem die Ferien nicht gönnen würden.", schloss sich Lukas an, der inzwischen auch im Baumhaus angekommen war.

„Moment mal – Du sagst es ist drei Uhr Nachmittag?" Jeremy sah ungläubig zu Jonas. „Oh Mann – dann hab ich ja fast vier Stunden gepennt!"

„Vier Stunden? Du meinst, du bist schon seit 11 Uhr hier?",

wunderte sich Lukas.

Jonas grinste: „Na dann hast du dich ja endlich mal ausgeschlafen!“ Seine beiden Freunde lachten, aber Jeremy war dazu absolut nicht zumute. Er dachte an seine verrückte Vision oder seinen Traum. Was auch immer das war, es fühlte sich so verdammt echt an, obwohl es doch so unrealistisch war.

„Leute, ohne Witz, seit gestern Abend passieren mir die merkwürdigsten Dinge. Ich bin doch nur kurz eingenickt!“ Jeremy war sichtlich verwirrt.

„Ausgesehen hast du aber, als wärst du schon seit ein paar Wochen hier oben.“, witzelte Jonas. „Als er mir endlich aufgemacht hat, dachte ich, er ist zum Zombie geworden. Jetzt echt Jeremy: was ist passiert? Hast du ein Gespenst gesehen?“

„Könnte man so sagen.“, antwortete Jeremy mit nachdenklichem Blick.

„Was meinst du?“, jetzt war Lukas wirklich neugierig geworden. „Lass ihn mal, Jonas! Komm schon, erzähl'!“

Jeremy setzte sich auf seine Decke und begann zu erzählen. Er fing mit der Krähe an seinem Fenster zu Hause an. „Mitten in der Nacht, versteht ihr? Das gibt's doch nicht – Vögel schlafen in der Nacht!“ Lukas und Jonas sahen auf das Buch über Vögel aus der Heimat, das neben Jeremy lag, dann sahen sie sich besorgt an. Jeremy erzählte alles, was er erlebt hatte, bis zu seinem Traum vom Baumhaus-Sturz.

„Krass!“, staunte Lukas.

„Na ja ...“, meinte Jonas, „... ist ja noch alles fest!“ Dabei klopfte er mit der flachen Hand auf den Boden des Baumhauses. „Aber ein ganz schön krasser Traum!“

„Natürlich,“, sagte Jeremy, „ich weiß schon, dass ich das nur geträumt haben kann, aber es war so ... so ... anders als in einem Traum.“ Jeremy ärgerte sich über die Schwäche seiner Worte.

Lukas rutschte auf seine Seite des Baumhauses und legte ihm beschwichtigend eine Hand auf die Schulter. „Hey Alter, du bist einfach ein bisschen fertig nach den letzten Tagen. Das ist doch okay!“ Jeremy sah ihn verständnislos an. „Sag mal, hältst Du mich für einen senilen Greis? Ich hatte keine schlimmen Tage wegen denen ich jetzt ein Pflegefall bin.“

Jonas kam an seine andere Seite und sah ihn mit ernster Miene an. „Ich weiß noch genau, was du gesagt hast bei unserem Heimweg gestern. Damit hast du ja auch Recht, aber man muss sich mit sowas auseinandersetzen, wenn man ausgepennt ist! Ich sag' dir was war: du hast in diesem komischen Vogelbuch gelesen und nach dem Stress in der Schule hat dein Unterbewusstsein alles zusammengemixt und ..."

„Mann!", fiel ihm Jeremy ihm ins Wort und seine Stimme überschlug sich vor Aufregung. Er sprang auf die andere Seite des Baumhauses. „Ich bin doch nicht völlig durchgeknallt! Könnt ihr nicht wenigstens mal versuchen mir zu glauben? Wie könnt ihr glauben, dass ich nicht weiß, wann ich träume und wann das etwas Anderes war? Nimmt mich hier irgendwer ernst?" Jonas und Lukas sahen betreten in den Boden. „Ich bilde mir doch sowas nicht ein! Außerdem ist das mit der Nebelkrähe gestern Abend passiert, als ich hellwach war! Ihr hört mir ja nicht mal richtig zu! Dann kann ich auch versuchen, das meinen Eltern zu erklären!"

Jeremy stand mittlerweile mit knallrotem Kopf vor seinen Freunden und hatte sich hoffnungslos in seine Wut hineingesteigert. „Wisst ihr was? Wenn ihr euch entschieden habt, ob ihr mich noch für voll nehmen wollt oder lieber für verrückt erklärt, dann sagt mir Bescheid." Mit diesen Worten riss Jeremy die Falltür auf und stieg die Sprossen am Stamm des Baumes nach unten.

Jonas und Lukas sahen ihm sprachlos nach, bis seine Silhouette im Nebel verschwunden war.

„Au Backe, Luke. Jeremy scheint ernstere Probleme zu haben als wir dachten."

„Sollen wir ihm nachgehen?", meinte Lukas besorgt.

„Vergiss es! Du kennst ihn doch, wenn er sauer ist. Da kommen wir jetzt nicht ran, er muss sich erst mal beruhigen." Jonas sah Lukas an und schloss die Falltür.

„Ich muss dir noch erzählen, über was Jeremy und ich gestern beim Heimweg geredet haben."

„Okay, und hoffentlich erklärst du mir auch, seit wann er seine Träume für wahr hält!"

Während die beiden beratschlagten, was sie für Jeremy tun könnten, rannte dieser mit Tränen der Wut heimwärts. Der Nebel aber war so dicht, dass er bald langsamer gehen musste, um sich zu orientieren.

Er erinnerte sich an die Worte von Jonas, dass Nebel zu dieser Tageszeit wirklich ungewöhnlich war. Besonders so dichter Nebel. Empört über die Tatsache, dass seine beiden Freunde das für außergewöhnlich hielten, seinen Traum jedoch nicht, blieb er stehen und sah verärgert in Richtung Baumhaus zurück. Durch den Nebel konnte er es zwar nicht sehen, aber er stellte sich vor, wie die beiden jetzt oben saßen und sich über ihn lustig machten.

Jonas und Lukas war allerdings gar nicht zum Lachen zumute. Kurz nachdem Jeremy die Flucht ergriffen hatte, war Natalie ebenfalls im Baumhaus angekommen. Aufgeregt hatte Sie den beiden erzählt, dass da eben etwas oder jemand im Nebel an ihr vorbeigerannt war. Die Jungs fingen sofort an, ihr alles zu erzählen.

Als Jeremy so dastand, im dichten Nebel, den weichen Waldboden unter den Füßen, bereute er es schon ein wenig, so eine Szene gemacht zu haben. Aber es wollte ihm ja auch einfach niemand glauben! Jetzt zurückgehen ging allerdings gar nicht. Dazu war er dann doch zu stolz. Auch wenn er sich, so in den Nebel gehüllt, schon wieder etwas beruhigt hatte.

Jeremy lauschte der Stille um sich herum. Wie eine dicke Wand hielt der Nebel scheinbar jedes Geräusch von ihm fern. Ein paar Sekunden genoss er diese Ruhe, als jäh ein Brüllen durch den Nebel brach. Ein Brüllen wie das aus seinem Traum, nur diesmal direkt hinter ihm.

Wie versteinert und mit einer Gänsehaut im Nacken, die fast schon schmerzte, stand Jeremy da und wagte es nicht, sich umzudrehen. Das war nun ganz sicher kein Traum mehr. In seiner Regungslosigkeit bekam er schließlich einen heftigen Schlag auf den Rücken. Er flog nach vorne und landete bewusstlos auf dem Waldboden.

Auch im Baumhaus bei seinen Freunden war das Brüllen nicht zu überhören gewesen. Mitten in Jonas' Erzählung von Jeremys Traum, ja, ausgerechnet bei der Stelle kurz nach dem Brüllen, hörten die drei genau dieses Brüllen aus dem Nebel. Bis ins Mark erschrocken sahen sie einander fassungslos an.

„Ich hab' Angst!", wimmerte Natalie und Lukas und Jonas stand diese Angst ebenso ins Gesicht geschrieben.

Im Dreck des aufgeweichten Waldbodens kam Jeremy langsam wieder zu sich. Wie durch ein Wunder hatte er von dem Schlag keine Verletzungen davongetragen. Nur die Stelle, an der er getroffen wurde, schmerzte etwas beim Atmen.

Wenige Meter vor ihm lag die offene Wiese. Dem Schmerz trotzend und ohne sich umzudrehen stand er auf und rannte so schnell es ging los. Auf der Wiese war der Nebel so dicht, dass er nicht einen einzigen Grashalm auf dem Boden erkennen konnte. Halb stolpernd, halb laufend versuchte er nach Gefühl in die richtige Richtung zu flüchten, in der Hoffnung, irgendwann auf den alten Bauernhof zu treffen. Ein einziger Gedanke trieb ihn dabei an: Überleben. Der Ärger mit den Freunden, seine Vision, die Nebelkrähe, alles war in diesem Moment völlig egal. Es ging ihm nur darum, sich vor diesem Bären oder was immer es war, in Sicherheit zu bringen. Als er sich einigermaßen sicher war nicht verfolgt zu werden, blieb er stehen und sah zurück in den Nebel hinter sich.

„Was zur Hölle ist das gewesen?", murmelte er vor sich hin. Zu sprechen beruhigte ihn irgendwie, auch wenn ihn hier sicher niemand hören konnte.

„Langsam weiß ich nicht mehr, wann ich wach bin und wann ich träume!"

So stand er da, mitten im dichtesten Nebel, den er je gesehen hatte, und zitterte vor Angst und Anstrengung. In der Gewissheit nicht verfolgt zu werden, konnte er sich langsam wieder beruhigen, aber hier schien er mitten im Nichts zu stehen. Völlig orientierungslos. In der Totenstille des Nebels, irgendwo auf dieser Wiese unweit von seinem Zuhause, das er einfach nicht erreichen konnte.

Womöglich war ihm ein unheilvoller Verfolger auf den Fersen. Ein riesiger weißer Bär oder doch etwas anderes ... schließlich gab es in dieser Gegend schon ewig keine Bären mehr. Und wenn ihm ein Bär auf den Rücken geschlagen hatte, warum hatte er ihn dann halb ohnmächtig liegen lassen anstatt ihn aufzufressen? Das war alles irgendwie nicht logisch.

Jeremy drehte sich ein paar Mal um sich selbst, bis er einige Meter entfernt einen Schatten im Nebel ausmachte. Er schlich darauf zu. Groß, vielleicht drei oder vier Meter war er. Waren das zwei Arme? Nein drei ... Jeremys Kehle schnürte sich zu. Irgendwie musste er sich orientieren, also zwang er sich weiterzugehen. Vorsichtig näherte er sich dem Schatten. Vier Arme ... fünf Arme? ... nein ... nein! Äste! Die Erleichterung entlockte ihm einen kurzen, hysterischen Lacher und er ließ sich auf einem der Steine unter dem alten Apfelbaum nieder.

Endlich fühlte er sich wieder sicher, hatte etwas Ruhe, um seine Gedanken zu ordnen. Die letzten paar Minuten konnte er einfach nicht fassen ... was in aller Welt hatte ihm diesen unglaublichen Schlag versetzt? Wenn es ein Bär war, warum hatte er ihn nicht kommen hören? Warum hatte er ihn nach dem Schlag wieder in Ruhe gelassen? Oder waren ihm seine Freunde vielleicht nachgelaufen und hatten sich einen schlechten Scherz erlaubt? Nein. Der Schlag war zu heftig! Die Kraft hätten sie nicht gehabt. Und der Schrei davor war auch alles andere als von Menschen gemacht. Außerdem hätten ihn seine Freunde dann nicht einfach liegen gelassen.

Wie er es auch drehte und wendete, er konnte sich keinen Reim aus all dem machen. War das am Ende wieder so ein verrückter realistischer Traum? Wieder so eine Art Vision? Er versuchte sich an das zu halten, was ihm bekannt war. Was war mit seinen Freunden auf dem Baumhaus?

„Wahrscheinlich hat wieder niemand das Brüllen gehört, und alle halten mich für verrückt ...!"

Im Baumhaus aber hatte Jonas, nachdem sie das Brüllen durchaus gehört hatten, versucht alles zu erklären. Lukas meinte, dass vielleicht Jeremy irgendwie dieses Geräusch gemacht haben könnte um sie von seiner Geschichte zu überzeugen, und Natalie war einfach nur entsetzt. Sie beruhigte sich nur langsam und redete auf die beiden Jungs ein, dass so ein Brüllen unmöglich von etwas anderem stammen könnte als von einem mächtigen wilden Tier.

„Wie könnt ihr nur so misstrauisch sein?", fuhr sie Lukas und Jonas an. „Los, ihr tollen Freunde, wir müssen runter und Jeremy suchen! Vielleicht ist ihm was passiert!"

Betreten sahen die beiden schnell ein, dass Natalie Recht hatte.

Also machten sie sich daran herunterzuklettern. Mulmig war ihnen allen dreien zumute, aber keiner wollte Jeremy einfach so hängen lassen. Also machten sie sich auf den Weg durch den Wald Richtung Wiese. Bei ihnen war der Nebel inzwischen etwas dünner geworden und sie konnten sich gut orientieren.

Jeremy dagegen saß noch immer auf seinem Stein unter dem Apfelbaum und konnte keine fünf Meter weit sehen. Ein leichter Wind trieb den Nebel um ihn herum wie dichte Wolkenfetzen. Außer seinem Säuseln war nichts zu hören. Er saß nur da und genoss die Ruhe. Ein wenig wünschte er sich, sie würde andauern und ihn seine Probleme und verrückten Erlebnisse in der Welt außerhalb des Nebels vergessen lassen. Bis ihn einmal mehr das Krächzen einer Krähe aus den Gedanken holte. Es hatte sich angehört, als sei sie direkt über ihm.

Und als wäre dieser Ruf der Befehl dafür gewesen, hörte der Wind plötzlich abrupt auf zu wehen, und eine erstarrte, bizarre Stille umgab ihn.

Die winzigen Tröpfchen des Nebels standen völlig unbeweglich vor ihm in der Luft. Irgendetwas stimmte hier schon wieder nicht. Jeremy wurde nervös, wagte es aber nicht sich zu bewegen. Einige Sekunden verharrte er ohne zu atmen und zu blinzeln. Es war, als wäre er selbst gemeinsam mit dem Nebel erstarrt.

Gerade als er diesen verstörenden Anblick akzeptieren wollte, hörte er ein tiefes, dumpfes Geräusch, das sich anhörte, als würde es von tief unter der Erde kommen. Die winzigen Nebeltropfen rauschten in die Höhe und gaben die Sicht frei, auf eine Gestalt von weit über zwei Metern Höhe. Möglicherweise menschlich. Die übergroße Kapuze tief in die Stirn gezogen, mit einem nebelgrauen Umhang, dessen wabernde Bewegungen seine Umrisse teils nur schwer zu erkennen gaben. Jeremy wurde heiß und kalt zugleich, als die Gestalt langsam schwebend auf ihn zu kam. In der Hand hielt sie einen krummwüchsigen Stab. An dessen Spitze sah Jeremy etwas, das seinen Blick auf seltsame Weise fesselte. Es war eine Art Schatten. Ein dunkles, alles verschlingendes Nichts. Wie eine Flamme, die, anstatt Licht zu verbreiten, alles Licht in sich aufsaugte.

Jeremy war wie hypnotisiert. Der Anblick erschöpfte ihn, machte ihn schwach. Er fühlte sich so außerstande auch nur einen

Finger zu heben, dass er ohne Gegenwehr akzeptierte, was immer ihn nun erwarten würde.

Vielleicht war es genau diese Einstellung, die ihn in diesem Moment rettete. Selbst als diese bedrohliche Gestalt direkt vor ihm stand, war er absolut regungslos. Sie senkte die Spitze des Stabes langsam auf Jeremys Kopf nieder und es wurde ihm schwarz vor Augen. Ein Gefühl des Schwindels, nahe der Ohnmacht. Jeremy rutschte vorwärts von seinem Stein und landete auf allen Vieren mit vor Benommenheit gesenktem Kopf. Mit flachem Atem verharrte er in dieser Stellung und versuchte mit aller Kraft, die Besinnung nicht zu verlieren.

Eine Weile kniete er so auf der Wiese, bis der Schleier vor seinen Augen langsam verschwand und er das Gras unter sich wieder deutlich erkennen konnte. Er hob langsam den Kopf. Die Wucht dieser düsteren Begegnung hätte Jeremy eigentlich aus der Bahn werfen müssen, doch irgendetwas hielt ihn stabil – beschwichtigte seine Gedanken.

Es kümmerte ihn nicht einmal, was ihn nun erwarten würde. Er war sogar der Überzeugung, dass es kaum etwas geben könnte, das ihn noch überraschen würde.

Dennoch hätte sein Erstaunen kaum größer sein können. Zwar spürte er noch den Nebel hinter sich, doch vor ihm lag eine, von wärmendem Sonnenlicht durchflutete, farbenfrohe Landschaft! Kein Hauch von seltsamen Gestalten, keine Bedrohungen, aber auch kein Hauch von Bekanntem. Er kniete in einer Wiese, die er nie zuvor gesehen hatte.

Kapitel 3

Die Entdeckung der Nebelwelt

Wie durch einen unsichtbaren Vorhang war Jeremy aus seiner Welt in eine andere gestolpert oder vielmehr von dieser Gestalt im Nebel 'hineingesaugt' worden. Er krabbelte noch etwas weiter, um sich in dieser unbekannten neuen Welt umzusehen.

Auch wenn sie wohl aus Pflanzen bestand, Bäumen und Blumen, Gras und Büschen, irgendetwas war nicht so, wie er es kannte. Es war angenehm warm und der Duft von Blumen lag in der Luft. Es waren die Pflanzen. Das Gras und das Moos unter seinen Händen, sie schienen irgendwie ... zu kribbeln. Jeremy sah auf den Boden zwischen seinen Händen. Da ragte ein Stein aus dem Gras, der, als er ihn ansah, seine Farbe änderte! Als er ihn entdeckt hatte war er rötlich, dann wurde er steingrau, um im nächsten Moment fast wie das grüne Moos auszusehen. Jeremy streckte neugierig seine Hand nach ihm aus.

„Da bist du ja. Endlich hab' ich dich gefunden!" Eine fremde Stimme unterbrach seine Naturbeobachtungen und er schaute auf. Sie gehörte einem schwarzhaarigen Mädchen, das, ohne dass er sie gehört hatte, plötzlich vor ihm stand.

„Schnell, komm mit, wir müssen hier weg!", sagte sie zu Jeremy und reichte ihm die Hand. Irgendwie kam sie ihm bekannt vor. Die ganze Situation ... es war wie ein Déjà-vu. Aber er hatte keine Zeit darüber nachzudenken. Außerdem war es ihm etwas peinlich, dass er da so auf dem Boden kniete. Das Mädchen wirkte sehr nett und vertrauenswürdig auf ihn, also ließ er sich von ihr hochziehen.

„Wieso müssen wir hier schnell weg?"

„Es ist nicht sicher hier – zu nah an der Grenze. Erklär' ich dir später. Komm jetzt.", antwortete sie hastig und ging noch etwas schneller.

Nach ein paar hundert Metern drehte sich das Mädchen zu Jeremy um und richtete ihren Blick hinter ihn, so als würde sie nachsehen, ob sie verfolgt würden.

Dann lächelte sie ihn an. „Hallo, ich bin Cecile."

„Äh, hallo. Ent ...schuldige. Ich ... Jeremy. Ich heiße Jeremy.", antwortete er etwas verwirrt.

Obwohl er aus dem, was er gerade erlebt und gesehen hatte, absolut nicht schlau werden konnte und zudem nicht wusste wo er war, fühlte er sich in der Gesellschaft des Mädchens irgendwie in Sicherheit. Sie war ziemlich hübsch! Bernsteinfarbene, funkelnde Augen, lange glatte schwarze Haare, die sie zu einem Pferdeschwanz zusammengebunden hatte, der ihren ganzen Rücken hinunter hing.

„Okay.", sagte Cecile. „Wir müssen weiter!"

„Moment ... ich brauch eine Pause. Und irgendwie hab' ich ein paar Fragen!" Jeremy ging zu einem großen Baum mit auffällig dicken Wurzeln, die so groß und dick waren, dass man sie bequem als Sitz nutzen konnte.

Als er sich auf die Wurzel setzte, drehte sich der Baum plötzlich in der Krone und man hörte ein lautes Knacken und Knarzen. Jeremy wollte vor Schreck wieder aufspringen, aber Cecile deutete ihm sitzenzubleiben und legte ihre Hand auf den Stamm des Baumes. Als hätte sie ihn beschwichtigt, hörte das Knarzen auf.

„Das zum Beispiel!", sagte Jeremy nervös.

„Was meinst du?", antwortete Cecile mit gestellt ahnungslosem Gesichtsausdruck.

Jeremy schnaufte tief und starrte in den Boden.

„Ruh' dich nur etwas aus.", sagte Cecile zu ihm und spazierte – gelegentlich fröhlich hüpfend – um den Baum herum, während sie Jeremy nur selten aus den Augen ließ.

Jeremy sah sich um. In der Richtung, aus der sie gekommen waren, war kein Nebel mehr zu sehen. Sonnige, üppige Landschaft soweit das Auge reichte. Zu seinen Füßen das Gras war fein und weich. Dicht bei der großen Wurzel, auf der er saß, stand ein prächtiger Pilz. Jeremy sah ihn bewundernd an. Und der Pilz – er neigte seinen Hut nach hinten, als würde er zur Begrüßung darunter hervorsehen wollen. Schnell wandte Jeremy seinen Blick ab und starrte auf die weite, hügelige Landschaft hinaus. Wieder einmal konnte er nicht mit Sicherheit sagen, ob er wach war oder träumte.

Sein Blick in die Ferne brachte ihn bei dieser Frage auch nicht wirklich weiter.

Obwohl absolute Windstille herrschte, wog das hohe Schilfgras rhythmisch hin und her, bunt blühende Blumen drehten Ihre Blüten mal nach hier, dann nach dort. Alles um ihn herum schien zu pulsieren, alles schien auf magische Art mit Leben gefüllt zu sein. Jeremy sah vorsichtig wieder hinunter zum Pilz. Er stand noch immer auf dem selben Fleck, bewegte sich aber kein bisschen.

Jeremy rieb sich die Augen. So sehr ihn diese Landschaft auch an sich selbst zweifeln ließ, schien er hier wenigstens nicht bedroht zu sein, wie noch vor ein paar Minuten in seiner gewohnten Umgebung. Er spürte, dass er hier nichts Böses zu erwarten hatte.

„Ich bin bestimmt ohnmächtig und träume das alles hier.", sagte er vor sich hin.

Cecile war mittlerweile hinter ihm stehen geblieben und musterte ihn aufmerksam.

„Komm Jeremy, wir müssen hier weg. Es ist immer noch zu nah an der Grenze. Außerdem muss ich dich dringend jemandem vorstellen."

Noch bevor Jeremy sich überlegen konnte, welche der unzähligen Fragen in seinem Kopf er zuerst stellen könnte, zog Cecile ihn an seinem Ärmel hoch und ging weiter.

Jeremy folgte ihr, obwohl die Verwirrung in seinem Kopf langsam einen gewissen Druck verursachte. Wo war er hier, wie kam er hierher, wer war dieses Mädchen und welche Grenze meinte sie? Er versuchte sich zurückzuhalten. Später würde er auf alle Fragen seine Antworten bekommen und es würde ihm alles erklärt werden. Bewusstlos war er auf jeden Fall nicht. Dazu war alles viel zu real.

Hätte er zu jenem Zeitpunkt gewusst, was mit ihm geschehen war, wäre er wahrscheinlich augenblicklich wahnsinnig geworden. Cecile musste sich dieses Problems bewusst gewesen sein, denn sie führte Jeremy so langsam wie sie konnte an alles heran. Er war schon genug damit beschäftigt, die wundersame Landschaft zu bestaunen. Hier gab es Pflanzen, Blumen wie Bäume, die er nie zuvor gesehen hatte! Wann immer er eine Pflanze oder auch nur einen Stein ansah, hatte er das Gefühl, sie würden zurückschauen. Weil Cecile ihn immer weiter zog, konnte er diesem Gefühl jedoch nicht auf die Schliche kommen.

„Warte mal – Cecile, warte bitte. Mir sind das gerade ein paar Wunder zu viel. Ich brauche dringend ein paar Erklärungen." Er fing einfach an, Cecile von seinem Übertritt zu erzählen. Sie sah ihn mal staunend, mal begeistert an und hörte ihm aufmerksam zu.

„Sehr interessant! Du musst wissen, dass ich diese Welt noch nie von deiner Seite aus betreten habe." Cecile musterte Jeremy, um zu sehen, wie er auf ihre Worte reagierte. Jeremy bemühte sich gelassen zu erscheinen.

Als sie überzeugt war, dass er in der Lage war die Situation zu verstehen ohne durchzudrehen, begann sie mit ein paar Erklärungen.

„Was du gesehen hast, kann ich dir schon erklären. Für mich sind all die Dinge, die du erlebt hast, keineswegs wie aus einem Traum. Würdest du mir von deinem Zuhause erzählen, würde ich mich vielleicht ähnlich fühlen wie du jetzt. Manchmal passieren im Leben wohl Dinge, die man erst später versteht."

Der Gedanke, dass es anderen in seiner Lage genauso gehen würde, entspannte Jeremy etwas und er wartete neugierig darauf zu verstehen.

„In deinem Fall ist etwas passiert, das ich zwar erklären kann, das aber auch außergewöhnlich selten ist, um nicht zu sagen einmalig. Du hast die Schwelle zu einer anderen Welt überschritten!"

Cecile machte wieder eine Pause und betrachtete Jeremy. „Damit zurechtzukommen ist sicher nicht leicht. Ich werde dir helfen wo ich kann, denn ich bin nicht ganz unschuldig daran, dass dir das passiert ist. Eines aber kann ich dir versichern: wenn die Zeit gekommen ist, wirst du dich in dieser Welt ebensogut zurechtfinden wie in deiner eigenen. Hier, trink einen Schluck!"

Cecile reichte ihm eine Flasche. Jeremy fühlte sich wie ausgetrocknet, also fragte er nicht lange und trank.

Was auch immer in dieser Flasche war, es war sicher kein gewöhnliches Wasser. Obwohl es genau so schmeckte. Kaum hatte er aber die Flasche abgesetzt, schien alle Anspannung von ihm abzufallen. Eine alles überspielende Gleichgültigkeit stellte sich bei ihm ein. Er entschied sich schlicht zu akzeptieren, dass er sich in einer Situation weit außerhalb seines gewohnten Umfeldes befand. Irgendwo in einer anderen Welt. Doch er war auch neugierig auf die Erklärung, wie das alles passieren konnte.

Cecile erklärte ihm zuerst die Dinge, die er gesehen hatte. „Der Mann mit dem Umhang aus Nebel, das war ein Nebelhüter. So einen bekommt man gewöhnlich nicht zu sehen – schon gar nicht als Mensch aus deiner Welt. Sie sind zum Schutz der Nebelwelt da und man sagt, sie haben nicht nur die Fähigkeit sich in Nebel aufzulösen, sie können auch dafür sorgen, dass Spaziergänger aus deiner Welt im Nebel ihre Richtung ändern und einfach an einem Zugang vorbeigehen ohne zu merken, dass sie beeinflusst wurden. In einigen Fällen soll es allerdings auch schon vorgekommen sein, dass ein Nebelhüter zu drastischeren Mitteln greifen musste. So kommt es dann in deiner Welt zu unerklärlichen Vorkommnissen im Nebel, wo Menschen verunglücken oder gar vollkommen verschwinden. Diesen Hütern sollte man nach Möglichkeit unbedingt aus dem Weg gehen. Jedenfalls, wenn man es irgendwie schafft ...“

„Ich werd's mir merken. Diesmal ging das ja nicht so gut.“, sagte Jeremy flapsig und wunderte sich selbst über seinen schwarzen Humor.

„Ich bin öfter hier unterwegs und schaue in den Grenz-Nebel. Ich warte nämlich schon sehr lange auf dich. Vorhin sah ich dich dann, durch eine Art Tunnel im Nebel, der sich kurz öffnete, fast als müsste er dich ausspucken. So bist du vornüber in unsere Welt gekippt. Ich hab sowas vorher noch nie gesehen. Ab dann weißt du ja wahrscheinlich noch alles ...“

Jeremy versuchte, sich diesen Augenblick wieder in Erinnerung zu rufen. „Ich könnte schwören, dass hier niemand war, als ich wieder klar gesehen habe ...“

„Na, und ob!“, grinste Cecile. „Ich stand praktisch direkt vor dir“, sie zögerte kurz, „allerdings sagt man, dass einer der durch den Nebel kommt, zuerst die 'Schwelle des Chronikums' überwinden muss. Das ist etwas kompliziert. Jedenfalls hast du beim Kontakt mit dem Chronikum eine Art Zeitverschiebung erlebt. Ich kann dir das auch nicht genauer erklären.“

Das Chronikum: was war das nun wieder? Zeitverschiebung ... sowas gibt's doch gar nicht ... unterschiedliche Dimensionen ... irgendetwas hinderte Jeremy daran, auch nur einen klaren Gedanken zu fassen. „Aber was für eine Welt ..."

„So, da sind wir.", unterbrach ihn Cecile unvermittelt. Die beiden standen vor zwei Bäumen, die etwa zwei Meter auseinander standen und deren Stämme in einer Höhe von knapp drei Metern zusammengewachsen waren. Alle Äste der beiden Bäume wuchsen nach außen, nur vor und hinter dem Torbogen, den sie bildeten, wuchsen sie ineinander. Diese ineinander verwachsenen Äste bildeten eine Art Vordach. Hinter den Bäumen ging die hügelige Wiesenlandschaft, durch die sie schon die ganze Zeit gegangen waren, weiter.

„Willkommen bei mir zu Hause.", sagte Cecile und strahlte Jeremy fröhlich an.

Sie hätte ihm in seiner derzeitigen Verfassung alles erzählen können. Unter anderem auch, dass sie auf einer Blumenwiese zwischen zwei Bäumen wohnen würde. Da er hier nichts anderes sehen konnte, fragte er schließlich mit ernster Stimme: „Du wohnst zwischen zwei Bäumen?"

Cecile musste lachen. „Es ist wirklich seltsam jemanden wie dich zu treffen.", sagte sie.

Eigentlich wäre das Jeremys Satz gewesen. Das dachte er zumindest, doch wie sich später herausstellen sollte, war tatsächlich *er* derjenige, der hier ungewöhnlich war.

„Hab nur keine Angst!", sagte Cecile sanft und nahm ihn an der Hand, um mit ihm zwischen den beiden Bäumen hindurch zu gehen. Noch bevor Jeremy fragen konnte, wovor er denn keine Angst haben solle, hatte Cecile den einen Baum berührt und in diesem Moment bildete sich zwischen den beiden Bäumen eine Art flimmernde Fläche. Die Wiese hinter den Bäumen sah durch sie verzerrt aus wie das Trugbild einer Fata Morgana.

Cecile, die sich gerade zu ihm umgedreht hatte und seinen verblüfften Gesichtsausdruck sah, sagte: „Geh' einfach weiter!", und verschwand zu Jeremys Entsetzen in der Fläche zwischen den Bäumen. Jeremy wollte bremsen und sich von Ceciles Hand befreien, aber sie hielt ihn fest und ehe er sich's versah, hatte sie ihn hinter sich her gezogen.

Auf für Jeremy unerklärliche Weise, waren die beiden nebeneinander im Eingangsbereich eines wunderschönen Hauses gelandet. Cecile ließ seine Hand los und sah ihn an. Er stand mit offenem Mund und ungläubiger Miene neben ihr. „Wow! Das ist ja der Hammer!"

„Du hast soeben durch eine magische Pforte mein Haus betreten!"

Jeremy begann nervös mit den Augen zu blinzeln, so als würde er versuchen wieder klar zu sehen.

„Magische Pforte? Was ... wie ..." seine Stimme schwankte und Cecile hatte Angst, er könnte die Kontrolle verlieren.

„Oh Mann, entschuldige Jeremy – das war zu heftig. Das kommt dir bestimmt wieder alles vor wie ein Traum, oder?", fragte Cecile, stützte den torkelnden Jeremy und führte ihn wie einen altersschwachen Greis an ein Fenster, wo er sich festhalten konnte.

„Wo sind wir hingegangen?", fragte er, fast lallend.

Cecile tastete eilig nach der kleinen Flasche aus der Innentasche ihrer Jacke und öffnete sie geschickt mit einer Hand.

„Trink erst mal noch etwas, dann erklär' ich dir alles." Mit diesen Worten setzte sie die Flasche an seine Lippen und kippte den Trank einfach in Jeremys Mund. Fast hätte er sich verschluckt und gluckste, empört über die ungewollte Fütterung, doch sowie das Wasser seine Kehle hinunterlief, spürte er ein Kribbeln aus seinem Inneren bis in die Fingerspitzen laufen. Und wieder, als wäre nichts gewesen, hatte es für ihn den Anschein, als sei das alles ganz normal.

Er sah sich in Ceciles Zuhause um. Der Boden war sehr weich und angenehm unter den Füßen. Die Decke war rund wie ein Gewölbe und in der Mitte etwa 3-4 Meter hoch. Sie war kunstvoll mit gebogenen Hölzern verziert, zwischen denen die Decke in unterschiedlichen Farbtönen schimmerte und den Raum mit einer bezaubernden Atmosphäre erfüllte. Die Wände waren in verschiedenen Grüntönen marmoriert und in der Nähe der Fenster gingen sie in sanftes Orange und Gelb über, bis sie das Braun des Holzes erreichten. Die Fenster selbst waren hölzerne Rundbögen, und ihre Gläser wölbten sich leicht nach außen, als seien sie aufgeblasen. Die Sonne schien sanft in den Raum und ihr Licht schimmerte auf den Wänden und an der Decke, wie unter dem Blätterdach der beiden Bäume, die zu ihrem Zuhause führten.

Der Raum selbst hatte keine geraden Wände und keine Ecken. Alles floss wie gewachsen ineinander über. Blickte man vom Eingang geradeaus, sah man auf eine Wand, in der sich auf beiden Seiten hölzerne Türen befanden. Allerdings hatten sie weder Klinken noch Schlüssellöcher.

„So. Das ist also dein Haus.“, stellte Jeremy nüchtern fest. „Was, in aller Welt hast du mir da vorhin wieder zu trinken gegeben? Alles ist plötzlich wieder so ... so normal.“ Jeremy grinste Cecile kopfschüttelnd an.

„Wir nennen es 'Einerlei' oder das Wasser der Gleichgültigkeit.“, antwortete Cecile wahrheitsgemäß.

„Gleichgültigkeit.“, wiederholte Jeremy. „Hm ..., verstehe.“ Nun musste Cecile grinsen. „Ich meine nein! Verstehe ich nicht! Kannst du mir bitte mal erklären, was es mit all dem hier auf sich hat?“

„Komm mit!“, sagte Cecile und ging auf die rechte der beiden Holztüren zu. Sie sah noch einmal kurz zu Jeremy zurück und lief direkt auf das massive Holz zu. Kurz bevor sie sie erreichte, bildete sich wieder dieses Flimmern und Cecile ging geradewegs durch das Holz hindurch.

Na super, dachte sich Jeremy und starrte auf die Wand, die, nachdem Cecile durchgegangen war, wieder aussah wie vorher. Haben die keine richtigen Türen? Schließlich zuckte er resignierend mit den Schultern und lief ebenfalls auf die Holzwand zu. Kurz vor dem von ihm erwarteten Zusammenstoß schloss er die Augen und fand sich, einen Schritt weiter, in Ceciles Küche wieder. Cecile stand vor einem Herd und strahlte ihn an.

„Gratuliere! Allein durch deine erste Pforte. Du willst dich unterhalten? Dann setz dich!“ Mit einer einladenden Handbewegung zeigte sie zum Küchentisch. Jeremy setzte sich auf die Bank, mit dem Rücken zur Wand und einem Fenster zu seiner Rechten. Er stützte seine Ellbogen auf den Tisch und legte den Kopf in die Hände. Cecile kam mit einer dampfenden Tasse Tee an den Tisch, setzte sich ihm gegenüber auf einen Stuhl und sah ihn an.

„Wo soll ich anfangen?“, fragte sie, während sie Jeremy musterte. „Vielleicht erzählst du mir zuerst, wie für dich alles angefangen hat und ich erkläre dir dann alles, was du nicht verstehst?“

Dieser Plan gefiel Jeremy. Er überlegte, wo er anfangen sollte. Schließlich begann er zu erzählen, was sich am Abend vorher mitten in der Nacht mit der Nebelkrähe an seinem Fenster ereignet hatte. Cecile hörte aufmerksam zu und nickte hin und wieder verständig. Als er von seinem Traum im Baumhaus erzählte, stand Cecile vor Staunen der Mund offen.

„Kannst du dir darauf einen Reim machen?“, fragte Jeremy am Ende der Geschichte.

„Ja und nein.“, antwortete Cecile. „Ich weiß, dass Nebelkrähen Wesen der Zwischenwelt sind und dass sie oft etwas ankündigen, aber warum und wann sie einem erscheinen, ist nicht immer klar. Und was du da brüllen gehört und danach gesehen hast ... ja – ganz sicher – das war ein Geisterbär.“ Ein paar Sekunden lang war Ruhe in der Küche. Cecile nahm einen Schluck Tee und Jeremy starrte abwechselnd auf sie und durch sie hindurch. „Geisterbär ...“, murmelte er.

„Das ist toll!“, schwärmte Cecile und ihre Augen funkelten vor Begeisterung. „Selbst von uns Nebelbewohnern hat sie kaum jemand je gesehen. Die meisten halten sie heute für einen Mythos!“

„Nebelbewohner?“, wiederholte Jeremy mit fragendem Blick.

„Ja ... oh ... ich glaube jetzt sollte ich ... besser nichts mehr sagen“, stotterte Cecile. „Erzähl' doch einfach weiter!“

Jeremy war so froh, dass er alle seine Erlebnisse endlich jemandem erzählen konnte, der ihn nicht für verrückt hielt, dass er sich nicht an Ceciles plötzlicher Unsicherheit störte und seine Erzählungen fortführte.

Bei dem Prankenhieb auf seinen Rücken blieb Cecile wieder der Mund offen stehen und Jeremy genoss es richtig, endlich mal derjenige zu sein, der andere in Erstaunen versetzte, anstatt umgekehrt.

„Ein Prankenhieb vom Geisterbären ... wo fang' ich nur an ...“, Cecile wedelte hektisch mit den Händen in der Luft herum. „Mein Vater könnte dir das sicher total schlüssig in einem Satz zusammenfassen!“

„Du machst das schon gut.“, sagte Jeremy aufmunternd, denn er wollte dringend ein paar Antworten bekommen. Pforten, die in Räume führen, die da gar nicht sein dürften, Pflanzen, die leben, und vor allem, was für ein Trick ihn aus seiner Welt hierher gebracht hatte.

„Danke, aber das ist es nicht, weißt du ... ich darf das eigentlich nicht!“, zögerte Cecile, doch dann fasste sie sich ein Herz und fing an zu erklären.

„Wie schon gesagt, neben der Welt wie du sie kennst, gibt es noch eine zweite: die Nebelwelt. Du bist durch den Nebel, der sie verbirgt, hierher gekommen. Wie das genau funktioniert, kann ich dir nicht sagen. Es hat was mit Magie und Schutzzaubern zu tun. Hier in der Nebelwelt ist überhaupt alles viel magischer als in deiner Welt. Die Pflanzen und Tiere und auch die Menschen haben Fähigkeiten, die die Menschen in deiner Welt längst vergessen haben. Niemand in deiner Welt weiß von der Existenz der Welt im Nebel und es darf auch niemals jemand erfahren.

Als vor über fünfhundert Jahren die Magier, die unsere Vorfahren waren, uns diese Welt erschufen, sorgten sie deshalb dafür, dass die Hüter unsere Welt im Nebel verborgen halten. Sie sind keine Menschen, diese Hüter des Nebels. Wir wissen nicht genau, was sie sind. Nur, dass sie wahrscheinlich selbst aus Nebel bestehen ... so wie die Geisterbären."

Andere Welt, Magie, Geisterbären und Hüter aus Nebel. Irgendwann war das Fassungsvermögen für Unerklärliches bei Jeremy erreicht und alles begann vor seinen Augen zu verschwimmen. Er spürte, wie sich in seinem Kopf ein Druck aufbaute und er sich immer heißer anfühlte, bis ihm schwarz vor Augen wurde und er seitlich von der Bank zu kippen begann. Wie durch einen langen Tunnel hörte er nur noch wie Cecile rief: „Oh nein ...", und weg war er.

Kapitel 4

Ein Meister der Magie

Langsam gewöhnte er sich an das Licht und das Dröhnen in seinem Kopf verschwand. Jemand hatte ihn wohl in ein Bett gelegt. Er erkannte einen Mann, der bei ihm saß und Cecile, die neben ihm stand.

„Hallo Jeremy“, begann der Mann „mein Name ist Magnus von Thare. Ich bin der Vater von Cecile.“

Von Thare war ein Mann mit weißem, schulterlangem Haar und kurzem, ebenso weißem Vollbart. Unter seinen schwarzen, dichten Augenbrauen blickte Jeremy in zwei tiefbraune Augen. Sie strahlten eine warme Herzlichkeit aus. Von Thare sah kurz zu Cecile hinüber und nickte ihr zu. Sie brachte Jeremy einen Becher mit etwas zu trinken.

„Was ist das wieder für ein Zauber?“, fragte Jeremy zögerlich, als er den Becher nahm.

„Trink' ruhig, das wird dir gut bekommen.“, sagte Ceciles Vater mit der tiefen Stimme der Überzeugung. Da Jeremy durchaus das Gefühl hatte Magnus von Thare vertrauen zu können, hob er den Becher an und trank ihn in einem Zug aus. Ohnehin war sein Maß an Widerstand, den er leisten konnte, mittlerweile deutlich geringer geworden. Diese neue Welt und all die Wunder darin – sie forderten seine ganze Kraft, um nicht verrückt zu werden.

Geschmeckt hatte das Getränk wieder einmal wie Wasser, allerdings hatte es diesmal eine andere Wirkung als 'Einerlei'. Man könnte es vergleichen mit dem Zustand, der sich einstellt, wenn man einen Eimer kaltes Wasser über den Kopf geschüttet bekommt, nur ohne dabei nass zu werden. Es war erstaunlich. Jeremy fühlte sich binnen Sekunden absolut frisch, klar und voll aufnahmefähig. Er setzte sich auf, und lehnte sich an die Wand.

„Was war denn *das*?“, fragte er und sah ungläubig auf Cecile und ihren Vater.

„Ist doch egal! Hauptsache es geht dir besser!", sagte Cecile sanft lächelnd und setzte sich auf einen Stuhl bei seinem Bett. Jeremy sah von Thare erwartungsvoll an.

„Ich erinnere mich. Cecile sagte bereits, dass sie mir all' die seltsamen Erlebnisse des heutigen Tages ganz einfach erklären können?"

Von Thare blickte vorwurfsvoll auf Cecile. Sie sah nur frech zu ihm zurück, zuckte mit den Achseln und sagte „Was?"

„Zunächst muss ich mich bei dir entschuldigen, junger Jeremy.", sagte er. „Ich hätte strenger zu meiner Tochter sein müssen, dann hätte sie auf mich gehört und dein Eintritt in unsere Welt wäre wesentlich verträglicher gelaufen."

Cecile hatte durchaus verstanden warum ihr Vater ihr Vorwürfe machte, aber er hegte immer wieder Zweifel an der Prophezeiung und das führte regelmäßig zu Streitereien zwischen den beiden.

„Bevor ich dir nun alles erklären kann was du wissen solltest, müssen wir dich darauf vorbereiten. Wie du schon bemerkt hast, ist es nicht ganz leicht, wenn man Dinge akzeptieren muss, die man bisher für unmöglich gehalten hat. Je mehr ein Mensch über die Welt zu wissen glaubt, desto schwieriger ist es für ihn etwas anderes zu akzeptieren."

„Nehmen wir ein Kleinkind: im Gegensatz zu einem Erwachsenen ist es offen für alles. Sein Gehirn ist noch im unvoreingenommenen Aufnahmemodus. Wenn ich vor diesem Kind einen Apfel wie schwerelos schweben ließe, würde es das ohne zu fragen hinnehmen. Es würde die Fähigkeit, etwas schweben zu lassen, als 'grundsätzlich möglich' abspeichern.

Um dir nun diese unvoreingenommene Fähigkeit der Aufnahme zu ermöglichen, musst du noch einen Trank zu dir nehmen."

Cecile hatte gemerkt, dass Jeremys Aufmerksamkeit schon wieder besser geworden war, aber sie sah auch seinen Widerwillen gegen weitere Tränke.

„Mein Vater ist ein Meister der Magie. Du musst dir keine Sorgen machen, er weiß genau was er tut."

„Sicher möchtest du doch auch all das verstehen, was dir passiert ist, oder?", ergänzte von Thare.

Ohne Frage war das für Jeremy gerade mit Abstand das Wichtigste. Es gab nichts, worauf er neugieriger war. „Unbedingt!", sagte er. „Wo ist der Trank?"

Magnus von Thare schien Jeremys Entschlossenheit zu gefallen. Lächelnd stand er auf. „Ich bin gleich wieder zurück.", sagte er und verschwand, zu Jeremys Freude durch eine ganz gewöhnliche Tür im hinteren Bereich der Küche.

„Oh Mann, was mache ich hier nur ... ich frage mich, ob ich jemals wieder zu Hause in meinem ganz normalen Zimmer sein werde?"

„Mit Sicherheit.", antwortete Cecile und lächelte ihn an. „Ich kann mir vorstellen, dass das alles unfassbar überwältigend für dich sein muss. Es ist nur so ... ich wusste schon seit langer Zeit, dass du eines Tages durch das Portal am Apfelbaum kommen würdest. Darum hatte ich es mit meinen Erzählungen irgendwie zu eilig. Das tut mir wirklich leid."

„Ist schon okay.", antwortete Jeremy, als wäre das alles ja eigentlich nur halb so schlimm. „Aber was meinst du für ein Portal am Apfelbaum?"

„Oh je, besser, ich sag' gar nichts mehr! Mein Vater soll dir alles erklären!" Cecile war sichtlich angespannt, so dass Jeremy sich entschloss nicht mehr nachzufragen. Er würde von ihrem Vater schon alles erfahren.

Während die beiden warteten, dachte Jeremy wieder an seine Freunde. Müsste er seinem besten Freund Jonas nur allein von diesem Raum erzählen, er wüsste nicht, wo er anfangen sollte. Er fragte sich, was seine Freunde wohl in diesem Augenblick gerade taten. Ob sie bereits gemerkt hatten, dass er verschwunden war? Wie würde er das alles nur erklären können, ohne dass sie ihn für komplett durchgeknallt hielten?

„Warum passiert mir das alles nur?", fragte er Cecile.

Bevor Sie aber auf seine Frage reagieren konnte, kam Magnus von Thare mit einem Glas in der Hand wieder zurück. Er rührte mit einem weißen Stab etwas um und reichte es Jeremy. Wie üblich war darin eine wässrige Flüssigkeit.

„Ist das der Trank?", fragte Jeremy mit unüberhörbarer Unsicherheit in der Stimme.

„Das ist er.", antwortete von Thare „Und du musst keine Bedenken haben. In deiner Welt würde man in der Tat sagen, dass ich dir nur Wasser zu trinken gebe. Wasser ist immer die Basis für unsere Tränke. Ohne Wasser ist kein Leben möglich – es ist die Basis für alles. Wir nutzen die Eigenschaften des Wassers, um es mit Informationen anzureichern. Informationen für deinen Körper und deinen Geist. Nach weit über fünfhundert Jahren können wir das inzwischen wirklich gut. Trink' jetzt dieses Wasser und ich werde dir alles erklären, was du wissen willst."

Das war wirklich eine Verlockung! Und wenn es sowieso nur Wasser ist, dachte sich Jeremy, nahm das Glas, setzte an und trank es bis auf den letzten Tropfen leer.

Cecile und ihr Vater sahen ihn wortlos an. Als wenn sie auf eine Reaktion warten würden, saßen sie vor ihm und starrten in seine Augen. Jeremy musste grinsen. Dann kicherte er etwas, weil die Situation ihn irgendwie erheiterte ... die beiden, wie sie ihn anstarrten, als würde er gleich die Pointe von einem Witz erzählen. Schließlich wurde ihm die Sache zu langweilig.

„So ... und was machen wir jetzt?"

„Ich würde sagen, es ist soweit.", sagte von Thare.

„Ja.", sagte Cecile und konnte ihre Aufregung kaum verbergen. Jeremy wusste nicht, ob ihn die ganze Sache noch interessieren würde, aber er mochte Geschichten, also entschied er sich dafür zuzuhören.

Erklärungen zur Welt hinter dem Nebel

„Wenn man es so knapp wie möglich zusammenfassen wollte, dann würde man sagen, dass unsere versteckte Welt geschaffen wurde, weil es den Menschen damals nicht mehr möglich war miteinander in Frieden zu leben.", begann er. „Ein Teil zog sich zurück und versteckte sich vor den anderen im Schutz des Nebels.

Jene, die sich in die Nebelwelt zurückzogen, konnten das nur tun, weil sie besondere Fähigkeiten hatten. Fähigkeiten, die sie im Umgang mit der Natur und den Elementen erlernt und über viele Generationen vertieft hatten. Wir nennen es heute 'Magie', aber das bedeutet in deiner Welt etwas anderes. Es handelt sich nicht um Zauberei oder so etwas, es ist mehr ein tieferes Verständnis für die Energie der Dinge und Wesen.

Du musst also wissen, dass du hier in einer anderen Welt bist und die Menschen hier Fähigkeiten besitzen, die du dir nicht erklären können wirst. Allerdings gehe ich davon aus, dass auch du irgendwann in der Lage sein könntest, diese Magie zu verstehen und vielleicht auch auszuüben."

Jeremy sah verdutzt drein. „Ich soll was mit Magie lernen können?", fragte er ungläubig.

„Wie gesagt, es ist nicht das, was du unter Magie verstehst. In unserer Welt ist es etwas völlig Selbstverständliches. Du musst es auch nicht lernen, du kannst es bereits. Es ist wie ein uralter Instinkt. Du musst ihn nur wiederfinden und erwecken."

„Das klingt ja gar nicht so schwer. Und was kann ich mit diesem Instinkt dann Magisches tun?"

Magnus von Thare schien kurz zu überlegen, ob er Jeremy diese Frage schon beantworten sollte, doch er war nun mal ein Lehrmeister in genau diesen Dingen und konnte sich deshalb kaum zurückhalten.

„Nun, alles, was uns umgibt, ist von irgendeiner Energie erfüllt.", begann er, „genauso wie du und ich! Selbst in fester Materie wie in einem Stein sind die kleinsten Teilchen in ständiger Bewegung. Wenn du lernst, dir deiner *eigenen* Energie vollständig bewusst zu werden, dann kannst du sie benutzen wie jetzt deine Hände. Dann kannst du mit der Materie und mit anderen Wesen gleichschwingen. Wir nennen das 'in Akzeptanz gehen' oder 'spüren'. Es fühlt sich an wie ein leichtes Vibrieren. Du kannst es nutzen, um dich mit allem, was ebenfalls vibriert, zu verständigen. Wenn du lernst die Arten des Vibrierens zu unterscheiden, kannst du dadurch herausfinden, welches magische Bewusstsein andere Menschen haben. Wenn du das geschafft hast, kannst du dich mit ihnen verbinden und sie, ob Mensch oder Materie, mit deiner Energie beeinflussen. Pass auf:"

Von Thare streckte seine Hand aus und träufelte vorsichtig aus einem kleinen Fläschchen einen Tropfen Flüssigkeit in seine Handfläche.

Jeremy staunte nicht schlecht, als er sah, dass der Tropfen über seiner Hand in der Luft stehen blieb! Von Thare bewegte seine andere Hand um den schwebenden Tropfen herum und Jeremy sah ihn funkeln und glitzern. „Wir können uns diese Energie, die du hier siehst, auf verschiedene Arten zunutze machen." Er bewegte die zweite Hand ruckartig auf den Tropfen zu und er zerplatzte in hunderte kleine Tröpfchen. Für kurze Zeit stand eine winzige Wolke über von Thares Hand.

Jeremy war total aus dem Häuschen. „Das ist ja echte Zauberei!"

„Ich verstehe, dass du das so siehst, Jeremy. Irgendwann mal war diese Sichtweise sogar der Grund dafür, dass sich unsere Völker getrennt haben."

Man konnte Jeremy ansehen, dass er versuchte, diese nicht-magische Magie zu akzeptieren. „Was kann man denn mit dieser Art von Magie alles tun?"

„Du wirst es beizeiten erleben.", antwortete von Thare. „Wie schon gesagt, kann man Materie und Lebewesen erspüren und beeinflussen. Je nachdem, mit welchem Element man es zu tun hat, gibt es da aber noch einiges mehr. Man kann über weite Strecken Botschaften senden und man kann sogar den Zustand der festen Materie überwinden und sich von einem Ort zu einem anderen bringen. Das allerdings ist dann schon sehr hohe Magie."

„Wow! Ich kann es kaum erwarten, mehr darüber zu erfahren.", entzückte sich Jeremy.

„Das wirst du. Doch jetzt weiter mit den Erklärungen. Was du noch wissen solltest ist, dass nicht jeder in unserer Welt die gleichen Befähigungen hat. Ebenso wie in deiner Welt gibt es Menschen mit Talent oder Ehrgeiz oder beidem und es gibt welche, die sich eher schwer tun. Spüren können sie die Energie jedoch alle. Vielleicht nicht in gleichem Maß, aber spüren können sie sie. Wer weiß ... vielleicht war es auch die unterschiedliche Stärke der Begabung, die dazu führte, dass sich unsere Welten trennen mussten.

Damals gab es eine besonders begabte Gruppe unter den magischen Menschen, die wegen ihrer unerklärbaren Fähigkeiten ebenso geschätzt wie gefürchtet wurden. Sie nannten sich die Hagazussa und entstammten dem Volk der Esken. Da sie über viele Jahrhunderte die einzigen Ärzte des Volkes waren, konnten sie ihre magischen Fähigkeiten nicht verbergen. Sie wurden aus Angst vor der Gefahr, die von ihren Fähigkeiten ausgehen könnte, in den letzten Jahrzehnten vor der Erhebung des Nebels auf das Bitterste verfolgt. Man schimpfte sie Hexen, nahm sie gefangen, folterte sie bis sie wahnsinnig wurden oder man tötete sie gleich."

Als Magnus von Thare diesen Satz beendet hatte, musste er tief durchatmen und musterte Jeremy.

„Ja ...", sagte Jeremy mit gesenkter Stimme. „Die Hexenverbrennungen. Ich habe in der Schule davon gehört. Ich verstehe schon, dass die Fähigkeiten unterschiedlich sind. Aber wissen Sie, was ich so gar nicht verstehe? Wie geht das, eine ganze Welt im Nebel zu verstecken, ohne dass man entdeckt wird? Ich weiß eigentlich immer noch nicht, wo ich hier überhaupt bin!"

Von Thare nickte verständig. „Um ehrlich zu sein, kann ich dir das gar nicht so erklären, dass du es verstehen kannst. Du musst nur weg von dem Gedanken, dass man wie durch eine Tür von einer Welt in die nächste geht. Es ist vielmehr so, dass der Nebel die Bedingungen ändert."

Er faltete seine Hände vor seinem Gesicht und überlegte. „Stell dir deine Welt vor. Was diese Welt ausmacht sind die Dinge und Wesen in ihr, also wie sie aussieht und wer oder was in ihr lebt. Du nimmst ihr Aussehen und ihre Bewohner immer so wahr, wie sie jetzt gerade sind. Also in der momentanen Zeit. Und du nimmst sie so wahr, wie sie sich gerade fühlen, also traurig oder glücklich oder sonst etwas. Du nimmst deren Bewusstsein wahr. Die großen Magier, die damals die Nebelbarriere errichtet haben, ließen das Wasser im Nebel, diese Zeit und dieses Bewusstsein verändern. Du erinnerst Dich: Wasser kann Informationen aller Art speichern. Kannst du das verstehen?", fragte von Thare unsicher.

„Ich weiß nicht ... eine andere Zeit – okay, aber was meinen sie mit dem Ändern des Bewusstseins?"

Magnus von Thare legte grübelnd seinen Zeigefinger auf die Lippen. „Wenn du in deiner Welt bist, dann bist du dir selbst, so wie du in dieser Welt bist, ja bewusst."

Jeremy nickte. „Und die anderen Menschen sind sich selbst auch bewusst. Und wenn du einen Baum siehst, dann weißt du, 'das ist ein Baum'. Du bist dir dessen bewusst. Auch der Baum ist sich in dem Feld, in dem er steht, bewusst. So wie eben alles andere, was in deiner Welt lebt, auch. Alles ist miteinander verbunden. Auf die eine oder andere Art in einem riesigen Gesamt-Bewusstsein. Dieses Bewusstsein ist in unserer Welt ein ganz anderes als in deiner."

Stolz über seine Zusammenfassung und erwartungsvoll sah er auf Jeremy. Der aber sah mit faltiger Stirn eher unverständig aus.

„Und so etwas mit dem Nebel zu machen soll keine Zauberei sein?“

„Du wirst es irgendwann verstehen.“, antwortete von Thare. „Wie genau die Magischen von damals dieses Wunder vollbrachten, ist heute nicht mehr ganz klar. Was wir wissen ist, dass zwei besondere Schöpfungen in der Nebelwelt damit zu tun haben: Das Chronikum, es reguliert die Zeit, und das Curiosum, von dem man sagt, es reguliere die Bestimmung.

Das ist ziemlich kompliziert. Ich versuche es mal mit einem Beispiel: wenn man das Bewusstsein von zwei Wesen kennt, dann kann man vorhersehen, wie sich die Beiden verständigen, benehmen und schließlich auch beeinflussen. Das bedeutet wiederum, dass man abschätzen könnte, wie ein Treffen der Beiden ihre Zukunft gestalten würde. Oder in anderen Worten, was deren Bestimmung ist.

Und jetzt stell Dir vor, etwas kennt das Bewusstsein von allen Dingen und Lebewesen und versteht alle Zusammenwirkungen. Und mehr noch: es kann dieses Wirken beeinflussen. Das ist das Curiosum. Zumindest nach dem heutigen Stand der Forschungen.“

Magnus von Thare musterte Jeremy mit neugierigem Blick, dann sah er ernüchtert zu seiner Tochter.

„Vater!“ als wollte sie sich entschuldigen, wandte sie sich an Jeremy: „Mein Herr Vater zweifelt mal wieder an der Prophezeiung, weißt du ...“

„Prophezeiung?“, fragte Jeremy, als sei er froh über Ceciles Ablenkung gewesen. „Erzähl mal!“

Etwas erschrocken über Jeremys Aufforderung sah Cecile nun wieder fragend zu ihrem Vater. Der zuckte nur leicht mit den Schultern und sah sie gleichgültig an.

Die Prophezeiung

Wie ein wilder Gebirgsfluss plätschert, so sprangen die Worte aus Ceciles Mund als sie begann zu erklären: „Weißt du, meine Mutter ist eine Seherin am Curiosum. Zusammen mit anderen Seherinnen bilden sie eine Art Orakel in unserer Welt. Außerdem hüten Sie das Geheimnis, wo sich das Curiosum befindet. Sie hat jedenfalls besondere seherische Fähigkeiten. Da ich nun das Kind eines Magie-Meisters und einer Seherin bin, ist es sehr wahrscheinlich, dass auch ich eine Seherin werde. Allerdings bin ich dazu noch zu jung. Aber zumindest kommt es schon vor, dass ich Visionen bekomme. Ich kann es nicht steuern, es passiert eben einfach irgendwann. Und vor ein paar Jahren, ich war gerade mal acht, da hatte ich eine sehr starke Vision. Sie dauerte über eine Stunde und ich habe währenddessen nichts davon mitbekommen, obwohl ich laut gesprochen haben soll. Das ist eine besondere Art von Vision."

Ceciles Vater, der bei der Unmenge an neuen Informationen für Jeremy, die seine Tochter allein in ihre ersten paar Sätze gelegt hatte, einen stetig gepeinigteren Gesichtsausdruck bekam, fiel ihr schließlich ins Wort: „Was wolltest du ihm nochmal erzählen?", fragte er liebevoll lächelnd.

Cecile brauchte einen Moment, bis sie wieder wusste, worum es eigentlich ging. „Ach ja, die Prophezeiung. Entschuldige Jeremy, ich bin ein bisschen aufgeregt ..."

Jeremy war erstaunt. Eigentlich sollte er es doch sein, der aufgeregt ist. „Kein Problem! Ist super interessant. Erzähl' weiter!", ermutigte er sie.

„In Ordnung", Cecile gab sich spürbar Mühe langsamer zu sprechen. „Also, in meiner Vision habe ich, wie gesagt, laut gesprochen. Zum Beispiel von einer schrecklichen Gefahr, die auf unsere Welt zukommen wird und dem drohenden Verrat an ihr. Der Schutz unserer Welt ist, wie du nun schon weißt, der Nebel.

In meiner Vision bekam der Nebel aus unerklärbaren Gründen Risse. Durch diese Risse konnte man aus deiner Welt in unsere sehen. Das würde für unsere Welt das Ende bedeuten. Sie wäre verloren. Der jahrhundertealte Zauber, der den Nebel aufrecht hielt, wurde durch irgendetwas geschwächt. Bevor jedoch alles zusammengebrochen wäre, holte ich in meiner Vision den prophezeiten Retter der Nebelwelt aus der Außenwelt zu uns.

Ein Nebelhüter, den ich schon seit meiner Kindheit kannte, sollte mir dabei helfen. Und ich sah auch, dass die älteste Pforte von allen, die bei deinem alten Apfelbaum, der Ort des Übertritts sein würde."

„Wow!", staunte Jeremy und schüttelte dabei langsam den Kopf.

„Und wer war dieser prophezeite Retter?"

„Na ja ...", begann Cecile, diesmal noch etwas langsamer, „der prophezeite Retter, das ist eine schon sehr alte Geschichte. So alt, wie die Nebelwelt selbst. Darin wird von einer Nebulanerin und einem Hüter ein Bewohner der Außenwelt durch den Nebel in unser Reich geholt und rettet es durch sein Handeln vor dem Untergang."

„Toll! Klingt nach einer spannenden Geschichte ...", schwärmte Jeremy, „und von dieser Geschichte hattest du eine Vision. Aber wer der Typ aus der Außenwelt ist, weißt du nicht? Vielleicht kenn' ich ihn ja."

Cecile sah ratlos zu ihrem Vater.

„Verstehst du denn nicht? *Du* bist der Prophezeite! Der, der schon seit dem Aufsteigen des ersten Nebels vorgemerkt ist, der dem es bestimmt ist, mit seiner Magie die Nebelbarriere zu erneuern. Unser Retter! Das ist keinesfalls alles Zufall gewesen, was du erlebt hast! Das Tor am alten Apfelbaum ist nicht nur irgendein beliebiges Tor, es war das erste von allen! Es wurde zu Beginn der ersten Nebel-Zuflucht geschaffen. Die größten Magier der alten Zeit sind durch dieses Tor gegangen."

Magnus von Thare sah auf Jeremy und deutete seiner Tochter mit einer Handbewegung ihre Erklärungen zu stoppen.

Jeremy bekam kein Wort über die Lippen. Er konnte nicht mal einen Gesichtsausdruck formen, so unfassbar erschien ihm, was Cecile da gerade gesagt hatte. Er sah einfach mit leerem Blick durch sie hindurch. Er, ein Prophezeiter? Ein Retter einer ganzen Welt? Bei allem, was er bisher gehört hatte, war das mit Abstand das Verrückteste!

Nachdem er mühevoll all die einzelnen Teilchen dieser Geschichte verarbeitet und versucht hatte herauszufinden, ob Cecile Recht haben könnte, kam er zu dem Schluss, dass es sich nur um einen Irrtum handeln könne.

„Aber ich komme ja aus der Außenwelt. Ich kann gar keine Magie. Deshalb kann ich auch nicht euer Retter sein."

Ihr Vater löste nun Cecile mit den Erklärungen ab. „Magie geht nicht verloren, Jeremy. Sie wird nur vergessen. Die Magie ist immer noch da. Auch in dir, du bist, wenn die Prophezeiung stimmt, sogar der Erbe einer langen Ahnenreihe von Magiern. Demnach ist es höchstwahrscheinlich, dass einer deiner Urahnen der höchste aller Magier der damaligen Zeit war. Derjenige, der herausfand, wie der Nebel als Schutz errichtet werden konnte. In unseren Geschichtsbüchern steht, er habe seine Frau mit zwei Kindern in der Außenwelt zurücklassen müssen."

Cecile sah beschwörend auf Jeremy. „Alles was du tun musst, ist deine Magie wiederzufinden!"

In seiner Hilflosigkeit sah Jeremy unruhig zwischen ihr und ihrem Vater hin und her. Da legte Cecile Ihre Hand beschwichtigend auf seine Schulter und sah ihn an. „Mach' dir nicht so viele Gedanken! Du wirst sehen, das Verstehen kommt von ganz allein. Genauso wie die Magie."

Cecile wusste immer, wie sie Jeremy beruhigen konnte.

„Es wird sicher etwas dauern, bis du akzeptieren kannst, was man hier von dir erwartet.", fuhr von Thare fort, „und das ist ein Problem, wie ich finde."

„Ein Problem?", fragte Jeremy.

„Ja. Wir haben diese Zeit nicht. Der erste Teil von Ceciles Vision ist bereits wahr geworden. Es passiert immer häufiger, dass man in unserer Welt hört, dass der Nebel Risse bekam. Unser Schutz bricht zusammen!"

Jeremy musste schlucken. Das war fast schon schmerzvoll, denn er hatte vor Anspannung einen völlig ausgetrockneten Mund. Sein Gesichtsausdruck spiegelte alles wieder, was durch seinen Kopf schoss: Fassungslosigkeit, Selbstzweifel, Angst. Er sollte der Held einer Prophezeiung sein?

„Aber wieso ich?", fragte er Cecile.

„Weil du auch ein Magier bist.", begann Cecile unruhig, aber ihr Vater unterbrach sie mit ruhiger Stimme.

„Zuerst solltest du noch etwas trinken.", sagte er. „Es ist in der Tat mehr als mir bewusst war, das du zu verstehen hast." Von Thare reichte ihm ein Glas und Jeremy wusste, dass er das jetzt brauchte und trank es ohne weitere Fragen aus. Diesmal war die Wirkung jedoch wieder eine völlig andere als beim letzten Mal. Jeremy musste fürchterlich gähnen und sah, geradezu erschrocken, auf Cecile. Als sie seinen Gesichtsausdruck sah, musste sie lachen. Das brachte wiederum Jeremy zum schmunzeln und Magnus von Thare nutzte die lockere Stimmung um ein Ende zu finden.

„Nun ist es Zeit schlafen zu gehen. Vielleicht wollt ihr morgen draußen etwas spazieren gehen?"

Sein Blick auf Cecile erklärte diese Frage eindeutig zum Auftrag. „Unser junger Held muss doch die Welt kennen lernen und herausfinden, wie man sie spüren kann."

Damit stand Magnus von Thare auf und ließ die beiden alleine.

„Ich hab' Kopfschmerzen.", sagte Jeremy, als er mit Cecile später in der Küche saß und ein vorzügliches Abendessen genoss.

„Kann ich mir denken. Das waren wirklich viele Informationen für dich. Außerdem kommt das bei so viel Tränken schon mal vor. Der Schmerz sollte aber nicht lange anhalten."

Cecile gähnte. Jeremys Gedanken drehten sich wie ein Malstrom in seinem Kopf, als durch diese Mischung von Pforten, Magie und Prophezeiungen plötzlich der Gedanke an seine Freunde hervorschoss.

„Wie spät ist es?", platze er in Ceciles erneutes Gähnen hinein. Die hörte vor Verwunderung über diese Frage mittendrin auf zu gähnen und sah ihn mit leerem Blick an.

„Wie spät? Hm ... na, abends halt. Sieh' raus, die Sonne ist untergegangen."

„Ja klar, das sehe ich auch. Aber welche Uhrzeit haben wir?" Jeremy wurde nervös. Noch nervöser wurde er, als Cecile antwortete: „Welche Uhrzeit ... ach sooo ... also deine jedenfalls nicht."

Gerade wollte er schon sauer werden, da beschlich ihn eine Vermutung: „Ihr ... habt hier gar keine Uhren, oder?"

„Uhren? Nein.", sagte Cecile. „Aber ich hab' davon gelesen!"

„Aber was ist mit meinen Freunden draußen? Sie werden mich sicher suchen! Meine Eltern machen sich bestimmt schon Sorgen. Nicht, dass sie die Polizei rufen!"

„Poli-was?" Nun wurde Cecile ungeduldig. „Du machst dir schon wieder zu viele Gedanken, Jeremy aus der Außenwelt. Niemand wird dich vermissen. Das Chronikum macht das schon!

Und jetzt müssen wir schlafen, morgen ist ein wichtiger Tag."
Damit musste sich Jeremy zufriedengeben, denn Cecile stand auf und verschwand durch eine Pforte, die Jeremy mal wieder für eine Wand gehalten hatte.

Kapitel 5

Alte Freunde – neue Freunde

Als Jeremy die Wärme der Sonne auf seiner Haut spürte, öffnete er langsam die Augen. Scheinbar fehlte ihm ein Teil seiner Erinnerung, denn er lag auf einer Wiese und wusste nicht, wie er hierher gekommen war. Langsam richtete er sich auf. Ein paar große Steine, ein Baum ... Er lag tatsächlich auf seiner Wiese. Unter seinem alten Apfelbaum. Irritiert stand er auf und sah sich um. Dem Licht nach zu urteilen war es später Nachmittag und ein schwacher Nebel lag in der Luft.

Konnte das alles Einbildung gewesen sein? Hatte er sich etwa nur den Kopf an einem der Steine angehauen? Unmöglich! Viel zu real! Cecile, ihr Vater, die ganzen Erklärungen, das konnte man sich nicht einmal im Traum einfallen lassen. Er schloss die Augen und versuchte zu ergründen, ob er sich tatsächlich auf dieser Wiese befand. Alles fühlte sich echt an: der holprige Boden unter seinen Füßen, die feuchte Luft mit dem Geruch nach frischem Gras, ja sogar Äpfel konnte er riechen.

Als er seine Augen wieder öffnete, sah er Jonas, Lukas und Natalie vom Waldrand über die Wiese zu ihm laufen. Der Anblick seiner Freunde tat ihm innerlich gut. Er ging auf sie zu und lachte vor Freude.

„Mann Jeremy, haben wir uns Sorgen gemacht!"

Jonas fasste ihn an den Schultern und sah ihm wie ein Arzt bei der Untersuchung in die Augen.

„Gott sei Dank, geht es dir gut!", sagte Lukas.

„Warum sollte es mir nicht gut gehen?", Jeremy fragte sich insgeheim, ob er von seinen jüngsten Erlebnissen überhaupt erzählen sollte.

„Hast du denn nicht dieses unglaubliche Brüllen gehört, als du vorhin vom Baumhaus gestiegen bist? Ich bin angekommen, kurz nachdem du weg warst und Lukas und Jonas haben mir von eurem

Streit erzählt.“ Natalie war sichtlich aufgewühlt.

Vorhin ... der Streit ... Die Freunde schienen seine Abwesenheit den ganzen Tag im Nebel nicht bemerkt zu haben. Vielmehr schienen für sie seit seiner Flucht vom Baumhaus nicht viel mehr als ein paar Minuten vergangen zu sein.

Das Brüllen, ja, daran erinnerte er sich nur allzu gut, aber was sollte er den Dreien erzählen ... Er erinnerte sich auch sehr gut daran, dass sie ihm die Geschichte des ersten Brüllens nicht wirklich abgenommen hatten.

„Was für ein Brüllen?“, fragte er mit seinem ahnungslosestem Gesichtsausdruck.

„Das hast du nicht gehört? Das gibt's doch nicht! Nachdem du weg warst, dröhnte ein Brüllen durch den Nebel, dass wir dachten, die Blätter würden von den Bäumen fallen!“

Das war eine äußerst treffende Beschreibung und Jeremy wusste genau, was Lukas damit meinte. Andererseits waren seine Erlebnisse so weit von der Realität seiner Freunde entfernt, dass er unter keinen Umständen davon erzählen wollte. Also verstellte er sich und blieb standhaft dabei, von all den seltsamen Vorgängen nichts zu wissen. Seine drei Freunde redeten auf ihn ein, bezogen sich auf seine eigenen Erzählungen im Baumhaus, aber Jeremy verharmloste alles und nahm die Erklärung seiner Freunde auf, dass er einfach die letzten Tage zu gestresst war und sicher nur geträumt hatte. Er hatte den Spieß einfach umgedreht. Und er fühlte sich gut damit. Seine Freunde, allen voran Jonas, waren damit allerdings gar nicht einverstanden. Dennoch hatten sie keine Chance der Wahrheit näher zu kommen und Jeremy spürte, dass es gut so war.

Dieses Chronikum schien wohl wirklich die Zeit manipulieren zu können. Jeremy hätte Cecile gerne gefragt, wie das alles sein konnte, doch er war ja irgendwie aus der Nebelwelt herausgekommen. Dass es existierte, daran bestand kein Zweifel, aber wie war er jetzt hierher gekommen? Und wie würde er nun wieder zurück in die Nebelwelt kommen?

„Ich muss doch irgendwie einen Kontakt herstellen können.“ er versuchte sich zu konzentrieren, schloss die Augen, aber Moment ... was sollte er dann seinen Freunden sagen? Er öffnete die Augen wieder und ...

Verschwunden. Einfach so! Eben standen noch alle um ihn herum und plötzlich war er alleine. Langsam bekam es Jeremy mit der Angst zu tun. Er sah sich um. Alles sah genauso aus, wie er es kannte.

„Jeremy!"

Jeremy drehte sich um, woher kam diese Stimme nun wieder? Es war doch niemand zu sehen ...

„Jeremy aus der Außenwelt, wach' auf!"

Vor seinen Augen löste sich die Wiese mit dem alten Apfelbaum plötzlich auf. Wie ausgeblendet dunkelte sich alles ab und langsam zeichnete sich die Küche von Cecile vor seinen Augen ab. Cecile stand direkt vor ihm.

„So war das eigentlich nicht gedacht, dass du in der Küche schläfst. Entschuldige, bitte. Ich hätte dir dein Bett zeigen sollen, ich dachte nur, dass du dich schon auskennst und die Pforten nutzen kannst."

Mit einer Handbewegung deutete Cecile ihm mitzukommen.

„Ich ... ich hab' geträumt, Cecile.", sagte Jeremy auf dem Weg zu seinem Zimmer. Cecile blieb abrupt stehen und wirbelte herum „Was?"

„Geträumt habe ich."

„Nein, ich meine *was* hast du geträumt?"

„Ach so." Jeremy war immer noch etwas verwirrt. Er erzählte Cecile alles, so gut er konnte und versicherte ihr immer wieder, wie real es sich angefühlt hatte.

Cecile saugte seine Erzählung förmlich auf und erklärte ihm schließlich: „Weißt du, die Träume hier in der Nebelwelt sind anders als eure. Es ist manchmal ein sehr schmaler Pfad zwischen Traum und Realität in unserer Welt. Außerdem war hier sicher noch eine andere Magie beteiligt. Möglicherweise haben deine Freunde den gleichen Traum gehabt. Darauf solltest du dich einstellen."

Cecile schien ganz in ihrem Element.

„Was du da erlebt hast, ist aller Wahrscheinlichkeit nach vom Curiosum ausgegangen. Der Grund dafür ist, dass du später, wenn du wieder bei deinen Freunden bist, genau das erleben wirst und dann bereits weißt, wie du reagieren solltest."

„Aber was, wenn sie tatsächlich alle das Gleiche geträumt

haben?" befürchtete Jeremy. Dann erinnerte er sich daran, dass in seiner Welt nur ein paar Minuten vergangen waren. „Moment mal – sie haben ja noch gar nicht geschlafen!"

„Das ändert alles." bemerkte Cecile „Dann ist das Schlimmste was passieren kann, dass sie meinen, ein Déjà-vu gehabt zu haben."

Langsam bekam alles einen Sinn für Jeremy.

„Hey, es ist wirklich unglaublich!", Cecile sah ihn begeistert an.

„Was denn?"

„Na, dieser Traum! Das ist wie eine Vision! Ich muss das morgen unbedingt meinem Vater erzählen!"

Cecile blickte nachdenklich an Jeremy vorbei. Für ihn sah es aus, als würde sie einen Plan aushecken.

„Apropos morgen", sagte sie schließlich, „wir sollten jetzt echt schlafen gehen. Hier ist dein Zimmer."

Mit diesen Worten öffnete Cecile eine der seltenen Türen in ihrem Zuhause und führte Jeremy in einen wunderschönen Raum. Dicke Rundhölzer schlängelten sich um ein Fenster zu seiner Rechten. Sie waren reichlich verziert, mit liebevollen Details geschmückt und Lampen, die wie riesige Blütenkelche aussahen, erfüllten den Raum mit einem betörenden Schummerlicht. Das Bett stand auf der linken Seite vor dem Licht, das morgens durch das Fenster fallen würde, geschützt durch einen dicken Baumstamm, der vom Boden bis in die Decke reichte. Es war eine unglaublich einladende große Liegefläche mit Decken und Kissen, die Jeremy regelrecht zu sich rief.

Mit einem kurzen „Gute Nacht!" drehte sich Cecile auf den Fersen um und war verschwunden ehe Jeremy überhaupt nachdenken konnte, ob er nicht noch eine Frage hätte. Ohnehin wäre er dazu viel zu erschöpft gewesen, also ließ er sich auf das ach so einladende Bett fallen und sank alsbald in einen tiefen, traumlosen Schlaf.

'Am besten schläft man doch im eigenen Bett' heißt es, doch Jeremy hatte in dieser Nacht so tief und fest geschlafen, dass er sich am nächsten Morgen so frisch und stark fühlte wie selten. Er vermutete schon, dass man ihm wieder irgendwelche Tränke verabreicht haben könnte, verwarf den Gedanken aber schnell wieder.

Seine Laune war bestens und seine Neugier auf die Nebelwelt immens. Gerade als er hinausgehen wollte, klopfte Cecile an die Türe seines Zimmers und rief mit offensichtlich ebenso guter Laune: „Jeremy! Aufgestanden!“

Mit breitem Grinsen öffnete Jeremy sofort darauf die Türe und blickte in Ceciles überraschtes Gesicht.

„Einen besseren Start in den Tag kann ich mir nicht vorstellen!“, lobte Jeremy das Frühstück und Cecile dankte es ihm mit einem zufriedenen Lächeln.

„Und was hast du mit mir vor?“, fragte er voller Tatendrang.

„Mein Vater hat gestern gesagt, wir sollen einfach spazieren gehen und ich zeige dir unsere Welt, erkläre dir Zusammenhänge und so weiter. Wenn du Fragen hast, dann halte dich nicht zurück! Du musst alles so gut wie möglich verstehen.

Im Übrigen muss ich zugeben, dass ich auch ziemlich neugierig bin, was du so erzählen wirst. Ich war schließlich noch nie in deiner Welt. Niemand von uns war das.“

Das leuchtete Jeremy ein. Wahrscheinlich war Cecile ebenso neugierig auf seine Welt, wie er auf ihre.

Bevor sie durch die Pforte nach draußen gingen, blieb Cecile stehen. „Siehst du das leichte Flimmern zwischen den Bäumen? Auf der gleichen Ebene wie unsere schwachen Spiegelbilder?“

„Ja.“ Ein bisschen freute sich Jeremy schon allein darüber, dass nicht nur er diese Spiegelungen sah.

„So sehen die meisten Pforten aus. Und hier an der Seite, meistens auf der rechten, siehst du das Zeichen?

Das musst du berühren um eintreten zu können. Die Pforte öffnet sich nur dann, wenn du nicht mit schlechten Absichten kommst.“

Cecile forderte Jeremy mit einem Blick auf das Muster zu berühren. Kaum hatte er das getan, konnte er durch die Pforte hindurchsehen. Als die beiden durch die Pforte gegangen waren, drehte sich Jeremy um und blickte zwischen den beiden Bäumen hindurch auf die dahinterliegende Wiese. Er ging aus Neugier noch einmal zwischen den Bäumen durch und freute sich darüber, immer noch auf der gleichen Wiese zu stehen anstatt in Ceciles Haus. „Faszinierend", sagte er, als er wieder neben Cecile stand.

„Hast du dir das Zeichen gemerkt? Es ist das Zeichen für eine Pforte. Später zeige ich dir das Zeichen für ein Portal."

„Und was ist da der Unterschied?", fragte Jeremy.

„Ganz einfach – eine Pforte bringt dich in eine Parallelwelt am gleichen Ort und ein Portal bringt dich an einen anderen Ort und möglicherweise auch in eine Parallelwelt. Das kommt ganz darauf an."

„Kommt ganz darauf an? Das klingt ja nicht ganz ungefährlich. Und ich erkenne das Portal nur an dem anderen Zeichen?"

„Nein, ein Portal sieht ganz anders aus. Es flimmert nicht und du kannst auch nicht durchsehen. Es ist meistens aus extrem dichtem Nebel oder zumindest hat es irgendwas mit Nebel oder Wasser zu tun."

„Und das erkennt man dann so einfach?", wunderte sich Jeremy.

„Absolut nicht! Wenn du nicht weißt wo es ist, dann kannst du es nur mit viel Glück finden. Wir Nebelmenschen wissen auch nicht genau, wo alle Portale sind. Außerdem gibt es Portale, die ihren Ort verändern oder von den Hütern plötzlich geschlossen werden."

Die Nebelhüter. Das war eines der größten Wunder für Jeremy. „Wer oder was sind denn eigentlich diese Hüter? Und was ist das für ein seltsamer schwarzer Schein gewesen mit dem mich dieser Hüter betäubt hat?"

„Er hat dich nicht betäubt. Hüter sind Wesen, die wir selbst nicht so genau kennen. Sie wurden von den alten Großmeistern erschaffen um die damals neu errichtete Nebelwelt zu schützen. Man sagt, die Hüter, sie bestehen selbst zu einem großen Teil aus Nebel.

Ihr Stab mit der dunklen Spitze ist ihr Werkzeug, um die Geheimhaltung des Nebels sicherzustellen. Das, was du einen schwarzen Schein nennst, ist das schwarze Licht des Onyx. Das zu erklären übersteigt mein Wissen. Nur eines kann ich dir dazu sagen: Nimm dich in Acht davor! Es heißt, wenn sie jemanden mit der Spitze berühren, können sie seine Gedanken umformen oder sogar löschen. Sie können dich einfach auf einen anderen Weg bringen, wenn du durch Zufall in einen Zugang zur Nebelwelt gelangt bist, oder aber sie verpassen dir damit das Gemüt eines Kleinkindes, wenn sie dich nicht gleich in den Wahnsinn treiben.

Ich kann dich nicht genug warnen: Hüter sind gefährliche Wesen. Du solltest fliehen, wenn du einen siehst."

Jeremy war schwer beeindruckt und ebenso fasziniert.

„Als Kind war ich oft recht weit in den Nebel, beziehungsweise an das Portal am Apfelbaum gelaufen, obwohl es mir verboten wurde.", erklärte Cecile weiter. „Meine Mutter hat immer gesagt, ich hätte unglaubliches Glück gehabt, dass es der Nebelhüter dort offensichtlich gut mit mir meinte. Allerdings weiß ich, dass er sogar sehr nett zu mir war. Sein Name war Rufus. Er hat mich zwar immer wieder zurück gebracht, aber ich glaube, er wusste irgendwie, dass ich diejenige bin, die irgendwann den Prophezeiten an dieser Stelle in die Nebelwelt holen würde."

„Verstehe", murmelte Jeremy, „und die Tiere? Diese Geisterbären und Nebelkrähen? Wo kommen sie her? wer schickt sie? Was hat es mit denen auf sich?"

Cecile sah Jeremy ernst an. „Tja, mit den Tieren in unserer Welt, das ist eine eigene Geschichte. Wir können uns verständigen, auf einer nicht-sprachlichen Ebene. In einer Art Fühlen von Gedanken. Darüber könnte ich dir eine Menge erzählen. Aber über die Wesen und Tiere, die zwischen den Welten wandeln können, wissen wir nicht so viel. Das heißt, unsere Großmeister der Magie schon, aber sie sprechen mit uns nicht darüber. Ich weiß nur so viel: die Krähen, vor allem die Nebelkrähe, erfüllt so eine Art Boten- oder Vorzeichen-Aufgabe. Wenn du eine triffst, die scheinbar mit dir in Kontakt tritt, dann schärfe deine Sinne und ein Weg wird sich dir auftun.

Na ja, und die Geisterbären, das fasziniert mich immer noch, wie oft du mit ihnen schon Kontakt hattest und trotzdem noch am Leben bist. Und einmal sogar im Traum ... das ist Wahnsinn!

Auf jeden Fall sind sie keine Tiere im herkömmlichen Sinn. Niemand weiß etwas über sie. Einige halten sie sogar nur für alte Märchen.

Man sagt, sie seien Gesandte des Curiosums und wenn man sie trifft, so ist das meistens das Letzte im Leben. Sie sollen gewaltiger sein können als ein Erdbeben, schneller als der Wind und grausamer als das Feuer, doch den Guten sollen sie stets ein Beschützer sein. So erzählen es die Geschichten."

Cecile sah Jeremy an, als erwarte sie eine Reaktion.

Wie aus ihren eigenen Gedanken gerissen sagte sie schließlich: „Na ja, mehr kann ich dir dazu nicht sagen. Aber ich schlage vor, wir besuchen jetzt einen sehr guten Freund von mir! Er ist besonders verständig auf unsere Flora. Die Pflanzen sind, wenn man so will, seine ganz speziellen Freunde."

Cecile grinste und deutete Jeremy ihr zu folgen.

„Sein Name ist Erion. Erion Callirius. Er ist ein Druide. Du wirst ihn mögen. Er ist wirklich ein besonderer Mensch. Ich hoffe, er wird dir alles über die Pflanzen erklären!"

Kapitel 6

Der Druide Erion

Während die beiden den Weg zu Erion Callirius, dem großen Gelehrten der Pflanzen in der Welt hinter dem Nebel gingen, fragte Cecile, die ihre Neugierde nicht mehr zurückhalten konnte, Jeremy aus. Sie wollte alles wissen von seinem Leben, seiner Geschichte, seinen Freunden und allem, was ihm passiert war, bis er in die Nebelwelt kam.

Wie durch ein gerade noch rechtzeitig geöffnetes Ventil strömten die Erzählungen aus Jeremy, wie die Luft aus einem viel zu stark aufgeblasenen Ballon. Sein letzter Schultag vor den Ferien, die Attacke von Kevin Kitter, dem Schulschläger, der Ärger zu Hause mit seinen Eltern und viele Geschichten, die er mit seinen Freunden erlebt hatte.

Cecile folgte seinen Worten mit offenem Mund und war sichtlich schockiert von der Gewalt und den unangenehmen Umständen in Jeremys Leben. „Meine Güte, du armer Kerl! Dir ergeht es ja wirklich übel in deiner Welt."

Jeremy war zwar erfreut über Ceciles Mitgefühl, doch schien es ihm etwas übertrieben. „Na ja, soo schlimm geht es mir jetzt auch wieder nicht. Schließlich hat jeder mal eine Auseinandersetzung mit jemand Stärkerem oder ein bisschen Ärger zu Hause."

„Wirklich?", wunderte sich Cecile, „ich schätze, hier unterscheiden sich unsere Welten ziemlich voneinander. In unserer Welt kümmert sich jeder darum, dass es dem anderen möglichst gut geht! Ein hohes Maß an Glücklichkeit ist unser höchstes Ziel in der Gemeinschaft."

„Verstehe, hm, das ist toll!", bemerkte Jeremy und erinnerte sich an sein Gespräch mit seinem Freund Jonas. „Und das funktioniert? Jeder macht mit?"

„Sicher! Ich erzähl' dir später mehr darüber. Jetzt erzähl' nochmal wie das war, als du das erste Mal in die Nebelwelt gekommen bist.“, bettelte Cecile.

Jeremy ließ sich nicht lange bitten und erzählte vom Baumhaus, von seinem Traum und dem dichten Nebel. An der Stelle, als er vor dem Geisterbären stand und dieser nur über ihn hinweg sah, raufte sich Cecile vor Aufregung die Haare.

„Oh Mann, ich hab' eine Gänsehaut!“, sagte sie. „Das war bei weitem mehr als ein Traum! Du wurdest eindeutig gerufen!“

„Okay ...“, murmelte Jeremy nachdenklich. „Als ich danach wieder im Baumhaus aufgewacht bin, war ich ganz schön verwirrt. Wahrscheinlich hab' ich deswegen meinen Freunden gegenüber so übertrieben reagiert. Ich bin dann wegen unseres Streits runter vom Baumhaus und zum alten Apfelbaum gerannt.“

Cecile nickte wissend. „Man sagt, Geisterbären können auch in Träumen erscheinen. Meistens bedeutet das, dass du irgendetwas tun sollst. Dein Fall vom Baumhaus war ein Hinweis, den jeder Nebulaner klar als Aufforderung hinunterzusteigen gedeutet hätte. Der Prankenhieb im Wald war wohl eher ein Zeichen dafür, dass sie nicht gerade die Geduldigsten sind. Mit Geisterbären ist definitiv nicht zu spaßen. Hoffentlich treffe ich nie einen!“ Cecile war sichtlich immer wieder beeindruckt von Jeremys Erlebnissen. Jeremy merkte das auch, und es machte ihn irgendwie stolz. Auch wenn er zu all den Ereignissen nichts beigetragen hatte, so hatte er sie doch überstanden.

Als Jeremy berichtete, wie er im Nebel den alten Apfelbaum für ein dreiarmiges Monster gehalten hatte, musste Cecile laut lachen, weil er dazu so ein ängstliches Gesicht machte. Mit den Erzählungen verging die Zeit ihrer Wanderung schnell und irgendwann blieb Cecile stehen und sagte: „So, da sind wir. Siehst du den Eingang?“

Die beiden waren schon einige Zeit in einem Wald unterwegs, auf einem Pfad, der wie ein Spalt zwischen den Bäumen und unterhalb ihrer Wurzelgrenze verlief. Er war mit den Nadeln der Bäume bedeckt und man konnte angenehm weich darauf gehen. Die Wurzeln der Bäume ragten von den Seitenwänden des Pfades herein und der Weg ging an manchen Stellen so tief, dass im Schutz dieser Wände Unmengen von Pilzen, Moos und allerlei Kräuter wuchsen.

An einer besonders tief gelegenen Stelle war Cecile nun stehengeblieben. Jeremy sah nach hinten und vorne, dann auch an die fast zwei Meter hohen, durchwurzelten Wände des Pfades. Da entdeckte er an einer besonders dicken Wurzel ein Zeichen, das in die Rinde geschnitten war. Es war das Zeichen für eine Pforte.

„Ist es das hier?", fragte er Cecile.

„Ja! Genau! Du hast gut aufgepasst. Und wie können wir diese Pforte jetzt öffnen?"

„Na so!" Jeremy wollte die Rune berühren, wie er es bei Cecile gelernt hatte.

„Halt, halt!", sagte Cecile lachend. „Im Grunde wäre das schon richtig, aber wir wollen Erion doch lieber vorwarnen, anstatt einfach so in sein Haus zu gehen ..."

Cecile streichelte mit ihrer Hand über die große Wurzel. Jeremy trat erschrocken einen Schritt zurück, als die Wurzel sich plötzlich zusammenzog und der Baum, zu dem sie gehörte, ein knackendes, knarzendes Geräusch erzeugte.

„Eine originelle Klingel!", kommentierte Jeremy um seinen kleinen Schreck zu überspielen. Einen Augenblick später begann die Rune in der Wurzel dunkelgrün zu leuchten und Cecile berührte sie.

Zwischen der dicken Wurzel und einer weiteren, die etwa einen Meter weiter rechts von oben nach unten wuchs, dunkelte sich die Wand ab und begann zu flimmern wie Jeremy es kannte. Cecile ging durch die Pforte und Jeremy folgte ihr. Es dauerte etwas, bis Jeremy sich an die schwache Beleuchtung im Inneren gewöhnt hatte.

Die beiden standen in einem Raum unter dem Waldboden, der für eine Höhle erstaunlich saubere Wände und einen sauberen glatten Boden hatte. Von dort konnte man links, geradeaus oder rechts in weitere Räume gehen. Als aus dem mittleren Raum eine schmale Gestalt kam, erhellte sich der Eingangsbereich und Jeremy sah, dass das Licht von etlichen kleinen Pilzen kam, die an der Decke und an herabhängenden Wurzeln wuchsen.

Cecile und Erion umarmten sich innig. Er war ein freundlich aussehender junger Mann, etwa einen Kopf größer als Jeremy mit lockigen, braunen Haaren und grünen Augen. Seine Kleidung hob sich kaum von der Farbe des Waldbodens ab. Jeremy hatte ihn sich wesentlich älter vorgestellt.

Erion sah Jeremy gutmütig lächelnd in die Augen und bat ihn und Cecile in das mittlere Zimmer. Sie setzten sich an einen Tisch aus hellem Holz, der in der Mitte des Raumes stand.

Jeremy fühlte sich wie Alice im Wunderland. Als Cecile begann ihm zu erzählen wer Jeremy sei, nickte Erion nur und sagte: „Ich bin schon im Bilde. Obwohl ich mich im Wald verberge, bleibt mir nichts verborgen."

„Verstehe.", sagte Cecile lächelnd. „Ich hatte gehofft, Du könntest Jeremy ein wenig helfen, unsere Pflanzenwelt etwas besser zu verstehen."

Erion nickte und wandte seinen Blick Jeremy zu. „Oh, wie unhöflich von mir. Mein Name ist Erion Callirius." Er hob seine linke Hand und richtete die Handinnenfläche zu Jeremy. Instinktiv tat Jeremy das Gleiche und berührte Erions Hand zur Begrüßung. Bei der Berührung spürte er ein warmes, kribbelndes Gefühl an der Hand. Verunsichert zog er seine Hand zurück.

„Na, besonders viel hast du ihm wohl noch nicht erklärt, Ceci?" Erion zwinkerte Cecile zu. „Wir begrüßen uns mit dieser Berührung um die Energie des anderen zu spüren, wenn wir ihn noch nicht kennen! Was du gerade gespürt hast war meine Wesens-Energie."

„Ach so, verstehe, tut mir leid, wenn ich zurückgezuckt bin, aber ich kenne das noch nicht.", entschuldigte sich Jeremy, „und ich hab' so ein Kribbeln auch noch nie gespürt."

„Jeremy, ich muss mich schon wieder entschuldigen, schließlich ist für dich hier fast alles neu. Sag', was hast du denn von unserer Welt bereits kennengelernt? Hast Du eine Frage?"

„Eine? Ich weiß gar nicht wo ich anfangen soll ... vielleicht, warum die Wurzel vor Deinem Eingang bei Ceciles Berührung so schön geleuchtet hat?"

Erion überlegte kurz und entschied sich wohl, auf Jeremys Frage nicht zu antworten. „Versuch' dich an den ersten Moment in unserer Welt zu erinnern. Die ersten Fragen bekommen oft schon die größten Antworten."

Jeremy musste nicht lange nachdenken, um sich an seinen ersten Schritt in die Nebelwelt zu erinnern: „Das Erste, über das ich mich gewundert habe, war ein Stein zwischen meinen Händen, als ich auf allen Vieren in eurer Welt gelandet bin. Er hat einfach so die Farbe gewechselt, als ich ihn angesehen habe."

„Oh, was für ein netter Zufall! Du hast ein Steinwesen getroffen bei deinem ersten Schritt in unserer Welt!" Erion freute sich, wie er sich immer freute, wenn er über Wesen aus Flora und Fauna sprach.

„Ein Steinwesen?", wunderte sich Jeremy. „Heißt das, der Stein war lebendig?"

„Aber natürlich war er das", begann Erion, „alles lebt! Oder sagen wir es so: Was bedeutet es denn, wenn etwas lebt? Etwas lebt, wenn es eine Energie besitzt und Energie fließt durch alles. Sogar in deiner Welt ist das so, nur wesentlich abgeschwächter. Als sich unsere Welt aus der euren zurückgezogen hat, begannen beide Teile sich unterschiedlich zu entwickeln. Hier bei uns haben die magischen Menschen eine völlig andere Beziehung zu allem gehabt als die Menschen in eurer Welt und das hat sich auf alles ausgewirkt. Je mehr Energiefluss herrscht, desto ausgeprägter ist die Lebendigkeit. Das Steinwesen, das du gesehen hast, hat deine Gefühlsenergie empfangen und in Farben dargestellt. Rot für Angst oder Wut, schnell wechselnde Farben für Unsicherheit und Desorientierung."

„Das trifft es total!", bestätigte Jeremy.

„Steinwesen sind für uns wie 'Spiegel der Ehrlichkeit'. Sie zeigen dir immer deinen Gemütszustand, selbst wenn du dir seiner nicht bewusst bist. Denn sie sind vollkommen ohne Absicht."

„Was bedeutet das 'ohne Absicht'?"

„Nun, ein Steinwesen wird niemals etwas von dir wollen oder versuchen dich zu beeinflussen. Es hat keine Absichten, es reagiert nur auf seine Umwelt."

„Oh, ich bin ein schlechter Gastgeber!", unterbrach sich Erion selbst, „wollt ihr etwas trinken?"

Er stand auf und ging zu einer Anrichte, aus der er eine Flasche und drei Gläser nahm, die er auf den Tisch stellte.

„Möchtest du lernen, die Energie der Dinge und Wesen zu spüren, Jeremy?" Erion schob ein Glas zu ihm und öffnete die Flasche.

Jeremy war nicht neugierig, er war vollkommen durstig nach dem Wissen um all diese wundersamen Dinge und Wesen und um ein Vielfaches durstiger war er darauf, etwas von diesen magischen Fähigkeiten zu erlernen.

„Du meinst, ich kann zaubern lernen?"

„Zaubern?", fragte Erion und blickte verwundert auf Cecile.

„Sie haben ein völlig anderes Verständnis!", erklärte sie schulterzuckend.

„Okay, Jeremy lass' mich dir etwas zu 'Zauberei' erklären. Was wir tun, ist keine Zauberei. Auch wenn wir es hin und wieder nicht mit Worten erklären können, können wir es doch mit unserer Seele oder unserem Geist erfassen. Ähnlich wie dir bei uns, würde es wahrscheinlich mir bei euch gehen. In eurer Welt gibt es Dinge, die ich mir nicht erklären könnte. Als Reaktion darauf könnte ich sie für Zauberei halten. Das wäre aber nicht besonders wahrscheinlich oder?"

Jeremy nickte verständig. „Ja, aber ihr sprecht doch immer von 'magischen' Wesen."

„Das ist wohl wahr", entgegnete ihm Erion, „damit ist aber immer das Verstehen, Spüren oder das Umgehen mit der Energie gemeint. Für dich mag es wie Zauberei wirken wenn Cecile eine Wurzel streichelt und sie darauf reagiert. Das Magische daran findet aber zwischen Ceciles Geist und dem Wesen des Baumes statt. Es ist eher vergleichbar mit dem Aufspannen eines Regenschirms: du benutzt die Energie deiner Arme und spannst ihn auf und plötzlich regnet es nicht mehr."

Jeremy schaute hochkonzentriert von Erion auf Cecile und wieder zurück. Es schien offensichtlich, dass er nicht wirklich verstanden hatte.

„Na gut, ich sehe ein, dass der Vergleich ein bisschen hinkt. Schau, stell' dir vor, du wirfst in deiner Welt einen Stein in die Luft und fängst ihn wieder auf. Nichts besonderes oder? Und jetzt nehmen wir einen Hund dazu, der dich beobachtet. Er selbst kann keine Steine werfen, aber er weiß, dass Steine gewöhnlich nicht fliegen können. Wahrscheinlich hält er dich für einen Zauberer, nur weil er einige Dinge nicht weiß oder nicht kann.

Nun bist du natürlich kein Hund! Aber du bist in der Nebelwelt und vieles ist dir nicht bekannt. Und anderes kannst du nicht tun. Noch nicht."

„Okay, dann bring mir das Steinewerfen mal bei!", forderte Jeremy Erion grinsend auf. Erion beugte sich über den Tisch zu Jeremy und musterte ihn gründlich. Seine grünen Augen glitzerten und leuchteten auf fast unnatürliche Weise. Ohne hinzusehen griff er zu der Flasche, die er vorher von der Anrichte geholt hatte und goss etwas in Jeremys Glas, ohne den Blick von ihm zu lassen. Die Flüssigkeit schimmerte in etlichen verschiedenen Grüntönen. Für Jeremy sah sie aus wie etwas wirklich Giftiges. Erion schob ihm das Glas zu. „Trink', Jeremy aus der Außenwelt, und lerne dein Innerstes kennen!"

Erion stand auf und sprach mit hypnotisierend eindringlicher Stimme: „Alles hat Wasser in sich, das Wasser bestimmt das Tun. Reines Wasser ist klar und ohne Schattierungen. Es kann Informationen aufnehmen und überbringen. Luft, Erde und der Geist der Dinge färben es mit ihrer Information. Trink' nun dieses Wasser und erfahre die Energie der grünen Pflanzen!" Erion sah auf Jeremy, Jeremy auf Cecile und Cecile nickte ihm mit aufgeregtem Blick zu.

Jeremy war sich nicht ganz sicher, ob Erion mit dem verrückten grünen Funkeln in den Augen, möglicherweise einen üblen Scherz mit ihm treiben wollte, aber seine Neugier und sein Durst nach der neuen Welt waren stärker. Er nahm das Glas und führte es an den Mund. Erion legte seine Hand auf Jeremys Schulter und flüsterte: „Lass alles los, was du zu wissen glaubst und öffne dich für das Wesen der Pflanzen."

Mit diesen Worten hob er das Glas an Jeremys Mund etwas an und Jeremy konnte nicht anders, als es bis zum letzten Tropfen auszutrinken. Es schmeckte wie eine Mischung aus sämtlichen Kräutern, die man sich vorstellen kann und hatte einen extrem bitteren Nachgeschmack. Jeremy verzog das Gesicht und sah zu Cecile. Sie sah ihn nur an wie einen Prinzen, der sich sogleich in einen Frosch verwandeln müsste.

Jeremy fühlte sich wie erstarrt. Seine Arme! Er konnte sie plötzlich nicht mehr bewegen. Er sah an sich hinunter. Seine Arme hatten anstelle der Haut eine Rinde ausgebildet und nun wurde er von Panik ergriffen.

Wie er auf seine Arme starrte, wuchsen aus ihnen Stränge aus Wurzelholz und gruben sich in der Tischplatte fest. Er wollte schreien, doch er wusste nicht wie! Er war nicht mehr in der Lage seinen Mund zu öffnen, nein er wusste nicht einmal, ob er überhaupt einen hatte! Was in aller Welt hatte Erion aus ihm gemacht?

Er wollte mit den Augen nach ihm suchen um ihm zu deuten, dass er das alles stoppen solle, aber ...

Um ihn war es dunkel geworden. Er konnte nicht mehr sehen.

Mit jeder Sekunde wurde ihm klarer, dass er kein Mensch mehr war. Er hatte sich in einen Baum verwandeln lassen.

Im Moment als Jeremy das klar wurde, blitzten Erions Worte in ihm auf: 'es gibt keine Zauberei'. Einen Menschen in einen Baum zu verwandeln, wäre allerdings eindeutig Zauberei gewesen. 'Trink' und lerne dein Innerstes kennen' hatte er gesagt. Langsam verstand Jeremy, dass er keinesfalls tatsächlich ein Baum sein konnte. Das alles musste eine Art Einbildung sein, doch er fühlte wie ein Baum. Er war sich seiner bewusst, von den tiefsten Wurzeln, bis hinauf in die höchsten Äste und deren Blätter. Zwar konnte er nicht sehen wie ein Mensch, doch fühlte er seine Umgebung einige Meter weit. Er konnte jeden Teil seiner Gestalt mit seinem Bewusstsein ansteuern und zum Wachsen bringen.

Es war ein phantastisches Gefühl von Stärke und Energie. Ja – Energie – jetzt verstand er Erions letzten Satz: 'Trink' und erfahre die Energie der grünen Pflanzen'! Jeremy fühlte wie ein Baum, das war wirklich buchstäbliche Erkenntnis. In seinen Ästen konnte er den Wind spüren und seine Wurzeln saugten Wasser aus dem Boden. Alles was ihn jetzt noch interessierte, war zu wachsen und zu wachsen. Es war seine einzige Absicht. Er bildete Blätter an seinen Ästen aus, an den Stellen, wo er das Sonnenlicht am meisten spürte, stärkte seine Äste und ließ seine Wurzeln weiter in die Tiefe der Erde greifen. Die Dauer einer Woche nahm er wahr wie einen kurzen Augenblick. Wenn er neben dem Wind und dem Sonnenschein etwas wahrnehmen konnte, dann nur sehr, sehr langsam. In diesem Zustand absoluten Friedens spürte er langsam die Gegenwart eines anderen Wesens. Er versuchte es zu erfühlen und verstand schon bald, dass es der Druide Erion war! Er spürte ihn und seine Energie in seiner unmittelbaren Nähe, und wie aus weiter Ferne vernahm er eine Botschaft von ihm: „Konzentriere deine Energie auf die Wahrnehmung des Äußeren." Das war die Botschaft, die er vernahm, obwohl er sie nicht hörte.

„Verlasse den Baum und nimm' deine Menschengestalt wieder an!" Jeremy erinnerte sich sehr schnell an alles: den Trank, Erions Höhle, Cecile. Sie saßen am Tisch.

„Du bist ein Mensch. Erkenne dich!“, hörte er Erions Stimme sagen. „JETZT!“ Hallte es in seinem Kopf wieder!

Jeremy öffnete erschrocken die Augen. Er saß noch immer mit Cecile und Erion an dessen Tisch in seiner Höhle. Erion hielt seine Hände dicht an Jeremys Ohren und fixierte ihn mit seinem Blick. „Willkommen zurück!“, sagte er zu Jeremy, der langsam realisierte, dass er tatsächlich kein Baum war und völlig unverändert an Erions Tisch saß. „War ich die ganze Zeit hier bei euch?“, fragte er, nur um sicher zu gehen.

„Mit deinem Körper schon!“, antwortete Erion.

„Und ich hab' mich nicht verändert?“

„In deinem Geist schon.“, erwiderte Erion.

„Was in aller Welt hast du mir da zu trinken gegeben? War das eine Droge? Ich hatte Halluzinationen. Ich dachte ich sei ein Baum!“

Und Erion begann sogleich mit der Erklärung: „Du hast einen besonderen Trank bekommen. Er hat dir die Information gegeben, wie es ist ein Baum zu sein. Damit hast du die besten Voraussetzungen die Bäume und alle anderen Pflanzen zu verstehen, ihre Energie zu spüren.“

Erion sah auf Jeremy um zu sehen, ob er verstanden hatte. „Wir alle haben tief in uns alle Information über die Entstehung der Welt. Nur das Wasser aber hat die Kraft und die Energie, diese Information wieder zum Leben zu erwecken. Du kannst es auch einen Rausch nennen oder eine Halluzination, aber nimm' es als Wahrheit an!“

Cecile war zwischenzeitlich aus dem Raum gegangen und kam mit einem Glas klaren Wassers zurück. Sie stellte es Jeremy hin und er sah sie fragend an.

„Keine Angst, ist einfach nur gegen den Durst.“, sagte sie und Durst hatte er wahrlich. Ja, Durst hatte er wie ein Baum!

„Übrigens Jeremy, du hast nicht die Wahrnehmung eines beliebigen Baumes erfahren. Du warst Eshadh. Die Königin der Eschen. Sie ist der Baum der Magier und man sagt, sie verbindet die Erde und das Wasser mit der Sonne! Der Trank aus ihrem Saft gab dir die Verbindung zum großen Ganzen. Über diese Verbindung manifestiert sich in dir die Überbrückung von der inneren zur äußeren Wahrnehmung und du lernst wieder, mit deiner Seele zu spüren.“

„Aber ich fühle keinen Unterschied zu vorher.“, bemerkte Jeremy etwas enttäuscht.

„Ruhig Blut. Du hast doch erfahren, wie langsam alles vor sich geht als Baum. Die Verbindung ist noch sehr fein und wurde lange nicht mehr, oder vielleicht sogar noch nie genutzt! In den nächsten Tagen wirst du einige Erlebnisse haben, die dieser Seelenzugang für dich bereit hält. Aber sei wachsam: Diese Verbindung kann auch in der anderen Richtung funktionieren, also von außen eine Verbindung zu deinem Inneren herstellen!“

Erion sah mit mahnendem Blick auf Jeremy, dann ebenso auf Cecile. „Pass' gut auf ihn auf Ceci, du kennst die Gefahr!“

Cecile nickte und sah ernst auf Jeremy. „Na perfekt!“, sagte der, „und ich weiß wieder einmal nicht, was auf mich zukommt. Wahrscheinlich kehre ich nie wieder aus dieser Nebelwelt zurück.“ Über seine eigenen Worte erschrocken sah er Erion an.

„Mach dir nicht so viele Gedanken. Die Esken haben dir Kraft gegeben, das kann ich erkennen. Und außerdem kamst du über das Portal am alten Apfelbaum zu uns. Der Apfelbaum ist der weiseste und reinste Baum von allen. Und er steht für Unsterblichkeit! Nicht umsonst entstand unter ihm das erste Portal von allen.“

„Ach so!“, Jeremy hatte sich sichtlich beruhigt, „und was sind diese Esken, die mir Kraft gegeben haben? Und was für eine Kraft?“

„Esken wurden die ersten magischen Wesen genannt. Es gab sie schon lange vor der Entstehung der Nebelwelt. Sie kennen die Pflanzenwelt weit besser als ich. Sie leben quasi in ihr. Nein, sie *sind* die Pflanzenwelt. Über ihre Tränke und Salben und Rituale können sie die gesamte Flora lenken. Vor über hundert Jahren jagten sie den damaligen Menschen damit so viel Angst ein, dass man sie dafür verfolgte – ich denke die Geschichte ist dir wohl bekannt. Die Esken: Erst später entwickelte sich aus 'Esken' das Wort 'Hexen'. Einige von ihnen haben zur damaligen Zeit eine große Wut entwickelt und haben sich verleiten lassen, ihr Wissen und ihre Macht gegen andere Menschen zu richten. Das machte einige von ihnen am Ende zu bösartigen Kreaturen. Allen voran ihre Anführerin, aber das gehört nicht hierher.“

„Ich verstehe.“, murmelte Jeremy, „und was für eine Kraft haben mir denn diese Esken gegeben?“

„Das weiß ich nicht, aber du wirst es zu gegebener Zeit merken.

Jetzt aber genug!“ Erion wedelte mit der Hand durch die Luft, als wolle er Jeremys Fragen vertreiben.

Während Jeremy grübelnd seine Gedanken ordnete, deckte Erion mit Cecile den Tisch mit Speisen. Dinge, die Jeremy zum größten Teil noch nie gesehen hatte. Die Anstrengung der letzten Stunden hatte ihn allerdings richtig hungrig gemacht und so probierte er von allem und war sehr angetan von den völlig neuartigen Geschmäckern.

Jeremy fühlte sich wirklich sehr wohl in Erions Höhle, darum war er fast etwas traurig, als Cecile eine Weile nach dem Essen zum Aufbruch drängte.

„Viel Glück und Erfolg auf all' deinen Reisen.“, wünschte Erion Jeremy beim Abschied und hielt wieder seine Handinnenfläche zu ihm hin. Diesmal war Jeremy vorbereitet und tat es ihm gleich. Ihre Hände berührten sich noch nicht, da spürte er wieder dieses Kribbeln, nur noch viel stärker. Ein Anflug von Freude und Freundschaft zu Erion überkam ihn.

Erion lächelte ihn an und wandte sich zu Cecile. „Er ist erstaunlich schnell!“, sagte er und schüttelte verwundert den Kopf. Er umarmte Cecile innig und begleitete die beiden noch nach draußen. Cecile und Jeremy winkten ihm noch zu und als Jeremy sich noch einmal umdrehte, war Erion bereits verschwunden.

Die ersten Minuten auf dem Rückweg durch den Wald sprachen Jeremy und Cecile kein Wort. Aber lange konnte Cecile ihre Neugier nicht mehr verbergen.

„Und? Wie findest du ihn?“

Jeremy suchte nach dem richtigen Wort, der richtigen Formulierung, und als ihm klar wurde, dass er es nicht mit Worten auszudrücken vermochte, sagte er: „Er ist absolut magisch!“ Cecile musste lachen.

„Ja, da hast du wohl recht. Einfache Worte beschreiben ihn nicht wirklich ...“

„Ja, er ist ein faszinierender Mensch, aber eine Frage hat er mir nicht beantwortet.“, bemerkte Jeremy mit geheimnisvollem Unterton.

„Ach. Und die wäre?"

„Wie ist das passiert vor Erions Pforte, wo du die Wurzel berührt hast? Wie kann sich eine hölzerne Wurzel bewegen als wäre sie ein Tier? Und was hast du mit der Berührung bewirkt?"

„Gib' mir Deine Hände!", sagte sie und streckte ihm ihre entgegen.

Gespannt legte Jeremy seine Hände in ihre und im Nu stieg ein unerwartetes Hochgefühl in ihm auf. Er fühlte sich wie durchflutet von Freude und Vitalität.

Die Hände lösten sich und Jeremy atmete schnell vor Überwältigung durch diesen Gefühlsüberschwang. „Was war *das* denn?", sagte er voller Begeisterung.

„Ich hab' dir eine ordentliche Dosis Energie gesendet. Auf eine ähnliche Art habe ich mich mit dem Baum vor Erions Haus verständigt. Erion hat das gespürt und als Antwort das grüne Leuchten bewirkt."

„Wie in aller Welt geht das? Ich will das lernen!"

„Du hast bereits damit begonnen.", sagte Cecile, drehte sich um und ging weiter des Weges.

Jeremy konnte sich kaum beruhigen. „Du meinst die Verabschiedung von Erion oder? Die Gefühle waren ähnlich, nur nicht so stark."

„Ich meine deine Fähigkeit, die Energie anderer Wesen zu spüren, ihnen deine Energie zu senden und deren Energie zu empfangen. Ein Gespräch auf Energie-Ebene, wenn du so willst.", erklärte Cecile. „Erion hat dich nur fühlen lassen. Hätte *er* dir Energie gesendet, wäre das mit ziemlicher Sicherheit für dich zu viel gewesen."

Cecile kicherte. „Ich kenne ihn schon so lange ich denken kann. Er ist mir einer der wichtigsten Menschen. Und er ist vorbildlich für jeden von uns. Er kennt unsere Gesetze nicht nur, er lebt sie auch."

„Ihr habt Gesetze?", wunderte sich Jeremy.

„Ja schon, aber nicht im Sinne eurer Gesetze. Bei uns sind sie eher wie ungeschriebene Regeln. Jeder hält sich an sie, sonst würde es ihm automatisch selbst nicht mehr richtig gut gehen."

„Und was sind das für Regeln?"

„Hm ... das ist nicht ganz unkompliziert.", überlegte Cecile,

„vielleicht ist es besser, wenn dir das jemand anderes erklärt. Das ist überhaupt eine gute Idee. Ich werde dir noch ein paar Menschen unserer Welt vorstellen."

„Heute noch?", wunderte sich Jeremy.

„Klar! Heute gehen wir nur noch bis zu Talidas Haus. Sie ist eine Freundin, der ich dich unbedingt vorstellen will. Ich glaube allerdings, sie hat ein paar Freunde eingeladen. Aber so lernst du wenigstens gleich ein paar von uns kennen! Das ist gut!"

Jeremy war begeistert. Er war wirklich neugierig auf die Menschen, die in dieser Welt leben. Er fragte Cecile über Talida und deren Freunde aus. Während die zwei freudig plaudernd über Felder und Wiesen gingen, mäandernden Flussläufen folgten und kleine Wäldchen durchquerten, versuchte Jeremy immer wieder, heimlich irgendwelche Teile von Pflanzen zu streicheln oder zu berühren um ihre Energie zu spüren.

Als er schließlich Cecile berichtete, dass er kaum Erfolg hatte, riet die ihm, wenn er etwas probieren wolle, dann doch richtig. Die beiden machten eine Rast und Cecile setzte Jeremy auf einen Stein an einem, wie sie sagte, gut geeigneten Platz.

„Bewege dich möglichst nicht, außer du wirst dazu aufgefordert. Versuche nichts zu denken und dafür alles zu spüren.", so war Ceciles Anweisung.

Jeremy, der schließlich lernen wollte, saß also bewegungslos auf dem Stein neben einer dicken alten Eiche und einem ulkig, krumm gewachsenen kleineren Bäumchen. Zwischen den beiden stand ein mittelgroßer Pilz mit lila Kappe. Der Boden war moosig und zum Teil mit Blättern bedeckt. Je länger Jeremy dort saß, desto mehr Kleinigkeiten fielen ihm auf. Schließlich beobachtete er einen kleinen Käfer, der seine Mühe hatte über das Moos zu krabbeln und er sah kleine Wassertropfen an einigen Pflanzenteilen und wie sie das Licht der späten Nachmittagssonne zum Glitzern brachten.

Wie ein Stein im Treibsand, sanken seine Gedanken immer tiefer in diese kleine Welt vor seinen Augen ein, bis schließlich diese kleine Welt ebenso auf ihn zu sehen schien, wie er auf sie. Er schaffte es nicht mehr an Wörter zu denken wie Moos, Pilz oder Baum. Das Grün drang ungehindert in ihn ein und er spürte diese Energie und nahm sie in sich auf.

Als würden sie sein Gesicht kühlen, spürte er die Tropfen aus dem Moos und der Geruch aus Waldboden, Pilz und Holz zog ihn wie durch einen Sog in die Pflanzen hinein.

Plötzlich sah die Rinde der Eiche aus wie ein weicher, glitzernder Stoff, das Moos waberte wie ein Wasserbett und der Pilz sprühte winzige, goldene Funken und bewegte sich im weichen Rhythmus der Mooskissen.

Er konnte es sehen! Er sah die Energie der Pflanzen! Fasziniert streckte er seine Hand nach den goldenen Fünklein des Pilzes aus. Er wollte dieses kleine Wunder einfach berühren.

Aber der Pilz hatte daran offensichtlich kein Interesse. Noch bevor er den ersten Funken erreichte, traf ihn ein stechender Schmerz, wie durch einen Stich in der Mitte seiner Handfläche. Jeremy zuckte zurück und sah in seine Hand. Keine Verletzung war zu sehen. Unbemerkt von ihm hatte sich Cecile auf einen etwas entfernten Stein gesetzt und ihn beobachtet.

„Gut!", lobte sie Jeremy. „Erion hat recht. Du lernst erstaunlich schnell."

„Das sehe ich nicht so. Ich wollte gerade die goldenen Funken berühren, da hat mich was in die Hand gestochen."

„Genau. Das war reine Energie. Und, sagte ich dir nicht, du sollst erst etwas berühren, wenn du dazu aufgefordert wirst?"

„Jaa ..." brummte Jeremy, peinlich getroffen, aber dennoch hoch erfreut über seine Erfolge in der Pflanzenverständigung. „Gibt es nicht noch irgend einen Trank, der mir beibringt, wie man das macht?"

„Warum muss denn immer alles so schnell gehen Jeremy? Andere schaffen in ihrem ganzen Leben nicht, was du in den letzten Stunden gelernt hast!"

Jeremys Blick senkte sich beschämt zu Boden.

Schon bekam Cecile wieder Mitleid mit ihrem 'Schüler'.

„Entschuldige, woher sollst du auch wissen, wie lange sowas dauert. Weißt du, das mit den Tränken ist nicht so einfach. Wir bekommen diese Elixiere hier nicht einfach so geliefert! Es sind die Esken. Sie verstehen mehr von den Pflanzen als alle anderen und können magische Tränke und heilende Salben aus den Pflanzen bereiten. Einen ganz besonderen kennst du ja schon: Erions Trank. Das war ein ganz berühmter Esken-Trank. Erion hat ihn natürlich selbst gemacht, aber gelernt hat auch er das irgendwann mal von den Esken."

Die Erinnerung an dieses Erlebnis arbeitete in Jeremy und besonders ein Gedanke ließ ihn nicht los. „Cecile, erzähl' mir von den Esken. Was haben sie für eine Gestalt und was ist ihre Aufgabe in dieser Welt?"

„Tja, was soll ich dir da erzählen ... Also, die Esken sind Menschen wie wir auch. Vor der Erhebung des Nebels wurden sie als 'Hexen' beschimpft und auf das Bitterste verfolgt. Das weißt Du ja. Als Erion sagte, sie seien die Pflanzen, hat er das eher symbolisch gemeint. Sie sind, wie gesagt, sehr pflanzenkundig. Sie bereiten sogar einen besonderen Trank aus Heidekraut und etlichen anderen Zutaten zu, der für das Curiosum gebraucht wird. Man sagt, mit ihm könne man den Seelenplan eines Menschen erkennen!"

Seelenplan! Jeremy staunte nicht schlecht über diese Künste, und seine Sicht auf die Welt der Pflanzen war wieder ein Stück respektvoller geworden.

„Die Wurzeln der Nebelwelt-Esken liegen übrigens gar nicht allzu weit von hier in Espenscheid! Den Überlieferungen zufolge hat sich nach der Erhebung des Nebels eine hohe Eske hier niedergelassen, nachdem sie durch das Portal am Apfelbaum kam. Sie kam mit ihrem Mann. Die Beiden hießen Callirius.

Erion ist einer ihrer direkten Nachfahren. In der Überlieferung heißt es, sie konnten aus Teilen des Espenbaumes einen lebensspendenden Trank brauen.

Am Ende ihres Lebens verwandelten Sie sich der Legende nach in zwei Espen-Bäume. Heute stehen im Zentrum von Espenscheid zwei uralte Espen in der Mitte des Callirius-Platzes."

Jeremy konnte nicht genug bekommen von diesen Geschichten. „Und wo genau ist Espenscheid?"

„Es liegt am Rande des Wispertals inmitten eines Schiefergebirges." Cecile zeigte Richtung Horizont und in der Ferne sah Jeremy einen viele Kilometer breiten Gebirgszug, der durch den Dunst, hinter dem er lag, aussah als würde er schweben.

„Leider kenne ich kein Portal dorthin. Ich würde dir Espenscheid gerne zeigen. Vielleicht kommen wir ja irgendwann mal dazu. Ist eine Reise wert! Jetzt schauen wir erst mal, dass wir zu Talida kommen, bevor es dunkel wird."

Kapitel 7

Das große Willkommen!

Mitten in der hügeligen Wiesenlandschaft lag ein riesiger, baumhoher Fels, ein Monolith, auf den Cecile und Jeremy direkt zugegangen waren. Nun blieb Cecile unmittelbar davor stehen und sah Jeremy an. „Da wären wir!“, sagte sie, „willst du vorausgehen?“

Jeremy war klar, dass sie vor der Pforte zu Talidas Haus stehen mussten. Also suchte er nach dem runenartigen Zeichen, das Cecile ihm bei Erion gezeigt hatte.

„Und sollten wir uns nicht ankündigen?“ fragte er, da er ja gelernt hatte, dass das zum guten Ton gehörte.

„Ist nicht nötig. Talida macht doch eine kleine Feier dir zu Ehren.“, sagte Cecile und grinste Jeremy an.

„Mir zu Ehren?“

„Klar!“, sagte Cecile nur, als sei das von vornherein so besprochen gewesen und berührte den Stein auf ihrer Seite. Das für Pforten typische Flimmern wurde direkt auf dem Felsen vor den beiden sichtbar und Cecile versetzte Jeremy einen Schubser, direkt darauf zu. Reflexartig wollte sich Jeremy abstützen. Anstatt dessen stolperte er durch die Pforte und Cecile folgte ihm.

Die beiden standen in einem Raum, der voller Menschen in Partylaune war. Als die Ersten den Hereinstolpernden in Ceciles Begleitung sahen, fingen sie zu Jeremys Schreck an zu klatschen, zu jubeln und zu grölen. Jeremy sah sich zu Cecile um und sie strahlte vor Freude und nickte ihm zu. Die ersten Gäste kamen zu Cecile gestürzt und umarmten sie zur Begrüßung.

„Ist er das?“, fragte gleich der Erste mit Blick auf Jeremy.

„Ja.“, sagte Cecile, „das ist er.“

Jeremy kam sich ein bisschen vor wie ein seltenes Tier. Aus der Menge der Gäste kam ein Mädchen mit langen lockigen Haaren auf ihn zu und hob ihre linke Hand zur Begrüßung.

„Hallo, ich bin Talida.", sagte sie und Jeremy tat es ihr gleich. Die Hände der beiden berührten sich nicht und schon spürte Jeremy eine fließende Wärme über seinen Arm bis in die Brust.

Talidas Gesichtsausdruck änderte sich vom freudigen Lächeln in ein staunendes Mustern als sie Jeremy spürte. Einen kurzen Moment fürchtete Jeremy, er hätte etwas falsch gemacht, doch Talida wurde von der freudigen Begrüßung durch Cecile unterbrochen.

Die Beiden umarmten sich und quietschten dabei wie zwei, die sich eine Ewigkeit nicht gesehen hatten.

„Er fühlt sich wirklich seltsam an! So etwas habe ich bisher noch bei keinem gespürt.", sagte Talida zu Cecile. Jeremy konnte das hören. Und es war ihm nicht besonders angenehm. Allerdings fiel ihm dabei auf, dass er wohl die anderen spüren konnte, von seiner eigenen Energie wusste er dagegen gar nichts. Wie fühlte es sich wohl für Talida an, wenn sie ihn berührte?

Aus dem Gedränge der Gäste kam schließlich endlich mal ein Junge auf Jeremy zu. Jeremy erschrak ein wenig, als er sich bei der Begrüßung plötzlich fühlte, als würde sein Arm bis zur Brust mit Wasser durchgespült. Er sah dem Jungen in die Augen und blickte auf ein waches, freundliches Gesicht mit türkisblauen Augen.

„Hallo Jeremy, ich heiße Arkin."

„Hi!", war alles was Jeremy herausbekam und Arkin schien seine Unsicherheit zu bemerken.

„Das muss für dich ja ein ziemliches Chaos sein! Lauter Unbekannte, die dich anglotzen wie einen Außerirdischen. Aber so in etwa sehen dich einige wahrscheinlich."

„Wie einen Außerirdischen?", wunderte sich Jeremy.

„Na ja, natürlich nicht wirklich. Aber du bist hier momentan das Gespräch Nummer eins, Jeremy aus der Außenwelt. Der aus der Prophezeiung."

Jeremy fühlte sich, als hätte ihm jemand einen mit Wackersteinen gefüllten Rucksack auf den Rücken geschnallt. An diesen Teil würde er sich wohl nie gewöhnen können. Er hatte schon ganz vergessen, dass er hier irgendwie ein Wunder vollbringen sollte, von dem er immer noch nicht den Schimmer einer Ahnung hatte.

„Na ja, das ist schon heftig, vor allem, weil ich keine Ahnung habe, wie ich dieses große Wunder vollbringen soll. Ich bin doch nur ein ganz normaler Junge bei uns zu Hause."

Arkin sah Jeremy in die Augen und Jeremy entdeckte ein leichtes Flimmern in seinem Blick, das aussah wie die Spiegelungen auf der Wasseroberfläche eines Swimmingpools. „Entschuldige, dass ich so schaue!“, sagte er, „aber deine Augen ...“

„Was ist damit?“, wunderte sich Arkin.

„Ach nichts ...“, versuchte Jeremy der peinlichen Situation auszuweichen, als ihm Cecile die Mühe ersparte und die beiden unterbrach.

„Was unterstehst du dich den Prophezeiten anzusprechen!“, fuhr sie Arkin an. „Niemand darf mit ihm sprechen außer mir!“

„Verstehe junge Seherin, bitte verzeiht mir!“ antwortete er, nahm einen Schritt Abstand und senkte seinen Blick.

„Gut!“, antwortete sie streng „das möchte ich auch hoffen“

Jeremy hatte Cecile noch nie so erlebt und verstand überhaupt nichts mehr. Vor allem war ihm ein Rätsel, warum sie solche Ehrfurcht bei Arkin auslöste.

Plötzlich begannen die Beiden gleichzeitig prustend zu lachen und fielen sich in die Arme. „Ich hab' dich ewig nicht gesehen!“, jauchzte Arkin.

„Ja, Talida sollte öfters mal ein Fest machen!“, antwortete Cecile.

„Oh Mann, jetzt dachte ich wirklich kurz, ich sei im falschen Film.“ gab Jeremy zu und alle lachten über die gelungene Theatervorstellung.

„Was machen deine Fähigkeiten? Machst du Fortschritte?“ fragte Celile Arkin.

„Du weißt ja wie das ist. Man denkt, dass man ewig auf der Stelle tritt und nicht weiter kommt, und plötzlich, meistens wenn man fast aufgeben will, macht es ‘Klick‘.“

„Oh ja!“, nickte Cecile, „das kennen wir alle. Freut mich für dich! Wir sollten uns mal wieder treffen, ich denke, ich werde euch Wasser-Heinis mal besuchen demnächst. Aber jetzt muss ich mich ein bisschen kümmern.“, ergänzte sie mit einem Seitenblick auf Jeremy.

„Klar, ich wünsche euch viel Erfolg!“ Arkin machte eine Geste Richtung Jeremy, die aussah, als wolle er ihn anspornen, ihm Kraft wünschen. Jeremy nickte ihm dankend zurück und Arkin ging zu einer Gruppe von Gästen, die ihn scheinbar neugierig auf sein Gespräch mit dem geheimnisumwobenen Prophezeiten empfingen.

„Alles okay?", fragte Cecile.

„Zuerst hat er mir Leid getan." antwortete Jeremy, „Ich dachte wirklich kurz, dass Du eine richtig gruselige Seite an dir hast. 'Junge Seherin'."

„Ja. Das ist so ein Ding zwischen uns – wir kennen uns schon ewig", grinste Cecile.

„Ja, das hat man gemerkt. Aber jetzt könnte ich was zu essen vertragen."

Cecile nickte und ging voran in den beachtlich großen Raum, vorbei an neugierigen Augen, deren Blicken Jeremy so gut es ging auszuweichen versuchte. Sie führte Jeremy an einen Platz neben dem reichhaltig gedeckten Buffet.

„Nimm' dir was du willst.", Cecile deutete auf das Essen, „ich bring' Dir etwas zu trinken."

Einige der Speisen kannte Jeremy schon von Erion und er stellte sich einen üppig gefüllten Teller zusammen. Cecile hatte ihm ein Getränk gebracht und für sich selbst ebenfalls einen Teller, allerdings mit deutlich weniger darauf.

Während er aß, ließ Jeremy seinen Blick immer wieder heimlich über die Gäste schweifen. 'Wasser-Heinis' hatte Cecile zu Arkin gesagt. Erion und Seinesgleichen waren also die Pflanzen-Kundigen und Arkin gehörte offensichtlich zu denen, die irgendwas mit Wasser zu tun hatten ...

„Cecile?"

„Ja?"

„Was sind Wasser-Heinis?"

Cecile, die schon Schwierigkeiten hatte durch ihren vollen Mund das 'Ja' ohne Schaden hervorzubringen, verlor bei dieser Frage leider die Kontrolle über ihren Schluckreflex. Eigentlich wollte sie das Essen herunterschlucken, der in ihr aufsteigende, prustende Lachanfall hinderte sie jedoch daran und bei dem Versuch die drohende Explosion aus Zerkautem zurückzuhalten, schossen ihr die Tränen in die Augen und sie verschluckte sich derart, dass sie heftig zu Husten begann.

Jeremy sah sie mit gesenkter Kinnlade und aufgerissenen Augen an. Offensichtlich schien sie Jeremys leerer Blick noch mehr zum Lachen zu bringen, und das verbesserte ihren Zustand nicht gerade.

Schließlich kam einer der Gäste auf sie zu, hielt sie mit einer Hand an der Schulter fest und legte ihr die andere Hand an den Hals. Jeremy erschrak und wollte Cecile bereits zu Hilfe kommen, als er bemerkte, dass es ihr plötzlich wieder besser zu gehen schien. Und tatsächlich! Sie bedankte sich bei ihm.

„Das ist Tyree, Thalidas Freund.", stellte sie ihn Jeremy vor.

„Danke, dass du Cecile das Leben gerettet hast!", sagte Jeremy zur Begrüßung.

„Kein Problem, sowas passiert ihr ständig!" antwortete Tyree schlagfertig. Tyree war ein groß gewachsener, selbstbewusster Typ mit zausigen schwarzen Haaren und dunklen, fast ebenso schwarzen Augen.

„Na dann wäre es vielleicht ganz praktisch, wenn du mir diesen Trick verrätst? Nur falls du mal nicht zur Stelle bist!", sagte Jeremy grinsend zu ihm, denn die Wirkung, die seine schlichte Berührung hatte, fand Jeremy wirklich beeindruckend.

„Na ja, keine Ahnung, vielleicht kannst du das ja wirklich lernen."

Tyrees Blick wanderte suchend über den Tisch. Schließlich blieb er bei Jeremys Teller hängen.

„Darf ich?", fragte er.

Der wusste zwar nicht was Tyree mit seinem Essen anfangen wollte, aber er nickte. Tyree hielt seine Hände über den Rand von Jeremys Teller und fixierte das Essen mit den Augen. Zuerst dachte Jeremy, er würde nicht richtig sehen, doch es war eindeutig: die gesammelten Reste der Köstlichkeiten von seinem Teller formten sich ohne jede Berührung zwischen Tyrees Händen zu einer immer höher steigenden Säule auf.

Jeremy sank baff in seinen Stuhl zurück. Da legte Cecile ihre Hand sanft auf Tyrees Arm. Er hörte sofort auf und die Säule fiel in sich zusammen.

„Meine Lieblingsbeschäftigung.", sagte er grinsend zu Jeremy. „Alles was dem Element Erde mehr oder weniger angehört, kann ich beeinflussen. So habe ich auch Ceciles Luftröhre wieder freibekommen."

„Wow!", sagte Jeremy, der sich unter Ceciles prüfendem Blick mehr neugierig als erschrocken zeigen wollte. Er hatte in dieser Welt nun schon so viel Unfassbares gesehen und erlebt, dass diese

Vorführung für ihn durchaus zu verkraften war. „Das musst du mir bei Gelegenheit mal beibringen!“, sagte er mit anerkennendem Nicken zu Tyree.

„Würde ich gerne,“, antwortete er grinsend, „aber ich glaube, da warten schon wesentlich bessere Lehrer auf dich. Jetzt muss ich aber Talida helfen und mich um unsere anderen Gäste kümmern. Hat mich sehr gefreut dich kennenzulernen, Jeremy!“

„Ebenfalls!“, erwiderte Jeremy höflich und schon war Tyree im Dickicht der Gäste untergetaucht.

Cecile sah zu Jeremy. „Das hast du echt gut verkraftet“, sagte sie, während sie ihn aufmerksam musterte.

„Ja, ich gewöhne mich langsam an eure Wunder. Aber du hast mir meine Frage noch nicht beantwortet!“

Cecile sah ihn verblüfft an: „Welche Frage?“

„Na, die Wasser-Heinis.“

„Ach so!“, lachte Cecile. „Ja, da hast du Recht. Ich nehme an, du weißt schon, dass sie nicht wirklich ‘Wasser-Heinis‘ heißen ...

So wie Erion mit Pflanzen und Tyree mit dem Element Erde, so hat Arkin einen speziellen Zugang zum Element Wasser. Er ist damit sogar besonders geschickt, wie ich finde. Vielleicht bekomme ich ihn später dazu dir eine kleine Demonstration zu geben.“

„Das wäre toll!“, begeisterte sich Jeremy. „Was gibt es noch hier in eurer Welt, neben Erde-, Wasser- und Pflanzen-Magiern?“

„Wir nennen uns nicht Magier, dazu muss man schon sehr begabt sein. Sie haben einfach ihre Fähigkeiten trainiert. Aber um deine Frage zu beantworten: es geht um alle vier Elemente. Erde, Feuer, Wasser und Luft. Die Pflanzenwelt gehört zum Teil zum Element Erde und zum Teil zum Wasser. Das macht sie besonders anspruchsvoll. Und dann gibt es da noch ein fünftes Element. Manche sagen, dass das Curiosum was damit zu tun hat oder sogar selbst das fünfte Element ist.

„Okay. Langsam ... Und die speziellen Fähigkeiten hat jeder hier?“

„Im Grunde schon,“ erklärte Cecile, „allerdings unterschiedlich stark ausgeprägt. Mit etwas Übung solltest du bei einer Begrüßung das Element deines Gegenübers erkennen können.“

Jeremy erinnerte sich an das Gefühl von Wärme bei Talidas Begrüßung und Arkins kühles Nass. „Dann ist Talida eine Feuer-Frau?“

Cecile war baff. „Wow! Woher weißt du das?“

„Na, ihre Energie hat sich irgendwie warm angefühlt. So wie Arkins Begrüßung sich nass angefühlt hat.“

„Faszinierend.“, staunte Cecile. „Warte mal!“ Ihre Augen huschten über die Menge, bis sie offensichtlich fündig geworden war. „Warte hier – ich bin gleich zurück.“ und schon war sie in der Gästeschar verschwunden.

Jeremy starrte auf seinen Teller. Verrückt, was diese Welt so alles bereit hielt. Wie Tyree ohne irgendetwas zu berühren das Essen geformt hatte ... Jeremy drehte sich mit dem Rücken zu den Gästen und stellte sich vor seinen Teller. Er dachte an das, was ihm Erion über das Spüren gesagt hatte, rieb die Hände aneinander und formte damit, so wie Tyree, eine Schale über dem Teller.

Alles in dieser Welt war auf irgendeine Art stärker geladen, als er es von zu Hause kannte. Er konzentrierte sich also auf diese Reste und: – tatsächlich sah er ein Flimmern und Funkeln auf ihrer Oberfläche. Hatte sich da etwas bewegt? Jeremy staunte über sich selbst, als die Säfte des Essens auf seinem Teller zielstrebig auf die Mitte zuflossen und sogar feste Teile mitnahmen.

„Komm mit, ich muss dir ein paar Leute vorstellen.“ hörte er plötzlich Ceciles Stimme hinter sich sagen und ihre Hand berührte ihn an der Schulter. Ein kurzer Augenblick nur, in dem er seinen Blick vom Teller abgewendet hatte. Als er wieder hinsah, war das Flimmern weg und sein Essen lag einfach nur so da. Jeremy drehte sich zu Cecile um.

„Alles okay?“ fragte sie flüchtig, ohne eine Antwort zu erwarten. Ihre Begeisterung schien Cecile zu ein paar Experimenten ermuntert zu haben. Schon packte Sie Jeremy am Ärmel und zog ihn hinter sich her.

Sie führte ihn durch die Gäste zielstrebig zu einem älteren, kleinen, gemütlich wirkenden Mann von gut beleibter Statur. Er stand mit dem Rücken zu Cecile und sie legte ihm ihre Hand auf die Schulter, um ihn auf sich aufmerksam zu machen. Der Mann unterbrach sein Gespräch und drehte sich zu den beiden um. Seine glänzenden Augen und sein verschmitztes Lächeln verrieten ihn sofort als humorvollen und sanftmütigen Menschen. Als er Cecile erblickte, strahlte er vor Freude über das ganze Gesicht.

„Ceci! Komm' her meine Lieblingsnichte!"

Mit diesen Worten umarmte er Cecile und drückte sie an sich. Als er über ihre Schulter Jeremy entdeckte, wandelte sich sein fröhliches Gesicht zu einer ernsten, aber neugierigen Miene. Jeremy war sofort etwas verunsichert.

Als er Cecile losließ, drehte sie sich zu Jeremy um und sagte mit einer präsentierenden Geste: „Das hier ist Bosco! Er ist mein Onkel und ich will ihm etwas an dir zeigen!"

Jeremy nickte Bosco höflich zu und dieser sah ihm, wieder so verschmitzt, in die Augen. „Onkel Bosco, das ist Jeremy aus der Außenwelt. Ich will, dass ihr die Hand zur Begrüßung hebt!"

Mit einem kurzen Seitenblick auf Cecile hob Bosco bereitwillig seine linke Hand. Jeremy tat es ihm gleich. Und er staunte nicht schlecht, als sich sein ganzer Körper schlagartig anfühlte, als sei er in ein riesiges Schlammbad geworfen worden. Als würde von allen Seiten ein leichter Druck auf ihn wirken, ein bisschen feucht, nicht so nass wie bei Arkin und ein bisschen so, wie er sich fühlte als ihm in Erions Haus die Haut zu Rinde wurde.

„Interessant!", sagte Bosco. „Hochinteressant!"

„Beeindruckend!", antwortete Jeremy wahrheitsgemäß.

„So.", warf Cecile ein, „und jetzt, sag' Jeremy: welches ist das Element meines Onkels?"

Bosco sah Cecile entrüstet an: „Wie soll er denn ...?"

„Warte!", unterbrach sie ihn. „Jeremy? Was meinst du?"

„Hm, das hatte ich bisher noch nicht ... hat sich angefühlt wie ...", fast hätte Jeremy 'Schlamm' gesagt. „Erde?", und Cecile grinste von einem Ohr bis zum anderen. Bosco dagegen war sprachlos. Er wich einen Schritt nach hinten, sein Erstaunen hätte nicht größer sein können und sein Blick wurde so glasig, als hätte er eben ein Wunder beobachten dürfen.

„Für uns hier war immer klar, dass ihr in der Außenwelt sowas nicht spüren könnt!"

„Na, dann ist das vielleicht der Beweis für dich? Glaubst du die Prophezeiung jetzt?"

Cecile sah Bosco fordernd an. Bosco bekam wieder diesen frechen Blick.

„Welche Prophezeiung?"

„Onkel!“, schimpfte Cecile und boxte ihn liebevoll auf die Schulter.

„Ja, ja. Ist ja gut! Eigentlich hab' ich dir schon immer geglaubt. Schließlich bist du ja die Tochter deiner Mutter.“, beschwichtigte er Cecile.

Während sich die allgemeine Bewunderung um Jeremy und Bosco langsam in kleine, angeregte Diskussionen der Gäste zerstreute, fragte Jeremy Cecile: „Was hat er damit sagen wollen, 'schließlich bist du ja die Tochter deiner Mutter'?“

„Ich hab' dir doch erzählt, dass meine Mutter eine Seherin im Curiosum ist. Um in das Curiosum berufen zu werden, muss man schon eine besonders begabte, ja auserwählte Seherin sein. Da meint Onkel Bosco wahrscheinlich, dass ich was von ihr geerbt haben muss.“

„Ah, verstehe!“, murmelte Jeremy und folgte Cecile, die nach ihrer Erklärung gleich wieder ein neues Ziel für Jeremy zu haben schien. Und tatsächlich ging sie zielstrebig von hinten auf ein Mädchen zu. Noch bevor Jeremy oder Cecile sie erreicht hatten, drehte sie sich um. Nach kurzem Suchen fand ihr Blick Cecile, wie sie auf sie zukam.

Ein breites warmes Lächeln zeichnete ihr Gesicht und doch kam sie Jeremy irgendwie unnahbar vor. Ihre Körperhaltung war so aufrecht und ihr Blick so durchdringend, dass Jeremy voller Respekt ein paar Schritte vor ihr stehen blieb. Cecile dagegen streckte ihr beide Hände entgegen. Die andere tat es ihr gleich und sowie sich ihre Hände berührten, drückten sie ihre Stirnen aneinander. Es war wohl eine Art besondere Begrüßung zwischen den beiden.

„Nun komm schon her!“, rief Cecile und winkte ihn zu sich. „Das hier ist Eilidh, mehr will ich dir noch nicht sagen.“

Ohne weitere Worte schritt Cecile etwas nach hinten und so standen sich Eilidh und Jeremy direkt gegenüber. Eilidh hob ihre linke Hand zur Begrüßung. Zwar war es Jeremy etwas mulmig zumute, doch wollte er auch nicht unhöflich wirken. Also hob auch er die linke Hand zu ihrer an.

Über ihre Hände hinweg sahen sich die beiden in die Augen. Eilidh mit ihrer durchdringenden Stärke und Jeremy, als würde ihn sogleich ein mittlerer Stromschlag treffen. Tatsächlich fühlte sich die Berührung für ihn jedoch geradezu himmlisch an. Ein Gefühl von vollkommener Glückseligkeit durchströmte ihn. Er hatte keine Vorstellung, was das für ein Element sein könnte.

So blickte er nun in Eilidhs Augen. Was würde sie wohl gerade fühlen? Nur das Beste, hoffte er, und das versuchte er allen seinen Gedanken jetzt beizufügen. Er schloss seine Augen und versuchte ihr mit aller Kraft und Konzentration seine besten und freudvollsten Gefühle zu senden.

Dabei bemerkte Jeremy gar nicht, wie Eilidhs Blick erstarrte, bis sich ihre Augen wegdrehten und sie ohnmächtig in sich zusammensank. Einer der umstehenden Gäste konnte sie gerade noch auffangen. Andere beugten sich zu ihr hinunter um ihr zu helfen und einige sahen Jeremy entsetzt an. Cecile, die zuerst Eilidh helfen wollte, aber vor lauter Helfenden gar nicht mehr an sie heran kam, wandte sich Jeremy zu und sah ihm tief in die Augen.

Natürlich bemerkte sie schnell, dass er ebenso entsetzt über den Vorfall war wie alle anderen und führte ihn weg vom Geschehen. „Was hast du denn gemacht?“, fragte Cecile, auf der Suche nach Erklärungen.

„Nichts ..., ich weiß nicht ... „, stotterte Jeremy hilflos. „Ich wollte nur, dass sie nicht ... ich meine, ich wollte, dass sie auch was Gutes fühlt.“

„Und wie wolltest du das machen?“, fragte Cecile mit einem Tonfall, der schon zu ahnen schien was passiert war.

„Keine Ahnung, ich dachte, also ... ich hab einfach versucht, meine Energie zu spüren oder so.“ Jeremy war das alles so unendlich peinlich.

„Beruhige dich, Jeremy!“, sagte Cecile und legte ihm ihre Hand auf die Schulter. „Das kann schon mal passieren. Schließlich lernst du ja noch ... Ich dachte nur nicht, dass es schon so schnell gehen würde.“

„Dass was so schnell gehen würde?“, fragte Jeremy verstört.

„Na, bisher hast du alle von uns einfach neutral begrüßt. Du konntest sie spüren und sie haben dich, na sagen wir mal ‘angehört‘ und in dich hinein gefühlt und das Ungewöhnliche an dir erkannt. Diesmal aber hast du, natürlich ohne es zu wissen, eine Masse an ungefilterten Emotionen und Gedanken, Energien und Erinnerungen gesendet. In dem Moment wo jemand mit so etwas nicht rechnet und sich öffnet um dich zu spüren, ist er sehr empfänglich dafür. Nun ist Eilidh, so wie ich, eine junge Seherin. Sie ist in der Lage bis in tiefste Schichten deines Wesens vorzudringen. Das hat sie bei dir eben wohl auch versucht. Das ist dann in etwa so, wie wenn man kaltes Wasser auf einen glühenden Stein gießt."

Jeremy schämte sich für seine Übereifrigkeit. Hätte er nur vorher Cecile gefragt!

„Hab' ich ihr was angetan?", fragte er unsicher.

Cecile lächelte. „Nein, keine Sorge. Sie hat nur ein bisschen den Boden unter den Füßen verloren. Eigentlich ist sie selbst schuld daran. Es wird ihr sicher peinlich sein."

„Ihr?", wunderte sich Jeremy. „Mir ist es peinlich! Ich hatte ja keine Ahnung, dass ich jemandem so weh tun kann!"

„Wenn hier jemand schuld ist, dann bin das ich. Schließlich hätte ich dich warnen müssen. Das alles ist einfach viel zu schnell gegangen, aber ich kann's halt mal wieder kaum erwarten ..."

Cecile wandte ihren Blick in den Raum. Ein paar Sekunden später kam Eilidh aus der Mitte der Gäste auf die beiden zu.

„Oh Jeremy, es tut mir so leid, du bist bestimmt sehr erschrocken!", sagte sie und er war sichtlich erleichtert, keine Vorwürfe zu hören.

„Nein! Mir tut es leid! Ich wollte doch nicht ...!"

„Ich weiß", unterbrach ihn Eilidh, „es war nicht dein Fehler. Ein blöder Anfängerfehler von mir!", jammerte sie mit Blick auf Cecile, „ist mir ganz schön peinlich."

Cecile lachte. „Ja sicher ist dir das peinlich! Du mit deiner ungebremsten Neugier!"

Eilidh und Cecile lachten gemeinsam und Jeremy war froh, dass er niemanden verletzt hatte. Niemand fragte Jeremy mehr, was Eilidh wohl für ein Element war. Dabei hätte er es nun tatsächlich gewusst. Er wusste nun, wie sich eine Seherin anfühlte. Das war keines der Elemente. Jeremy machte das neugierig und er nahm sich vor, Cecile später dazu zu befragen.

Der Rest des Abends verlief dankenswerterweise eher unspektakulär und nach ein paar Gläsern von irgend einem rötlichen Getränk wurde auch Jeremy sehr ausgelassen. Mittlerweile hatten ein paar Gäste ihre Instrumente hervorgeholt und begannen wirklich gute Musik zu machen. Ungewöhnlich schon, zumindest für Jeremy, aber sehr angenehm. Mit der Zeit kam auch er mit verschiedenen Gästen ins Gespräch und teils unterhielt er sogar ganze Gruppen mit seinen Geschichten aus der Außenwelt.

„Langsam wird es Zeit für uns.“, hörte Jeremy spät am Abend Cecile zu Talida sagen und er war inzwischen auch ganz schön müde. Regelrecht erschlagen von den aufregenden Erlebnissen. Am Ende einer ausschweifenden Verabschiedungszeremonie zwischen Cecile und einer ansehnlichen Menge von Gästen fielen Jeremy fast die Augen zu.

„Also dann, auf geht's!“, sagte Cecile und ging Richtung Türe.

„Du willst jetzt noch weiter gehen?“, staunte Jeremy.

„Nein, nein. Keine Angst, wir gehen nicht weit. Vor Talidas Haus gibt es glücklicherweise ein Portal zu meinem Haus. Ich bin nämlich auch müde.“

Mit dem letzten Wort war Cecile durch die Pforte gegangen und Jeremy beeilte sich ihr nachzukommen, schon allein um sie nicht zu verlieren. Draußen bemerkte Jeremy erst wie die Zeit vergangen war. Die Nacht war angenehm kühl und der Mond schien hell, so hell, dass man gut sehen konnte. Nach dem Trubel auf Talidas Fest war die Stille der Nacht angenehm und er und Cecile gingen eine Weile ebenso still nebeneinander her.

Jeremy dachte an seine neuen Erfahrungen. Irgendwann musste er Cecile erzählen, wie er das Essen in seinem Teller bewegt hatte. Das Spüren der Elemente von anderen war auch ein unglaublich tolles Gefühl. „Was spürt man eigentlich, wenn man mich begrüßt?“ fragte er Cecile. „Ich hab' mich ja noch nie selbst gespürt und du hast ja gesagt, das wäre so ungewöhnlich.“

„Ja.“ Cecile hatte ihn nachdenklich gemustert als er ihr diese Frage gestellt hatte. „Das ist wirklich etwas besonderes. Bei jedem Menschen in unserer Welt kann man spüren, welches Element in ihm wohnt. Nur bei dir, spürt man irgendwie alle und eigentlich keines.“

Jeremy sah mit zusammengekniffenen Augen auf Cecile.

„Okay, ich versteh' schon“ sagte Cecile, „aber es ist eben nicht so einfach zu erklären. Man könnte sagen, Du hast das Bewusstsein für alle vier Elemente in dir, aber keines so eindeutig spürbar wie es einer von uns hätte. Du musst wissen, dass man eigentlich nur ein Element vertreten kann. Alle, so wie bei Dir, das gibt es eigentlich gar nicht. Und dann ist da noch dieses eigenartige Gefühl ...

als würden sich die Elemente bei Dir gegenseitig aufheben, aber doch zusammenwirken ... ach ..." Cecile winkte ab, als sie merkte, dass sie nicht wirklich in Worte fassen konnte, was man bei Jeremy fühlte.

Jeremy konnte ihren Ausführungen auch nicht wirklich folgen, aber er nahm an, dass es sich bei Anfängern eben so anfühlte. Und nach der Feier konnte er auch nicht mehr so konzentriert denken, also beließ er es bei ihrer Erklärung.

Mittlerweile waren die beiden an einem kleinen Weiher angekommen, der rundherum mit Schilf bewachsen war. Direkt am Ufer stand ein mittelgroßer Baum mit hängenden Ästen, die eine Art Kuppel unter sich bildeten.

„Das Portal ist unter den Ästen.", sagte Cecile und drückte ein paar Äste des Baumes zur Seite. Jeremy aber blieb stehen. Er hatte beim Bewundern des Mondlichtes, das sich auf dem ruhigen Wasser des Weihers spiegelte, etwas entdeckt. Zwischen den Schilfgräsern lagen ein paar Steine im seichten Wasser, die im weißen Mondlicht erstaunlich hell schienen, fast so, als würden sie von selbst leuchten. Jeremy hob einen auf und hielt ihn Cecile hin.

„Schau' mal!", sagte er um ihre Aufmerksamkeit zu bekommen. Gerade als sich Cecile zu ihm umdrehte, setzte sich ein beeindruckend großer, weißer Nachtfalter auf Jeremys Hand. Ceciles erschrockener Gesichtsausdruck leuchtete fahl im Mondlicht.

„Was denn? Ist doch nur ein Nachtfalter!", beschwichtigte Jeremy sie. „Eigentlich wollte ich dir die Steine ..."

Cecile unterbrach ihn: „Das ist kein gewöhnlicher Falter, oder hast du schon mal einen derart hellen, weißen Falter in der Nacht gesehen? In dieser Größe?" sagte sie und nahm den Stein aus seiner Hand.

Jeremy war zu müde um darüber nachzudenken. In dieser Welt hätte ihn ohnehin nichts wirklich gewundert.

„Und zutraulich ist er auch ganz schön, oder?"

Verunsichert zog Jeremy seine Hand zurück, so dass der Falter aufflog.

„Das war ein Zeichen vom Chronikum! Komm' schnell, ich muss das meinem Vater erzählen!"

Mit diesen Worten schob sie ihn durch die hängenden Äste des Baumes und folgte ihm in das Portal.

Der Unmut war Magnus von Thare deutlich anzusehen, als Cecile mit ihren Erzählungen bei Talidas Party angelangt war. Dennoch schien er positiv überrascht zu sein, als er von Jeremys Fähigkeiten beim Fühlen von Energien hörte.

Als Cecile aber bei der Begegnung mit Eilidh angekommen war, konnte er sich nicht mehr beherrschen. „Was hast du dir dabei gedacht?! Ist Dir eigentlich bewusst, was bei solchen gedankenlosen Spielereien passieren kann? Ich dachte, Erion hatte dir klar gesagt, wie zerbrechlich seine Verbindung noch ist und wie leicht er bei so etwas verletzt werden kann!"

Jeremy hatte Ceciles Vater noch nie so aufgebracht erlebt. „Es war gar nicht so schlimm.", versuchte er ihn zu beruhigen. Magnus von Thare sah ihn fast mitleidig an.

„Wenn du wüsstest, Jeremy aus der Außenwelt, wie sehr dir mit so unnötigen Spielereien geschadet werden kann."

„Aber Eilidh würde ihn doch niemals verletzen!", warf Cecile zu ihrer Verteidigung ein.

„Das kann sie bei Weitem noch nicht steuern!", donnerte von Thares Stimme. Sorgenvoll wandte er sich von den beiden ab.

Jeremy sah betreten zu Cecile. Cecile aber schien sich erheblich unfair behandelt zu fühlen. Sie sprang auf und rief: „Du bist nicht der Einzige, der weiß, was er tut. Immerhin hat Jeremy eine Menge gelernt in den letzten Tagen. Was ich dir eigentlich erzählen wollte, ist etwas ganz anderes. Aber ich komme ja nicht dazu!" Sie drehte sich auf dem Absatz um und war sogleich durch eine Pforte verschwunden.

Von Thares verdutzter Blick folgte ihr. Mit entspannter Stimme, als sei überhaupt nichts vorgefallen, wandte er sich an Jeremy: „Kannst du dir vorstellen, was sie meint? Oh, und mach' dir nur keine Gedanken! Cecile ist manchmal etwas impulsiv.", fügte er hinzu, mit den Augen immer noch auf der Pforte, in der seine Tochter eben verschwunden war.

„Keine Ahnung.", antwortete Jeremy, „Vielleicht das mit dem großen weißen Nachtfalter?"

Im nächsten Moment war von Thares ganze Aufmerksamkeit

bei Jeremy. „Weißer Nachtfalter? Erzähl' mir davon!"

Jeremy versuchte möglichst detailgetreu wiederzugeben, wie er dem Falter begegnet war.

„Wann genau war das?", fragte von Thare nachdenklich.

„Kurz bevor wir durch das Portal gegangen sind.", kam die Antwort aus der Richtung in der Cecile verschwunden war. Sie stand direkt vor der Pforte und zeigte nicht mal mehr das kleinste Anzeichen von Wut oder Enttäuschung.

Ihr Vater sah sie mit ernster Miene an. „Dann muss er noch heute Nacht zurück." Cecile nickte stumm.

„Und wohin soll ich zurück?", fragte Jeremy unbeholfen. Von Thare wandte sich wieder zu ihm und fing an zu erklären: „Du erinnerst dich sicher an das Chronikum, beziehungsweise an das, was wir dir davon erzählt haben. Es reguliert sozusagen die unterschiedlichen Zeitabläufe zwischen unseren Welten. Nun gibt es Anzeichen für mehr oder weniger starke Verschiebungen, bei denen mehr oder weniger schnell gehandelt werden muss. Meistens sind es auffällig ungewöhnliche Vorkommnisse. Cecile hat ganz Recht damit gehabt, dass der weiße Falter so ein Anzeichen war. Ich kann nur schwer abschätzen wie wichtig es ist, aber es ist eindeutig notwendig."

„Was denn!?", fragte Jeremy ungeduldig,

„Du musst zurück in deine Welt."

Damit hatte Jeremy nicht gerechnet. Der Gedanke daran seine Freunde wieder zu treffen, sein Zimmer, sein – na einfach alles, versetzte ihn allerdings in helle Aufregung.

„Was – wann – jetzt?"

„Nein, ganz ruhig ...", brummte von Thare, doch plötzlich blieb sein Blick wie versteinert an Jeremys Schulter hängen. Dort krabbelte der weiße Falter von seinem Rücken hoch und breitete seine Flügel aus.

„Ich hab's mir anders überlegt: du musst sofort gehen!", sagte er unvermittelt und stand auf.

„Was?", fragte Cecile erschrocken. „Aber Papa! Wie soll er denn ...?"

„Bleib' ruhig, mein Liebling! Sieh auf seine Schulter.", beschwichtigte Magnus seine Tochter.

Als Cecile den Falter sah, flatterte dieser auf und durch das offene

Fenster hinaus.

„Ich weiß, es kommt plötzlich, aber es muss sein. Pass' auf Jeremy und sieh' mir in die Augen, du musst dich konzentrieren! Du musst schnellstens zurück in deine Welt, sonst kann das Chronikum nicht mehr verbergen, dass du von dort weg warst. Wir schicken dich zurück, aber du wirst dich an alles erinnern. Uns fehlt die Zeit für einen anderen Plan. Lass' dir ja nichts anmerken! Du darfst mit niemandem über unsere Welt sprechen! Die Zeit wird es Dir nicht leicht machen. Vielleicht wirst du sogar an unserer Existenz zweifeln."

Cecile wurde immer nervöser: „Aber was ist, wenn ihn ein Hüter ...?"

„Wir dürfen nichts riskieren!", unterbrach ihr Vater sie. „Jeremy du wirst ein Zeichen bekommen, wenn du wieder in den Nebel gehen kannst. Ich kann dir nicht sagen wie lange das dauert. Ich hoffe nur, dass du es erkennst. Wie es aussieht, sind wir darauf angewiesen zu vertrauen, dass dich das Curiosum lenkt!"

Mit diesen Worten deutete er Jeremy aufzustehen und ihm zu folgen. Cecile ging auf ihn zu und ergriff seine Hand. Irgendetwas glattes, rundes hatte sie ihm gegeben, doch er hatte keine Zeit danach zu sehen und Cecile schien es auch vor ihrem Vater verbergen zu wollen. Jeremy steckte es in seine Hosentasche.

„Aber Herr von Thare! Wie kann ich denn dann wieder hierher kommen?", sagte er aufgeregt.

„Bevor du hierher kamst, hattest du den inneren Wunsch aus deiner Welt zu entfliehen. Versuche dich an dieses Gefühl zu erinnern, versuche nicht daran zu denken, dass Du in die Nebelwelt willst. Die Hüter können diese Absicht spüren. Denke an nichts, aber bleibe höchst aufmerksam!"

„Und beobachte den Nebel!", ergänzte Cecile ihren Vater. „Achte besonders auf steigenden und sehr dichten Nebel!"

Magnus von Thare, der Großmeister der Magie, hielt einen blaugrün schimmernden Stein in der einen Hand und einen auffallend gerade gewachsenen Birkenstab in der anderen. Beinahe sah er aus wie ein Hüter. Er baute sich vor Jeremy auf, nahm eine aufrechte Körperhaltung ein und schloss die Augen. Den Stein hielt er mit der linken Hand neben sich und mit dem Stab in der rechten machte er seltsam kreisende Bewegungen über Jeremys Kopf. Jeremy starrte auf den Stein. Seine blaue Farbe schien in einer tieferen Schicht zu liegen und auch das schimmernde Grün. Als er aufsah, begann alles um ihn herum zu verblassen. Die Dinge verloren ihre Körperlichkeit, sahen zweidimensional aus, wie auf einem Bild. Hier und da ein Glitzern in der Luft, wie kleine einzelne Nebeltröpfchen. Langsam wurde alles dunkler, die Bilder drehten sich um ihn wie der Stab über seinem Kopf und sein Körper fühlte sich unglaublich schwer an.

„Erinnere dich an deinen Traum von daheim.“, hörte er Ceciles Stimme noch und sie klang verzerrt und wie aus weiter Ferne. Dann sank er kraftlos auf die Knie.

Als er, wie aus tiefem Schlaf erwachend, langsam wieder seine Umgebung wahrnehmen konnte, zeichnete sich ein ihm wohl bekannter Anblick vor seinen Augen ab. Ein paar große Steine, eine Wiese und der alte Apfelbaum, der darauf stand.

Binnen weniger Sekunden wurde ihm klar, dass er wieder aus der Nebelwelt in seine Welt zurückgeschickt worden war. Cecile hatte gesagt, er solle sich an seinen Traum von zu Hause erinnern und schon hörte er die Stimme seines Freundes Jonas:

„Mann Jeremy, haben wir uns Sorgen gemacht!“

Jonas fasste ihn an den Schultern und sah ihm wie ein Arzt bei der Untersuchung in die Augen.

„Zum Glück geht es dir gut!“, sagte Lukas.

„Warum sollte es mir nicht gut gehen?“, hörte sich Jeremy sagen und erinnerte sich, dass er auf keinen Fall von seinen Erlebnissen erzählen durfte. Ganz abgesehen davon, dass ihm ohnehin niemand geglaubt hätte.

„Hast du nicht dieses unglaubliche Brüllen gehört, als du vorhin vom Baumhaus gestiegen bist? Ich bin angekommen, kurz nachdem du weg warst, und Lukas und Jonas haben mir von eurem Streit erzählt.“ Natalie zitterte vor Aufregung.

‚Vorhin‘ hatte sie gesagt und erst jetzt wurde es Jeremy auf einen Schlag bewusst, dass in dieser seiner Welt doch tatsächlich nur ein paar Minuten vergangen waren! Der Streit im Baumhaus ... das alles kam Jeremy schon so lange vergangen vor. Jetzt hieß es, sich zu konzentrieren und sich ja nichts anmerken zu lassen.

„Was für ein Brüllen?“, sagte er und versuchte möglichst unbeteiligt drein zu schauen.

„Das hast du nicht gehört? Das gibt's doch nicht!" Nachdem du weg warst, donnerte ein Brüllen durch den Nebel, dass wir dachten, die Blätter würden von den Bäumen fallen!"

Auch Jeremy konnte sich sehr gut und nicht ohne Gänsehaut an das Brüllen erinnern. Er wusste genau, was Lukas damit meinte. Wie in seinem Traum verstellte er sich jedoch und blieb standhaft dabei, von all den seltsamen Vorgängen nichts zu wissen. Es fiel ihm erstaunlich leicht den Ahnungslosen zu spielen, so sehr seine Freunde auch auf ihn einredeten.

Es war tatsächlich so, dass ihn sein Traum in der Nebelwelt in gewisser Weise hierauf vorbereitet hatte. Er verharmloste alles, genauso wie seine Freunde auf dem Baumhaus seine Erzählungen zu erklären versucht hatten. Es machte ihm richtig Spaß, ihnen mit ihren eigenen Worten zu widersprechen.

Jonas ärgerte sich sichtlich und auch Natalie wusste nicht mehr, was sie denken sollte. Nur Lukas musterte Jeremy eindringlich. Er schien die Lüge irgendwie zu spüren. Das gefiel Jeremy nicht besonders, aber er schaffte es, seinem Blick standzuhalten.

„Wieso bist du eigentlich so nass?", forschte Lukas.

„Na ja, ich bin im Nebel gerannt, hab' nicht wirklich gesehen wo ich hinlaufe, dann bin ich über irgendwas gestolpert."

„Hast du dich verletzt?", fragte Natalie besorgt.

„Nein, nein. Ich hab' wohl Glück gehabt."

Jeremy merkte, dass die Fragerei ihn irgendwann unglaubwürdig machen könnte und versuchte den Spieß umzudrehen: „Wieso seid ihr mir eigentlich hinterhergekommen?"

Jonas und Lukas sahen ihn verblüfft an. Natalie fing fast das Stottern an: „Ja ... w-weil ... w-wegen dem Brüllen halt!"

Jeremy sah die Drei mit hochgezogenen Augenbrauen an. „Na, was soll's. Ich habe mich jedenfalls beruhigt. Sorry wegen meinem Ausraster im Baumhaus, ich denke, ihr hattet schon Recht!"

Damit hoffte er, das Thema vorerst abgeschlossen zu haben und als er sagte „Gehen wir zu mir nach Hause? Ich geb einen kühlen, frischen Apfelsaft aus!", hatte die Fragerei tatsächlich ein Ende. Jeremy freute sich, endlich wieder nach Hause zu kommen.

Gedanken an die Nebelwelt, an Cecile und Ihren Vater, an die Pflanzen und die Energien, die er gespürt hatte, geisterten durch seinen Kopf, aber er wusste, dass er sich besser auf diese Welt konzentrieren sollte um sich nicht zu verraten. Jonas, Lukas und Natalie sprachen immer noch über die seltsamen Ereignisse, aber Jeremy ließen sie damit zufrieden und das genügte ihm.

Am Bauernhof angekommen stürzten sie zur Tür hinein und setzten sich an den Küchentisch. Jeremy nahm eine große Karaffe aus dem Kühlschrank und füllte jedem ein Glas mit frischem Apfelsaft. Beim Eingießen erinnerte er sich an die Tränke in der Nebelwelt und musste schmunzeln. Was, wenn er seinen Freunden jetzt einen Trank servieren könnte, der sie verstehen ließe, was ihm tatsächlich passiert war?

Oh, er würde so gerne mit ihnen darüber reden. Sich austauschen mit jemandem, der wie er ist und kein Mensch aus dieser geheimnisvollen Welt hinter dem Nebel.

Was sind das nur für Gedanken, schoss es ihm durch den Kopf. Noch gestern hatte er nicht einmal den Hauch einer Vorstellung von magischen Tränken und diesen ganzen wundersamen Erfahrungen um die Elemente und ihre Energien. Gedankenversunken servierte er den Saft. Jeder stierte vor sich hin. Vielleicht gingen ihnen Gedanken von den seltsamen Ereignissen auf dem Baumhaus durch den Kopf, vielleicht aber waren sie einfach nur genauso erschöpft wie Jeremy.

Heimlich ließ er seinen Blick über seine Freunde huschen. Er war so glücklich, dass er sie wieder hatte. Allerdings war ihm auch bewusst, dass nun das erste Mal zwischen ihnen und ihm ein Geheimnis bestand. All die Erfahrungen, die er gemacht hatte, das neue Wissen, es war für diese Welt wie ein unglaubwürdiges Märchen. Er konnte es ihnen nicht sagen. Er konnte nichts davon erzählen. Das gefiel Jeremy nicht, denn er wollte ehrlich zu ihnen sein. „Irgendwann wird es soweit sein oder ich muss vielleicht auch ewig darüber schweigen.“, dachte er, und das gefiel ihm nicht.

„Vielleicht will uns ja doch nur irgend jemand Angst einjagen?“, brach Lukas schließlich das allgemeine Schweigen. „Vielleicht war das doch ein Mensch, der so gebrüllt hat. Vielleicht mit einem tragbaren Verstärker oder so ...“

„Ja stimmt! Das könnte funktionieren.“, pflichtete Jonas ihm bei.

Angenehm war es Jeremy nicht, dass das Thema wieder angesprochen wurde, aber er konnte es gut verstehen, dass es die Drei so beschäftigte.

„Aber wieso hast du das nicht gehört?!“, fragte Natalie Jeremy.

„Hm ..., ist mir ein bisschen peinlich.“ Jeremy hatte spontan einen neuen Plan. Er wollte mit seinen Freunden gemeinsam eine Erklärung für alles finden.

„Ich glaube, als ich beim Apfelbaum gestürzt bin, war ich vielleicht kurz bewusstlos. Vielleicht war das gerade, als ihr das Brüllen gehört habt?“

„Du warst bewusstlos?“ sagte Nathalie besorgt. Jeremy winkte ab. „Halb so wild.“

„Könnte aber sein, dass du Recht hast und das war gerade während des Brüllers.“, bestätigte ihn Natalie.

Die vier Freunde redeten noch eine ganze Weile und Jeremy gelang es, so ziemlich alles einigermaßen logisch zu erklären.

Als die Sonne langsam unterging, verabschiedeten sich die Freunde voneinander. Natalie war die Erste. Sie musste rechtzeitig zum Abendessen zu Hause sein. Lukas und Jonas gingen noch mit Jeremy vor das Haus, setzten sich auf die Bank und genossen die Abenddämmerung.

„Komm Jonas, wir haben den gleichen Weg.“, sagte Lukas schließlich und ging zu seinem Fahrrad.

Jonas nutzte die Gelegenheit, ein Wort unter vier Augen an Jeremy zu richten: „Jeremy, ich kenne dich zu gut. Irgendwas verschweigst du. Was war das für eine Geschichte mit der Nebelkrähe an deinem Fenster? Und der Nebel mitten im Wald – dazu weißt du doch noch mehr, oder?“ Er sah Jeremy herausfordernd an. „Wir müssen da nochmal drüber reden.“

Jeremy setzte seinen ahnungslosesten Blick auf und beteuerte, dass ihm das alles auch total rätselhaft sei. „Klar. Wir reden drüber. Wir werden schon noch dahinterkommen.“, versuchte er Jonas zu beschwichtigen.

„Jetzt komm' schon!“, rief Lukas Jonas zu. „Ich muss auch langsam nach Hause ...“

„Na, ich bin gespannt!“, sagte Jonas zu Jeremy und reichte ihm die Hand zur Verabschiedung. Dann schwang auch er sich auf sein Rad und fuhr mit Lukas davon.

Jeremy blieb noch auf der Bank sitzen bis es dunkel war. Seine

Gedanken kreisten um die Erlebnisse in der Nebelwelt.

Von allem, was er dort gehört und gesehen hatte, beschäftigte ihn eine Sache besonders: dass er der Prophezeite sein sollte. Das war heftig. Und doch, inzwischen erfüllte es ihn auch etwas mit Stolz. Er spürte, wie er an Mut gewonnen hatte.

In seinem gewohnten Umfeld würde er sich gut vorbereiten können. „Gleich morgen fange ich an“, dachte er sich, „ich muss die Magie üben!“

Gerade in dem Augenblick als er hineingehen wollte, hörte er ein Auto die Auffahrt hochfahren. Als seine Eltern ausstiegen, kam seine Mutter mit besorgter Miene auf ihn zu. „Was ist denn, Jeremy? Ist was passiert?“

„Nein, alles okay!“, antwortete er beiläufig.

„Warum sitzt du dann hier draußen ganz allein im Dunkeln?“

„Nur so.“, antwortete Jeremy, genervt von der übertriebenen Fürsorge seiner Mutter.

„Kommt, gehen wir rein.“, sagte sein Vater. „Es war ein langer Tag.“

Jeremy musste schmunzeln auf diesen Satz seines Vaters. Ein langer Tag – ja das war es für ihn auch. Er fühlte sich nicht nur so an, als wären es mehrere Tage gewesen.

Und so schloss Jeremy den wohl verrücktesten und ereignisreichsten 'langen Tag' seines Lebens ab. Als er sich später in seinem Zimmer auf sein Bett legte, dauerte es keine Minute, bis der Schlaf ihn hatte.

Kapitel 8

Alles bleibt anders

Eine Stunde unter der Dusche brauchte Jeremy, um wieder einigermaßen zu sich zu kommen. Der Schlaf in der Nebelwelt war eindeutig erholsamer.

Es war kurz vor Mittag, als er in der Küche ankam, wo seine Mutter bereits geschäftig hin und her lief.

„Morgen."

„Na, wie man's nimmt.", antwortete sie. „Und? Hast du gut geschlafen?"

„Hm. Geht schon.", antwortete Jeremy und holte sich eine Milch aus dem Kühlschrank. Während er sie trank, starrte er aus dem Küchenfenster.

Da stand er, der alte Apfelbaum. Mitten in der Wiese, als sei es das Normalste der Welt. Na ja, das war es ja auch, zumindest für die Menschen hier. Er beschloss, sich diesen Platz, das älteste Portal der Nebelwelt, einmal ganz genau anzusehen.

„Ich gehe ein bisschen raus."

„Aber um eins gibt's Mittagessen. Sei bitte pünktlich!"

„Klar, Mama", sagte er mit einem Blick auf seine Uhr.

Das Thermometer neben der Tür zeigte satte 35° im Schatten und Jeremy ging langsam Richtung Wiese. Er sah sich alles ganz genau an. Den großen Findling am Wiesenrand, die Gräser und Blumen. In leicht gebücktem Gang ließ er die Finger über das hohe Gras gleiten. Nichts. Du bist ein Idiot, Jeremy, dachte er bei sich.

Im Vorbeigehen etwas spüren wollen, das hatte schon in der Nebelwelt nicht funktioniert. Wie sollte es dann hier klappen!

Einige Meter vor dem Apfelbaum blieb er ehrfürchtig stehen. Sein Blick wanderte über die Steine an den Stamm des Baumes, die Äste entlang. Der Boden unter ihnen, die Wiese darum herum, alles sah völlig normal aus. Eigentlich genau so wie er es erwartet hatte. Er setzte sich auf den Stein, auf dem er gesessen hatte, bevor er in die Nebelwelt geholt wurde. Sah auf die Wiese an der Stelle, wo er auf allen Vieren dem Hüter begegnet war.

Er sah sich um und suchte etwas, irgendeine Pflanze oder einen Pilz vielleicht. Um zu üben. Ja, er wollte sehen, ob er von den Fähigkeiten, die er drüben hatte, hier noch etwas konnte. Er berührte Blumen, starrte auf Mooskissen, berührte den Stamm des alten Apfelbaumes. Er schloss die Augen, versuchte sich zu erinnern an das Gefühl bei Erion, als er den Trank genommen hatte. Nichts. Nicht einmal ein kleines Glitzern oder der Hauch einer Reaktion.

Ernüchtert setzte er sich an den Fuß des Apfelbaumes auf den Boden und lehnte sich an den Stamm. Er erinnerte sich, dass Cecile gesagt hatte, die Magie in seiner Welt sei in ihrer Entwicklung weit hinter der ihrer Nebelwelt zurückgeblieben. Allerdings ginge Magie auch nicht verloren, sie war höchstens vergessen worden.

Jeremy versuchte sich an das Gefühl zu erinnern, als er die Magie der Pflanzen gespürt hatte. Doch er kam einfach nicht darauf, wie er es angestellt hatte. Wieder begann er zu zweifeln.

„Nein, reiß' dich zusammen“, sagte er sich. Du weißt was du erlebt hast. Und das Spüren: Man kann es nicht erzwingen. Cecile hatte ihm schließlich extra einen besonderen Platz gezeigt, an dem er üben konnte. Cecile, sofort schossen Erinnerungen an all die Erlebnisse mit ihr durch seinen Kopf. Bis hin zu Talidas Fest und dem großen weißen Falter auf seiner Schulter. Und dann die überhastete Rückkehr. Es war alles so schnell gegangen. Da erinnerte er sich an etwas: Cecile hatte ihm doch etwas in die Hand gegeben, bevor ihr Vater ihn zurück schickte. Aufgeregt durchsuchte Jeremy seine Hosentaschen. Da fühlte er es! Der Beweis für seine Reise. Er nahm es aus seiner Hosentasche und sah es an. Es war einer der Steine, die im Mondlicht so unglaublich geleuchtet hatten!

„Wow!“, sagte er laut vor sich hin. Nun wusste er, warum Cecile nicht wollte, dass ihr Vater etwas davon mitbekam. So einen Stein hatte Jeremy in dieser Welt noch nie gesehen. Bei Tageslicht sah er relativ unscheinbar aus. Weiß, ein bisschen durchsichtig mit Linien im Inneren. Seine Freude über den Beweis seiner Reise war riesig und er war höchst motiviert, sich auf seine Rückkehr in den Nebel vorzubereiten.

Ein Blick auf die Uhr sagte ihm, dass noch ausreichend Zeit war, einen kleinen Abstecher ins Baumhaus zu machen bevor es Mittagessen gab. Also machte er sich auf den Weg.

Am Baum angekommen sah er an die Stelle, an der er dem Geisterbären begegnet war – Traum, Vision oder Realität – das war ihm inzwischen egal. Als er unter dem Baumhaus angekommen war, klappte er die Bodenluke auf und sah hinein. Jonas und die anderen hatten das Fenster offen gelassen. Im Baumhaus sah er sich um, als sei er schon Monate lang nicht mehr da gewesen. Er kniete sich vor das Fenster und sah hinunter. Alles normal. Nichts Abgebrochenes, nichts wackelte, kein Nebel.

Nachdenklich sah er über die Wipfel der umliegenden Bäume. Alles war so normal. Er vermisste schon die kleinen und größeren Wunder der anderen Welt. Hier, das war ihm alles schon bekannt. Er würde ein Zeichen bekommen, wenn seine Rückkehr wieder möglich war, hatte Ceciles Vater gesagt.

Na ja, ich werde es schon erkennen, hoffte er insgeheim. Auf jeden Fall wollte er die Zeit bis dahin möglichst sinnvoll nutzen. Er wollte versuchen Energien zu spüren, von Pflanzen, Tieren und vielleicht sogar von Menschen. Außerdem musste er beobachten. Vor allem den Nebel. Seine Angst den Moment zu verpassen, in dem er zurück in die Nebelwelt konnte, saß ihm im Nacken. Aber wie hatte Cecile immer gesagt: „entspann' dich, das Chronikum macht das schon." Was blieb ihm also schon groß übrig. Magie üben, üben, üben und nochmals üben und aufmerksam bleiben.

Das laute Knurren seines Magens war es schließlich, das ihn aus seinen Gedanken holte. Nachdem er nicht gefrühstückt hatte, war er nun schon richtig hungrig. Er sah auf die Uhr: fünf Minuten vor eins. Das war leicht zu schaffen.

Salat mit gebratenen Austernpilzen und Pinienkernen! Das war genau das Richtige bei dieser Hitze. Jeremy liebte es wie seine Mutter kochte. Er setzte sich an den Tisch.

„Tommi!", rief seine Mutter halb singend, obwohl sie genau wusste, wie ihr Mann diesen Namen hasste. Schon kam er ums Eck und murrte: „Ist Thomas wirklich so viel länger?", sagte er und hängte ein „Kathi!" dran, wohl wissend, dass seine Frau das ebenso sehr hasste.

„Katharina“, warf Jeremy genervt dazwischen, „und können wir heute mal ohne Streit essen?“

Sprachlos sahen die beiden ihren Sohn an.

„Das war doch nur Spaß.“ verteidigte sich seine Mutter.

„So fängt es aber immer mal wieder an.“, antwortete Jeremy mit strengem Blick. „Ich will einfach nur mal gute Stimmung.“

„Gute Idee.“, sagte sein Vater und setzte sich. Seine Mutter überspielte alles wie üblich und setzte sich mit einer Glaskaraffe voll Wasser mit Eiswürfeln und Zitronenscheiben an den Tisch.

„Mahlzeit!“, sagte sie mit gespielt fröhlicher Stimme. Jeremy spürte, dass die beiden sich bereits vorher gestritten haben mussten. Davon wollte er jetzt aber wirklich nichts wissen. Er hatte wichtigeres im Sinn und sein Hunger war viel zu groß.

Man glaubt es kaum, aber auch von Salat mit Austernpilzen kann man sich überfressen. Jeremy und sein voller Bauch legten sich nach dem Essen glücklich und zufrieden in sein Bett.

Im Rausch des Halbschlafes sah er wirre Bilder. Ein Durcheinander aus seiner und der Nebelwelt. Sein Erlebnis mit der Pflanzenenergie wechselte mit sprechenden Blumen und schimpfenden Pilzen ab, dann plötzlich lauter unbekannte Menschen um ihn herum, alle hoben die linke Hand zur Begrüßung, Stimmen von überall und plötzlich mit erschreckender Klarheit und ohne all die anderen Stimmen, die er eben noch geträumt hatte, Ceciles Stimme: „Versuche es nicht, tu es!“

Die Klarheit dieses Satzes und die Eindringlichkeit von Ceciles Stimme ließen Jeremy aus seinem Halbschlaf aufschrecken. Benommen sah er vor sich hin. Wo kam das her? War es noch ein Teil des Traumes oder womöglich eine Botschaft aus der Nebelwelt?

Schlagartig hellwach war er allerdings, als seine Mutter jäh ins Zimmer platze. „Kannst du dir nicht endlich mal angewöhnen anzuklopfen?“, forderte er sie empört auf.

Sie sah ihn nur verständnislos an und antwortete ihm ebenso empört: „Kannst du nicht mal dein Zimmer aufräumen?“

„Könnte ich schon!“, rutschte es Jeremy über die Lippen, obwohl er sich eigentlich nicht auf einen Streit einlassen wollte.

„Dass du es kannst, sieht man erst, wenn du es tust! Eigentlich wollte ich dich nur wecken, dass du nicht den ganzen Tag verpennst.“ Damit schloss sie die Tür wieder hinter sich und hinterließ einen verdatterten Jeremy.

‘Dass du es kannst, sieht man erst, wenn du es tust‘ und gerade vorher in seinem Traum Cecile mit ‘Versuche es nicht, tu es‘? Konnte das alles etwas mit seinen Versuchen, die Pflanzen zu spüren, zu tun haben? Oder war es nur Zufall?

Aber genau so hatte er es in der Nebelwelt gemacht: Er hatte nicht versucht mit den Pflanzen Kontakt aufzunehmen, er hatte nur hingesehen, sich einfach nur auf sie eingelassen. Alles andere war von selbst gekommen.

Kurzentschlossen stand er auf und machte sich auf den Weg in den Wald. Eine bestimmte Stelle hatte er auch schon vor Augen: ein ruhiges Plätzchen, an dem ein umgestürzter Baum über einem kleinen Bächlein, eher einem Rinnsal, lag. An einer kleinen Lichtung, wo Moose und kleine Blümchen wuchsen. Als er dort ankam, sah er das Wasser glitzern unter den schräg einfallenden Sonnenstrahlen. Es war so ein beruhigender Anblick. Jeremy atmete tief durch und setzte sich auf den Baumstamm. Dann rutschte er nach vorne, mit seinen Knien auf den weichen Waldboden. Er schloss die Augen. Der Duft des Waldbodens und das leise Plätschern des Wassers lenkten ihn scheinbar von seinem Vorhaben ab, und ähnlich wie bei seinen Träumereien im Baumhaus, verlor er sich in seiner Entspannung.

Nach einer Weile öffneten sich langsam seine Augen. Die Pflanzen, Moose wie Blumen, hatten ein helles Scheinen um sich, das Wasser strahlte über das gewohnte Glitzern hinaus und alles schien sich in wabernder Bewegung zu befinden. Sehr langsam, kaum wahrnehmbar, aber bewegt.

Der unerwartete Erfolg ließ Jeremy nur leicht aufschrecken, aber das reichte schon, um diesen kleinen magischen Moment zu beenden.

Er ärgerte sich ein bisschen über seine ungeschickte Reaktion, aber er hatte es geschafft. Es war möglich! Alles eine Frage der Übung, dachte er bei sich, man darf es nur nicht zu sehr wollen ...

Mit einer ihm selbst fremden Ausdauer kniete er an diesem Platz, fast drei weitere Stunden. Als er gerade aufgeben wollte, fiel ihm ein zierlicher Pflanzentrieb auf, der an einem kleinen Ästchen im Moos hängen geblieben und beinahe abgeknickt war. Das feine

Pflänzchen tat ihm leid und er entfernte das Ästchen und richtete den Trieb vorsichtig auf.

Da sah er, wie es ein schwaches Leuchten umgab und es drehte seine kleinen Blätter langsam zu Jeremy. Als wollte es sich bedanken. Instinktiv formte Jeremy seine Hände zum Schutz um die verletzliche Pflanze und das Leuchten wurde stärker. Auch das umliegende Moos wurde wieder heller und wog kaum merklich hin und her. Jeremy fühlte, wie er mit seiner Umgebung verschmolzen war. Es war, als würde er mit dem Moos schwingen und sein Leuchten machte ihn glücklich.

Ein wenig fühlte er sich verantwortlich für den kleinen Trieb und wollte ihm etwas Wasser aus dem Rinnsal holen. Doch sowie er sich bewegte, verschwand die ganze Magie und die kleine Landschaft sah wieder aus wie vorher.

Jeremy sank in sich zusammen. Doch er wusste, dass er erfolgreich gewesen war. Natürlich war das bei Weitem nicht so ein umwerfendes Ergebnis wie in der Nebelwelt, das war ja auch klar, aber es war mehr, als er jemals in seiner Welt durch Pflanzen wahrgenommen hatte. Der Trank des Druiden Erion mit dem Saft der Eshadh, der Königin der Eschen, hatte ihn für immer verändert! Er erinnerte sich noch an Erions Worte: „Lerne mit der Seele zu sehen.“ und jetzt begann er zu verstehen, was Erion damit meinte.

Alles was er hier tun konnte, war, diese Fähigkeiten zu üben und wieder zu üben, darin so gut zu werden wie es nur möglich war. Schließlich musste er für seine Aufgabe in der Nebelwelt vorbereitet sein. Für den Augenblick aber war er zu müde.

Wieder zurück in seinem Zimmer, sah er aus dem Fenster auf die Wiese. Er starrte hinaus und wusste, dass er diesen Ausblick nie wieder so wie früher empfinden würde. Das Duften des Grases, die Gerüche im Wald, der feuchte Nebel in der Luft. Alles hatte nun eine viel tiefere Bedeutung.

Das Schlimme daran war, dass er es niemandem sagen durfte. Das alles niemals seinen Freunden erzählen zu können, kam ihm vor wie eine Strafe, die er nicht verdient hatte. Wie eine Lüge, die er gezwungen war, immer und immer wieder zu lügen.

Gerade der Gedanke an seine Freunde war es, der ihn aus seiner Trübsal wieder herauszog. Er wollte sie unbedingt, möglichst bald wieder treffen. Sonntag. Heute war Sonntag! Ein breites Lächeln zog in sein Gesicht: Sonntagabend am Mondscheinsee zur Sommerferien-Start-Fete! Alle hatten davon gesprochen in den letzten Schulwochen und auch Jonas, Lukas und Natalie wollten unbedingt kommen. Und, mit ziemlicher Sicherheit würde auch Lisa dort sein. Der Abend war gerettet.

Jeremy saß am Küchentisch und aß, Papa saß vor dem Fernseher und Mama bereitete ihre Arbeit für Montag vor. Plötzlich tauchte ein Kopf am Küchenfenster auf. Es war Jonas! Jeremy deutete ihm zur Haustüre zu kommen.

„Hey Alter, cool, dass du vorbeikommst!"

„Du hast doch wohl die Mondscheinseefeier nicht vergessen?", grinste Jonas.

„Hab' ich schon mal eine Feier vergessen?" Jeremy kicherte leise. „Ich bin gleich da. Sag' nur noch schnell Bescheid."

Während Jeremy einen kleinen Rucksack und seine Jacke von der Garderobe holte, warf er seinem Vater noch schnell ein „Ciao Papa, wir gehen zum Mondscheinsee." zu und war auf seinem Rad, bevor sein Vater antworten konnte. Diese Art der Verabschiedung war immer die einfachste: Sein Pa war viel zu langsam um auf unbequeme Fragen zu kommen, wie Jeremy sie von seiner Mutter zu erwarten hätte. Wenn überhaupt, dann sagte er vielleicht mal „Komm nicht zu spät nach Hause".

Die beiden Freunde traten ordentlich in die Pedale. Unterwegs gabelten sie noch Lukas und Anna auf. Natalie kam aus der anderen Richtung und so trafen sich alle mit den meisten aus ihrer Schulklasse an der gewohnten Stelle am Ufer des Mondscheinsees.

Ein ansehnliches Feuer brannte bereits und die ausgelassene Ferienstimmung aller, mit der untergehenden Sonne über dem See, gaben Jeremy dieses herrliche Gefühl von Freiheit, nach dem er sich immer so sehnte.

Jonas, Lukas und Anna mischten sich gleich unter die Leute, während Jeremy an einem Baum lehnte und die Stimmung aufsaugte. Einige spielten Frisbee, andere Fußball, manche redeten einfach miteinander und ein paar Mädels lagen auf Decken und steckten tuschelnd ihre Köpfe zusammen oder lachten über die Schnappschüsse des Jahres auf ihrem Smartphone. Es war ganz schön was los.

„Hi Jeremy!" Fröhlich lächelnd kam Lisa auf ihn zu. Den ganzen

Nachmittag hatte er sich schon überlegt, wie er sie ansprechen könnte und nun kam sie zu ihm. Das machte die Sache natürlich leichter.

„Lisa! Schön, dass du schon hier bist. Wie war das erste Ferienwochenende?"

Seitdem er in der Nebelwelt war, erschien Jeremy so einiges viel einfacher als vorher. Sich mit Lisa zu unterhalten, war viel einfacher, wenn man sich nebenbei zum Beispiel schwebende Wassertropfen vorstellte.

„Ach, nichts Besonderes. Erst mal ausschlafen ...", antwortete Lisa beiläufig. Sie freute sich über seine nette Begrüßung und sah ihn mit ihren dunklen, großen Augen an. Man könnte sagen, es knisterte zwischen den beiden.

Irgendetwas war in der Nebelwelt mit Jeremy geschehen, das ihm mehr Selbstvertrauen geschenkt hatte. Er hätte Lisa so gerne alles erzählt, was er erlebt hatte, aber das ging selbstverständlich nicht.

„Wollen wir ein bisschen runter ans Ufer gehen?"

„Gerne!", sagte Lisa und reichte ihm ihre Hand. Tief in seinem Innersten konnte Jeremy seine Freude kaum verbergen.

Als die beiden eng nebeneinander am Ufer des Mondscheinsees im Gras saßen, fiel ihm auf, dass er Lisas Nähe tatsächlich auch spüren konnte. Ähnlich wie die Berührung von Cecile nach dem Besuch bei Erion, nur natürlich nicht so intensiv. Doch er war mindestens genauso glücklich und zufrieden. Die Zeit verging, ohne dass es den beiden sonderlich aufgefallen wäre. Sie lachten über Jeremys Schulgeschichten und Lisa lehnte ihren Kopf an seine Schulter.

Jeremy verriet ihr sogar das ansonsten wohl gehütete Geheimnis vom Baumhaus. Lisa war sehr neugierig und wollte es unbedingt sehen und Jeremy versprach ihr, dass er es ihr schon bald zeigen würde. Nur von der Nebelwelt erzählte er natürlich nichts.

Als die beiden am späteren Abend einmal um den See spaziert waren, hatte sich die Party aufgelöst und das Feuer war gelöscht. Der Mond schien hell in dieser Nacht und von der Oberfläche des vom Tag erwärmten Sees stieg Nebel in die kühle Nachtluft auf.

Jeremy starrte auf dieses Schauspiel. War das womöglich der Hinweis aus der Nebelwelt? 'Achte besonders auf aufsteigenden

Nebel' hatte Cecile gesagt. Jeremy wurde unruhig. Seine Hand tastete nach dem Stein von Cecile. Als er ihn aus der Hosentasche zog, erschrak er nicht schlecht: Der Stein leuchtete aus eigener Kraft derart stark im Mondlicht, dass er ihn schnell wieder einsteckte, bevor Lisa ihn entdecken würde. Jeremy wurde heiß und kalt zugleich. Der Nebel, das Leuchten des Steins. Er musste etwas unternehmen.

„Weißt du was Lisa, ich bring dich noch nach Hause.", sagte er zu ihr und versuchte möglichst locker zu klingen.

„Oh ja, wird schon langsam Zeit. Das ist lieb von dir!", antwortete sie und die beiden machten sich auf den Weg. Wie sie auf ihren Fahrrädern nebeneinander durch die klare, mondhelle Nacht fuhren, wurde Jeremy klar, dass er wohl etwas zu hellhörig für die Zeichen aus der Nebelwelt gewesen war. Der Mondstein leuchtete ja schon vorher auffallend hell, wenn das Mondlicht auf ihn fiel und schwächer, wenn kein Mond zu sehen war. Und Nebel stieg fast jeden Abend über dem See auf, wenn es nach Sonnenuntergang kühler wurde.

Als die beiden bei Lisa zu Hause angekommen und von ihren Rädern abgestiegen waren, bedankte sich Jeremy für den schönen Abend. „Ich bin wirklich froh, dass wir uns mal außerhalb der Schule getroffen haben. So kann man sich viel besser kennenlernen."

„Ja, das finde ich auch", stimmte ihm Lisa zu, „vor allem wird man am See nicht ständig von allen beobachtet ..."

„Ja genau!", bestätigte sie Jeremy. „Und außerdem kann man sich mal länger als zehn Sekunden unterhalten, ohne gleich wieder unterbrochen zu werden."

Lisa lachte.

Jeremy mochte ihr Lachen. Es war so ungekünstelt und herzlich, dass er immer mitlachen musste.

„Außerdem wird es nie langweilig mit dir.", sagte er sanft.

„Mit dir auch nicht.", sagte Lisa und legte ihre Arme um seinen Hals. Sie zog ihn zu sich und gab ihm einen Kuss auf die Wange. Jeremy war sprachlos.

„Ich finde, wir sollten uns schon bald wieder treffen!", sagte Lisa. „Gute Nacht Jeremy."

„Ja, das finde ich auch. Gute Nacht Lisa.", sagte er und sein Lächeln folgte ihr bis sie hinter der Haustür verschwand.

Den ganzen Heimweg dachte er nur an sie, an den Abend, was sie von sich erzählt hatte und natürlich vor allem an ihren Abschiedskuss.

An den nächsten Tagen versuchte sich Jeremy an verschiedenen Aufgaben: Das Lenken von Wassertropfen, das Beeinflussen des Windes oder das Kontrollieren des Feuers. Bei nichts zeigte sich auch nur der geringste Erfolg. Vielleicht weil er ständig an Lisa denken musste? Egal weshalb, seine Kräfte schienen einfach nicht stärker zu werden. Stärker wurde nur eines: seine Angst, das Zeichen aus der Nebelwelt zu verpassen.

Inzwischen war schon wesentlich mehr Zeit vergangen als Jeremy in der Nebelwelt verbracht hatte, doch obwohl seine Befürchtung einen Hinweis übersehen zu haben stetig wuchs, verlor er nie die Hoffnung und nahm sich jeden Tag Zeit, um seine Fähigkeiten zu trainieren.

Die Erinnerung an seinen ersten Erfolg im Wald gab ihm die Kraft nicht locker zu lassen und der leuchtende Stein von Cecile gab ihm die Sicherheit, dass er sich das alles nicht nur einbildete.

Während er es verstand, seine Übungen in Magie vor seinen Freunden zu verbergen, waren seine Freunde um nichts in der Welt davon abzubringen, das Thema ihrer Gespräche immer wieder auf die Vorfälle im Baumhaus und auf das Brüllen im Wald zu bringen.

Auch wenn er es standhaft herunterspielte und allerlei obskure Erklärungen fand, merkte er wohl, dass seine Freunde so nicht abzuspeisen waren. Die ganze Geschichte wurde wieder von neuem aufgerollt, als Anna aus dem Urlaub zurück war. In einer regelrecht dramatischen Aufführung im Baumhaus, erzählten ihr Lukas, Jonas und Natalie alles, was Jeremy erlebt hatte, bis hin zu ihrem eigenen gruseligen Erlebnis. Anna sah sich die Vorstellung entgeistert an, begann aber sogleich, mit detektivischer Hingabe alle Einzelheiten zu zerlegen. Von den Freunden war Anna in der Schule in fast allen Fächern die Schlaueste und Jeremy hatte nicht auf alle ihrer logischen Schlüsse eine Antwort.

Da ihm manchmal nur blieb zu sagen, dass er auch nicht wüsste, wie das vorgegangen sei, büßte er einiges an Glaubwürdigkeit ein. Vor allem bei Jonas, der Jeremy wohl am besten kannte und ihn manchmal einfach nur ansah, mit diesem Blick, der fragen wollte „Jeremy Grey, wann rückst Du mit der Wahrheit raus?"

Auch wenn ihm klar war, dass es so nicht ewig weiter gehen konnte, blieb Jeremy seinem Versprechen treu, die Nebelwelt nicht zu verraten. Natürlich hatten die Freunde auch eine Menge Spaß miteinander und so vergingen die Tage.

Kein Tag verging allerdings, ohne dass Jeremy an Lisa dachte. Sie war mit ihren Eltern im Urlaub und Jeremy zählte die Tage zu ihrer Rückkehr um sie endlich wiederzutreffen.

Eines Tages, als er mit Jonas am See war, stand er bis zur Hüfte im Wasser, dachte an Lisa und starrte auf den See hinaus. Da fiel ihm eine kleine Biene auf, die im Wasser um ihr Leben strampelte. Als Jeremy mit seinen Händen eine Schale formte um die Biene zu retten, sah er wie sich das Tier plötzlich und noch bevor er es berührt hatte, langsam aus dem Wasser erhob. Ihre Flügel klebten vom Wasser an ihrem Körper und sie konnte nicht fliegen und dennoch schwebte sie über dem Wasser. Ein flimmerndes Leuchten umgab sie und schließlich landete sie in seiner warmen Hand. Gebannt sah er auf das Tier. Die Biene mühte sich mit den Beinen ihre Flügel zu trocknen. Dann drehte sich zu ihm und nickte dankend mit ihrem kleinen Köpfchen. Höflich nickte Jeremy zurück und die Biene flog davon.

„Was ist los, Alter?", unterbrach Jonas, der gerade aus dem Wasser kam, den verzückten Jeremy.

„Nichts", antwortete er beiläufig. „Hab' nur 'ne Biene gerettet."

„Mann Jeremy, du bist echt komisch seit die Ferien angefangen haben. Seit dieser krassen Geschichte im Baumhaus und allem. Was ist los mit dir? Ich kenne dich doch. Ich weiß, dass du irgendetwas verschweigst. Am Anfang hast du noch behauptet, irgendwas Seltsames ginge vor. Seitdem wir dir nicht sofort geglaubt haben, stellst du auf stur. Jetzt mach schon – raus mit der Sprache! Was war da los?"

Jetzt wurde es ernst für Jeremy. Jonas ließ sich nichts vormachen. Er kannte Jeremy einfach zu gut. Irgendwas musste sich Jeremy jetzt ganz schnell einfallen lassen. Er wollte Jonas auch nicht anlügen, schließlich war er sein bester Freund.

„Du hast Recht.", sagte er, „und du weißt, dass ich es dir als Allererstem verraten würde, aber du musst mir glauben: Ich kann nicht. Ich kann auf keinen Fall mit irgendjemandem darüber reden."

Jonas sah Jeremy verstört an. „Wieso kannst du das nicht? Glaubst du, ich würde ein Geheimnis zwischen uns nicht für mich behalten können?"

„Doch, natürlich kannst du das. Darum geht es nicht. Es liegt nur an mir selbst. Ich kann darüber einfach nicht sprechen."

„Okay, ich versteh' schon. Weil ich im Baumhaus an deiner Geschichte mit dem Brüllen gezweifelt hab', kannst du mir jetzt nichts mehr erzählen. Na, toll!" Jonas klang jetzt wirklich vorwurfsvoll.

„Nein. So ist es nicht. Du weißt, dass ich nicht nachtragend bin!", versuchte Jeremy Jonas zu beschwichtigen. „Ich habe jemandem versprochen, auf keinen Fall davon zu erzählen."

„Ach?", höhnte Jonas plötzlich, „dann gibt es jemanden, der es schon weiß? Dann brauchst du mich ja wohl nicht mehr."

In seinem Bestreben Jonas gegenüber ehrlich zu sein, hatte sich Jeremy nun erst richtig festgefahren. „Jonas, bitte!" Jeremy wusste nicht mehr wie er die Situation noch retten könnte. „Kannst du mir nicht einfach vertrauen?"

„Komisch. Das wollte ich dich auch gerade fragen Jeremy. Aber weißt du was: Mir musst du ja nicht vertrauen."

Mit diesen Worten ging Jonas zurück zum Ufer, schnurstracks auf sein Handtuch zu, packte seine Sachen, setzte sich auf sein Fahrrad und war fort.

Jeremy konnte ihm nur noch hinterhersehen. Was hätte er auch sagen sollen. Er fühlte sich hilflos, ja traurig. Es war, als würde er bestraft werden für etwas, das er gar nicht getan hatte. Die Wahrheit durfte er nicht sagen, aber lügen wollte er auch nicht. Die Ausweglosigkeit der Situation gab ihm noch lange zu denken und so saß er auf seinem Handtuch, bis die Sonne schon fast untergegangen war und starrte hinaus auf den See.

Erst als ihm ein wirklich kühler Wind eine massive Gänsehaut verpasste, bemerkte er, dass am Himmel dunkle Gewitterwolken aufgezogen waren. Das sah nach einem ordentlichen Sommergewitter aus. Er machte sich daran seine Sachen zu packen und schleunigst nach Hause zu kommen. Der Wind wurde schnell stärker und immer kühler. Blitz und Donner schienen direkt über ihm zu wüten, als der strömende Regen ihn zwang vom Fahrrad zu steigen, weil er nicht mehr genug sehen konnte. Bis zum Hof war es nicht mehr weit, aber er kam nur sehr langsam vorwärts. Plötzlich hörte er ein ohrenbetäubendes Krachen und sah vor sich ein gleißend helles Licht. Nur ein paar Meter vor ihm hatte der Blitz in eine alte Eiche eingeschlagen und sie mit seiner Gewalt in der Mitte geteilt. Es roch nach verbranntem Holz und Jeremy brauchte etwas, bis er wieder richtig hören konnte. Er war dermaßen erschrocken, dass er trotz des monsunartigen Regens auf sein Fahrrad stieg und mit aller Kraft in die Pedale trat.

Ausgerechnet in der letzten Kurve rutschte sein Vorderrad auf dem nassen Weg unter ihm weg und er fiel mitsamt seinem Rucksack in den Matsch.

Er rappelte sich auf und schleppte sich die letzten Meter nach Hause. Der Regen war ihm schon egal, er war sowieso komplett durchnässt. Er wollte nur in sein Zimmer und seine Ruhe haben. Die Sache mit Jonas, der Regen, der Sturz – er hatte genug für den Moment.

Aber das sollte noch nicht alles gewesen sein. Als er die Haustüre öffnete und in die Küche kam, standen seine Eltern da und sahen ihn stinksauer an. „Kannst du mir mal verraten, junger Mann, warum du dich bei diesem Unwetter draußen herumtreibst?“, schimpfte sein Vater und Mutter setzte noch ein „Weißt du eigentlich, wie gefährlich das ist bei einem Gewitter?“ drauf.

Jeremys Maß war jetzt endgültig voll. „Und? Wisst ihr eigentlich, wo ich herkomme? Oder wie es mir geht? Fragen tut ihr mich ja nie wirklich! Und: Ja, ich weiß wie gefährlich das draußen ist, eben bin ich nämlich mit dem Fahrrad gestürzt. Aber das interessiert euch ja sowieso nicht! Hat ja auch nichts mit eurer Arbeit zu tun.“, schrie er in seiner Wut, warf seinen verdreckten, nassen Rucksack an die Garderobe und rannte hoch zu seinem Zimmer. Sein Vater rief ihm noch nach: „Das hat noch ein Nachspiel!“ Dann knallte Jeremy die Tür zu seinem Zimmer hinter sich zu.

Er ließ sich auf den Stuhl fallen und schlug die geballten Fäuste auf seinen Schreibtisch. Und Tränen der Wut mischten sich mit Schmerz und Verzweiflung.

Als kurz darauf die Zimmertür aufging und seine Mutter sagte:

„Ich soll dir ausrichten, dass du bis auf Weiteres Hausarrest hast!", wäre er am liebsten aufgesprungen und hätte sie angeschrien, dass sie gefälligst klopfen soll, aber ihm fehlte einfach die Kraft. Außerdem war sie gleich wieder verschwunden. ‚Hausarrest' – pff – tolle Idee, dachte er sich.

Nach einer Weile hatte er sich etwas beruhigt und ging ins Bad, um den ganzen Dreck abzuwaschen und ein paar Schürfwunden zu verarzten.

Seine Laune war am absoluten Tiefpunkt. Das Abendessen ließ er ausfallen und setzte sich stattdessen an den Schreibtisch und zeichnete. Er versuchte Lisa zu zeichnen. Nach etlichen Anläufen, das zerknüllte Papier quoll schon über den Rand seines Papierkorbs, schaute er resigniert aus dem Fenster auf die Wiese.

Der Regen hatte längst aufgehört und mit einem Mal schoss Jeremy das Adrenalin in den Kopf. Nebel! Dichter, schwerer Nebel strich in Schwaden vor seinem Fenster vorbei. Sofort richtete er alle seine Sinne nach draußen. Er öffnete das Fenster und versuchte den alten Apfelbaum zu erkennen. Der Nebel war zu dicht. War das der Zeitpunkt? Wie könnte er nur herausbekommen, ob es nun endlich soweit war?

Der Stein! Vielleicht würde Ceciles Stein einen Hinweis geben. Hektisch durchsuchte er die Taschen seiner Hose ohne den Blick von diesem Nebel da draußen zu wenden, zog den Stein hervor und ... unglaublich! Obwohl nicht einmal der Ansatz von Mondlicht in sein Zimmer schien, strahlte der Stein so hell, dass es fast blendete. Das war es! Das Zeichen, auf das er die ganze Zeit gewartet hatte. Er musste unbedingt raus auf die Wiese!

Hausarrest – erinnerte er sich kopfschüttelnd. Die Tatsache, dass Jeremy im Dachgeschoss sein Zimmer hatte, war für ihn, als geübten Baumkletterer, kein ernstes Hindernis und so schlich er aus dem Dachfenster über den First auf die Rückseite des Hauses. Dort stand eine alte Eiche mit ihren dicken Ästen. An ihr herunterzuklettern, das hatte er schon so oft gemacht, dass die Rinde der Äste schon ganz abgetreten war.

Herum um den Hof und auf die Wiese Richtung Apfelbaum. Bei dem Nebel konnte ihn sicher niemand beobachtet haben. Allerdings war es auch nicht gerade leicht, bei dieser schlechten Sicht den Apfelbaum zu finden. In geduckter Haltung orientierte er sich am zertrampelten Gras am Boden. Die Strecke kam ihm länger vor, als sie hätte sein dürfen, also blieb er stehen und starrte angestrengt in den Nebel. Die Schwaden waren so dicht, dass er seine eigene Hand am ausgestreckten Arm nur gerade noch so erkennen konnte und die zunehmende Dunkelheit machte es auch nicht besser.

Allein der schwache Mondschein erlaubte ihm noch etwas Orientierung. Der Mondstein, schoss es Jeremy durch den Kopf. Er nahm ihn aus seiner Hosentasche und öffnete die Hand. Und er leuchtete. Zwar war sein Licht nicht mehr so stark wie vorher in seinem Zimmer, aber es war eine Hilfe.

Jeremy versuchte ihn als Leuchte zu verwenden und hielt ihn an der ausgestreckten Hand in den Nebel. Überraschenderweise änderte der Stein seine Leuchtkraft wenn er ihn in eine bestimmte Richtung hielt. Es war als würde er ihm den Weg weisen. Also ging er immer in die Richtung, in der der Stein am hellsten leuchtete.

Da sah er ein schwaches, schwebendes Licht, das dem dichten Dunst trotzte. Etwa zehn Schritte voraus. Bei jedem Schritt, den er ihm näher kam, wurde das Licht etwas dunkler. Zu seinem Leidwesen wurde auch sein Stein immer dunkler. Als er aber vollends erlosch, wunderte er sich doch sehr, zumal der Stein bisher immer zumindest ein wenig aus sich selbst geleuchtet hatte. In diesem Moment stieß Jeremy mit dem Fuß an einen großen Stein. Das tat zwar weh, aber es freute ihn auch, weil er wusste, dass es einer der großen Steine unter dem alten Apfelbaum war.

Suchend tastete er weiter um sich auf ihn zu setzen. Wie kann das nur sein, dass Ceciles Stein plötzlich gar nicht mehr leuchtet, dachte er bei sich und steckte ihn wieder ein. Das musste bedeuten, dass er am richtigen Platz angekommen war? Auch das Leuchten, das ihn hierher brachte, war für ihn ein klares Zeichen. Aber was nun, dachte er. Wo ist jetzt das Portal?

Jeremy erinnerte sich daran, was er die letzten Tage oft in Gedanken durchgespielt hatte. Was würde er tun müssen um ein Portal betreten zu können? Es gab ja keine Zeichen, wie bei einer Pforte. Mit Cecile hatte er darüber oft bei ihren gemeinsamen Spaziergängen gesprochen. Sie sagte immer: ‚Sei aufmerksam, und sei ohne Absicht oder Erwartung.' Lange hatten sie über diese Voraussetzungen gesprochen und wie schwer es ist das alles zu vereinen.

Wie auch immer, er musste es schaffen. Ohne Absicht zu sein

bedeutete auch, seinen Willen, in die Nebelwelt zu kommen, abzuschalten. Überhaupt musste er alle seine Gedanken abschalten.

Er versuchte sich zu erinnern, wie er beim ersten mal in die Nebelwelt gelangt war, nachdem der Geisterbär ihm auf den Rücken geschlagen hatte. Alle seine Sinne waren damals in maximaler Anspannung.

Also konzentrierte er sich darauf, nacheinander alle Sinne zu schärfen, er lauschte auf alle Geräusche, fühlte die Feuchtigkeit auf seiner Haut, roch den Grasboden und die Erde und achtete auf jedes sichtbare Etwas vor sich im Nebel. Mit dem kläglichen Rest an Mondlicht, den der Nebel noch durchließ, waren es die winzigen Wassertröpfchen im Nebel und ein paar schemenhafte Schatten des Apfelbaumes und seiner Steine.

Was dann passierte, kam Jeremy schon wieder sehr bekannt vor. Ohne Vorwarnung standen die winzigen Nebeltröpfchen plötzlich völlig unbewegt in der Luft.

In diesem Moment kam aus dem Dunkel des Nachtnebels mit bedächtigen und langen Schritten eine Nebelkrähe auf ihn zu. Sie krähte nicht und hatte keine Angst vor ihm. Sie schritt einfach auf ihn zu, blieb vor ihm stehen und drehte langsam den Kopf. Ein paar Sekunden starrte sie ihn an, dann drehte sie sich um und ging wieder zurück. Sie drehte wieder den Kopf und sah Jeremy blinzelnd an. Es war eindeutig: Er musste mit ihr gehen. In gebückter Haltung machte er sich daran dem Vogel zu folgen, der nun beträchtlich an Tempo zulegte. Er durfte ihn nicht aus den Augen verlieren, sonst hätte er den Weg durch das Portal nicht gefunden.

Plötzlich hielt die Nebelkrähe inne, ihr Gefieder am Hals war vor Aufregung aufgestellt, und sie blieb stehen und rührte sich nicht mehr. Instinktiv verhielt sich auch Jeremy mucksmäuschenstill. Kurz darauf hörte er ein tiefes, grollendes Knurren. Dann, das dumpfe Pochen eines schweren Stabes auf dem feuchten Grasboden und schließlich verschwand auch das letzte bisschen Mondlicht noch.

Der schwarze Stein des Hüter-Stabes hatte Finsternis ausgerufen. Jeremy blieb völlig unbeweglich. Als die Nebelkrähe zu krächzen begann, als wolle sie sich bitter beschweren, dass es so dunkel war, hörte man ein gleichmütiges Brummen und das bisschen Mondlicht kam langsam wieder zurück.

Die Krähe stand noch immer vor Jeremy. Nach ein paar Sekunden lief sie wieder weiter und Jeremy folgte ihr. Auf einmal breitete sie jedoch ihre Flügel aus und flog auf und davon. Jeremy versuchte ihr noch nachzukommen, als aus dem Nebel plötzlich vier Hände seine Arme packten und ihn mit einem gewaltigen Ruck aus seiner Welt rissen.

Wie bei seinem ersten Eintritt in die Nebelwelt fühlte er sich nahe der Ohnmacht. Die vier Hände gehörten natürlich zu Cecile und ihrem Vater. Er war wieder genau da, wo ihn Magnus von Thare vor einigen Tagen zurück in seine Welt gebracht hatte. Cecile konnte sich vor Freude kaum beruhigen. Ihr Vater dagegen begann sofort damit Jeremy auszufragen: „Wie lange warst du weg?"

„Äh, ich weiß nicht, zwei Wochen. Vielleicht mehr?", antwortete Jeremy unsicher.

„Sehr gut, es hat alles bestens geklappt!"

„Was hat denn geklappt?", fragte Jeremy.

„Na, die Dyschronisierung. Ich meine, der Ausgleich durch das Chronikum. Und natürlich deine Rückkehr. Du musst wissen, dass für uns die Zeit, in der du weg warst, nicht länger war als ein paar Minuten."

Jeremy konnte das kaum glauben. Er selbst verbrachte Tage mit üben und hoffen, wurde mehrere Tage älter und hier vergingen gerade mal ein paar Minuten?

Und wie war das beim ersten Mal? Er selbst verbrachte mehrere Tage in der Nebelwelt, in seiner Welt aber vergingen nur ein paar Minuten. Rein rechnerisch machte das natürlich Sinn, aber Jeremy fiel es trotzdem schwer, das zu verstehen.

„Wie kann das sein? Ich meine, in den letzten paar Minuten bin ich zwei Wochen älter geworden. Ich kann mir das nicht erklären!"

Von Thare musste grinsen. „Das hast du witzig ausgedrückt, aber so darfst du das nicht sehen. Die Zeit, die du in unserer Welt verbringst, findet im Grunde in deiner Welt umgekehrt statt. Egal wo du eine Woche verbringst, es bleibt immer eine Woche. Es kommt nicht darauf an, wieviel Zeit für die anderen vergangen ist.

„Na gut", sagte Jeremy. „Auf jeden Fall ist es schön wieder hier zu sein."

„Das kann ich nur bestätigen!", sagte Cecile. „Außerdem kommst du gerade richtig um meine Mutter kennenzulernen. Sie war ein paar Tage im Curiosum beschäftigt und kommt extra wegen dir früher zurück."

„Wow, das ist toll, ich bin sehr gespannt!", freute sich Jeremy und Magnus von Thare gefiel das sehr.

„Kommt, wir decken schon mal den Tisch, Ceci. Delphena wird bald hier sein und wir wollen ihr einen schönen Empfang bereiten.

Kapitel 9

Delphena von Thare – Seherin im Curiosum

Seherinnen kommen immer zur rechten Zeit. Gerade als auch Cecile sich noch an den gedeckten Tisch setzen wollte, hörte man vom Eingang die fröhliche und liebevolle Stimme ihrer Mutter: „Wo sind meine Lieblinge? Ich bin wieder daa!" Cecile strahlte vor Freude, als sie ihre Mutter wie einen seltenen Gast an den Tisch führte.

Delphena war groß, elegant und bewegte sich anmutig. Sie hatte schwarze, lange Haare, ähnlich wie Cecile, aber ihre Augen ... Jeremy konnte anfangs nicht erkennen, welche Farbe sie hatten. Von vorne sahen sie schwarz aus, dann spiegelte sich das Licht darin und sie schimmerten von der Seite wie Bernstein.

Das wirklich Besondere an Delphena war jedoch ihre Ausstrahlung. Als sie hereinkam, fühlte Jeremy sich als hätte eine Fee den Raum betreten. Er stand instinktiv auf.

„Oh, wie höflich!", bemerkte sie lächelnd und neigte ihren Kopf zur Begrüßung. „Das freut mich umso mehr, jetzt wo ich dich endlich kennenlerne, Jeremy aus der Außenwelt. Komm, Cecile hat dir das ja schon beigebracht, zeig mir wer du bist." Mit diesen Worten hob sie die linke Hand zur Begrüßung und sah Jeremy auffordernd an.

Im Grunde wusste Jeremy ja inzwischen, wie er sich bei so einer Begrüßung verhalten sollte, dennoch war er etwas nervös. Auf keinen Fall wollte er das Erlebnis auf Talidas Party wiederholen.

Zögerlich hob er seine Hand.

„Keine Angst, du wirst mir nichts antun.", sagte Delphena und berührte Jeremys Hand. Zu seiner großen Verwunderung spürte Jeremy überhaupt nichts. Zunächst. Delphena sah Jeremy durch seine Augen tief in die Seele. Anfangs lächelte sie noch, dann schien sie etwas zu suchen, dann lächelte sie abermals.

Jeremy fühlte sich im Nachteil. Während sie offenbar in ihm

las wie in einem offenen Buch, sah er ihr nur wie hypnotisiert in die Augen. Am Ende hätte er nicht einmal sagen können, nach welchem Element sie sich anfühlte.

Delphena setzte sich und wechselte einen kurzen Blick mit ihrem Mann, bei dem sie ihm zunickte. Die vier aßen zusammen und Delphena ließ sich alles bisher Geschehene von Cecile erzählen. Immer wieder beobachtete sie Jeremy während dem Essen, beobachtete wie er sich bewegte, wie er auf Ceciles Erzählungen reagierte oder wann ihm etwas peinlich zu sein schien.

Delphena fragte Jeremy vor allem darüber aus wie er gerufen wurde und wie er beim zweiten Mal wieder zurück in die Nebelwelt kam. Die Zeit verging wie im Flug und das viele Erzählen machte Jeremy müde.

„Komm, wir sollten schlafen gehen. Morgen ist ein anstrengender Tag.", sagte Cecile irgendwann und Jeremy folgte ihr nur allzu gerne. Obwohl er wirklich müde war, konnte er nicht sofort einschlafen. Mit offenen Augen lag er in seinem Bett, bis er durch die Wand die Stimmen von Ceciles Eltern hörte.

„Du hast Recht mit allem, was du herausgefunden hast.", hörte er Delphena sagen. „Und er hat ein Spektrum an Zugängen, wie es in unserer Welt nur wenige haben. Er hat unsere Welt nicht verraten. Aber, er ist auch noch lange nicht bereit für seine Aufgabe!"

„Was hast Du gesehen?", hörte er Magnus fragen.

„Er muss schnellstens seinen Weg gehen. Sein erstes Ziel soll die Stadt Leathan sein. Die Wassergeborene wird sich ihm dort zeigen."

„Oho", staunte Magnus. „Aber haben wir denn die Zeit dazu?"

„Darüber mach dir keine Gedanken, mein gelehrter Mann. Die Wassergeborene selbst wird die Zeit lenken, wie es nötig ist."

Jeremy sackte in sich zusammen. Er hatte mal wieder gar nichts verstanden. Eine Wassergeborene, was auch immer das nun wieder ist, dachte er bei sich und drückte seinen Kopf in das Kopfkissen.

Der Schlaf in der Nebelwelt war wie immer erholsamer als zu Hause und mit den ersten Sonnenstrahlen erwachte Jeremy ganz von selbst. Das passierte in der Außenwelt so gut wie nie. Er genoss es, noch etwas liegen zu bleiben und versuchte sich an den Vorabend zu erinnern. An das Gespräch zwischen Ceciles Eltern. Eine Wassergeborene würde er heute treffen. In einer Stadt, die sie Leathan nennen. Es versprach ein aufregender Tag zu werden und Jeremy konnte es kaum erwarten.

Nach dem Frühstück machten sich Cecile und er auf den Weg.

„Lass dich nicht von deinem Weg abbringen!", sagte Delphena zu Cecile vor der Abreise. „Von nichts und niemandem!"

„Mach dir keine Sorgen, Mama. Was soll denn schon dazwischenkommen."

Delphena bekam einen nachdenklichen Blick. „Ich weiß es nicht. Irgendetwas stimmt nicht ... aber ... nein, du hast Recht. Was soll schon passieren."

Delphena hatte eine Verabredung mit den anderen Seherinnen des Curiosums. In ihren Gedanken versunken drehte sie sich nun um und ging und ließ Cecile und Jeremy einfach auf der Wiese vor dem Haus stehen.

„Das macht mir jetzt irgendwie nicht so viel Mut. Was meint deine Mutter mit ‚irgendwas stimmt nicht'?"

„Ja ...", antwortete Cecile nur leise. Sie sah immer noch dort hin wo ihre Mutter gestanden hatte und ihr nachdenklicher Ausdruck machte Jeremy nur noch unruhiger.

Auch Magnus von Thare stand mit besorgter Miene daneben und starrte vor sich hin. Jeremy wollte gerade das große Schweigen brechen, da zerriss der tief hallende Klang eines Nebelhornes die Stille.

Der weit aus der Ferne kommende, aber dennoch alles durchdringende Ton ließ keinen Zweifel an seiner Bedeutung. Und die war keine Gute! Soviel konnte Jeremy an den Gesichtern von Cecile und ihrem Vater ablesen.

„Das kommt von den Wassern von Leathan!", rief Ceciles Vater aufgewühlt und: „Er kommt mit!", fügte er im Befehlston dazu. Dabei sah er Cecile an, wie ein General während der Schlacht. Cecile packte Jeremy am Arm und fasste mit der linken Hand das Medaillon um ihren Hals. Sie schloss die Augen und schien sich zu konzentrieren. Da zogen wie aus dem Nichts schwere Nebelschwaden aus allen Richtungen auf. Binnen Sekunden war Jeremy die Sicht genommen und er konnte gerade noch Cecile vor sich erkennen. Dann rauschten die Nebelschwaden an ihnen vorbei, als wären sie mit rasender Geschwindigkeit unterwegs.

Als Cecile die Augen wieder öffnete, verflog der Nebel. Jeremy blickte auf einen hügeligen, schwach bewaldeten Landstrich, hinter dem ein riesiger See lag. Über seiner Wasseroberfläche zogen Nebelfetzen hin und her, als seien sie unschlüssig, woher der Wind weht.

Jeremy zuckte zusammen, als eine Art schwarzer Blitz aus dem Nebel mit einem ohrenbetäubenden Knall in die Wasseroberfläche krachte und das umliegende Land für Sekunden in düster-schwarze Nacht hüllte. Cecile und ihr Vater starrten angsterfüllt hinaus auf das Wasser.

„Was war *das* denn?“, fragte Jeremy und rieb sich die Ohren. „Seit wann gibt es *schwarze* Blitze?“

„Das war kein Blitz!“, sagte Ceciles Vater in schwer besorgtem Ton. Jeremy hatte großen Respekt vor diesem Mann, schließlich war er in dieser Welt Magnus von Thare, ein großer Gelehrter und Meister der Magie. Dennoch war seine Neugier stärker als seine Ehrfurcht.

„Was war es denn dann?“ bohrte er nach.

„Das, mein junger Freund, war der Klang eines berstenden Zaubers! Ein vorübergehender Riss in unserer schützenden Nebelwand. Cecile hat dir davon erzählt. Wenn man so möchte, eher die Umkehrung eines Blitzes. Während ein Blitz die Entladung einer gehörigen Menge Energie ist, ist ein Nebelriss eher das Zusammenbrechen eines Energiefeldes.“

„Dann kommt das so wie ein Blitz eben hin und wieder vor?“, fragte Jeremy.

„Oh nein, das sollte keinesfalls vorkommen!“, von Thare sah mit besorgtem, fast ängstlichem Blick über das Wasser.

„Aber, ein Gewitter ...“, versuchte Jeremy zu argumentieren.

„Ich sagte dir doch, du kannst es nicht mit Blitz oder Gewitter vergleichen. Es dürfte nie passieren! Und doch wurde uns allen prophezeit, dass es passieren wird.

Unser Schutz, die Magie, die unsere Tarnung aufrecht hält, sie wird schwächer. Irgendetwas oder jemand zersetzt sie. Wir haben nicht mehr viel Zeit um herauszufinden, wie wir diese Magie stabilisieren oder erneuern könnten.“ Magnus von Thare sah auf Jeremy mit nachdenklich gefalteter Stirn. Dann schüttelte er den Kopf, warf Cecile einen flüchtigen Blick zu und ging.

„Wo geht er hin?“, fragte Jeremy verwundert.

Cecile sah ihm noch etwas nach und wandte sich dann zu Jeremy. „Er geht sicher wieder in sein Labor und brütet über seinen Büchern. Er sucht schon seit Jahren, lange bevor das mit den Rissen begonnen hat, nach dem Geheimnis der alten Magier. Obwohl Mama ihm gestern bestätigt hat, dass du der Prophezeite bist, hat er immer noch seine Schwierigkeiten damit, einem, wie er sagt ‘so jungen Kerl‘, unsere Rettung zuzutrauen. Du musst das verstehen! Er ist eben ein Gelehrter. Und er sucht schon sein ganzes Leben nach dem Schlüssel zur Magie unseres Nebels.“

„Vielleicht hat er ja Recht damit, dass ich das gar nicht schaffen kann.“, quengelte Jeremy, obwohl er die Antwort ja schon kannte. „Und überhaupt, das ganze Gerede von ‘Erneuern‘ und ‘Magie‘ oder ‘Jeremy, der Prophezeite’. Ich hab nicht den Nebelhauch einer Ahnung wie, gerade ich so etwas anstellen sollte!“ Die schwarzen Blitze, Reisen im Nebel, Großmeister der Magie – Jeremy fühlte sich gerade ziemlich überfordert.

Cecile legte beschwichtigend ihre Hand auf seine Schulter. „Tut mir leid, Jeremy.“, sagte sie ruhig. „Wir sind hier alle so angespannt wegen der Risse, dass wir mit dir wohl ziemlich dumm umgegangen sind. Wir haben dich, einfach so, immer tiefer in unsere Welt hineingeschoben.“

„So könnte man es ausdrücken.“, sagte Jeremy schon etwas entspannter. „Wo sind wir hier eigentlich? Und wie sind wir überhaupt hierher gekommen?“

„Ach ja, das kanntest du ja noch gar nicht.“, gestand Cecile ein. Ich trage ein Medaillon, mit dem man auch ohne Portal reisen kann. Jeder, mit dem ich in Berührung bin, reist dann an die gleiche Stelle mit. Ich muss mich nur darauf konzentrieren, dann reisen wir mit dem Nebel.“

Jeremy musterte das Medaillon. „Du kannst mit dem Ding jederzeit überall hinreisen?“

„Nein. Es geht nur für bestimmte Reisen. Es kommt auf das Ziel der Reise und den Grund dafür an. Und ich muss schon mal dort gewesen sein. Wenn ich eine Reise gemacht habe, dann dauert es eine Weile, bis das Medaillon wieder aufgeladen ist.“

„Na ja, und das hier, das sind die Wasser von Leathan.“, erklärte Cecile. „Eine Ansammlung von mehreren kleineren Seen um einen großen See, den Sikie-Brig, wie wir ihn nennen. Er ist eines der magischsten und faszinierendsten Gewässer in unserer Welt.“

„Ach.“ Jeremy wurde bei dem Wort ‚magisch‘, schon wieder etwas genervt, da krachte ein weiterer schwarzer Blitz in der Ferne in die Wasseroberfläche und tauchte das Land wiederum kurz in Dunkelheit. Die beiden zuckten vom ohrenbetäubenden Lärm zusammen. Besorgt sahen sie über das Wasser.

Cecile fasste sich wieder und sagte: „Okay, schon wieder magisch, entschuldige. Aber am besten, du kommst einfach mit, ich zeige dir alles und dann sagst du mir, wie du das nennen würdest.“ Cecile sah ihn entschlossen an und streckte ihm ihre Hand hin.

„Wo geht es hin?“ Jeremy ignorierte ihre Hand, setzte sich aber in Bewegung. Cecile ging ein Stück auf den See zu und folgte dann einem Pfad nahe dem Ufer. Jeremy ging hinter ihr her und sah sich neugierig um. Schließlich musste ja irgendwo das große, magische, wundersame Irgendwas auftauchen, von dem Cecile gesprochen hatte. Gespannt war er ja schon. Oder vielleicht auch ein bisschen abenteuerlustig.

Der Pfad folgte einige Zeit dem Seeufer und führte die beiden dann etwas ab davon in ein kleines Wäldchen. Die Bäume dort sahen auf den ersten Blick nicht besonders aus. Von mittlerer Größe und mit massiven Stämmen und kräftigen Ästen. Eines allerdings fiel Jeremy auf: Die Äste von unterschiedlichen Bäumen wuchsen an manchen Stellen einfach zusammen. Ein Ast verband praktisch einen Baum mit dem anderen, und das über den ganzen Wald. So etwas hatte Jeremy vorher noch nie gesehen. Auch die anderen Pflanzen schienen auf den ersten Blick ganz gewöhnlich, waren aber stets durch irgendwelche Teile miteinander verwachsen.

Nach einer kleinen Weile endete das Wäldchen und der Pfad führte über eine sumpfige Landschaft aus Moos, Steinen und wachsartig aussehenden Pflanzen.

Als der See wieder in Sichtweite kam, zog langsam etwas Nebel auf.

„Pass auf, wo du hintrittst.“, ermahnte ihn Cecile in gedämpftem Ton.

„Warum flüsterst du?", fragte Jeremy, ebenso leise.

„Das ist hier ein besonderer Ort. Wenn wir nicht ganz ruhig sind, wird die Pforte für uns nicht sichtbar. Versuch an nichts zu denken und schau in den dichten Nebel da vorne." Sie deutete auf ein besonders dichtes Nebelfeld an der Seeseite des Pfades.

Jeremy sah nichts in diesem Nebel, aber er versuchte Ceciles Anweisung zu befolgen und alle seine Gedanken auszuschalten. Er hätte nie gedacht, dass so etwas so schwer sein könnte. Während er in den Nebel stierte, flatterten Bilder seines Zuhauses durch seinen Kopf. Die große Wiese, das alte Apfelbaum-Tor, das Baumhaus. Er versuchte die Bilder aus seinem Kopf zu verbannen. Sein Traum im Baumhaus nahm deren Platz ein. Er erinnerte sich an das unglaubliche Brüllen, das er darin gehört hatte.

Aber was war das! Im Dickicht des Nebels zeichneten sich drei riesenhafte Gestalten ab. Zuerst nur als Schatten, dann langsam Form annehmend. Jeremy erinnerte sich noch an den riesigen Bären unter dem Baumhaus und tatsächlich, je näher sie ihnen kamen, desto deutlicher wurden die Umrisse von nicht einem, sondern dreien dieser beängstigenden Wesen. Jeremy griff nach Ceciles Arm und hielt ihn fest, ohne seinen Blick von den drei Geisterbären zu wenden.

Cecile drehte sich zu ihm und er zeigte in die Richtung der Bären. „Das gibt's nicht! Wie hast du das gemacht?", fragte Cecile ihn, noch immer im Flüsterton.

„Was gemacht!?", Jeremy sah sie verwirrt an.

„Egal, komm mit!" Sie nahm Jeremy an der Hand und wollte losgehen.

„Spinnst du?", entrüstete sich Jeremy. „Da sind drei Geisterbären! Die reißen uns in Stücke!"

„Nein!" Cecile zog ihn weiter. Es war ihre Welt und sie musste sich ja mit diesen Dingen auskennen.

Je näher die beiden den riesigen Gestalten kamen, desto klarer wurde die Sicht und die bedrohlichen Bären wurden zu drei mächtigen Felsen, die aussahen wie drei einander zugewandte Bären.

Cecile und Jeremy blieben ein paar Meter vor ihnen stehen, weil Jeremy sie an der Hand zog. „Was meintest du vorhin mit ‚wie hast du das gemacht'? Wie habe ich was gemacht?"

„Bitte nicht jetzt", antwortete ihm Cecile, immer noch mit an-

dächtiger Stille in der Stimme. „Ich erklär' dir alles, wenn wir drin sind."

„Drin?", brachte Jeremy noch heraus, bevor Cecile einen der drei Felsen mit der Hand berührte.

Schlagartig standen die winzigen Nebeltröpfchen wie eingefroren in der Luft. „O-oh!", Jeremy kannte diesen Anblick nur allzu gut. Cecile sah ihn an und er sah instinktiv nach oben. Was gerade noch drei Felsen waren, begann wie durch Geisterhand plötzlich zu leben. Drei nebelweiße Bären senkten ihre Köpfe mit aufgerissenen Mäulern auf Jeremy und Cecile nieder. Doch bevor sie die beiden erreichten, schossen die Nebeltröpfchen in die Höhe und rissen die furchteinflößenden Bärenmäuler mit sich.

In der Annahme, das wäre es gewesen, sahen sich Jeremy und Cecile verwundert an. In dem Moment fielen die gesammelten Tropfen auf einmal herunter wie ein eiskalter Wasserfall. Beide mussten tief Luft holen, so kalt war diese unfreiwillige Dusche.

Als die beiden die Augen wieder öffneten, waren die Bären verschwunden. Nein, alles war verschwunden. Nur langsam gewöhnten sich die Beiden an die Dunkelheit und Jeremy erkannte, dass sie mitten in einer Höhle standen. Rings herum nichts als Stein. Nur aus einer Richtung strahlte mal bläuliches, mal orange flimmerndes Licht durch eine Felsspalte herein.

Kapitel 10

Leathan die Wasserstadt

Cecile schien nicht allzu verwundert zu sein, als sie zu Jeremy sagte: „Komm, gehen wir! Ich kann kaum erwarten, was du sagst!“ Mit diesen Worten schob sie Jeremy auf das Licht zu. Die Felsspalte war breit genug, um bequem zu zweit nebeneinander gehen zu können. Am Ende des Durchgangs angekommen sah Jeremy völlig fassungslos auf das, was dieses schimmernde Licht in die Höhle geworfen hatte.

Cecile ging an ihm vorbei und sah ihm ins Gesicht. „Hihiiiiii!“, freute sie sich über sein Staunen. „Und? Ist das magisch? Oder wie würdest du das nennen?“

Jeremy konnte ihr nicht antworten. Sein Blick wanderte über eine unsagbar traumhafte, von Sonne durchflutete Landschaft, in deren Mitte eine Stadt lag. Dann wieder auf das, was ihn so gefesselt hatte. Über der Stadt schimmerte ein Himmel aus Wasser! Eine gigantische Kuppel aus Wasser soweit das Auge sehen konnte. Nicht nur, dass hier etliche physikalische Gesetze einfach nicht zu gelten schienen, es war einer dieser Anblicke, die man sein ganzes Leben lang nicht mehr vergisst.

Ein glitzernder und funkelnder See, klar und von Sonnenlicht durchflutet. Leuchtend in allen Schattierungen von Türkis bis Dunkelblau.

„Aber, wie kann ...“, mehr brachte Jeremy nicht heraus.

„Magisch“ half ihm Cecile, „so etwas kann man nur *magisch* nennen. Wir sind hier unter den Wassern von Leathan. Für mich ist das mit Abstand der *magischste* und bezauberndste Ort in unserer Welt.“ Wie es sein kann, dass das Wasser dort oben nicht nach unten fällt? Ich kann es dir nicht erklären. Einige haben schon versucht, von oben durch den See zu tauchen um hier rauszukommen, aber niemand hat es geschafft. Das Wasser lässt nur diejenigen durch, die auch hierher kommen sollen. Darum habe ich auch vorhin so gestaunt! Selbst erfahrene Magier, die schon etliche Male hier waren, brauchen Stunden, um das Portal der drei Geisterbären zu finden. Manchmal dauert es sogar Tage. Man sagt, nur ein völlig freier Geist kann es schaffen sie überhaupt zu enthüllen." Cecile stockte. „Also, normalerweise jedenfalls. Vielleicht ist hier noch eine andere Magie im Spiel ..."

„Aber, du hast sie doch auch gesehen!", wunderte sich Jeremy.

„Ich konnte sie erst erkennen, als deine Aufmerksamkeit sie festgehalten hat. Du musst wissen, dass die Formation keinen festen Standort hat. Sie zeigt sich quasi nur denen, die sie auch finden sollen."

„Du meinst, ich habe sie erst sichtbar gemacht?"

Cecile suchte nach Worten: „Wie soll ich das erklären? Weißt du, Worte sind sehr begrenzt um so etwas zu beschreiben. Da oben herrscht einfach ein sehr hohes Maß an ... magischen Umständen. Wir sind hier am Rande unserer Welt, in einem Grenzbereich nahe der Außenwelt. An solchen Plätzen ist die Konzentration von Magie am allerhöchsten.

Tragischer Weise ist das auch der Platz, an dem die schwarzen Blitze immer mehr zunehmen." Ceciles Blick wanderte über die Silhouette der Stadt und Kummer und Sorge zogen in ihr Gesicht. Die Angst brachte ihre Stimme zum Erzittern. „So einen Alarm wie heute gab es ja schon öfters. Aber so schlimm wie die Risse heute, war es noch nie!"

„Du hilfst uns doch, oder?" Cecile sah ihn verzweifelt und mit Tränen in den Augen an. Zum erste Mal sah Jeremy Ceciles Angst vor der Bedrohung so ehrlich vor sich, dass ihm schonungslos bewusst wurde, wie viel Hoffnung sie und all die anderen Nebelmenschen in ihn legten. In ihn, den ‚Prophezeiten'.

„Wenn ich kann, werde ich alles tun, was nötig ist. Und alles, was in meiner Macht steht!", tröstete er Cecile wie ein ausgewachsener Held.

Cecile wischte sich die Tränen aus dem Gesicht. „Entschuldige!", sagte sie verschämt.

„Du musst dich nicht entschuldigen. Ich hätte auch Angst davor, so ein Paradies zu verlieren."

Cecile lächelte dankbar und wischte sich die Tränen aus den Augen. Als sie sich wieder etwas beruhigt hatte, fragte sie Jeremy:

„Gehen wir nach Leathan?"

Ihn wunderte diese Frage etwas, denn er hatte angenommen, dass Cecile ihn zu dieser Wassergeborenen führen würde.

„In die Stadt? Keine Ahnung, wo müssen wir denn weiter?"

„Wir gehen nach Leathan, weil die Seherinnen es so gesehen haben. Wie es dann weitergeht, weiß ich auch nicht. Das wird sich alles ergeben. Wir gehen einen Weg, der bereits seit einer Ewigkeit vorherbestimmt ist. Es ist dein Weg. Weil er nur dich weiterbringen soll. Wenn ihn also jemand jetzt schon kennen kann, dann du. Verstehst du?"

„Verstehen? Kann man das verstehen?", antwortete Jeremy verwirrt. „Wir gehen meinen Weg, der mir vorherbestimmt ist, den ich aber nicht kenne?"

„Ja!", freute sich Cecile. „Nämlich genau den Weg, den du brauchst. Du musst mir einfach nur vertrauen."

Für Jeremy war das okay, denn eigentlich war es ja auch nebensächlich, *welchen* Weg sie nehmen würden. Das dachte er jedenfalls. Dass *er* aber entscheiden würde, wohin die beiden gingen, verstand er zu diesem Zeitpunkt noch nicht.

„Dann treffen wir hier unter den Wassern von Leathan wohl auch diese geheimnisvolle Wassergeborene?"

Cecile war sichtlich erstaunt über diese Frage von Jeremy. „Woher weißt du denn von der Wassergeborenen?"

„Deine Eltern haben darüber gesprochen. Ich hab' es zufällig mitbekommen.", antwortete er wahrheitsgemäß.

„Ach so, verstehe. Also wann und wo man die Schamanin trifft, das kann dir niemand sagen. Kann sein, dass du sie unten in Leathan triffst oder auch woanders. Das entscheidet sie selbst."

„Die Wassergeborene ist also eine ‚Schamanin' - was auch immer das nun wieder bedeutet, lass' uns jetzt in die Stadt gehen!", sagte Jeremy fast so, als hätte er es eilig. Und er brannte vor Neugier auf diese Stadt.

Auf dem Weg nach unten sah Jeremy immer wieder gebannt auf das Wasser über ihnen. Hin und wieder drangen Sonnenstrahlen durch das wellige, wabernde Nass, gerade so, als würde von oben die Sonne durch das Wasser scheinen. Ob das tatsächlich Sonnenlicht war, da war er sich nicht so sicher. Das flimmern unter diesem wahrlich magischen Himmel tauchte die Wiesen und Pflanzen um ihn herum in ein Meer aus funkelndem und leuchtendem Leben. Es verzauberte die ganze Landschaft.

„Und, gefällt dir was du siehst?“ Die letzten paar Minuten hatte Cecile Jeremy beobachtet und genoss es, wie sehr ihn diese Welt faszinierte.

„Wie könnte einem so etwas nicht gefallen? Ich bin wirklich neugierig auf diese Stadt und ihre Bewohner.“

„Ich freue mich auch nochmal hierher zu kommen.“, stimmte Cecile zu „Ich war erst einmal hier. Das war auf einer Initiationsreise zur Seherin.“

„Ini-was?“

„Initiation. Das ist eine Art, wie soll ich sagen, Erkenntnisreise. Wie ein Ritual, das man macht, um ein persönliches Problem zu lösen.“, erwartungsvoll sah sie Jeremy an.

„Initiationen machen alle Nebelmenschen immer mal wieder mit. Sie sind sozusagen besondere Momente auf deinem Weg zur Magie.“

Jeremy war ganz bei Ceciles Erklärungen. Fast kam es ihm vor, als würde er mit seinem Freund Jonas reden. Solche ‚Initiationsreisen' hätte er auch gerne in seiner Welt. Aber dazu ist ja nie Zeit, dachte er sich, niemals ist Zeit für irgendetwas in unserer Welt.

„Jetzt verstehe ich auch, warum du dich so gewundert hast, dass ich die Formation der Geisterbären-Pforte so schnell gefunden habe. Du meinst, ich hätte dafür erstmal eine Initiation gebraucht?“

„Allerdings, Jeremy aus der Außenwelt. Bei meiner Reise habe ich drei Tage meditiert, bis ich sie fand.“

„Oh!“, sagte Jeremy und es hörte sich unbeabsichtigt so an, als hätte er Mitleid mit Cecile.

Cecile sah Jeremy eine Weile schweigend, ausdruckslos an. Dann sagte sie mit ruhiger Stimme: „Du musst nicht glauben, dass alles, was dir in unserer Welt passiert, auf irgendwelche seltenen und außergewöhnlichen Fähigkeiten von dir zurückzuführen ist. Schon klar, du bist der Prophezeite, aber es bist nicht du, der die Dinge geschehen lässt, sondern die Dinge lassen dich durch sie handeln, indem sie sich nach dir ausrichten. Du weißt doch: alles ist in unserer Welt auf magische Art miteinander verbunden."

Jeremy nickte verständig, obwohl er gar nichts verstanden hatte. „Ich hab das vorhin nicht so gemeint, wie es geklungen hat ..."

„Ich weiß, Jeremy", lächelte Cecile, „mach dir keine Gedanken. Du musst alle diese Zusammenhänge in unserer Welt ja erstmal verstehen."

Die beiden gingen schweigend nebeneinander her, bis Cecile sich bedeutungsvoll an Jeremy wandte:

„Wenn wir jetzt nach Leathan gehen, muss ich dich vorwarnen: Die Menschen dort sind sehr angespannt wegen der ständigen Erschütterungen des Nebels. Einige von ihnen glauben fest an die Prophezeiung vom Erneuerer des Nebels. Sie glauben an dich und würden dich mit offenen Armen begrüßen! Andere aber, sie halten die Prophezeiung für einen mächtigen Betrug, eine List der Gelehrten, um das Volk zu manipulieren. Wir wissen nicht, wem wir trauen können und wem nicht."

Jeremy war erstaunt: „Ich dachte immer, die Menschen in dieser Welt seien alle so friedfertig und weise? Jeder sei immer nur für das Wohl des anderen da?"

„Das stimmt schon", bestätigte ihn Cecile. „So ist es auch meistens. Allerdings bringen die immer häufiger auftretenden Erschütterungen des Nebels alles in Unruhe. Die Einheit unserer Welt kommt ins Schwanken. Manche lassen sich wegen ihrer Ängste zu leicht von ihrer Überzeugung abbringen und werden zum Keimboden für düstere Gedanken. Das ist der Anfang für düstere Worte, und schließlich, schlimme Taten. Der magische Schutz beginnt zu schwinden. Portale brechen zusammen, Schutzzauber vergehen und weniger Magische verfallen mehr und mehr dem Wahnsinn der damaligen 'gefallenen' Esken. Sie werden ohne es zu merken zu dem, was sie nach der Erhebung des Nebels so bitter bekämpft haben. Man weiß inzwischen einfach nicht mehr, wer auf deiner Seite ist und wer nicht. Ich denke, es wäre am besten, wenn du niemandem erzählst, dass du der Prophezeite bist."

„Wir müssen nur ein bisschen aufpassen." erklärte Cecile weiter. „Am besten, niemand nimmt uns überhaupt zur Kenntnis. Ich schlage vor, wir geben uns als reisende Verwandte aus. Wir erzählen jedem der fragen sollte, dass du mein Cousin ganz oben aus dem Norden bist. Zu Besuch für ein paar Wochen."

„Okay.", willigte Jeremy in Ceciles Strategie ein, obwohl er keine Vorstellung davon hatte, was ihnen wohl passieren könnte.

Die Stadt Leathan lag mittlerweile direkt vor den beiden. Mauern um die Stadt gab es nicht, wahrscheinlich weil die Menschen dieser Stadt sich niemals abgrenzen oder verteidigen mussten, dachte Jeremy. Stattdessen formten zwei mehr als stattliche Bäume einen Torbogen über die Straße. Ihre Stämme maßen mehrere Meter Durchmesser. Zu ihren Wurzeln drängten sich Blumen in allen Farben, so dicht, dass man keinen Flecken freien Bodens mehr dazwischen sah. Hinter dem Baumbogen setzte sich die Blütenpracht fort, ja wurde sogar noch prächtiger, bis hin zum ersten Haus der Stadt. Es war ebenso hellbraun wie der Boden und glich so überhaupt nicht dem, was in Jeremys Welt ein Haus ausmachte. Die Wände standen nicht wie aufgestellt auf dem Boden, sie wuchsen förmlich aus ihm heraus. Wie die Wurzeln eines Baumes schienen sich die Steine des Bodens gesammelt zu haben und wurden zum Haus hin immer dichter, bis sie zu einer felsigen Wand wurden.

Hier sah kein Haus aus, wie das andere. Einige der Häuser waren regelrecht zusammengewachsen, andere grenzten sich klar von den umstehenden Häusern ab. Manche waren hoch und schlank, andere rund wie ein Ballon.

„Die Häuser – sie sind wie die Menschen, die in ihnen leben.", erklärte Cecile wie eine Fremdenführerin.

„Du meinst, das alleinstehende dort drüben gehört einem Einzelgänger?" Jeremy lachte, weil er diese Entsprechung keinesfalls für zutreffend gehalten hätte.

„Ja, davon kannst du ausgehen.", antwortete Cecile trocken.

„Echt jetzt? Du meinst die Leute hier bauen ihre Häuser so wie sie selber sind?"

„Nein!", lachte Cecile, „die Häuser werden nicht 'gebaut' wie bei euch. Man lässt sie wachsen. Die Menschen hier helfen mit ihren Fähigkeiten zusammen und unterstützen die, die ein Haus brauchen. Sie formen es so, wie ihre zukünftigen Bewohner es sich vorstellen. Dadurch entstehen die Häuser sozusagen im Geiste ihrer Bewohner. Wenn sie fertig sind, kann man mit etwas Menschenkenntnis auch am Haus erkennen, welche Charakterzüge der Bewohner hat."

„Das ist ja genial!", rief Jeremy begeistert. „Aber was meinst du mit ‚wachsen lassen'?"

„Erinnerst du dich an das Fest bei meiner Freundin Talida? Und erinnerst du dich an Tyree?"

„Oh ja! Er hat dir das Leben gerettet und dann aus meinem Essen einen Turm gebaut.", scherzte Jeremy.

Cecile grinste. „Genau. Er hat dir im Kleinen gezeigt, was hier im Großen gemacht wird. Um ein Haus wachsen zu lassen, tun sich mehrere erfahrene ‚Tyrees' zusammen. Sie lassen aus den Materialien der Erde das wachsen, was der neue Bewohner sich wünscht."

Jeremy war begeistert. „Toll! Und was kostet sowas?"

„Natürlich nichts. Du weißt, wie unser Zusammenleben funktioniert. Auf diese Weise bekommt jeder ein Haus und niemand hat einen Grund neidisch zu sein. Meistens haben ja alle daran mitgearbeitet. Denn wenn jeder sich um Glück und Zufriedenheit des anderen kümmert ...", Jeremy beendete ihren Satz: „ ... dann sind alle glücklich und zufrieden." Cecile lächelte und die beiden gingen weiter.

Während die Beiden durch die Straßen der Stadt gingen, hatten sie einen Haufen Spaß, aufgrund des Aussehens der Häuser auf ihre Bewohner zu schließen. Jeremy wunderte sich nur, wie es sein konnte, dass trotz der Unterschiedlichkeit der Häuser alles zusammen so harmonisch aussah.

„Ich nehme an, Harmonie ist ein Grundbedürfnis für Menschen. Das kommt beim Bauen miteinander natürlich mit ins Spiel." erklärte Cecile.

„Das klingt logisch. Aber weißt du, was mich noch wundert: Die Häuser hier haben alle Türen. Wieso machen sie keine Pforten, wie du bei deinem Haus?"

„Na ja ..., das hier ist eben eine Stadt. Häuser wie meines erfordern etwas mehr magische Kenntnisse. Das wäre hier, wo alle nebeneinander wohnen, unnötig."

„Gibt es denn noch mehrere Städte in der Nebelwelt?"

„Ja klar, was glaubst du, wie groß unsere Welt ist? Es gibt auch kleinere Zusammenkünfte, ähnlich wie eure Dörfer, aber du hast noch nicht wirklich viel gesehen."

„Gibt es auch richtige Großstädte?"

„Nein, eigentlich nicht. Weißt du, wir gründen Zusammenkünfte eher so, dass wir uns auf die Gegebenheiten der Natur einstellen. Es gibt Orte, die sich bestens eignen eine kleinere Ansammlung von Häusern wachsen zu lassen, aber man würde nie mehr errichten, als an einen Ort passen. Und ich habe noch keinen Platz gesehen, der eine ganze Großstadt vertragen hätte. Das wäre nicht gut für das Gleichgewicht mit der Natur."

„Das ist wirklich beneidenswert. Ihr müsst nicht mal nachdenken wie man richtig mit der Natur umgeht, für euch ist das völlig selbstverständlich."

„Komm, ich muss dir unbedingt etwas zeigen. Hoffentlich sind sie da!" Cecile ging einfach voraus: „Komm schon!"

Die Straßen von Leathan waren nicht gerade, sie schlängelten sich wie kleine Flüsse zwischen den Häusern hindurch. Als die beiden also um die nächste Kurve bogen, bot sich ihnen ein Anblick, den sie beide so nicht erwartet hatten. Ein Park mitten in der Stadt, der so eindrucksvoll die Stärke der Natur ausspielte, wie keiner der Parks, die Jeremys je gesehen hatte.

Auch Cecile war fassungslos: „Unglaublich!", sagte sie, „es ist wohl doch schon ziemlich lange her, seit ich das letzte mal hier war."

Ranken mit armdicken Ästen schlängelten sich um die Stämme von zwei riesigen Bäumen, die zwischen sich den Eingang zum Park bildeten. Ihre Blätter waren groß wie Regenschirme und sie trugen leuchtend rote Zapfen. Zu beiden Seiten der Baumriesen standen niedrigere Bäume mit dichtem Blätterwerk, darunter Büsche in allen möglichen Farben. Pflanzen, die Jeremy noch nie gesehen hatte. Alles zusammen sah aus wie das perfekte Kunstwerk. Die Luft war erfüllt vom süßen Duft der Blüten und dem Gezwitscher von hochbegabten Singvögeln.

Kaum waren sie zwischen den Bäumen am Eingang hindurch gegangen, legte sich eine sanfte Ruhe über sie. Gerade so, als hätte jemand alle Anspannung, alle Ängste und Pflichten von ihnen genommen. Sie blieben stehen und genossen dieses angenehme Gefühl von Leichtigkeit.

Vor ihnen lag eine moosbewachsene Lichtung, auf der sich ein paar Menschen getroffen hatten. Offensichtlich, so war Jeremys Eindruck, um eine Art Gymnastik zu machen. Cecile war bereits auf sie zugegangen und winkte Jeremy näher zu kommen. Die Menschen hatten einen Kreis gebildet. Sie alle standen mit gebeugten Knien und wedelten in fließenden Bewegungen vor sich mit den Armen.

„Das sind sie!", freute sich Cecile, als Jeremy bei ihr angekommen war. Erst jetzt sah Jeremy, dass sie um ein kreisrundes Wasserloch herumstanden, aus dem sich immer wieder kleinere Kugeln aus Wasser erhoben um zu einem der Umstehenden zu schweben und sich mit deren großen Wasserkugeln zu vereinen, die sie mit den fließenden Bewegungen ihrer Arme formten.

„Wasser-Heinis!", rutschte es Jeremy heraus.

„Jeremy!", sagte Cecile tadelnd, konnte sich aber ein Grinsen nicht verkneifen.

Staunend beobachteten die beiden die Wassermagier, wie sie ihre Kugeln lenkten, sie in mehrere teilten und kreisen ließen, um sie im nächsten Moment zu einer Scheibe werden zu lassen oder zu anderen Formen.

„Wow!", flüsterte Jeremy. Gebannt genossen sie die Vorstellung, wie das Sonnenlicht in den Wasserformen schimmerte und die Magischen sich in perfekter Einheit mit ihren Wassern dazu bewegten.

Nach einiger Zeit drehte sich die Gruppe wie verabredet gleichzeitig in Richtung der Quelle in ihrer Mitte. Die Wasserblasen lösten sich von ihnen und tauchten langsam in die aus dem Boden sprudelnde Quelle.

„So ein Anblick, Cecile, das ist in meiner Welt einfach nicht möglich. Ich muss zugeben, ich beneide dich immer mehr um dein Zuhause!"

Cecile wurde unvermittelt ernst und richtete ihren Blick nach oben. Der Wasserhimmel über ihnen erstrahlte im Orange und Rot eines Sonnenunterganges. „Oh je, darauf hab' ich gar nicht geachtet: Wir müssen zusehen, dass wir eine Unterkunft für die Nacht finden!"

Jeremy war so entspannt, dass er sich gar nicht von Ceciles plötzlicher Eile anstecken ließ. „Das ist wirklich unbeschreiblich! Du musst mir wirklich zeigen, wie man das macht!“

„Gerne.“, antwortete Cecile. „Aber zuerst sollten wir schnellstens eine Unterkunft für die Nacht finden!“

„Ist ja gut.“ stimmte Jeremy zu, „Ich hab eh' schon richtig Hunger bekommen!“

Leicht war es nicht, in dieser Stadt mit lauter gewundenen Straßen seinen Weg zu finden und es war ja auch schon einige Zeit her, seit Cecile hier gewesen war. Nachdem die beiden umhergeirrt und dabei dreimal an der gleichen Stelle herausgekommen waren, zeigte Jeremy in eine kleine Seitengasse, nicht weit vom Park entfernt: „Wär' das nicht was?“

Cecile drehte sich um und sah in die Gasse. „Das gibt's doch nicht! Da ist es ja! Ich hatte die Gasse wirklich breiter in Erinnerung, komm, schnell.“

Kurz darauf standen sie vor einem wirklich sehr einladenden Wirtshaus. ‚Zur sprudelnden Quelle‘ stand in geschwungenen Buchstaben über dem Eingang.

„Bleib hinter mir und lass mich reden! Wir sollten so wenig Aufmerksamkeit erwecken wie möglich.“

Mit diesen Worten zog Cecile Jeremy seine Kapuze über den Kopf. „Wenn jemand fragt, dann bist du mein Cousin aus dem Norden, nicht vergessen!“, sagte sie und ging voran in das Wirtshaus.

Gleich links neben dem Eingang gab es eine Art Rezeption, hinter der eine Treppe nach oben führte. „Ein Zimmer mit zwei Betten.“, sagte Cecile mit selbstbewusster Stimme und strengem Blick zu dem Mann hinter der Theke.

Der musterte sie und nickte langsam. „Du bist nicht von hier, hm?“

„Wir sind auf der Durchreise, aber das tut wohl nichts zur Sache.“, entgegnete Cecile forsch.

„Schon gut, junges Fräulein, wir haben hier nur recht selten Besuch von deiner Sorte. Und wen darf ich als Begleitung eintragen?“

„Das ist mein Cousin, er ist aus dem Norden.“

Der verwunderte Gesichtsausdruck des Mannes ließ Jeremy schon vermuten, dass er nie aufhören würde Fragen zu stellen, doch schließlich lächelte er freundlich und sagte: „Das grüne Zimmer, bitte sehr. Und lasst euch unsere erstklassige Küche nicht entgehen!“ Mit diesen Worten zwinkerte er Cecile zu und hielt ihr einen grün leuchtenden Stein an einem Lederband hin.

Cecile nahm den Stein und ging zur Treppe. Als Jeremy ebenfalls die Stufen erreicht hatte, bemerkte er eine Gestalt im Halbdunkel neben dem Aufgang. Es war ein Mann mit breitem Hut und dunklem Mantel, der dort kaum sichtbar an der Wand lehnte. Jeremy sah nur schemenhaft sein Gesicht, aber als jemand gegenüber die Tür zur Gaststube öffnete, fiel für einen kurzen Moment Licht darauf und Jeremy sah, wie eindringlich er ihn musterte. Er versuchte seinen Schreck zu verbergen und folgte Cecile. Die war bereits oben angekommen und hatte sich vor einen steinernen Bogen gestellt, der in der Wand eingelassen war. Die Fläche innerhalb des Torbogens schimmerte grünlich im Halbdunkel des Treppenhauses.

„Komm', stell dich neben mich!“, befahl sie. Jeremy gehorchte. Cecile nahm seine Hand und hielt den grünen Stein von der Rezeption an die schimmernde Fläche. „So. Bis wir den Schlüsselstein wieder abgeben, kennt uns diese Pforte und lässt außer uns niemanden hinein.“

Mit diesen Worten ging sie durch die grüne Wand und zog Jeremy hinter sich her. Das Zimmer war nicht besonders groß, aber sehr gemütlich. Geradeaus vor ihnen war ein hohes, rundes Fenster. Rechts und links davon standen die Betten. Jeremy ging zum rechten Bett und setzte sich darauf.

Cecile ging zum Fenster und sah hinaus. „Sehr gut! Von hier kann ich alles sehen, was draußen vor dem Wirtshaus passiert.“

„Und was, meinst du, wird vor dem Wirtshaus Interessantes passieren?“, fragte Jeremy.

Cecile drehte sich zu ihm und sah ihn durchdringend an. So durchdringend, dass Jeremy sich regelrecht unwohl fühlte. „Erinnerst du dich, was der Mann an der Rezeption zu mir gesagt hat? Er sagte: wir haben hier nur selten Besuch von deiner Sorte!“

„Stimmt, ich erinnere mich. Was hat er damit gemeint?“

„Na ja“, antwortete Cecile, „Menschen der Nebelwelt erkennen manchmal an den Augen und an der Energie, die man ausstrahlt, welcher Magie man untersteht. Er hat erkannt, dass ich eine Seherin bin, wenn auch noch nicht allzu erfahren. Was mich daran beunruhigt ist, dass wir bereits aufgefallen sind. Genau das wollte ich unbedingt vermeiden!"

Jeremy fiel der Mann unter der Treppe ein. „Was meinst du denn was passieren könnte, wenn man herausbekommt wer wir sind?", fragte er.

„Schwer zu sagen.", antwortete Cecile. „Wie gesagt, es heißt, die Lager seien geteilt in die, die an dich glauben und die, die das alles für Lügen und Intrigen der Gelehrten halten!"

„Gut!", sagte Jeremy und stand höchst motiviert auf, „Gehen wir mal runter. Dann werden wir es schon erfahren!"

Cecile erschrak und fasste Jeremy am Arm um ihn am gehen zu hindern. „Spinnst du? Ich glaube du unterschätzt ..."

Jeremy unterbrach sie: „Ich habe Hunger! Der Wirt hat doch vorhin gesagt, dass die hier tolles Essen machen. Was also ist normaler als hinunterzugehen und zu essen? Wäre es nicht auffälliger, wenn Cousin und Cousine den Abend im Zimmer verbringen?"

Dieser Logik hatte Cecile nichts entgegenzusetzen. Außerdem war auch sie hungrig. „Na gut, aber das läuft so, wie ich es sage! Ich kenne mich hier aus und du hast keine Ahnung, wie gefährlich es werden kann. Du hältst dein Gesicht so gut bedeckt wie es geht und lässt mich reden, okay?"

„Kein Thema!", willigte Jeremy ein und ging Richtung Pforte. Als die beiden unten an der Treppe ankamen, sah Jeremy in die dunkle Nische. Der geheimnisvolle Mann war nicht mehr da. Das war ihm auch bedeutend lieber und er folgte Cecile in den bewirteten Bereich des Hauses.

In der Mitte war eine lange Theke mit Barhockern. Wie in einem Western-Saloon standen davor eine Menge runder Tische und entlang der Wände konnte man sich in schwer einsehbare, nur von spärlichem Kerzenlicht erhellte Nischen setzen.

Das Lokal war gut gefüllt und es herrschte ein beachtlicher Geräuschpegel. Dazu gab es in der Nähe des Empfangs einen Musiker mit einem Instrument, das Jeremy noch nie gesehen hatte. Seine Musik erfüllte den ganzen Raum und dennoch störte sie nicht die Gäste in ihrer Unterhaltung.

Cecile ging voran, geradewegs an einen der Nischentische, und die beiden setzten sich. Zu Ceciles Entspannung schienen sie keinerlei Blicke auf sich gezogen zu haben und die Kellnerin stellte keine unangenehmen Fragen. Beide hatten solchen Hunger, dass sie nur noch Augen für ihr Essen hatten, als sich aus dem Dunkel der Nachbarnische plötzlich ein Mann löste und neben Jeremy setzte. Cecile blieb vor Schreck fast das Essen im Hals stecken. Als Jeremy sich zu dem Fremden drehte, blieb ihm dagegen fast das Herz stehen. Es war der Mann, den er unter der Treppe gesehen hatte.

„Habt keine Angst!“, sagte er mit tiefer Stimme. „Ich weiß, wer ihr seid.“

Cecile wurde kreidebleich.

„Ich werde euch nicht verraten. Ich bin ein Händler aus Cadha und möchte euch einen Tausch vorschlagen.“

„Was macht ein Cadhaner in Leathan? Erzähl' mir nicht, du seist zum Handeln hier!“

Mit diesen Worten beugte Cecile sich über den Tisch und sah dem Mann kampfbereit in die Augen.

„Gewiss nicht, junge Seherin!“, sagte der Mann ruhig und Cecile sank verblüfft in ihren Stuhl zurück.

„Ich habe einen Auftrag. Höre mein Tauschangebot: Gib' mir deine Hand, Prophezeiter, und lass mich dich erkennen. Dann will ich dir geben, was du bekommen sollst.“, sagte er und sah Jeremy an.

Bei näherem Hinsehen kam er Jeremy gar nicht mehr so gefährlich vor und da er sie beide ohnehin bereits erkannt hatte, willigte Jeremy ein, indem er seine Hand hob.

Scheinbar zögerlich hob auch der Fremde seine Hand, fast als würde er den Moment der Berührung genießen wollen. Cecile fürchtete schon eine auffällige Reaktion des Fremden, aber er ließ sich nichts anmerken. Eher sah es aus, als würde er Jeremy studieren. Jeremy sah ihm direkt in die Augen. Sie waren schwarz wie die Nacht, aber das weiße darum leuchtete auf seltsame Weise, wie der Mond hinter einer Wolke. Geschwind nahm der Fremde Jeremys Hand, legte einen Anhänger am Lederband hinein.

„Ich weiß nun, dass du der eine bist! Hier übergebe ich dir ein Amulett. Den Talisman des Lichts, der dir Hoffnung bringen wird. Hoffnung im dunkelsten Nichts!“ Ein kurzer Blick auf die sprachlose Cecile und er stand auf, drehte sich um und ging.

Beide brauchten ein paar Minuten um diesen Auftritt des Fremden zu verarbeiten. Jeremy sah auf den Anhänger in seiner Hand. Er war wirklich sehr schön. Im Kerzenlicht schimmerte er sanft in verschiedenen Farben.

Cecile stand auf und setzte sich neben Jeremy um das Amulett anzusehen. „Das ist ein Opal!"

„Ist der wertvoll?"

„Ich nehme an, der 'Talisman des Lichts' wird wertvoll für dich werden. Oder dachtest du daran, ihn in deiner Welt zu verkaufen?"

Jeremy ärgerte sich ein bisschen über seine Frage, vor allem, weil es momentan viel interessantere Fragen gab. „Wer war dieser Typ? Und warum schenkt er mir ein Amulett?"

Cecile grübelte vor sich hin, wusste aber auch keine Erklärung. „Ich weiß nur, dass so etwas nicht ohne Grund ..." Das Rumpeln eines umgeworfenen Stuhls und die darauf folgende Stille, unterbrach sie und beide sahen auf. In der Mitte des Gastraumes standen sich zwei Männer streitlustig gegenüber.

„Blödsinn!", rief einer der beiden, während er sich von seinem Gegenüber weg den anderen Gästen zuwandte. „Absoluter Blödsinn, das glaubt ihr doch nicht wirklich, oder? Glaubt ihr an dieses Märchen, diese alte Geschichte vom Prophezeiten?" Ein Zucken durchfuhr Jeremy. „Lasst euch doch nicht zum Narren halten! Unsere sogenannten ‚Gelehrten' und die grooßen, hooohen Magier wollen uns nur in Sicherheit wiegen! Doch das Einzige, was dabei sicher ist, ist unser Untergang! Unsere Tarnung wird täglich schwächer und bald wird sie verloren sein. Wehrlos werden wir der Außenwelt ausgeliefert sein! Die Gelehrten wissen genau, was das bedeutet! Wie damals stecken sie unter einer Decke mit den Außenweltlern! Sie wollen unsere Welt nicht retten! Sie wollen sie verkaufen! Lasst euch das nicht gefallen, die Geschichte darf sich nicht wiederholen! Wir dürfen unsere Heimat nicht ein zweites Mal verlieren!"

„Wer bist du, dass du so viel über die Gelehrten zu wissen glaubst?", rief einer der Umstehenden dazwischen.

„Das will ich euch sagen! *Ich* habe nichts zu verstecken. Mein Name ist Kilian Cathú und ich lasse mich nicht noch einmal zum Vertriebenen machen! Ich werde eine Armee gegen diese Lügner aufstellen! Wer die Tatsachen genauso sieht wie ich und bereit ist was dagegen zu tun, der soll sich mir anschließen – es wird Zeit für Taten!", rief er den Leuten zu. „Für die Nebelwelt!" schrie er, und tatsächlich taten es ihm einige gleich. ‚Für die Nebelwelt' donnerte es im Wirtshaus und Jeremy fühlte sich unendlich klein.

Cecile wollte aufstehen und deutete Jeremy unauffällig mit ihr zu gehen.

„Nicht jetzt!", flüsterte Jeremy ihr zu und zog sie auf die Bank zurück. „Zu auffällig. Siehst du den Typ hinter Cathú?"

Ein großer, hagerer Mann im bis zum Boden hängenden Mantel mit übergroßem Kragen stand hinter dem Redner und versteckte seinen Kopf unter langen, schwarzen, strähnigen Haaren. Cecile wusste sofort wen Jeremy meinte. Er war ihr vorher auch aufgefallen – schon wegen seiner Größe, aber auch, weil er sich seitdem kein bisschen bewegt hatte. Von ihm ging eine Düsternis aus, eine Bedrohlichkeit, die wohl jeden davon abhielt ihn auch nur anzusehen.

„Aber was ist mit dem Prophezeiten? Wie man hört, soll er bereits in unsere Welt gekommen sein.", meldete sich eine Stimme zu Wort. Sie gehörte einer Frau mit gelockten Haaren. Jeremy senkte den Kopf und zog seine Kapuze noch tiefer ins Gesicht.

Kilian Cathú stellte sich auf einen Stuhl und sah in die Menge. „Wie könnt ihr noch an diese Ammenmärchen glauben? Sagt mir: Wenn in der Außenwelt jemand von unserer Existenz weiß und sogar durch die Nebelbarriere zu uns kommen kann, wer sagt euch, dass er in der Außenwelt nicht längst die Plünderung und Zerstörung unserer Welt geplant hat? Wir kennen doch die Außenweltler! Wir wissen, wonach sie streben: Macht und noch mehr Macht! Ihre Gier kennt keine Grenzen und keine Tabus! Habt ihr denn alle unsere gemeinsame Geschichte mit ihnen vergessen?"

Betretenes Schweigen umhüllte die Gäste. „Wenn ich diesen sogenannten ‚Prophezeiten' je treffe, dann werde ich ihn ebenso vertreiben, wie wir damals vertrieben wurden!"

„Du willst ihn verbrennen?", sagte sein erster Gegner mit spöttischem Ton und ebensolchem Blick in die Zuschauer. Er erntete verhaltenes Gelächter.

Cathú setzte ein verachtendes, makaberes Schmunzeln auf und sah über seine Zuhörer hinweg. „Nein." sagte er schließlich mit leiser Stimme. „Ich werde ihn nicht verbrennen."

Ein Seufzer der Erleichterung entfloh Jeremy.

„Aber er muss sterben!"

Ein Raunen ging durch die Reihen der Wirtshausgäste. Wortfetzen wie: „Wir sind ein friedliches Volk.", „Keine Gewalt!", aber auch: „Er hat doch recht." und „Wir müssen was unternehmen!", drangen zu Jeremy und ihm war heiß und kalt zugleich.

Er trank einen Schluck aus seinem Glas und sah zu Cecile – ‚jetzt bloß nicht auffallen' stand in seinen Augen.

Nach Kilian Cathús Morddrohung, war große Unruhe unter den Gästen aufgekommen.

„Wir müssen hier weg!", zischte Jeremy Cecile ins Ohr. Zwischen den Gästen tobten wilde Diskussionen. Von der einen Seite hörten sie Schreckensmeldungen über die schwarzen Blitze und dass Tiere starben, wo sie einschlugen. Von anderen hörten sie verhaltene Anklagen gegen den Redner Cathú, aber es gab auch Bestätigungen für seine Theorien. Die Menschen waren gespalten und so aufgebracht, dass niemand bemerkte, wie sich Cecile und Jeremy davonschlichen.

Als die beiden durch die grüne Pforte ihres Zimmers gegangen waren, sah Jeremy Cecile fassungslos an.

„Na, glaubst du mir jetzt? Für dich ist das hier ein gefährlicher Ort!"

Dagegen konnte Jeremy nun absolut nichts mehr sagen. Er setzte sich auf sein Bett und starrte auf den Boden. Das erste Mal in der Nebelwelt wünschte er sich sehnlichst wieder zuhause zu sein. Er war doch nur ein Junge aus der Außenwelt. Und nun wollten ihn gleich mehrere Menschen tot sehen? Schaudernd wurde ihm die Gefahr, in der er steckte, bewusst. Und er hatte Angst. Sehr, sehr große Angst.

Jeremy versuchte, das Erlebte irgendwie zu verarbeiten. "Erinnerst Du Dich an den Typen hinter Cathú?"

„Allerdings. Das war einer von der gefährlichsten Sorte. Wahrscheinlich ein sehr alter Hexer. Wenn sich solche Typen mit Cathú zusammentun, dann wird das übel enden. Die haben keine Scheu davor, schwarze Magie einzusetzen."

Jeremy sah auf den Opal in seiner Hand und versuchte sich zu beruhigen. „Cecile, was glaubst du, wer diesem Fremden den Auftrag gegeben hatte mir den Talisman zu bringen?"

„Ich habe nicht die leiseste Ahnung.", sagte Cecile und ihre Stimme klang traurig.

„Stimmt was nicht?", fragte Jeremy besorgt.

Cecile stand von ihrem Bett auf und ging zum Fenster. Sie kaute nervös auf ihrer Unterlippe herum und sah lange hinaus in das inzwischen dunkle Leathan. „Wir müssen uns trennen.", sagte sie schließlich entschlossen.

„Was?", fragte Jeremy ungläubig. „Willst du mich umbringen? Ich kenn' mich doch hier überhaupt nicht aus! Ich weiß nicht, wie ich mit den Menschen umgehen muss und ich hab keine Ahnung, wie ich diese Wassergeborene finden soll!"

„Mach dir keine Sorgen, du musst sie nicht finden. Sie wird dich finden!"

„Ja, ja ... Aber ehrlich, Cecile, du kannst doch jetzt nicht einfach weggehen und mich alleine lassen. Wir haben da unten gerade gehört, dass mich die Hälfte der Bevölkerung umbringen will. Ich schaff das nicht alleine!"

Cecile war gerührt, denn Jeremy war wirklich verzweifelt. „Man sucht den Prophezeiten in Begleitung einer jungen Seherin – so steht es in der Prophezeiung. Wir sind zu auffällig! Ich wäre eine Gefahr für dich, kein Schutz. Alleine sind deine Chancen viel besser."

Jeremy sank in sich zusammen. Er wollte nicht, dass Cecile geht, aber er wusste innerlich, dass sie Recht hatte.

„Dieser Kilian Cathú, meinst du, er wird es schaffen so viele Menschen auf seine Seite zu ziehen?"

„Ich weiß es nicht. Wenn dieser unheilvolle Hexer aus der alten Zeit schon auf seiner Seite steht, dann kann Cathú durch seine Macht ein ebenso unheilvoller Anführer werden. Seit die schwarzen Blitze in unsere Welt einschlagen, geht immer mehr von ihr verloren. Nicht nur unser Schutzzauber, sondern auch der Glaube und die Hoffnung der Menschen. Ich fürchte, es wird immer schlimmer werden."

Kapitel 11

Belisama Lir

Jeremy war so schlecht eingeschlafen wie nie zuvor in der Nebelwelt und sein Schlaf war durchsetzt mit schrecklichen Traumfetzen von Mord und Totschlag.

Er erwachte spät und fühlte sich, als hätte er gar nicht geschlafen. Cecile war wohl schon aufgestanden und beim Frühstück, dachte er. Doch dann beschlich ihn ein ungutes Gefühl. Er schnappte sich seine Jacke und ging durch die Pforte nach unten. Keine Spur von Cecile. Der Gästeraum war leer, ein kleines Frühstücksbuffet stand vor der Bar.

„Reiß' dich zusammen!", sagte er sich.

Plötzlich legte jemand von hinten die Hand auf seine Schulter. „Na, junger Mann? Ausgeschlafen?"

Jeremy drehte sich langsam um.

„Ich soll dir von deiner Cousine ausrichten, dass sie eine gute Weiterreise wünscht und sich auf euer Wiedersehen freut.", berichtete der Gasthausbesitzer. „Frühstücke doch noch etwas. Ich habe extra alles noch stehen lassen. Deine Cousine hat schon alles beglichen."

Jeremy nickte nur und setzte sich an einen Tisch vor dem Buffet. Hunger hatte er nicht wirklich, der war ihm gerade vergangen. Trotzdem zwang er sich ein paar Bissen hinein und versuchte ein paar klare Gedanken zu fassen.

OK, jetzt war er alleine. In einer Stadt, die er nicht kannte, auf der Suche nach einer Frau, von der er nicht wusste, wie sie aussah und wo er sie finden könnte. Wo soll ich da anfangen, dachte er bei sich und war ziemlich verzweifelt. Ohne die geringste Vorstellung wie es weiter gehen sollte, packte er nach dem Frühstück seine Sachen im grünen Zimmer zusammen. Cecile hatte den Schlüsselstein am Tisch liegen lassen und darunter fand Jeremy einen Zettel.

Lieber Jeremy,

sei bitte nicht böse auf mich. Du weißt, dass ich Recht habe. Ich wäre selbst wahrscheinlich gar nicht darauf gekommen, aber meine Mutter hat mir vor unserer Abreise gesagt, dass es soweit kommen würde. Sie wusste sogar, dass es hier in Leathan sein würde.
Sicher weißt du jetzt nicht, was du tun sollst oder wohin du gehen musst. Leider kann ich Dir damit auch nicht weiterhelfen. Ich kann Dir nur raten, einfach loszugehen. Dein Gefühl wird dich in die richtige Richtung leiten. Achte nur auf die Energie der Dinge und beobachte aufmerksam. Ich wünsche Dir alles Glück der Welt und freue mich jetzt schon auf unser Wiedersehen. Ja – wir werden uns wiedersehen – das weiß ich, weil ich heute Nacht eine Vision hatte. Darüber darf ich Dir noch nichts sagen, aber wenn sie wahr wird, dann erzähle ich Dir alles.

Bitte verbrenne diesen Brief, wenn du ihn gelesen hast! Wenn ihn jemand bei Dir findet, wäre das nicht gut …

Bis dann,
Cecile.

Ein bisschen Trost fand Jeremy schon in dieser Nachricht, vor allem, weil Cecile nicht völlig kommentarlos verschwunden war. Er musste tief durchatmen, dann fasste er sich ein Herz und ging nach unten. Als er gerade auf halbem Weg war, hörte er von draußen einen peitschenden Knall und ihm folgte ein Augenblick absoluter Dunkelheit und die Schreie mehrerer Menschen.

Jeremy ging weiter, legte im Vorbeigehen den Schlüsselstein auf den Empfangstresen und eilte zum Ausgang. Draußen stand der Hausherr und schaute in den Himmel.

„Was war das denn?", fragte ihn Jeremy.

„Na, was schon, wieder einmal einer dieser verdammten schwarzen Blitze! Die Abstände werden immer kürzer."

Gerade als der Wirt seinen Satz beendet hatte, sah Jeremy selbst erneut einen schwarzen Blitz von der Mitte der Wasserkuppel auf die Stadt niederrauschen. Mit dem krachenden Einschlag wurde es wieder für Sekunden dunkel wie in finsterster Nacht. Um den Bereich, an dem der Blitz zu sehen gewesen war, sah man ein Funkeln, das wie eine elektrische Entladung aussah, wie der nachglühende Rand eines verbrannten Papiers. Für einen Moment dachte Jeremy, er hätte zwischen den glimmenden Rändern eine andere Landschaft gesehen.

„Ich muss los.", sagte Jeremy und rannte hinaus.

„Hast du denn keine Angst vor den Blitzen, Junge?" rief ihm der Wirt hinterher, aber Jeremy drehte sich nicht mal mehr zu ihm um. Spontan wusste er wohin er gehen musste. Als er in dieser Stadt angekommen war, hatte er sich im Park mit Abstand am wohlsten gefühlt. Die Wassermagier dort und die Ruhe – ihm war jetzt klar, dass er dort hingehen musste.

Vor den schwarzen Blitzen schienen die Menschen sich alle in ihre Häuser geflüchtet zu haben, denn die Straßen waren wie leergefegt. Auch als er zwischen den beiden Riesenbäumen hindurch in den Park ging, konnte er keine Menschenseele sehen. Etwas mulmig war ihm dabei schon zumute, aber er ging immer tiefer in den Park hinein. Nach einer Weile hatte er den Eindruck, dass er schier endlos groß war. Ständig gab es Weggabelungen, an denen Jeremy sich entscheiden musste, wohin er gehen sollte.

Seine Entscheidungen brachten ihn schließlich an einen See tief im Inneren des Parks. Seine Oberfläche war ruhig und über ihr wanderten langsam schwere Nebelschwaden dahin. Sie waren so dicht, dass man das andere Ufer nicht sehen konnte.

Der Weg war hier zu Ende. Jeremy setzte sich ans Ufer und sah in den Nebel. Was, wenn er nur völlig ziellos umhergeirrt war und nun den Weg zurück nicht mehr finden würde? Was, wenn er die Wassergeborene überhaupt nicht finden würde?

Langsam verließ ihn der Mut und mit dem krachenden Schlag eines weiteren schwarzen Blitzes und der darauf folgenden Finsternis war er sich sicher, dass er das alles niemals schaffen könnte. Regelrechte Panik überkam ihn bei dem Gedanken an seine Aufgabe. Mit dem Kopf zwischen den Knien sich schützend mit den Händen, saß er am Ufer und zitterte.

Nach einer Zeit in dieser Position fiel ihm auf, dass es plötzlich sehr ruhig um ihn geworden war. Langsam hob er seinen Kopf und blickte auf. Es herrschte tatsächlich absolute Ruhe. Aber es war nicht einfach nur leise, es war vollkommen still. Keine Welle des Sees, kein Rascheln in den Bäumen, kein Lüftchen. Nichts. Und der Nebel auf dem See, er schien näher gekommen zu sein. Die absolute Stille brachte Jeremy dazu, flach zu atmen um vielleicht doch noch ein kleines Mucksen wahrzunehmen.

Er stand auf und sah sich um. Nicht einmal der Boden unter seinen Füßen gab irgendwelche steinchenknirschenden oder astknacksenden Laute von sich. Die Pflanzen, die Bäume und Büsche, Blumen und Gräser – nichts schien sich auch nur einen Millimeter zu bewegen. Irritiert sah er auf den See hinaus. Das Wasser war wie eingefroren. Nur der Nebel. Der Nebel bewegte sich.

Von der Oberfläche des Wassers zog er aus allen Richtungen auf einen Punkt zu. Auf Jeremy. Unter normalen Umständen wäre er jetzt auf und davon gerannt. Irgendetwas aber gab ihm ein unerklärliches Vertrauen.

Er blieb ruhig an seinem Platz stehen und beobachtete. Die Nebelsträhnen sammelten sich vor ihm auf der erstarrten Oberfläche des Sees und stiegen vereint vor ihm in die Höhe. Dann formte sich daraus eine Gestalt, die auf dem Wasser stand. Eine Frau in einem weißem langen Kleid. So real wie Jeremy selbst.

Die Frau in Weiß drehte ihren Kopf und blickte ihm direkt in die Augen. „Du bist spät. Was hat dich zurückgehalten, Jeremy aus der Außenwelt?“, sagte sie mit gütiger Stimme.

Jeremy brachte kein Wort über die Lippen.

„Nicht sehr höflich von dir mir nicht zu antworten, Jeremy.“, sagte sie und kam zu ihm ans Ufer.

Unhöflich wollte er nun natürlich nicht sein, und so schaffte er es schließlich doch sich zu sammeln. „Entschuldigung."

Die Frau lächelte ihn an. „Du musst dich für nichts entschuldigen. Ich bin froh, dass ich dich gefunden habe!"

„Sie haben mich gesucht?", wunderte sich Jeremy.

„Ja, das habe ich. Und im Grunde hast du ja auch mich gesucht."

Endlich verstand Jeremy. „Sie sind die Wassergeborene, natürlich!", platzte es aus ihm heraus.

„Die Wassergeborene?", wunderte sich die Frau.

„Man hat dir gesagt du sollst die Wassergeborene suchen? Hm. Ich bin Belisama. Belisama Lir. Und ja, ich bin die, die sie die Wassergeborene nennen. Die Menschen der Nebelwelt haben mir schon so viele Namen gegeben ... Am besten gefällt mir immer noch Belisama.", lächelte sie. „Ich bin die Wasserschamanin. Behüterin des Curiosums. Ich habe dich in deiner Welt gerufen."

Jeremy versuchte sich zu erinnern: „Sie waren die Nebelkrähe an meinem Fenster??"

„Nein, nein.", sagte Belisama schmunzelnd, „aber ich habe dir die Nebelkrähe gesandt. Sie hören auf mich. Einige Wesen der Zwischenwelt tun das."

„Wow!", staunte Jeremy.

„Ich will dir das kurz erklären. Du solltest verstehen, wie unsere Welt funktioniert!"

Mit diesen Worten ging Belisama los Richtung Park. „Sicher hast du schon bemerkt, dass sich hier nichts mehr bewegt, sicher hast du die Stille bemerkt."

Gerade als sie das sagte, fiel Jeremy auf, dass immer noch alles um ihn herum wie eingefroren aussah.

„Das liegt daran, dass ich für dich die Zeit angehalten habe. Sieh' dich mal um!" Die beiden waren gerade mal ein paar Meter gegangen, also erwartete Jeremy nichts Neues zu sehen. Umso mehr war es ein ordentlicher Schreck für ihn, als er sich umdrehte und sich selbst zusammengekauert von hinten am Seeufer sitzen sah. Er sah an sich herunter um zu verstehen, was oder wo er gerade war.

„Interessant wäre wohl, *wann* du gerade bist.", sagte Belisama zu ihm und er war nicht schlecht erstaunt, dass sie auf seine Gedanken antwortete.

„Können Sie Gedanken lesen?“, fragte er unsicher.

„So würde ich es nicht ausdrücken. Versuche zu verstehen: Nicht nur alle Pflanzen, Tiere und Menschen haben ihre Energien, auch die Energien haben ihre Pflanzen, Tiere und Menschen. Die ältesten der Energien sind dabei die mächtigsten. Du kennst die Energie der Espe wie ich an dir sehe. Und du fragst dich zum Beispiel nach der Energie der Nebelbären – Geisterbären, wie die Nebelmenschen sie nennen. 'Der Geist der Bären' wäre treffender, denn der Geist ist es, der in dieser sehr alten Energie wohnt. Er wurde von den Gründern, den großen Magiern der alten Zeit, als Schutz befohlen. Als Schutz für unsere Welt, unser Zuhause.“

„Und meine Gedanken sind ... sind dann auch – Energie?“, forschte Jeremy vorsichtig.

„Alles ist Energie. Nicht nur Wärme, Licht oder Bewegung, auch das Bewusstsein ist eine Energie. Ich kann *in* dieser Energie sehen. Sie durchwirkt unsere Welt und unsere Existenz.“

„Aber wie machen Sie das?“, fragte Jeremy in der Hoffnung, etwas von dieser Fähigkeit lernen zu können.

„Ich mache das nicht auf eine bestimmte Art, die man womöglich lernen könnte. Ich bin im Verlauf meiner Reise durch das Leben zu bestimmten Erkenntnissen gekommen, habe bestimmte Zusammenhänge verstanden. Erst dann hat sich in mir die Gabe entwickelt, diese Energie zu lesen. Mit Erfahrung und Verständnis.“

Jeremy hatte schon verstanden, dass es wohl den Schamaninnen und Schamanen vorbehalten war, Gedanken zu lesen oder ähnliche Fähigkeiten zu besitzen. Dennoch war er mit der Erklärung nicht recht zufrieden. „Werde ich nicht auch solche Dinge können müssen, wenn ich eure Welt retten soll?“

„Das könnte man so sehen.“, antwortete die Schamanin nachdenklich. „Es gibt *eine* Voraussetzung für das Erlangen höherer Fähigkeiten, wie du sie vielleicht brauchen wirst. Du musst zu deinen Essenzen finden, in deine Kraft kommen. Jeder trägt in sich Anteile von den Essenzen. Du musst sie finden und *befreien*.“

„Was für Essenzen?“

„Sie sind die Kraft des Feuers, die Klarheit der Luft, der Mut der Erde und die Weisheit des Wassers.“, erklärte die Schamanin, und sprach für Jeremy schon wieder in Rätseln. „Mehr kann ich dir dazu nicht sagen.“

„Aber ..."

„Es wird die Zeit kommen, in der du verstehst, Jeremy. Doch jetzt musst du dich auf deine Aufgabe vorbereiten. Du bist der Prophezeite, du bist die einzige Hoffnung für die Menschen der Nebelwelt, ihren Frieden bewahren und ihr Leben im Schutz des Nebels weiterleben zu können."

„Aber ich kann das nicht!", platzte Jeremy der Schamanin verzweifelt ins Wort. „Alle, die ich hier treffe, sagen mir, dass ich ein ‚Prophezeiter' bin, dass ich eine ganze Welt retten werde, aber ich kann es nicht! Woher auch?" Das ganze Elend seiner Lage brach aus Jeremy hervor.

Belisama sah ihn voller Mitgefühl an. Dann legte sie ihre Hand auf seine Brust und sagte: „Du hast ein starkes, großes Herz, Jeremy. Du hast keinen Grund Angst zu haben und brauchst nicht zu verzagen! Dass du der Junge aus der Weissagung bist, daran besteht kein Zweifel. Du bist schon länger auf deinem Weg als dir selbst bewusst ist. Nun ist es an der Zeit, die Zusammenhänge zu verstehen und zu deiner Kraft zu finden.

Leider haben wir nur sehr wenig Zeit dich vorzubereiten, deshalb wird es ein sehr schwerer Weg sein. Das tut mir wirklich außerordentlich leid. Ich muss dich an einen Ort führen, der ebenso gefährlich ist wie dunkel. Um dort zu überleben brauchst du genau die Fähigkeiten, die in deinen Essenzen schlummern. Das bringt sie am schnellsten an die Oberfläche."

Jeremy glaubte, dass er nicht richtig verstanden hätte. Sie wollte ihn an einen Ort schicken, der so gefährlich war, dass er um sein Überleben kämpfen müsste?

„Mit jedem Erfolg, mit jeder Essenz, wird dir etwas gegeben, das dir hilft, von jenem Ort wieder zu entfliehen." erklärte sie weiter, „Nun musst du in die Opalwelt gehen und du wirst dir wünschen, sie niemals betreten zu haben. Wenn du aber zurück bist, dann wirst du dich selbst nicht mehr in Frage stellen. " Belisama blieb stehen.

„Opalwelt? Aber wieso muss ich das machen? Was kann ich schon, was an die magischen Fähigkeiten einer Schamanin herankommen könnte?!"

Belisama sah ihn mitfühlend an. Mehr als jedem anderen war ihr bewusst, was für eine schreckliche Prüfung ihm bevorstand.

„Ich bin die Behüterin des Curiosums, Jeremy. Ich kann nicht selbst tun, was nötig ist, um das Curiosum zu heilen. Verstehst Du? Man kann sich nicht selbst operieren. Würde ich dem Curiosum zu nahe kommen, dann wäre das mein Ende.

Jetzt geh und suche das Birkenportal am Seeufer.", sagte sie schließlich sehr ruhig. „Es führt dich zum ‚Vergessenen Haus' inmitten der fünf Eichen. Dort wird sich alles Weitere ergeben. Aber nimm dich in Acht! Das Haus liegt mitten im Sumpf des Vergessens. Die Opalwesen hausen dort in ihrem dunklen Gefängnis, und sie sind ein hinterlistiges Volk. Wenn sie dich respektieren lernen, kannst du viel von ihnen bekommen – wenn sie dich aber verachten, werden sie dich in den Bann ihrer Dunkelheit ziehen und dich vergessen lassen. Vergessen, was deine Aufgabe war und vergessen, wer du bist."

Hinterlistige Opalwesen. Ein vergessenes Haus im Sumpf. Jeremy fühlte sich wie in einem Grusel-Märchen.

„Sorge dich nicht um dein Geschick Jeremy – es ist kein Zufall, dass du der Auserwählte bist. Du hast alles in dir, was du brauchst."

„Aber wer sind diese Opalwesen und warum können sie mich verrückt machen?"

„Sie sind Wesen aus alter Zeit, Wesen, die von einem sehr dunklen Magier erschaffen wurden um seine Gegner in den Wahnsinn zu treiben. Hunderte sind ihnen damals zum Opfer gefallen. Am Ende wurden sie jedoch in die Dunkelheit verbannt – dorthin wo man auch ihren Schöpfer, den Schwarzmagier Porphyr, verbannt hat. Jene Welt ist ein Ort zwischen Realität und Einbildung – man könnte sagen, die Opalwesen sind mitsamt ihrem Schöpfer in ihrer eigenen Falle gefangen.

Belisama reichte Jeremy ein in Leder gewickeltes Paket. „Hier gebe ich dir ein Buch, in das du hineinschreiben kannst. Nimm es mit auf dein Abenteuer und benutze es um deine Gedanken zu ordnen, deine Gefühle zu verstehen. Es wird dir helfen, dich zu sortieren und dem Wahnsinn im Sumpf des Vergessens zu widerstehen."

Mit diesen Worten hielt sie ihre Handfläche vor Jeremys Gesicht. Er sah hinein und konnte eine Art Sonnensymbol auf ihr erkennen. Dann wurde es hell um ihn – immer heller, sodass er die Augen schließen musste.

Als sei die Schamanin in seinem Kopf, hörte er noch einmal ihre Stimme: „Jeremy! Zu Versagen ist nicht schlimm – die Angst vor dem Versagen, sie ist die eigentliche Gefahr!"

Dann zog ihm etwas die Füße weg und es fühlte sich an, als wäre alles um ihn herum plötzlich weit entfernt. Erst langsam spürte er sich selbst wieder, dann die frische Luft, die Geräusche des Windes in den Bäumen, Vogelgezwitscher und die schwache Brandung der Wellen des Sees. Er hockte am Ufer und hatte den Kopf zwischen den Knien.

Langsam hob er seinen Blick. Er war wieder zurück.

In seiner Hand hielt er ein in Leder gehülltes Paket.

Kapitel 12

Die Reise ins Dunkel

Ein wenig fühlte sich Jeremy wie ein Hund, dem ein Stöckchen geworfen wurde. Warum stellte ihm eine so mächtige Magierin, eine, die sogar die Zeit anhalten konnte, eine Prüfung, anstatt das Problem mit den schwarzen Blitzen einfach selbst zu lösen? Was sollte es schon sein, das gerade er besser konnte als sie? Sie sei die Hüterin des Curiosums und könne sich nicht selbst operieren. Aber was hatte das alles mit den schwarzen Blitzen zu tun?

Fragen hatte Jeremy noch eine Menge, aber seine Angst war verschwunden. Jetzt hatte er eine Aufgabe. Also ging er am See entlang und suchte das Portal der Birken.

Das Gras des Pfades war fest und bot ihm guten Halt. Birken waren noch keine zu sehen und wie der Dunst, der über dem Wasser aufstieg, stiegen ihm die Gedanken in den Kopf.

Was wohl seine Freunde gerade machten? Oder steht für sie die Zeit gerade still? Das mit dem Chronikum war definitiv eines der größeren Rätsel. Er dachte an Jonas, sein Gespräch mit ihm auf dem Heimweg von der Schule. Das kam ihm jetzt so unglaublich weit weg vor. Und Lisa! Das Letzte, was er mit ihr erlebt hatte, war ein wunderbarer Abend auf der Party am See.

Und wie es wohl seinen Eltern ging? Er hatte tatsächlich so etwas wie Heimweh.

Sein gedankenverlorenes Dahinwandern wurde von dem Gefühl im Matsch versinkender Schuhe unterbrochen. Er sah an sich hinunter auf den Boden und dann sah er auf, sah sich um. Birken wuchsen hier fast bis ans Ufer. Ein Birkenwald, wie er ihn noch nie gesehen hatte. Baum an Baum die hellen, schlanken Stämme, dazwischen ein mit Mooskissen übersäter, matschiger Boden, fast wie ein Sumpf. Hellgrüne Farne wechselten sich ab mit übermannshohen Schilfgräsern. Ein schier undurchdringliches Dickicht.

In Sichtweite zog sich eine Landzunge vom dichten Birkenwald hinaus auf den See. Vom sumpfigen Morast des Ufers stieg dort feuchte Luft auf. Je näher er kam, desto deutlicher zeichneten sich zwei dicke, hoch gewachsene Bäume am Ende der Landzunge ab. Zwei uralte Birken, die majestätisch in den Himmel ragten.

Für Jeremy gab es keinen Zweifel. Das Portal der zwei Birken. Er hatte es gefunden. Am Fuße der Birken war der Boden durch die Wurzeln der Bäume fester. Die dunstige Luft war hier zu einer dichten Nebelwand angewachsen. Weder das Ufer war von hier zu sehen, noch die andere Seite des Sees. Er war sozusagen alleine mit den beiden Birken. Alleine vor dem Portal, das er nun aktivieren musste. Die Rinde der alten Bäume war schwarz, erst weiter oben sah man den für Birken typischen weißen Stamm. In der dunklen Kruste war es besonders schwer irgendwelche runenartigen Zeichen zu erkennen, zumal es schon spät war und die Dämmerung bereits eingesetzt hatte.

Etwa dort, wo die hellere Rinde begann, entdeckte Jeremy ein 'V', das sich, scheinbar über viele Jahre, tief in die Rinde eingegraben hatte. Er konnte es, wenn er sich streckte, gerade so erreichen.

Sowie er mit seiner Hand über das Zeichen strich, hörte er ein tiefes hölzernes Knacken. Dann ein Knarzen. Als nächstes ein Geräusch, wie das Stöhnen eines Menschen, der im Holz gefangen war.

Bewegten sich da die Äste weiter oben? Jeremy ging ein paar Schritte zurück. Wasser quoll aus den tiefen Furchen der Rinde in Bodennähe und Moos und kleinere Äste fielen auf den Boden. Es war, als würden die Bäume aus einem langen, tiefen Schlaf erwachen.

Jeremy sah nach oben, konnte aber im dichten Nebel nicht viel erkennen. Er sah wieder hinunter und starrte auf einen der Stämme. Die knorrige Rinde bewegte sich, als sei sie eine Haut. Als ob das nicht schon gruselig genug wäre, formte sich gerade an einer Stelle der Rinde eine groteske Fratze. Sie starrte Jeremy direkt ins Gesicht, als wolle sie ihn prüfen und sagen ‚Fremder, überlege dir gut, ob du durch dieses Portal gehen möchtest!'

Schwerfällig wie die müden Zahnräder einer Maschine, die nach hundert Jahren des Stillstands das erste Mal wieder in Betrieb genommen wurde, begann sich das Bild zwischen den Bäumen zu einem Sog zu entwickeln. Alles schien von einem schwarzen Nichts in der Mitte aufgesaugt zu werden und schon bald klaffte zwischen den beiden Bäumen ein schwarzes Tor zur Hölle.

Jeremy zögerte. Hindurch zu gehen bedeutete, sich in eine Gefahr zu begeben, die er nicht mal annähernd einschätzen konnte. Es nicht zu tun hieß, sich vor Kilian Cathú verstecken zu müssen, einem Mann, der ihm nach dem Leben trachtete. „Was ist los, Jeremy," sagte er zu sich selbst, „du hast dich längst entschlossen.". Dann ging er los und schloss die Augen, bevor er im Portal verschwand.

Als er die Augen wieder öffnete, stand er immer noch zwischen zwei Bäumen, allerdings zwei knorrigen alten, kaum belaubten Eichen. Und er sah da, wo eben noch der nebelverhangene See war, ein großes, verfallenes, nicht gerade einladendes Holzhaus stehen. Wie ein Geisterhaus stand es in der von Mondlicht durchfluteten Nacht. Dass er eben noch in der Abenddämmerung am See war und nun hier in tiefster Nacht ankam, fühlte sich nicht gerade wie ein herzliches Willkommen an.

Das verfallene Haus sah für Jeremy aus, als sei er in einem alten, schlechten Gemälde gelandet. Durch das Fenster neben dem Eingang sah man ein unruhig flackerndes Licht im Inneren.

Er würde hier wohl kaum eine andere Gelegenheit finden um nach Schutz vor der Nacht zu bitten, also nahm er beherzt die drei Stufen auf die Veranda und ging zur Eingangstüre des Hauses.

Das alte Holz knarzte unter seinen Füßen, so dass er jeden Moment damit rechnete einzubrechen. Neben der Haustür das Glas der Fenster war so alt und trübe, dass man von außen nicht hineinsehen konnte. Jeremy nahm seinen Mut zusammen und klopfte an die Tür. Er hielt einen Schritt Abstand, um nicht zu aufdringlich zu erscheinen und auch, weil er nicht wusste, wer oder was ihm die Türe öffnen würde.

Doch sie wurde nicht geöffnet. Jeremy klopfte erneut, diesmal etwas energischer. „Hallo? Ist jemand zuhause?"

Keine Antwort. Behutsam drückte er die Türklinke hinunter. Er schob die Tür einen Spalt auf und streckte seinen Kopf hinein. „Hallooo?" Vor ihm lag ein vom Kaminfeuer schwach beleuchteter Raum. Durchaus gemütlich eingerichtet, aber ohne eine Menschenseele darin. Seltsam, dachte er sich, irgendjemand musste dieses Feuer doch entzündet haben? Auf dem Boden vor dem Kamin lagen Felle und sie zogen ihn wie magisch an. Es war fast so, als wären dieses Feuer und diese Felle genau das, was er sich gewünscht hatte. Nachdem hier niemand war, den er um Erlaubnis fragen konnte, legte er sich hin und schlief erstaunlich schnell neben dem knisternden Kaminfeuer ein.

Als Jeremy aufwachte, fühlte er sich nicht wirklich ausgeruht, aber schlafen konnte er auch nicht mehr. Mit einem Seitenblick sah er, dass das Kaminfeuer immer noch brannte. Er ging vor die Tür, in der Hoffnung herausfinden zu können, wie lange er geschlafen hatte, doch draußen war es immer noch Nacht.

Da er nun schon aufgestanden war, entschloss er sich die Umgebung zu erkunden. Er ging die Stufen der Veranda hinunter, ein paar Schritte in Richtung der beiden Eichen, durch die er hierher gekommen war. Sie standen gegenüber des Eingangs wie zwei

Wächter. Er drehte sich um. Das war wirklich ein gruseliges Haus. Eigentlich hatte man den Eindruck, es wäre kurz vor dem Zusammenbrechen. Im oberen Stockwerk waren die Fenster der Dachgaube nur noch Scherben und der Kamin hatte eine bedrohliche Schräglage. An der linken Seite des Hauses wuchsen ein paar kleinere Büsche direkt an einem etwas niedrigeren steinernen Anbau, der windschief an das große Haus angelehnt war.

Jeremy wurde neugierig und er machte sich auf, diesen Anbau zu erkunden. Der Boden unter seinen Füßen war hart und von dicken Wurzeln durchzogen. Wie es schien, war diese Gegend wohl vor sehr langer Zeit einmal ein üppiger Wald. Möglicherweise hatte schon damals dieses geheimnisvolle Haus hier gestanden.

Jeremy ging zu den Büschen vor dem Anbau. Sie waren genauso trocken wie der Boden, auf dem sie standen, die Blätter hart wie Kartoffelchips und ebenso zerbrechlich.

Tatsächlich befand sich hinter den Büschen im Anbau eine niedrige hölzerne Tür mit einem kleinen Fenster darin. Dahinter das wabernde Licht einer Kerze. Jeremy versuchte etwas zu erkennen, aber wie es schien, hatten die Jahrhunderte die gesamten Fenster dieses Hauses blind werden lassen.

Als er die Tür öffnete, stand er in einem kleinen Eingangsbereich mit einarmigen Kerzenleuchtern auf beiden Seiten. Ein schwerer Vorhang trennte diesen Bereich von einem kargen Raum. Er war ebenfalls nur durch Kerzen beleuchtet, und in seiner Mitte stand ein Tisch mit Brot darauf, Äpfeln, Käse und etwas frischem Gemüse. Natürlich fragte er sich schon, woher dieses Essen kam. Wer es hier in dieses Haus im Sumpf des Vergessens gebracht hatte. Und auch, wer die Kerzen angezündet hatte oder gestern sein Kaminfeuer.

Er schob alle Gedanken beiseite und setzte sich an den Tisch. Er hatte Hunger, als hätte er tagelang nichts gegessen. Während er aß, wunderte er sich über dieses Haus. Es schien doch leer und verlassen zu sein, einsam irgendwo im Nichts zu stehen und doch hielt es bisher alles für ihn bereit, was er brauchte. Und dann dieser Raum ... kein einziger Zugang zum Inneren des Hauses. Vielleicht war es einst ein Raum für Bedienstete? Auf jeden Fall wird man aus diesem Haus nicht schlau, dachte er bei sich und zuckte mit den Schultern.

Als er nach seinem Mahl wieder vor die Tür ging, schien ihm der Sumpf dort draußen noch dunkler geworden zu sein. Nebel schob sich in Schwaden vor den Mond und das Moor sah in diesem ständigen Wechsel von Licht und Schatten aus, als würde es auf seinem Boden nur so von Leben wimmeln.

Jeremy entschloss sich, das Haus weiter zu erkunden. Er wunderte sich nicht sehr, als er auf der Rückseite des Hauses einen weiteren Zugang fand. Diesmal war es ein hohes Tor aus Holz. Zwei breite Flügeltüren, die sich in etwa drei Metern Höhe, zu einem Bogen schlossen. Darüber eine groteske Fratze aus geschnitztem Holz. Das Gesicht sah mit stierem Blick in die Ferne wie ein erstarrter Schrecken.

Als ob das Haus selbst nicht schon gruselig genug wäre, dachte sich Jeremy. Links neben dem Holztor führte eine von abgestorbenen Lianen überwachsene Wand ein paar Meter vom Haus weg. Als Jeremy an ihr entlang schaute, fiel ihm auf, dass auch hier, unweit vom Haus, diese dicken, knorrigen, alten Eichenbäume standen. Wie es schien, blickte man immer gegenüber von jedem Eingang zwischen zwei Eichen hindurch in den Sumpf hinaus.

Jeremy wandte sich wieder dem Haus zu. Er versuchte das Holztor zu öffnen, doch es war verschlossen. Seine Erkundungsrunde führte nun an der lianenbewachsenen Wand entlang, weiter um das Haus.

Sie gehörte zu einem alten Wintergarten der offensichtlich später angebaut worden war. Es roch nach längst vergangenem Feuer, nach nassem, verkohltem Holz. Die unzähligen kleinen Fenster waren fast alle zerbrochen und die hölzernen Säulen und Balken waren schwarz. Die Scherben der Fenster knirschten unter Jeremys Schritten. Das Haus selbst jedoch schien vom Feuer unberührt geblieben zu sein.

Durch die Reste dessen, was wohl irgendwann mal eine Türe war, ging Jeremy in den Wintergarten. Alles lag voller Scherben, und Wind und Wetter hatten Pflanzenteile in den Raum getragen, die zusammen mit dem verbrannten Holz eine stinkende, schwarze Masse ergaben.

Die einzige Tür, die von diesem Raum ins Haus führte, war verschlossen. Jeremy machte sich daran, weg von diesem Gestank, seinen Weg um das Haus fortzusetzen. Der Blick in die Weite des

Sumpfes, als er den Scherbenhaufen verließ, war auch hier umrahmt von zwei dicken, alten Eichen. Vor seinem inneren Auge zeichnete sich Jeremy langsam eine Skizze von diesem Haus und seinen knorrigen Wächtern.

Ein kühler Wind blies um die letzte Ecke des Hauses oder vielmehr um die letzte Kurve, denn auf dieser Seite stand ein runder Turm. Mit dem Haus fest verbunden, aufgemauert aus rohen Steinen. Der Zugang war durch eine schwere Eisentüre versperrt. Mit den beiden vergitterten Fenstern zu beiden Seiten der Tür konnte man fast den Eindruck bekommen, vor einem Gefängnis zu stehen.

Nachdem ihm keine neue Tür mehr offen stand und die beiden Eichen gegenüber auch hier keinen überraschenden Anblick mehr boten, ging Jeremy weiter um das Haus, um, wie erwartet, wieder vor dem Vordereingang zu landen.

Mittlerweile war ihm etwas kühl geworden und so ging er wieder hinein. Zu seinem Erstaunen brannte im Kamin wieder das gleiche Feuer und die Felle lagen wie unberührt da, als ob er nie dort geschlafen hätte.

Einigermaßen verwirrt suchte er den Raum nach einer Erklärung ab, nach Spuren, einer Geheimtür oder Ähnlichem. Er fand jedoch nichts.

Jeremy setzte sich auf den Sessel neben dem Kamin und nahm das Buch aus seiner Tasche. Er hatte sich vorgenommen es gut zu behüten und der Empfehlung der Schamanin folgend, alles hineinzuschreiben, was ihm wichtig erschien um alles zu ordnen.

Er schlug das Leder zurück und öffnete das Buch auf der ersten Seite. Mit einem Stift, der im Buchrücken steckte, fing er an, das Bild in seinem Kopf auf das Papier zu übertragen. Fünf Zugänge zum Haus, um es herum fünf alte, knorrige Eichen.

Als er sein Werk eine Weile betrachtete und darüber nachdachte, was er hier eigentlich tat, erinnerte er sich an die Worte der Schamanin: ‚Die Essenzen finden um aus dem Sumpf wieder herauszukommen'. Auch das schrieb er in sein Buch. „Aber was muss ich dafür tun? Wohin muss ich jetzt gehen?"

Jeremy wusste, dass er für diese Fragen eine Antwort finden musste. Da ihm klar war, dass die Suche nach den Essenzen nicht in diesem Haus stattfinden würde, ging er hinaus, um im Sumpf um das Haus herum nach Hinweisen zu suchen.

Nach wie vor beleuchtete einzig das Mondlicht den Sumpf und seine abgestorbenen Pflanzen. Grasbüschel und Baumstümpfe sahen aus wie erstarrte Wesen aus alten Märchen. Jeremy sah nach oben. Der Mond war voll und hell. Seltsamerweise war aber kein einziger Stern zu sehen.

Seinen Blick immer hinaus in den Sumpf gerichtet, ging Jeremy um das Haus. Als er zu den beiden Eichen gegenüber des kleinen Anbaus kam, sah er in der Ferne ein schwaches Licht. Es sah aus, als würde es mal größer werden, mal kleiner und manchmal, da verschwand es für eine Sekunde ganz.

Jeremy fixierte das Licht eine Weile, dann fasste er einen Entschluss. Außer diesem Licht war draußen im Sumpf nichts zu entdecken, also gab es nur eine Wahl. Er musste auf dieses Licht zugehen. Dort würde er herausfinden, wie er zu seinen Essenzen kommen kann. Zumindest musste er es versuchen.

Jeremy hatte nicht vergessen, was der Sumpf für grausame Wesen beherbergte. Zudem weiß jeder wie gefährlich es sein kann, in einem Sumpf herumzulaufen. Doch seine Entscheidung stand fest. Er packte die nötigsten Dinge für den Weg zusammen und bevor er ging, löschte er noch das Kaminfeuer. „Da bin ich ja mal gespannt, ob du wieder brennst, wenn ich zurückkomme."

Die Tür fiel hinter ihm zu und vor ihm standen die zwei Eichen, durch die er zu diesem Haus gekommen war. Entschlossen drehte er sich nach rechts, ging zum Anbau und blickte zwischen der letzten und einer weiteren Eiche in den Sumpf des Vergessens.

Nach den ersten paar Metern drehte er sich um. „Die knorrigen Wächter. So werde ich euch nennen.", sagte er, als würde er zu den alten, karg belaubten Bäumen sprechen. Insgeheim hoffte er vor allem, bald wieder gesund zu ihnen zurückzufinden.

Der Mond tauchte die Landschaft in ein eisiges Licht. Hier die Spiegelung auf einer Pfütze, da ein Glitzern von Wassertropfen auf den Mooskissen, dort ein größerer Stein, fast so hell wie der Mond selbst. Aber auch buckelige Bäume aus längst vergangenen Tagen, blatt- und nadellos standen sie da, wie Mahnmale, die Wanderer zum Umkehren bringen sollen.

Jeremy suchte mit vorsichtigen Schritten festen Boden und fand einen schmalen Pfad zwischen dem Morast, den Gumpen und Schlammlöchern. Während er sich den Weg durch das feindliche Land suchte, sah er immer wieder auf, um den Weg zum Licht in der Ferne nicht zu verlieren.

Kapitel 13

Corhedes – Beherrscher von Stein und Erde

Im fahlen Licht des Mondes verlor alles seine Farbe und die vorbeiziehenden Nebelschwaden ließen den Sumpf aussehen, wie ein vom Schlamm erobertes Massengrab.

Wenn man nicht aufpasste, versank man schnell bis zu den Knien oder tiefer in einem Morastloch. Jeremy kam in diesem unwegsamen Gelände zwar nur langsam voran, doch das war nicht sein größtes Problem. Viel mehr zu kämpfen hatte er mit seiner Angst. Ständig hörte er irgendwelche seltsamen Geräusche. Einige davon konnte er sich gut erklären. Das Platschen beispielsweise, waren sicher Frösche oder Kröten, die ihn bemerkten und in irgendein Wasserloch sprangen. Das dumpfe Blubbern waren wohl Gasblasen, wie sie in Sumpflöchern gelegentlich aufsteigen. Für einige Geräusche fand er jedoch keine Erklärung: Immer wieder hörte er etwas, das so klang, wie das Aneinanderschlagen und Reiben von Steinen. Mal weiter entfernt, dann wiederum so nah, dass er sich erschrocken umdrehte.

Nach einer gefühlten Ewigkeit des Watens durch diese Albtraum-Landschaft wurde der Boden endlich fester. Je näher er dem Licht kam, desto mehr konnte er erkennen. Ein Felsen, hoch und breit wie eine Wand, mit einem hohen Durchgang in der Mitte. Noch ein gutes Stück über dem Torbogen ragte ein Felsplateau hervor, auf dem sein Licht, ein Feuer von beachtlicher Größe, brannte. Als Jeremy durch das Tor gegangen war, stand er in einer Arena. Sie war kreisrund und gesäumt von Monolithen, deren Spitzen allesamt zu ihrer Mitte zeigten. Die einzige Öffnung war der Torbogen, durch den er gekommen war.

Sein Weg war hier zu Ende, hier gab es nichts.

Die ganze Anstrengung umsonst? Ständig hatte er das Gefühl gehabt beobachtet zu werden, hatte Angst. Nun aber war er verärgert. Er starrte auf den runden Platz, von dem kein Weg weiter führte, ging hinein bis zur Mitte und drehte sich schließlich missmutig um. Vor Schreck erstarrt blickte er auf eine riesige, steinerne Gestalt, die wie aus dem Nichts, ohne irgendein Geräusch zu verursachen, dort hinter ihm stand.

Er hörte sein eigenes Herz laut schlagen. Jeremy war gerade mal so groß wie eines der Beine dieser Kreatur. Die Haut des Ungetüms sah aus wie der Fels unter seinen Füßen. Fetzen aus Fell und Grasnarbe bedeckten seinen Körper und sein Gesicht war fahlgrau, faltig und wie vernarbt, haarlos der Kopf.

Aus seinen schwarzen Augenhöhlen schien er auf Jeremy zu starren. Wie konnte es nur sein, dass er so ein Monstrum nicht gehört hatte!

Der mächtige Unterkiefer des Steinriesen öffnete sich: „Wer bist du?", donnerte seine tiefe und schleppende Stimme, „und was suchst du in meinem Reich?" Ebenso wie sein Äußeres war die Stimme für Jeremy völlig ausreichend um sofort die Flucht zu ergreifen, aber das Monster versperrte ihm den Weg.

„Ich ...", brachte Jeremy mühsam hervor, doch er schien an seiner Antwort nicht wirklich interessiert zu sein. Mit einem wütenden Brüllen, wie aus dem Schlund eines Vulkans, beugte er sich zu Jeremy hinunter und versuchte ihn mit seiner Hand zu packen. Geschickt wich Jeremy seinem Versuch aus und in kleinen, suchenden Schritten ging er weiter rückwärts. Aber immer, wenn er etwas Abstand zwischen sich und seinen Gegner gebracht hatte, kam der wieder einen Schritt auf ihn zu und sein Abstand war dahin. Nur um etwas Zeit zu gewinnen ging er weiter rückwärts und überlegte, wie er aus dieser Lage entkommen könnte.

Kurzentschlossen nahm er all seinen Mut zusammen und stoppte seinen Rückzug. Er baute sich selbstbewusst vor seinem Gegner auf und sah ihn forsch an: „Mein Name ist Jeremy!" Mit lauter Stimme versuchte er es so bedeutungsvoll klingen zu lassen wie er nur konnte. Weiter kam er allerdings nicht.

„Aaarr!", sein Gegner schlug mit seiner steinernen Faust direkt neben ihn auf den Boden. Der Einschlag hinterließ eine tiefe Mulde. Das war nicht die Antwort, die Jeremy sich erhofft hatte. Den Bruchteil einer Sekunde dachte er an seinen Schulfeind Kevin Kitter. Wieso nur gab es in seinem Leben immer jemanden, der seine körperliche Überlegenheit gegen ihn ausspielte?

Voller Zorn blickte er auf die Kreatur.

Es war nur ein winziger Augenblick, aber Jeremy konnte es klar erkennen: Das Monster hatte verblüfft auf seine Wut reagiert. Es hatte seinen Vormarsch gestoppt und war sogar etwas zurückgeschreckt.

Jeremy sah auf die Mulde, die seine steinerne Faust neben ihn in den Boden geschlagen hatte. Dann sah er langsam wieder nach oben, seinem Gegner direkt in die Augen. Wieso hatte er neben ihn geschlagen, anstatt ihn mit diesem Schlag buchstäblich platt zu machen?

Nein – es war eindeutig! Dieser steinerne Riese würde ihn gar nicht verletzen wollen. Er wollte ihn in Todesangst versetzen und dann in den Wahnsinn treiben.

„Ein Opalwesen!" fuhr es durch Jeremys Kopf. Die hätte er sich irgendwie anders vorgestellt. Sowie ihm klar wurde, mit wem er es hier zu tun hatte, ärgerte er sich nur, dass dieses Wesen glaubte, ihm Angst einjagen zu können.

„Du nervst, Steinhaufen!" rief er seinem Gegner zu. Sichtlich verblüfft hielt der Riese kurz inne, doch dann brach er wutentbrannt auf Jeremy los und holte dabei mit beiden Armen hoch über dem Kopf zum Schlag aus.

Jeremy merkte schnell, dass dieses Monster ihn mit diesem Angriff kaum verfehlen konnte und versuchte seitlich an ihm vorbeizuschlüpfen. Der Steinerne bemerkte den Versuch jedoch und schlug mit einer Faust nur um Haaresbreite vor Jeremy auf.

Das hätte auch schief gehen können. Seitlich vorbei war also keine Option, geradeaus durch die Beine war noch gefährlicher. Bei seiner Suche nach einer Lücke, fiel Jeremy auf, dass der Koloss zwar gewaltig stärker war als er, dafür aber auch bedeutend träger. Im Grunde waren seine Reaktionen so vorhersehbar, dass Jeremy genug Zeit blieb darauf zu reagieren. Die einzige Gefahr war es, in die Enge getrieben zu werden.

Hinter Jeremy ragten die spitzen und massiven Begrenzungssteine nach oben. Darunter konnte er etwas Deckung finden. Da fügte sich alles für Jeremy zu einem Plan zusammen. Er hatte zwar keine Fäuste aus Stein, aber er hatte die Begrenzungssteine. Er musste nur dafür sorgen, dass sein Gegner aus dem Gleichgewicht kam und auf die Spitzen der Begrenzung fiel.

Er täuschte kurz an nach rechts zu laufen und achtete auf die Reaktion des Steinriesen. Sobald er ihm folgte, schlug er einen Haken wie ein Kaninchen und rannte nach links. Leicht torkelnd machte sich auch der Steinerne daran ihm zu folgen. Jeremy lief noch weiter, bis das linke Bein seines Gegners zum Schritt ansetzte. So schnell er konnte drehte er wieder und rannte darauf zu. Er sprang mit aller Kraft und seinem ganzen Gewicht auf das Knie seines Angreifers. Der Zusammenprall ließ Jeremy rückwärts auf den Boden stürzen. Im Liegen beobachtete er, wie das Steinmonster, dem Halt durch sein linkes Bein beraubt einknickte und mit dem Ganzen Schwung seiner Kehrtwendung unaufhaltsam nach vorne stürzte.

Der Granit der Begrenzungssteine war selbst für dieses Wesen zu hart und als er auf die Spitzen derselben fiel, zerbrach er krachend in hundert Stücke. Jeremy hatte Glück, von keinem der herabfallenden Brocken getroffen zu werden.

Als er auf den staubenden Steinhaufen sah, erblickte Jeremy ein verängstigt wirkendes kleines Wesen darin. Kaum menschlich, wie ein Kobold mit langem Umhang und einer ärmlichen Krone aus Holz und Stein auf dem Kopf. Seine glasige, blasse Haut schimmerte schwach in allen Farben und es sah alles andere als gefährlich aus. Das entsprach nun seiner Vorstellung von einem Opalwesen schon eher.

„Wer bist du denn?!“, fragte er provokant. Mit Stolz in seinen dunklen Augen hob das Geschöpf den Kopf: „Ich bin Corhedes, Fürst der Erde im Land der Opalwesen. Nun sage mir: Wer bist du, dass du mich besiegen konntest?“

Jeremy erinnerte sich an die Warnungen der Schamanin. Hinterlistig und gefährlich, hieß es, seien sie. In den Wahnsinn könnten sie einen treiben.

„Ich heiße Jeremy, das habe ich dir eben schon gesagt.“, antwortete er schroff.

„Kommst du aus Leathan?“, krächzte Corhedes neugierig und doch angewidert.

„Meinst du etwa, ich würde einem hinterlistigen Opalwesen auch nur das Geringste von mir verraten?“, sagte Jeremy ruhig, um es im nächsten Moment anzuschreien: „Noch dazu einem, das mich gerade umbringen wollte?“

Der Fürst der Erde zuckte zuerst zusammen, doch dann fauchte er wie eine heisere Katze: „Niemand aus der Nebelwelt hatte jemals genug Mut sich gegen mich zu stellen!“ Er holte mit seinem Stab zum Schlag aus.

„Ich bin aber nicht aus der Nebelwelt.“, antwortete Jeremy. Corhedes erschrak derart über diesen Satz, dass sein Angriff bedeutend an Schwung verlor. Jeremy nutzte diesen Moment und packte den Stab des erheblich kleineren und schwächeren Opalwesens.

Corhedes stand das Entsetzen im Gesicht. Kaum hatte Jeremy den Stab berührt, durchfuhr ihn ein nasskaltes, schlammiges Gefühl durch den ganzen Körper. Er kannte es von Ceciles Onkel Bosco.

Der Fürst der Erde schrie, als hätten ihn die Spitzen der Begrenzungssteine durchbohrt. Er zitterte am ganzen Körper und zerrte verzweifelt an seinem Stab. Jeremy sah die Angst in seinen Augen. Aus Mitleid löste er seinen Griff und das Opalwesen torkelte samt Stab rückwärts, stolperte und fiel.

Der kleine Fürst sah verstört und gepeinigt in Jeremys Augen. Dann legte er seine Hände neben sich auf den steinigen Boden der Arena und versank darin als wäre es Treibsand. Bis zuletzt starrten seine Augen ungläubig auf den, der ihn besiegt hatte.

Jeremy versuchte alles auf eine Reihe zu bekommen. Er sah auf seine Hand, seinen Arm entlang ... er sah auf die Stelle an der sein Widersacher versunken war, dann wieder auf seine Hände. Eigentlich fühlte es sich gut an. Er hatte Corhedes, den Fürsten der Erde in der Welt der Opalwesen besiegt! Wie ein richtiger Held!

Er konnte spüren, dass etwas mit ihm passiert war. Die Angst vor dem Steinriesen, war einem Mut und einer Entschlossenheit gewichen, die er niemals in sich vermutet hätte. Jetzt war ihm klar, was die Schamanin des Wassers damit meinte, er müsse die Essenzen in sich befreien.

Und dann dieses Gefühl bei der Berührung des Stabes ... sicher – es war der Stab des Fürsten der Erde, und so fühlte er sich auch an. Aber es war mehr als nur das Gefühl. Der Stab hatte irgendetwas mit ihm gemacht. Er wusste nur noch nicht was.

„Die Essenzen sind die Kraft des Feuers, die Klarheit der Luft, der Mut der Erde und die Weisheit des Wassers." hatte die Schamanin des Wassers ihm erklärt.

Mut also, war seine erste Essenz. Was für eine würde ihn wohl als nächstes erwarten, dachte er, als er, abgelenkt von seinen Gedanken, knietief in einem Morastloch versank. Dieses Abenteuer war durchaus noch nicht zu Ende. Das Feuer über der Arena war nach dem Kampf erloschen und im Zwielicht des Mondes lag der Sumpf, von Bodennebel überzogen, vor ihm.

Kapitel 14

Ceciles Weg

Cecile musste immer und immer wieder an Jeremy denken. Sie hatte ihn einfach in Leathan seinem Schicksal überlassen. Doch Delphena hatte es ihr so aufgetragen.

Nachdem sie über die Pforte der drei Geisterbären Leathan hinter sich gelassen hatte, war sie Richtung Schiefergebirge gegangen. Das Wispertal solle sie erreichen und nach Espenscheid gehen. So sei es der Brauch seit vielen Generationen, hatte Ihre Mutter gesagt.

Ein altes Portal an den Wassern von Leathan, das im verwachsenen Wald lag, hatte sie ein gutes Stück näher gebracht, aber es war immer noch ein weiter Weg. In dieser Gegend wusste sie von keinem weiteren Portal, also musste sie den ganzen Weg zu Fuß hinter sich bringen.

Das weitläufige Land war mit Inseln buschig wachsender Gräser übersät. Nur derart widerstandsfähige Pflanzen konnten in dieser kargen, trockenen Gegend überleben. Die einzigen Bäume, denen man hin und wieder begegnete, waren niedrige, aber ausladende Pinien. Der Boden, rot und sandig, staubte bei jedem Schritt. Cecile ging langsam um Kraft zu sparen.

In der Ferne ragte das Schiefergebirge aus dem Boden und in seiner Mitte verbarg es das Wispertal. Unzählige Geschichten rankten sich um diese Gegend, die nach der Erhebung des Nebels als Erstes besiedelt wurde. Die Stadt Espenscheid war wohl bis heute die sagenumwobenste Stadt im ganzen Nebel. Cecile ging direkt darauf zu und war neugierig, aufgeregt, aber auch voller Ehrfurcht gegenüber der Stadt und vor allem dem Tempel, den sie dort aufsuchen sollte.

Cecile hatte alle Zeit der Welt sich Gedanken zu machen. Gedanken über ihre Zukunft als Seherin, über die Schwarzen Blitze, über ihre Familie und die Freunde. Aber egal was sich in ihren Kopf schlich, es führte sie alles zu Jeremy. Ihre Sorge um den Prophezeiten ließ ihr einfach keine Ruhe. Irgendwie fühlte sie sich für ihn verantwortlich, und nun hatte sie ihn im Stich gelassen.

Was, wenn der Wirt ihrer Herberge ihn erkannt hatte? Was, wenn er auf der Seite dieses üblen Burschen Kilian Cathú stand? Womöglich hatten sie ihn schon längst gefangengenommen und ... Cecile blieb abrupt stehen. „Schluss jetzt mit der Panikmache!", rief sie sich selbst zur Vernunft. „Du bist eine junge Seherin. Nutze deine Fähigkeiten!"

Unter einer dicht gewachsenen Pinie lehnte sie ihren Wanderstab an den Stamm und setzte sich auf den Boden neben ihn. Aus ihrem Proviant nahm sie einen kleinen Schluck Wasser, das sie sich gut einzuteilen wusste. Delphena hatte ihr erst vor kurzem erklärt, wie man das 'Sehen' auf eine bestimmte Sache lenkt, und immerhin war es ihr bereits zweimal kurz gelungen. Also schloss sie die Augen und versuchte alle ihre Gedanken zu vertreiben. Sie musste alle Ablenkung vermeiden und sich dann ganz auf Jeremy konzentrieren.

Es war schon schwer genug an nichts zu denken, bei all dem, was in den letzten Tagen passiert war, aber dann auch noch die Konzentration auf nur eines zu lenken, auf Jeremy und sonst nichts, das war eine besondere Herausforderung.

Entsprechend lange dauerte es auch. So lange, dass die Sonne gerade untergegangen war und das trockene Land um Cecile in der Dämmerung lag. Grillen zirpten und die Hitze des Tages verlor sich langsam in der aufkommenden Nacht.

Cecile war in Trance gefallen. Ihr Kopf neigte sich dabei von einer Seite auf die andere, wie das Steppengras um sie herum in der sanften Brise des Abendwindes. In ihren Gedanken war es tiefschwarze Nacht um sie geworden. Nebelschwaden zogen in Windeseile an ihr vorbei – alles schien viel schneller abzulaufen als es sollte. Cecile war in einer Vision, in der die Zeit wie rasend verging. Sie spürte die nasskalte Witterung und roch die stinkende Luft im Sumpf des Vergessens.

Mit einer Geschwindigkeit, in der sich nur Gedanken fortbewegen können, rauschte sie über die Morastlöcher, bis sie abrupt abgebremst wurde. Vor ihr stand Jeremy. Seine suchenden Augen sahen durch sie hindurch. Hinter ihm in der Ferne brannte ein

Leuchtfeuer. Cecile war einerseits froh ihn zu sehen, andererseits tat er ihr entsetzlich leid. Was nur hatte ihn in so eine verfluchte Gegend getrieben, wie hatte das passieren können? Cecile wusste, dass sie keine Gefühle zulassen durfte. Ihre Vision wäre sofort zu Ende gewesen. Sie musste alles wie eine neutrale Beobachterin wahrnehmen. Nicht mehr und nicht weniger.

Jeremy stapfte über den nassen Boden, sein Gesicht war mit Moorerde verschmiert und er hatte eine stark blutende Wunde im Gesicht. Für Cecile sah er um Jahre gealtert aus. Schwerer Nebel störte ihre Sicht auf ihn. Ein strenger Wind schien aufgekommen zu sein und sie konnte ihn kaum noch erkennen. Jeremy kämpfte mit aller Kraft gegen den Sturm an und ...

Cecile merkte, wie ihre Sorge um Jeremy ihr das Sehen erschwerte und schon verlor sie die Verbindung. Auf einen Schlag erwachte sie aus ihrer Trance und starrte mit aufgerissenen Augen in die Nacht. Sie war einfach noch nicht gut genug in diesen Dingen. Aufgeregt sprang sie auf und lief umher. Jeremy war also am Leben. Das war schon mal das Wichtigste. Er schien gesund zu sein und hatte trotz der widrigen Umstände offenbar alles unter Kontrolle. Cecile hatte schon viel vom Sumpf des Vergessens gehört. Ausnahmslos fürchterliche Geschichten. Sie hatte sofort erkannt, dass Jeremy dort gelandet war und das beunruhigte sie sehr.

Eines aber war klar: von hier aus konnte sie ihm nicht helfen. Also versuchte sie sich zu beruhigen und gab sich damit zufrieden, zu wissen, dass er wohlauf zu sein schien. Außerdem war etwas 'Gesehenes' nicht unbedingt etwas, das wirklich passiert war. Oft war es auch nur eine Art Botschaft in Bildern. Ein Blick in die Zukunft manchmal oder auch in die Vergangenheit.

Sie schob ein paar herabgefallene Piniennadeln zusammen und versuchte es sich unter dem Baum so bequem wie möglich zu machen, denn inzwischen war es viel zu dunkel geworden um noch weiter zu gehen.

Kapitel 15

Verloren im Sumpf

Obwohl er sich ständig umdrehte, war sich Jeremy schon bald nicht mehr sicher, ob er von der Arena in die richtige Richtung gegangen war ...

Er blieb stehen und versuchte mit logischen Überlegungen auf die richtige Richtung zu kommen, doch vor ihm lag nichts als der nebelverhangene Sumpf. „Mach dir nichts vor, Jeremy, du hast dich verlaufen." sagte er vor sich hin. Doch er wäre nicht Jeremy gewesen, wenn er das einfach so hingenommen hätte. „Ein Opalwesen besiegen, um dann im Sumpf des Vergessens wahnsinnig zu werden? Kommt ja gar nicht in Frage!"

Er kniete sich hin, schloss die Augen und versuchte sich zu beruhigen. Irgendwie fühlte es sich für ihn an, als sei er mit dem Sumpf, so gefährlich und grausam er auch war, auf eine gute Art verbunden. Er legte seine Hand auf den Boden. Wieso er das tat, wusste er selbst nicht, aber er spürte den Boden auf eine seltsam vertraute Art. In seinem Arm war wieder dieses nasskalte Gefühl, wie er es hatte, als er den Stab des Corhedes berührt hatte. Vor seinem inneren Auge sah er jetzt die Landschaft um sich herum, Sträucher, Wasserlöcher, sogar sich selbst und ... das alte Holzhaus.

Als er die Augen wieder öffnete, war ihm völlig klar, in welche Richtung er gehen musste. Er sah auf seinen Arm, strich darüber. Das nasskalte Gefühl war verschwunden aber er hatte nicht den Schimmer einer Ahnung, wie er es verursacht hatte.

Die Vorstellung vom wärmenden Kaminfeuer trieb ihn an, und als sei es nicht anders zu erwarten gewesen, zeichnete sich schon bald die Silhouette des alten Hauses vor ihm im Nebel ab.

Als er zwischen den alten Eichen hindurchgegangen war, drehte er sich noch einmal um und sah hinaus in den Sumpf. Was er dort erlebt hatte, war wirklich unglaublich. Niemals würde er so etwas seinen Freunden zu Hause erzählen können. Obwohl es genau das war, was er am liebsten getan hätte, egal ob sie ihn für verrückt erklärt hätten oder nicht.

Die Stufen der Holzveranda knarzten unter seinen Füßen und Jeremy öffnete die Türe erst einen schmalen Spalt. Das Kaminfeuer drinnen flackerte, als sei es nie anders gewesen.

„Haallo!", rief er laut, als er das Zimmer betrat. „Ist da jemand? Ich wollte mich mal bedanken, für die Gastfreundlichkeit!" Die einzige Antwort war das Knistern des Kaminfeuers. Etwas Anderes hatte er auch irgendwie nicht erwartet. Er ließ sich auf den Sessel fallen, als sei er von der Schule nach Hause gekommen und starrte in die Flammen. Sie hypnotisierten ihn regelrecht und nach einer Weile hatte er das Gefühl für die verstrichene Zeit völlig verloren. Müde war er nicht, aber er hatte wohl eine Art Halbschlaf gehalten.

Wer oder was macht das alles immer, in diesem verlassenen Haus? War das ein Zauber? Nein, Zauberei gibt es nicht, dachte er sich. Ob es vielleicht die Opalwesen waren? Nein. So hilfreich waren die nicht. Oder wieder ein ganz anderes Wesen? Vielleicht aber hatte es auch etwas mit diesem Chronikum oder Curiosum zu tun ...

Auf jeden Fall, da war er sich sicher, erfüllte dieses Haus eine ganz bestimmte Aufgabe. Er konnte es nur betreten, wenn es etwas für ihn bereit hielt. Einen Platz zum Schlafen, Wärme oder etwas zu Essen. Und was es bereit hielt, war immer genau das, was er gerade brauchte. Wenn es nichts für ihn bereit hielt, dann blieben seine Türen verschlossen.

Es war, als bekäme er Hilfe bei seinen Aufgaben in der Opalwelt. „Hilfe von einem Haus." Als er das gedacht hatte, fühlte sich Jeremy für einen kurzen Moment ein kleines bisschen verrückt. Dann aber dachte er an das zerfurchte Gesicht des Steinriesen, an seinen Kampf und an die Berührung des Stabes. Ein entrücktes Lächeln huschte über sein Gesicht. Er sah auf seine Hand und dachte an die Berührung des Sumpfbodens, die ihm den Weg gezeigt hatte.

Er legte die Hand auf den Holzboden des Hauses, er ging zur Tür hinaus und legte die Hand auf den verwurzelten Boden und auf den dahinter beginnenden Sumpf, doch spüren konnte er nichts.

Zwischen den vorderen Eichen sah er hinaus in die Richtung seines ersten Abenteuers. Als sei dort nie etwas besonderes passiert, lag der Sumpf fast ruhig in seinen Nebelschwaden.

Dann, im Augenwinkel, sah er etwas Helles dort draußen. Er drehte den Kopf nach rechts, aber es war nichts zu sehen. Doch! Jetzt wieder. Ein Aufleuchten wie eine Flamme, dann wieder nur die Dunkelheit. Jeremy ging zwischen die nächsten beiden Bäume. Von dort sah er es wieder: ein Aufleuchten für ein paar Sekunden, dann wieder nichts. Aus der Euphorie seines ersten Sieges rief er „Na gut.“, in den Sumpf hinaus, „Ich nehme die Herausforderung an.“

Jeremy erinnerte sich, dass er bei seinem letzten Ausflug fast nicht zurückgefunden hätte. Und sein Trick mit der Hand am Boden den Weg zu finden, funktionierte leider nicht gerade zuverlässig. Ein Blick zurück auf das Haus und den dritten Eingang, der bisher verschlossen war, machte ihn neugierig. Irgendetwas brauchte er um seinen Weg zu markieren. Was das Haus wohl für ihn bereit hielt?

Die große Flügeltür mit der gruseligen Fratze darüber. Beim letzten Mal war sie verschlossen. Instinktiv ging Jeremy zu ihr und drückte die schwere Klinke hinunter. Zu seiner Verwunderung war sie diesmal tatsächlich offen! „Ich werd' aus diesem Haus nicht schlau ...“ sagte er und ging hinein. Er fand einen muffigen Raum mit spärlicher Beleuchtung. Schwere Ledermäntel hingen dort an der Wand, Truhen standen überall herum, Regale waren gefüllt mit den unterschiedlichsten Dingen. Von Lebensmitteln bis zu Werkzeugen und Waffen, hier war alles zu finden, was das Herz eines Abenteuerers begehrte. Jeremy sah sich um und suchte nach etwas, das es ihm möglich machen könnte, den Weg zurückzufinden. Etwas, das ihn davor bewahren könnte, im Sumpf des Vergessens für immer verlorenzugehen.

Er öffnete eine Truhe nach der anderen. Eine war voll mit Silbermünzen, die nächste mit Fackeln. In anderen waren leere Flaschen, Werkzeuge, Holzkohle, Kerzen und eine war sogar voll mit Schuhen. Während er die Truhen öffnete, versuchte er aus den Gegenständen einen Plan zu schmieden. Regenschirme, Dolche, Stoffballen, Decken, Handschuhe. Selbst nach der letzten Truhe hatte er noch keine Idee. Sein Blick wanderte durch den Raum, über die zahllosen Waffen, die an der Wand hingen, darunter ein besonders schönes Schwert, und die Mäntel und Rüstungen, bis sein Blick an einem großen Kasten aus Holz mit zwei Tragegurten hängen blieb. Er nahm ihn hoch, stellte ihn auf einen Tisch und untersuchte ihn. Es war eine Art hölzerner Rucksack. Ziemlich leicht für seine Größe und dafür, dass er aus Holz war. Auf der Rückseite hing das Ende einer dünnen, aber festen Schnur heraus. Jeremy entdeckte eine Entriegelung auf der Oberseite und drückte darauf. Mit einem Klick sprang der Deckel auf und darunter fand er eine wirklich sehr, sehr große Spule mit Schnur.

Die Kiste konnte man sich wie einen Rucksack auf den Rücken schnallen und die Schnur darin war vermutlich schier endlos lang. Ein paar wirklich coole Stiefel hatte er sich bereits angezogen und nun nahm er sich noch das Schwert, das ihm gleich am Anfang aufgefallen war, schnallte es sich um, packte die Spulenkiste auf den Rücken und füllte einen Sack mit Fackeln. Beim Hinausgehen griff er sich noch einen Mantel und eine der großen brennenden Fackeln von der Wand und marschierte los. Hindurch zwischen den beiden nächsten Eichen auf die immer wieder aufleuchtenden Lichter.

Kapitel 16

Heelo die Wasserhexe

Als er das alte Haus hinter sich gerade noch sehen konnte, steckte er die erste Fackel in den sumpfigen Boden, befestigte das Ende der Schnur an ihr und zündete die kleine Fackel mit der großen an. Immer wenn nun die letzte Fackel gerade noch zu sehen war, steckte er eine neue in den Boden, befestigte die Schnur daran und zündete die Fackel an. So würde ihn die Schnur am Rückweg von einem Licht zum nächsten leiten, bis er das Haus wieder sehen könnte. Sein Plan gefiel ihm und er ging immer schön auf die Lichter zu, die in unregelmäßigen Abständen aufleuchteten.

Nach einer Weile fiel ihm auf, dass das Licht, auf das er zugehen wollte, nicht immer an der gleichen Stelle zu sehen war. Wenn er sich sicher war, direkt darauf zu zu gehen, flammte es plötzlich viel weiter rechts auf. Er fing an zu befürchten, dass er hier in die Irre geführt würde, als plötzlich ein paar Meter neben ihm eine Flamme aus dem Boden schoss und für ein paar Sekunden den Sumpf erleuchtete.

In Jeremy stieg eine schreckliche Ahnung auf: Irrlichter. Er hatte schon von diesen Phänomenen gehört. Methangase, die im Sumpfboden entstehen und sich spontan entzünden konnten. Mal hier und mal dort. Nicht gerade das, was man ein zuverlässiges Leitsystem nennen würde.

Jeremy ließ trotz allen Zweifeln nicht von seinem Plan ab und folgte den Irrlichtern wo immer sie aufflammten. Ein Ziel schien er dadurch nicht zu erreichen, dafür gingen ihm irgendwann die Fackeln aus und lange nach der Letzten surrte das Ende der Schnur aus der Halterung in seinem hölzernen Rucksack.

Erschöpft nahm Jeremy das Spulengestell ab, setzte sich auf die Kiste und steckte die große Fackel neben sich in den matschigen Boden. Eine ganze Weile war er bereits auf nassem, glitschigen Moos gegangen und manchmal sogar ausgerutscht, weil der

Bodennebel ihm die Sicht nahm. In der Luft hing ein muffiger Fäulnisgeruch, der ein stechendes Gefühl von giftigen Dämpfen in der Nase hinterließ.

Immer wieder sah er in der Ferne vereinzelte Irrlichter. Entweder hatten sie ihn tatsächlich in die Irre geleitet oder er war einfach auf einen Trick der Opalwesen hereingefallen.

Wieder einmal war er auf seinem Weg in den Sumpf an dem Punkt angelangt, wo er keinen blassen Schimmer hatte, wie es weitergehen sollte.

In Sichtweite vor ihm lag ein flacher Felsen im Nebel, der aussah wie ein Opferstein aus grauer Vorzeit. Dort ging er hin und setzte sich.

Sein Blick suchte im dämmrigen Halbdunkel des Moors zwischen Hügeln und Bäumen nach irgendetwas Auffälligem – einem Schatten oder einer Bewegung. Doch das Einzige, was ihm auffiel, waren die Irrlichter. Die Anstrengung, im dämmrigen Licht etwas zu erkennen, legte sich bald auf seine Augen und er wurde müde.

„Oh nein, jetzt bloß nicht schlapp machen ... Diese verdammte ewige Nacht hier!" Jeremy rieb sich die Augen und versuchte sich wach zu halten. Doch es kam, wie es kommen musste und ihn verließ die Konzentration und die Kraft gerade zu sitzen und er machte es sich auf dem Opferstein so bequem wie möglich. Was war das nur für eine gnadenlose Müdigkeit, die ihn da übermannte? Immer wieder und in immer kürzeren Abständen fielen ihm die Augen zu – bis ihn plötzlich der krachende Einschlag eines Blitzes in einen Baum in nur ein paar Metern Entfernung jäh aus dem Halbschlaf riss.

Das dumpfe Grollen des mit dem Blitz einhergehenden Donners machte ihm große Sorgen und er sah verunsichert nach oben. Als Antwort klatschte ihm im gleichen Augenblick ein eiskalter Gewitterregen ins Gesicht. Er klappte den Kragen seines Mantels nach oben und versuchte sich so gut es ging gegen Wasser und Kälte zu schützen. Die letzte Fackel verlor den Kampf schnell und Jeremy war klar, dass auch die anderen dieses unerwartete Gewitter wohl kaum überstehen würden. Zum Glück, dachte er bei sich, hatte er noch die Schnur, deren Ende hier irgendwo herumliegen musste.

Nicht lange, da entfesselte das Gewitter einen orkanartigen

Sturm. Gemeinsam brachten die beiden eine fürchterliche Waffe mit sich: Eisregen. Innerhalb von Sekunden legte er über alles eine Schicht von gefrorenem Wasser, durchsetzt mit Ästen und Moosfetzen, die der Sturm mitgerissen hatte.

Jeremy hatte keinen Unterstand und kauerte sich auf seinem Felsen zusammen. Etwa eine Stunde verharrte er in dieser Stellung, bis das Unwetter langsam an Härte verlor und nur noch ein eisiges Lüftchen wehte. Jeremys Mantel war von einer Eisschicht bedeckt, die er erst brechen musste, bevor er sich wieder bewegen und umsehen konnte. Während er sich die Eisbrocken aus den Haaren zog, schwenkte sein Blick über eine der unwirklichsten Landschaften, die er jemals gesehen hatte. Alles, wirklich jeder Baum, Felsen, Hügel oder Grashalm war von Eis überzogen. Es reflektierte das Licht des Mondes hier und da und machte die Landschaft heller und durch das Glitzern sogar fast bezaubernd schön.

Jeremy zitterte vor Kälte. Er versuchte sich durch Bewegung etwas Wärme zu verschaffen. Prompt rutschte er aus und landete unsanft auf seinem Hinterteil. Er suchte Halt an seinem Felsen und stand langsam wieder auf.

„Oh, Jeremy, du armer Junge!", hörte er plötzlich eine freundlich klingende weibliche Stimme sagen. Er drehte sich um und wäre beinahe wieder ausgerutscht.

„Vorsicht! Nicht, dass du dich noch verletzt ..." Die Stimme gehörte zu einer hübschen jungen Frau – nein wohl eher zu einer Art Fee. Sie schwebte über dem Boden und sah mitleidig auf Jeremy herunter. Ihre ganze Erscheinung leuchtete und Jeremy war wirklich erleichtert, sie zu sehen und nicht wieder ein Monster, ein hässliches Opalwesen oder sonst eine Kreatur, die ihm böses wollte.

„Danke, es geht schon ...", antwortete er höflich. „Darf ich fragen, wer du bist? Und woher du mich kennst?"

„Das ist nicht wichtig, Jeremy. Hauptsache ich habe dich endlich gefunden!"

„Du hast mich gesucht?", wunderte sich Jeremy.

„Allerdings! Eine kleine Gruppe von Hexen und Magiern hat mich losgeschickt, als sie gehört haben, dass du von den Nebelmenschen in den Sumpf des Vergessens geschickt wurdest. Ich habe den Auftrag, dir die Wahrheit zu sagen und dir zu helfen, hier wieder herauszukommen."

Jeremy wusste zunächst nicht, was ihm die fremde Frau sagen wollte, aber die Aussicht aus diesem ewig dunklen Sumpf zu entkommen, klang durchaus verlockend.

„Was meinst du mit ‚die Wahrheit sagen'?"

Die Fremde sah ihn voller Mitgefühl an. „Die Wahrheit ist, dass dein Auftauchen in der Nebelwelt gar nicht beabsichtigt war! All die Geschichten, die man dir erzählt hat, sind eigens erfunden worden, dich in die Irre zu führen und schließlich hier im Sumpf des Vergessens sterben zu lassen!"

Jeremy konnte es nicht fassen.

„Als die Gruppe der Hexen und Magier, der ich angehöre, erfuhren, was die Nebelmenschen dir aus ihrem alten Hass gegen die Außenwelt heraus antun wollten, hat man mich entsandt, dich hier herauszubringen."

Jeremy war völlig verwirrt. Die Kälte hinderte ihn daran logisch zu denken. „Aber wieso? Die ganzen Menschen, die ich kennengelernt habe ...", bibberte er.

„Du trägst keine Schuld, Jeremy! Man hat dir wirklich übel mitgespielt! Eines Tages wirst du sicher alles verstehen. Doch jetzt musst du dich entscheiden, was du willst. Willst du zurück zu deinen Liebsten? Deine Familie wiedersehen, deine Freunde? Oder glaubst du, einen Kampf kämpfen zu müssen, den dir andere aufgedrängt haben?"

Jeremy zitterte am ganzen Leib. Der Gedanke, wieder zu Hause zu sein in seinem warmen Zimmer, seine Freunde wiederzusehen, ... es waren so wundervolle Gedanken, dass Jeremy aus seiner Not heraus sagte: „Bring' mich bitte nach Hause. Ich will zu meinen Freunden."

Kaum hatte er es ausgesprochen, blendete die Sonne seine Augen und er stand auf der guten alten Wiese beim Apfelbaum. „Jeremy!", tönte es von Weitem und er sah alle seine Freunde auf ihn zulaufen. Jonas ganz vorne, dann Lukas, Natalie, Anna, ja sogar Lisa war mit dabei.

Jeremy freute sich so sehr alle zu sehen – aber Lisa? Seit wann zogen seine Freunde mit Lisa herum? Und weshalb kamen sie mit ihr vom Baumhaus? Er wollte Lisa doch das Baumhaus selbst zeigen ... Jonas kam bei ihm an und umarmte ihn innig. „Mensch Jeremy! Hab' ich dich vermisst! Du bist doch mein bester Freund!" Lukas und Natalie drängten zu ihm: „Jeremy! Da bist du ja endlich wieder!" Auch Anna schloss sich den Freunden an: „Hey, wo hast du die ganze Zeit gesteckt?", sagte sie und da kam schon Lisa zu ihm und nahm seine Hand. „Ich hab' dich schon so sehr vermisst! Wie schön, dass ich dich wieder hab'!"

Jeremy war überglücklich. All seine Freunde und sogar Lisa. Endlich war er wieder mit ihnen vereint. Sie standen dicht um ihn und er wusste, dass er hier wahrhaftig zu Hause war. Sie waren seine Familie.

Jonas nickte ihm wohlwollend zu und Nathalie erzählte ohne Punkt und Komma, was die Freunde erlebt hatten. Glücklicherweise fragte niemand Jeremy, wo er gewesen war. Er hätte nicht gewusst, was er hätte sagen sollen. Lisa war inzwischen neben ihm und hatte einen Arm um ihn gelegt und alle zusammen schlenderten Richtung Jeremys Zuhause.

„Wie kommt es, dass Du mit meinen Kumpels rumhängst?" fragte Jeremy Lisa.

„Na, ich wollte dich halt sehen und bin einfach auf gut Glück zu dir gefahren. Deine Ma hat mir dann gesagt, ihr wärt beim Baumhaus. Sie hat mir erklärt wo es ist und dort hab' ich deine Freunde getroffen ... und sie sind alle sooo cool."

Jeremy war zwar etwas enttäuscht, dass er Lisa nicht selbst das Baumhaus zeigen konnte, aber es freute ihn schon, dass Lisa seine Freunde mochte.

Mittlerweile war die ganze Clique am Bauernhof angekommen und Jeremy staunte nicht schlecht, als er sah, dass sein Vater dort vor dem Haus einen großen Tisch mit zwei langen Bänken aufgebaut hatte. Alle setzten sich hin und schon kam die nächste Überraschung. Seine Mutter hatte ihre berühmte Pizza gebacken und brachte sie nach draußen zu den Freunden.

„Mama - danke! Aber woher wusstest Du, dass wir kommen?" fragte Jeremy erstaunt.

„Na, als Lisa hier vorbeikam, war eigentlich klar, dass ihr irgendwann hungrig zurückkommt." erklärte sie beiläufig und stellte noch zwei Kannen Apfelsaft auf den Tisch.

Jeremy war mehr als verwirrt. Wieso sollte es klar sein, dass alle mit ihm nach Hause kommen würden ... Während die Freunde zusammen aßen und tranken, sah Jeremy in die Runde. So sehr ihm das alles gefiel, irgendetwas stimmte hier nicht. Es fühlte sich schon real an, aber einiges konnte so einfach nicht wahr sein. War Jonas gar nicht mehr beleidigt? Zuletzt war er doch am See stinksauer auf sein Fahrrad gestiegen. Und sollte Anna nicht mit ihren Eltern in Italien sein? Und Lisa, soo verliebt?

Es war einfach zu perfekt. Wie eine Mischung aus seinen Erinnerungen und Sehnsüchten. Wie eine Welt, Jeremy wurde heiß und kalt zugleich, wie eine Welt, die extra für ihn gemacht wurde.

Er hatte sich durch sein leichtsinniges Einwilligen in den Vorschlag dieser angeblichen Fee ... von einem Opalwesen um den Finger wickeln lassen. „Oh Mann ich Idiot!" rief er und stand unter den staunenden Blicken seiner Freunde mit einem wütenden Schlag auf den Tisch auf.

„Okay, okay. Netter Versuch. Zeig dich Opalwesen, ich falle auf deine Tricks nicht rein!"

„Was meinst du damit?" fragte Jonas.

„Was ist ein Opalwesen?", fragte Natalie.

„Geht es Dir gut Jeremy?", fragte Lisa.

Jetzt bekam es Jeremy mit der Angst zu tun. „Du verschwendest deine Zeit, Opalwesen!", sagte er wieder laut. Anna kam auf ihn zu: „Geht es dir nicht gut, Jeremy? Sollen wir dich in Dein Zimmer bringen?"

„Oder wir gehen alle zusammen aufs Baumhaus!", rief Lukas und alle jubelten über diesen Plan. Nur nicht Jeremy. Er nahm all seine Kraft und Konzentration zusammen um dem falschen Spiel keinen Platz zu geben. Er durfte mit keinem Gedanken auf die Täuschung reagieren.

Je stärker er sich konzentrieren konnte, desto ferner rückten die Stimmen der Freunde und die vorgegaukelte Welt verlor an Farbe. Mit der Farbe wich das Licht und auch die Wärme. Bis er wieder im kalten, farblosen und dunklen Sumpf des Vergessens zurück war. Seine Gedanken waren klarer denn je. Nun musste er nur noch dieses Trugbild enttarnen.

„Nanu, wie komme ich denn plötzlich wieder hierher?" Jeremy ging auf die schwebende Illusion zu. „War das vielleicht, weil die Erinnerungen in meinem Kopf einfach nur eine ganz miserable Lüge ergeben haben?" Er stand vor ihr und sah ihr in die Augen:

„Und da heißt es immer, ihr Opalwesen könntet so gut lügen!"

Sichtlich erschrocken und offenbar stumm geworden sah sie Jeremy an, wie ein kleines Kind, kurz bevor es in Tränen ausbricht.

„Zeig dich! Wer bist du wirklich?", blaffte er sie lautstark an, und schon zerplatzte das Bild der Schönen in winzige Nebeltröpfchen und zum Vorschein kam, wie erwartet, die koboldähnliche Gestalt eines Opalwesens. Ein weißes, löchriges Kleidchen bedeckte ihre schimmernde Haut und in ihrer Hand hielt sie einen langen weißen Stab.

„Ich bin Heelo. Fürstin des Wassers im Land der Opalwesen.", tönte das Wesen mit einer Stimme, die sich anhörte wie das Quietschen von Kreide auf einer Schultafel.

„Schön für dich.", antwortete Jeremy nüchtern, und streckte blitzschnell die Hand nach ihrem Stab aus. Die Fürstin bewegte sich kein bisschen, doch Jeremys Hand fuhr durch sie hindurch wie durch eine Fata Morgana.

Nun wurde die Fürstin des Wassers wütend. Sie hob ihren weißen Stab hoch in die Luft und schmetterte ihn mit aller Gewalt auf den vereisten Sumpfboden.

Mit ihrem Schlag wandelte sich das gesamte Eis in Wasser. Wasser und immer mehr Wasser. Mit einem schrillen Lachen erhob sie sich in die Luft und verschwand im Nebel, doch das Wasser hörte nicht auf zu steigen. Längst hatte Jeremy schon den Boden unter den Füßen verloren und seine Kleidung zog ihn schwer in die Tiefe. Er strampelte wie wild um nach oben zu gelangen, bis ihn die Kälte des Eiswassers lähmte und die Kraft ihn verließ.

Sich seinem Schicksal ergebend nahm er aus der Not des Ertrinkenden schließlich unter Wasser einen verzweifelten letzten Atemzug. Doch, wie durch ein Wunder füllte dieser Atemzug seine Lungen nicht mit Wasser! Wie aus einem bösen Traum erwacht, lag er auf dem Opferstein. Orientierungs- und atemlos tastete er sich ab um herauszufinden, ob er nun wach war oder bereits tot oder noch im Bann irgendeines Opalwesens. Er sah sich um.

Da stand die Fürstin des Wassers hinter ihm auf dem Felsen und sah auf ihn herab. „Wer bei allen läppischen Nebelmenschen bist du, dass du meinem Zauber widerstehen konntest?"

Jeremy stand vielleicht noch etwas neben sich, doch war ihm klar, dass er nun in keinem Traum mehr gefangen war. Noch einmal griff er blitzschnell nach ihr. Sie hatte wohl damit gerechnet, dass er ihren Stab wollte und nahm ihn zur Seite, doch er packte sie stattdessen am Kragen ihres zerfetzten Kleides. Erschrocken sah sie ihn an – nun da er aufgestanden war, blickte er auf sie hinunter und ergriff mit der anderen Hand den Stab.

Im nächsten Moment durchspülten Fluten von wärmendem Wasser Jeremys Arm und Körper, sein Kopf wurde frei und klar, vor seinem inneren Auge sprudelten Quellen, fielen Wasserfälle, flossen Flüsse und er hörte das gleichmäßige Rauschen der Wellen am Meer.

Währenddessen wurde das Opalwesen immer hässlicher. Die Augen der Fürstin quollen auf und sie starrte auf den Stab wie ein Alkoholiker auf seine Flasche.

Angewidert ließ Jeremy sie und ihren Stab los. Mit einem letzten gepeinigten Blick auf Jeremy sprang sie in ein Wasserloch und tauchte nicht mehr auf.

Jeremy beobachtete das Wasserloch noch eine Weile, dann, als er sicher war, dass sie nicht wieder kommen würde, fiel alle Spannung von ihm ab. „Alter, war das knapp! Wer hätte gedacht, dass ich mal froh sein werde, diesen Sumpf wieder zu sehen …"

Er drehte sich um und versuchte sich zu orientieren. Keine fremden Wesen, kein Eis, kein Wasser. Aber eine Fackel! Die große Fackel hinter ihm brannte ja doch noch! Verblüfft und erleichtert sprang er vom Opferstein und ging zur Fackel, um sich die Hände zu wärmen. In ihrem Licht sah er die Holzkiste mit der Spule, die er auf dem Rücken getragen hatte und nicht weit davon das Ende der Schnur. Während er sich von Fackel zu Fackel vorarbeitete, dachte er an seine Freunde. Beinahe wäre er im Sumpf des Vergessens auf ewig gefangen gewesen und hätte seine echten Freunde nie wieder gesehen.

Als er wieder beim alten Holzhaus ankam, war er mit seinen Kräften am Ende, aber voller Freude über seinen Erfolg. Er ging zur Vordertür hinein in das Zimmer, in dem er sich fast schon ein wenig wie zu Hause fühlte und legte sich vor den wärmenden Kamin auf die Felle. Seine Knochen schmerzten und seine Muskeln brannten, aber die Freude über ein weiteres bestandenes Abenteuer überdeckte alles. Auch wenn es nicht echt war, erinnerte er sich gerne an seine Freunde und vor allem an Lisa. Als die bleierne Müdigkeit ihn schon fast im Reich der Träume hatte, begann er wie im Fieber zu sprechen. „Lisa ..." hauchte er noch vor sich in die Felle, dann war er weg. Und er hatte einen wunderbaren Traum vom Fest am See und seinem Spaziergang mit Lisa.

Die Zeit im ewig dunkeln Sumpf des Vergessens tickt anders als an anderen Orten und so geschah es, dass zur gleichen Zeit als Jeremy eingeschlafen war, Cecile durch die Strahlen der Morgensonne unter ihrem Pinienbaum geweckt wurde.

Kapitel 17

Der Weg der Seherin

Cecile hatte nicht gerade sehr bequem, aber durchaus erholsam geschlafen. Nachdem sie aufgewacht war, lehnte sie noch etwas an ihrer Pinie und ließ ihre Gedanken schweifen. Zwar konnte sie Jeremy nicht helfen, doch wollte sie hin und wieder nach ihm ‚sehen'.

Der Weg nach Espenscheid war noch ziemlich weit und Cecile entschloss sich gleich loszugehen, um noch vor der Mittagshitze dort anzukommen. Ihr Weg in das Wispertal würde Cecile ja in die Stadt bringen, in deren Zentrum sich der Callirius-Platz befand. Benannt nach den Vorfahren ihres besten Freundes Erion. Außerdem, und das war ihr eigentliches Ziel, gab es in Espenscheid noch einen Tempel. Ihre Mutter hatte ihr oft von diesem Tempel erzählt, und dass auch sie dort als junge Seherin war.

‚Es gehört zur Ausbildung einer jeden Seherin, im Tempel von Espenscheid den Ewan Magnus zu treffen.', hatte sie zu Cecile gesagt. Allerdings konnte oder wollte sie ihr nicht verraten, was sie dort erwarten würde, und Cecile war natürlich schon sehr gespannt.

Durch die vielen Geschichten, die ihre Mutter ihr erzählt hatte, wusste Cecile allerdings, dass dieser geheimnisvolle Tempel irgendetwas mit dem Curiosum zu tun haben musste. Sehr früh hatte Cecile deshalb damit begonnen, alle möglichen Informationen über das Curiosum zu sammeln. Natürlich auch, weil ihr Vater ein Wissenschaftler war, der sich schon immer sehr intensiv mit der Erforschung des Curiosums beschäftigt hatte.

Als sie von ihrer Mutter den Auftrag bekommen hatte, den Tempel des Ewan Magnus aufzusuchen, packte sie deshalb ihr Wissen mit ein. Ein eigens dafür angelegtes Büchlein mit blau schimmerndem Umschlag und der goldenen Aufschrift: ‚Über das Curiosum'.

In der Nebelwelt war es fraglos die wichtigste und geheimnisvollste Einrichtung. Die besten Magier und Hexen der alten Zeit hatten es mit vereinten Kräften geschaffen und es verrichtete seither zuverlässig seine Aufgabe: den Schutz der Nebelwelt durch die Barriere.

Die Barriere war ein Bereich zwischen der Nebelwelt und der Außenwelt, in der sehr seltsame Umstände herrschten und sehr seltsame Wesen hausten. Die Nebelmenschen nannten diese Barriere 'die Zwischenwelt'.

Während die Aufgabe des Chronikums mit dem Regulieren der Zeit klar definiert war, herrschte beim Curiosum eher Unklarheit. Da spielte das Bewusstsein aller Wesen eine Rolle, die Elemente, die Energie, die in allem wohnt und allerlei vermutete Magie.

So war Ceciles blaues Buch eine Ansammlung von kunterbunten Vermutungen, ebenso wie wissenschaftlichen Erkenntnissen. Nun freute sie sich sehr darauf, geheime, möglicherweise nur Seherinnen vorbehaltene Informationen über das Curiosum zu bekommen. Allerdings hatte sie keinen blassen Schimmer, was genau das sein könnte oder was sie überhaupt erwartete. Aber eines wusste sie, dass dieser Besuch nicht nur für sie, sondern auch für die weitere Geschichte der Nebelwelt von größter Bedeutung sein würde. Die Bedrohung durch die schwarzen Blitze war ein Problem, das auch das Curiosum selbst betreffen musste, denn vom Curiosum beabsichtigt waren diese Risse im Nebel sicher nicht.

Ihre Wanderung brachte Cecile an Orte voller Magie. Mitten in der staubtrockenen Landschaft fand sie einmal eine sprudelnde Quelle, die einen kleinen See speiste und die wundersamsten Pflanzen zum Leben erweckt hatte. Gerade zur rechten Zeit konnte sie hier ihre Trinkflasche füllen und sich ein wenig ausruhen.

Später traf sie auf einen riesigen Felsen. Der Eingang war von vertrockneten Lianen verhangen, doch dahinter eröffnete sich der Blick auf einen mehrere Meter hohen Raum, eine Kuppel, besetzt mit unzähligen kleinen Mondsteinen, die ihn mit ihrem bläulichweißen Licht sanft erhellten. Darin bekam man den Eindruck unter einem prächtigen Sternenhimmel zu stehen.

Cecile nutzte diese Höhle für eine ausgiebige Rast und, so wie sie es sich vorgenommen hatte, um nach Jeremy zu ‚sehen'. Durch das angenehm kühle Klima kam Cecile diesmal schon viel schneller voran und das Ausschalten störender Gedanken fiel ihr in der Ruhe des Felsens diesmal viel leichter. Nach kaum einer halben Stunde der Meditation war sie voll auf Jeremy konzentriert. Ihre Sinne schienen sich komplett auf ihn zu bündeln. Sie hörte ein Knistern und Knacken, als sich vor ihrem inneren Auge erneut die trostlose Landschaft des Sumpfs des Vergessens formte. Ein paar alte kleinwüchsige Mooreichen schälten sich langsam aus dem Dunkel und dann sah sie, wie ihre Stämme vor Hitze glühten. Plötzlich von allen Seiten Flammen. Cecile sah in das Inferno eines tobenden Waldbrandes und das Knistern und Knacken der berstenden Hölzer vermittelte ihr das Gefühl mittendrin zu stehen. „Nur nicht wieder Angst bekommen,", dachte Cecile kurz und schaffte es gerade noch, sich weiter zu konzentrieren.

Durch die flimmernde Hitze der Feuersbrunst wurde das Bild verzerrt, doch in der Mitte zwischen den glühenden Eichen zeichneten sich die Umrisse eines flüchtenden Menschen ab. Jeremy. Er schien vor etwas davonzulaufen und drehte sich immer wieder zu seinem scheinbaren Verfolger um. Cecile sah direkt in sein Gesicht. Der Schweiß darauf mischte sich mit Blut, das unter seinen Haaren hervorzukommen schien. Seine Augen spiegelten das blanke Entsetzen und sein Mund war grotesk verzerrt, vor Pein und Ausweglosigkeit.

Mit diesem Bild in ihrem Kopf öffnete Cecile ihre Augen. Tränen liefen ihre Wangen herunter und wieder hatte sie die Verbindung wegen Gefühlen, wegen ihres Mitgefühls für Jeremy verloren. Freilich wusste sie, dass das, was sie sah, keineswegs der Realität entsprechen musste, doch es reichte völlig aus, um eine tiefe Verzweiflung in ihr auszulösen. Für sie war eines in ihrem kurzen Einblick eindeutig gewesen: Jeremy durchlebte eine wahrhaftige Hölle.

Das einzig Gute war wieder, dass er noch am Leben war. Noch. Doch würde ihm etwas zustoßen, da war sich Cecile sicher, dann würde sie das spüren. Würde ihn selbst nicht mehr ‚sehen' können. Das war ihre schrecklichste Angst. Sie würde sich das niemals verzeihen können. Auch wenn es ihr nicht leicht fiel, so musste sie schon wieder akzeptieren, dass sie Jeremy nicht helfen konnte. Sie packte rasch ihre Sachen und verließ die Höhle. Sie wanderte in zügigem Schritt weiter Richtung Espenscheid und versuchte die Ruhe zu bewahren. Mehr und mehr verstand sie, was für eine Herausforderung es war, eine Seherin zu sein. Mehr als jemals zuvor bewunderte sie ihre Mutter dafür. Um sich zu beruhigen, versuchte sie sich an einige ihrer Ratschläge zu erinnern.

„Das Curiosum,“, schoss es ihr plötzlich durch den Kopf, „reguliert alles, was in der Nebelwelt passiert – es würde nie zulassen, dass dem Prophezeihten etwas passiert!“ Cecile blieb stehen. „In Espenscheid soll ich zum Tempel des Ewan Magnus gehen, um mehr vom Curiosum zu erfahren.“, sagte sie laut vor sich hin. Alles was sie über das Curiosum je erfahren hatte, war in den Aufzeichnungen in ihrem Rucksack. Cecile suchte sich ein schattiges Plätzchen und holte das blau schimmernde Buch hervor. Und sie begann zu lernen. Sie wollte vorbereitet sein, wenn sie im Tempel ankommen würde. Das war das Einzige, was sie im Moment tun konnte. Für sich, für Jeremy, und für die ganze Nebelwelt.

Kapitel 18

Ignis der Feuerfürst

Eine Hand aus Stein packte ihn am Hals und drückte ihn in die eiskalten Fluten, als Jeremy japsend aus seinem Albtraum erwachte und senkrecht auf den Fellen vor dem Kamin saß. Sein Herz raste und er konnte nicht mehr liegen bleiben. Ausschlafen war etwas anderes, aber für den Moment war an Schlaf nicht mehr zu denken.

Im Versuch, sich zu beruhigen, ging er im Kaminzimmer auf und ab. Die Wände waren, so wie alles hier aus Holz. Aus dunklem, sehr altem Holz. Er ging zu der Wand gegenüber des Eingangs und las ein paar Titel der Bücher, die dort in einem Regal standen, das vom Boden bis zur Decke reichte. Es waren sehr alte Bücher, die fast ausnahmslos in Leder gebunden waren. Einige Titel konnte man kaum noch entziffern, so hatte die Zeit sie angenagt, andere hatten Titel in einer fremden Schrift. Der Staub von vielen Jahren war fester Bestandteil des gesamten Regals. Etwas weiter oben, gerade noch für ihn zu erreichen, sah Jeremy ein Buch, das überhaupt keinen Titel am Rücken trug. Er nahm es heraus und klopfte den Staub ab. Es war mit zwei Lederbändern zugebunden.

Jeremy ging zu dem Sessel nahe des Kamins, setzte sich und öffnete das Buch. Auf der ersten Seite stand in Handschrift „Die Erbauung des Magischen Hauses im Sumpf des Vergessens. Von Ewan Magnus.“ Jeremy freute sich wie ein kleines Kind über diesen genialen Fund. Das Tagebuch des Erbauers dieses Hauses. Was für ein unglaublicher Zufall, dass ihm das in die Hände gefallen war. Er begann zu lesen und erfuhr vieles, was er bereits erkundet hatte, aber auch vieles, von dem er nicht die leiseste Ahnung gehabt hatte. Dieses Haus war nie bewohnt. Es wurde von diesem Herrn Magnus vor über fünfhundert Jahren erbaut und mit einer endlosen Liste an magischen Eigenschaften versehen. Nun war Jeremy alles klar. Verschlossene Türen hielten etwas bereit, das er noch nicht brauchte, ansonsten war das ganze Haus nur für einen Zweck erbaut worden. Als Jeremy das las, wurde ihm heiß und kalt zugleich. Er starrte auf die letzten Zeilen dieses Buches und wusste nicht, ob er sich freuen oder vor Angst laut schreien sollte. Da stand: „Dieses Haus wurde nur zu einem Zweck erbaut. Es wird in ferner, ferner Zukunft dem prophezeiten Retter unserer Welt ein Schutz und eine hoffentlich große Hilfe sein."

Jeremy ließ das Buch über die Armlehne des Sessels auf den Boden fallen und stierte leer in das Kaminfeuer. Im Moment war ihm alles zu viel. Dann meldete sich eine Erinnerung in seinen Gedanken. Die Schamanin des Wassers hatte ihm gesagt, das Tagebuch würde ihm in schweren Zeiten eine Hilfe sein. Er nahm es aus seiner Tasche und las seine Erzählungen über den Steinriesen. Ein lächeln huschte über seine Miene.

Kurzentschlossen blätterte er auf die nächste leere Seite und notierte alles, was er am Vortag oder wohl eher in der Vornacht erlebt hatte. Denn Nacht war es immer dort draußen. Er hatte inzwischen auch das letzte bisschen zeitliche Orientierung verloren. War es gerade Mittag oder Abend? Oder wäre es Zeit für den Sonnenaufgang? War er hier jetzt ein paar Tage oder waren es nur Stunden? Oder eher Wochen? Monate? Die andauernde Dunkelheit machte ihm in so mancher Hinsicht Probleme. Es war nicht nur das verlorene Zeitgefühl oder die frustrierende Einsamkeit, nein, er spürte auch die Sehnsucht nach Sonne. Er hatte manchmal das Gefühl, durch und durch eiskalt zu sein ohne zu frieren.

Sein Magen knurrte. Also schob er die trüben Gedanken beiseite und machte sich auf zur Küche. Wie erwartet fand er dort einen reich gedeckten Tisch vor. Einen kurzen Moment hielt er ein backfrisches Brötchen in der Hand und fragte sich, wie dieser Herr Ewan Magnus wohl so etwas zustande bringen konnte.

„Da ist doch Zauberei im Spiel!", sprach er sich wie ein Theaterschauspieler vor und versuchte dabei möglichst geheimnisvoll zu klingen. Man hätte glauben können, er sei bester Laune, dann aber senkte er den Blick und warf das Brötchen zurück in den Korb. Missmutig sah er sich in der Küche um. Natürlich, sie hielt alles für ihn bereit, was er brauchte, dennoch fühlte er sich, als fristete er die letzten Tage seines Daseins in einem dunklen Gefängnis. Der Hunger war ihm vergangen. Nach einer Weile voll weiterer, düsterer Gedanken ging er vor die Tür und sah hinaus in den Sumpf. Hin und wieder wehte eine Brise den Gestank faulender Gräser zu ihm, dann hörte er stöhnende Stimmen und dumpfe Schreie. Er stand am Rande der Hölle zwischen den fünf Eichen, die sein Gefängnis umgaben.

Dort, wo er Heelo, die Wasserhexe, besiegt hatte, war nichts mehr zu sehen. Keine Irrlichter mehr, nichts Auffälliges. Ein paar Schritte um das Haus herum sah er, was er irgendwie schon erwartet hatte: ein neues Licht zwischen den Eichen. Oder eher ein Scheinen. Weit draußen erhob sich eine rote, leuchtende Kuppel aus Licht in das Dunkel der Landschaft. Für Jeremy war sie eine unmissverständliche Aufforderung. Sollte er nun einfach losrennen, um dieses Grauen hinter sich zu bringen? Oder war er vielleicht längst dort gewesen? War er vielleicht längst im Sumpf des Vergessens gefangen und bildete sich seine Abenteuer nur ein? Unruhig ging er zwischen den alten Eichen hin und her. Dann sah er wieder zum Haus. Die nächste Tür befand sich im Inneren eines Raumes, der vor langer Zeit von gläsernen Wänden umgeben war.

‚Der abgebrannte Wintergarten' ging es ihm durch den Kopf, denn im Tagebuch des Ewan Magnus hatte er über diesen Raum gelesen. Nach seiner Erbauung war Ewan Magnus aus dem Sumpf von Opalwesen angegriffen worden und der neu erschaffene Wintergarten ging dabei in Flammen auf. Erst nach diesem unerwarteten Angriff hatte Magnus den Magischen Schutz um das Haus, die fünf Eichen, wachsen lassen.

Das äußerste Eck des Hauses wurde von einem dicken Pfosten gestützt. Die vielen kleinen Fenster der beiden Seitenwände waren bis auf ein paar wenige zerbrochen. Er ging über die Scherben zu dieser Tür. Bisher war sie immer verschlossen gewesen. Er selbst wusste nicht, was er gerade brauchen könnte, aber das Haus könnte es ja vielleicht wissen. Kurz entschlossen drückte er die Klinke nach unten. Die Tür war offen.

Als er den Raum betrat, stieg ihm ein angenehm süßlicher Duft in die Nase. Es war warm und ein indirektes Licht beleuchtete die Decke in einer großen Bibliothek. In der Mitte des Raumes stand ein Tisch mit vielen Flaschen und Gläsern. Jeremy ging an den Regalen entlang und las ein paar Titel. „Das Buch vom verlorenen Mut", „Die Sprache der Pflanzen", „Vom Glück, glücklich zu sein" und viele mehr. Ein Titel gefiel ihm hier besser als der andere und er hätte sich am liebsten mit einem Buch ..., warum eigentlich nicht? Er nahm sich ein Buch mit dem Titel 'Wie man sich sein Schicksal macht' und setzte sich auf einen bequemen Stuhl in der Mitte des Raumes. Neben ihm standen nun die ganzen Flaschen und er begann zu lesen, was darauf geschrieben stand: 'Erholung' – das klang ja schon mal gut. 'Frisch und ausgeschlafen', jetzt hatten die Flaschen seine ganze Aufmerksamkeit. 'Kräftig', 'Wohlgemut' und viele weitere Namen las er, bis er sich entschied, ein Glas aus der Flasche 'Sonne' zu nehmen. Er legte die Füße auf den Sessel gegenüber, schlug das Buch auf und setzte das Glas an den Mund. Bevor er einen Schluck nahm, las er noch die Zeilen auf der ersten Seite des Buches, wo man gewöhnlich ein Vorwort oder eine Einführung findet:

Jeder hat ein Schicksal.
Und jeder kann es verändern.
Mit jedem Gedanken,
jedem Wort und
jeder Tat.

Während er versuchte diesen Satz zu verstehen, nahm er fast beiläufig einen tiefen Schluck 'Sonne'.

Die Wirkung war frappierend. Ein beinahe unerträgliches Gefühl von Hitze durchströmte binnen Sekunden seinen gesamten Körper und die Bibliothek erstrahlte in blendendem Licht, so hell wie die Sonne selbst. Ja, diese Flasche trug ihren Namen zurecht. So schnell wie die Wirkung kam, ging sie auch wieder, aber Jeremy war davon wie ausgewechselt. Wo er eben noch fast an der andauernden Nacht verzweifelt wäre, fühlte er sich jetzt, als sei er gerade eine Woche am Meer gelegen, in der prallen Sonne, irgendwo in der Südsee. Voller Energie sprang er auf und lachte laut. Ein unbändiger Tatendrang machte sich in ihm breit und er wollte endlich alles tun, um diesen Sumpf hinter sich zu lassen.

Je weniger Zeit er in dieser trostlosen Gegend verlieren würde, desto schneller könnte er die Nebelwelt retten und wieder zurück zu seinen Freunden nach Hause kommen. Also los! Im Rausgehen nahm er sich eine Flasche mit der Aufschrift 'Schmerzfrei' und ein paar Fackeln, die neben der Tür in einem Fass standen.

Zwei davon befestigte er so weit oben wie möglich an den beiden alten Eichen, zwischen denen die Lichtkuppel in der Ferne leuchtete.

Dann blickte er mit feurigen Augen hinaus in den Sumpf und marschierte los. Inzwischen glaubte er zu wissen, auf welche Art die Opalwesen ihn in die Irre führen wollten.

Nach einem etwa einstündigen Fußmarsch durch die Moorlandschaft verdichtete sich der Nebel so stark, dass er den Boden nicht mehr sehen konnte. Bei jedem Schritt ins Ungewisse zogen seine Beine, Nebelschlieren hinter sich her.

Er stieg schnell höher und Jeremy fühlte sich, als würde er in einem Nebelsee schwimmen. Kurz darauf schwappten die Nebelwellen jedoch auch über seinen Kopf und er kam nur noch sehr langsam voran. Nach ein paar Minuten tastender Schritte und suchender Augen, färbte sich der Nebel gelb. Das unruhig flackernde Licht wurde orange, dann rot und der Nebel langsam dünner. Das Leuchten war wohl die Quelle dessen, was ihn hierher gelockt hatte. Er steuerte weiter darauf zu und es wurde heller. Und größer. Je näher er kam, desto wärmer wurde es um ihn. Der Nebel löste sich auf und gab Jeremy die Sicht frei. Vor ihm tobte ein mächtiges Feuer und seine Hitze hatte Jeremy bereits erreicht, als er merkte, dass es sich auf ihn zu bewegte!

Davor davon zu laufen, dazu war es schon zu spät. Er musste die Arme schützend vor sein Gesicht halten, so sehr schmerzte die Hitze auf seiner Haut. Er kniete sich auf den Boden, weil er ihm etwas kühler erschien. Das Atmen fiel ihm schwer. In seiner Not hob er schließlich den Blick und was er sah, war die Hölle in Flammen. Um ihn herum nichts als verbrannter, dampfender Boden, Bäume und Sträucher, dahinter und um ihn herum eine Wand aus Feuer. Er war gefangen in einem Feuerkessel. Wie konnte er nur hier in die Mitte eines Feuers gelangen, ohne zu verbrennen? Kaum hatte er diesen Gedanken zu Ende gedacht, war es ihm klar. Opalwesen. Er war wieder einmal mitten in einer ihrer Theatervorführungen.

„Nicht mit mir!“, dachte er sich und suchte einen glühenden Baumstamm in der Gewissheit, dass das Feuer ihm nichts anhaben konnte. Mit einem spöttischen Blick sah er sich um und langte triumphierend an den Stamm.

Tschhhhhhhh – machte es und kurz darauf hallte Jeremys Schrei durch den Sumpf. Er hatte sich die ganze Handinnenfläche verbrannt. Die Schmerzen waren unerträglich und er war sich diesmal sicher, dass es kein Traum war, aus dem er wohl bald wieder erwachen würde. Hastig tastete er nach der Flasche, die er mitgenommen hatte. ‘Schmerzfrei’. „Was für ein glücklicher Zufall“, dachte er und nahm einen großen Schluck. Erfreulicherweise hielt das Etikett sein Versprechen und Jeremy atmete erleichtert auf.

Die Bedrohung war für Jeremy nun so offensichtlich, dass er alles andere als siegessicher war. Zudem wurde die Luft zum Atmen immer heißer und um ihn schossen dampfende Fontänen aus dem brodelnden Moorboden. Als sich ein paar Meter vor Jeremy dann noch ein Spalt im Boden auftat und glühende Lava daraus hervortrat, war seine Lage endgültig verloren. Zwar stand er auf einem Stück festeren Bodens, doch konnte er von dort aus auch nicht weg.

Auf der Suche nach einem Fluchtweg entdeckte er in der Ferne einen Menschen, der auf ihn zu gerannt kam. Als er näher gekommen war, hörte Jeremy ihn rufen: „Jeremy! Ich hab dich gesucht!“

Und Jeremy blickte fassungslos in das Gesicht von Jonas, seinem besten Freund. Seine Kleidung zerschunden, dampfend seine Haare, mit Schrammen und üblen Wunden am ganzen Körper rannte er auf Jeremy zu. Als Jeremy ihm seine Hand hinstreckte um ihn auf den sicheren, festen Boden zu holen, sah er noch den Spalt im Boden, auf den Jonas gerade zulief. Noch bevor er ihn warnen konnte, stürzte sein Freund in den Spalt und versank in der brodelnden Lava, schreiend vor Schmerzen.

Jeremy starrte auf den Spalt, außerstande sich zu bewegen. Erst als der Schock ihn wieder zu Atem kommen ließ, konnte er reagieren: „Neeeeeeein!“, schrie er aus vollem Hals und sank verzweifelt auf die Knie.

Wieder waren es Schreie, die ihn aufblicken ließen. Aber diesmal Schreie eines Mädchens. Sie kamen von hinten und näherten sich schnell. Als er sich umdrehte, sah er zu seinem Entsetzen Natalie auf sich zu rennen. Ihre Haare hatten Feuer gefangen und sie zappelte und schrie vor Schmerzen und flehte: „Jeremy, hilf mir!“ Doch bevor Jeremy auch nur aufstehen konnte, stürzte sie und fiel mit dem Gesicht nach unten auf einen Haufen rauchender Gehölze in denen sie komplett verschwand.

Jeremy hatte keine Zeit für irgendeine Reaktion, denn hinter Natalie folgte Lukas, der scheinbar mit ihr zusammen hierher gekommen war. „Natalie! Verdammt, was passiert hier?“, schrie er, während er geschickt von einem sicheren Fleck zum nächsten sprang. Er schien schon fast völlig unversehrt bei Jeremy anzukommen, da erfasste ihn eine unerwartete Fontäne kochenden Sumpfwassers und verbrühte ihn so stark, dass er ohne noch schreien zu können auf die Knie sank, um vornüber in den dampfenden Schlamm zu kippen. Jeremy sah ihn an, Tränen füllten seine Augen, sein Mund bewegte sich als wollte er etwas sagen, doch er fand keine Worte. Er sah an die Stellen, wo seine Freunde so grausam ums Leben gekommen waren. Bilder ihrer schmerzverzerrten Gesichter zogen durch seine Gedanken. Erst langsam bekam er die Klarheit wieder zurück, sich zu fragen, was hier passiert war. „Was war das für ein entsetzliches Feuer? Woher waren plötzlich all seine Freunde gekommen?“

Mühsam schoben sich die Puzzleteile der Erkenntnis durch seine Trauer. Er, im Sumpf des Vergessens, ein unerklärliches Feuer, seine Freunde, die in der Nebelwelt auftauchen. Sein Ausdruck versteinerte sich.

„Jeremy, Du Idiot!“, dachte er bei sich. Wie sollte auch nur irgendjemand aus der Außenwelt, wie sollten seine ganzen Freunde in die Nebelwelt gelangen? Oder gar in den Sumpf des Vergessens?

Die Opalwesen steckten hinter dieser widerlichen Vorstellung! Er versuchte sich Mut zu machen, doch ständig hatte er die Bilder der Todeskämpfe seiner Freunde vor Augen. Das Feuer schien ganz offensichtlich keine Illusion zu sein, denn er hatte sich ja bereits ordentlich daran verbrannt. Jeremy suchte nach etwas, das ihm die Kraft geben könnte, diese Illusion zu überwinden. Etwas, das ihn im Innersten glücklich machte. Kaum war ihm das bewusst, schon erinnerte er sich an den Abend mit Lisa am See. Die Freude strahlte ihm aus den Augen bei dem Gedanken an sie. Doch dieser Moment hielt nur kurz an, denn plötzlich sah er Lisa hier im Sumpf leibhaftig vor sich stehen.

„Nein! Nicht Lisa!“, rief er laut „sie nehmt ihr mir nicht!“ Jeremy sah auf den brennenden Boden, um sich die glühenden Bäume. Heldenmutig ging er ungeachtet der Gefahr auf Lisa zu. Sein nächster Schritt landete mitten in der glühenden Lava, aber Jeremy bemerkte es gar nicht und ging nur weiter auf Lisa zu.

Nur einen Gedanken später flossen Ströme von Nebel aus allen Richtungen durch die Feuerwand zu Lisa hin. Sie verwirbelten und verdichteten sich zu einer Art Tunnel, durch den er Lisa nun sah. Durch den Tunnel blickte ihn Lisa plötzlich an, sah ihm direkt in die Augen.

„Jeremy? Was ist das? W ... Wo kommst du her, Jeremy? Wie hast du das gemacht?“ Noch bevor Jeremy antworten konnte, zog sich der Nebel zusammen, verdeckte die Sicht auf Lisa komplett und dehnte sich dann explosionsartig in die umliegende Landschaft aus. Jeremy schloss in einem Reflex kurz die Augen und als er sie wieder öffnete, war Lisa verschwunden. Und mit ihr auch die Feuersbrunst. Nichts war mehr von dieser Hölle zu spüren, nicht mal ein Geruch von kaltem Rauch. Der Sumpf war nasskalt wie immer und Nebel lag schwer auf seinem Boden.

„Arghhh!“, hörte Jeremy da die schmerzverzerrte, unverkennbar hässliche Stimme eines Opalwesens.

„Wie hast du das gemacht?“

Hinter einer alten Mooreiche kam ein kleines, orangerot glimmendes Opalwesen zum Vorschein. „Wie konntest du meine perfekte Täuschung einfach so ... löschen?!“, fluchte es und schon stand sein Kopf vor Wut in Flammen. Das schien ihn allerdings weiter nicht zu stören, denn als Jeremy ihn fragte: „Wer bist du denn?“, da hob das Opalwesen eine Faust und ein flammensprühender Stab erschien darin. Schon schien sein ganzer Körper in Flammen zu stehen. Buchstäblich wutentbrannt fauchte er mit schaurigem Knistern und Knacken in der Stimme: „Ich bin Ignis, Fürst des Feuers im Land der Opalwesen! Herr über Zerstörung und Untergang!“

Eigentlich wusste Jeremy selbst nicht genau, wie das alles abgelaufen war, aber eines war sicher: Er hatte Lisa gesehen und sie ihn.

Mit dem Verwirrungszauber eines Opalwesens hatte das nichts mehr zu tun. Und wenn er wieder zurück sein würde in seiner Welt, dann würde er sie fragen, ob sie sich erinnerte.

„Wie ich das gemacht habe, willst du wissen? Das kann ich dir schon sagen, aber du wirst es nicht verstehen: Hiermit!", sagte er und klopfte sich auf die Brust: „Mit dem Herzen." Jeremy war nur so einem Gefühl gefolgt, als er das sagte. Jetzt aber wusste er, dass es tatsächlich so gewesen war.

Offensichtlich hatte Jeremys Antwort dem Feuerfürsten heftige Schmerzen bereitet, so krümmte und beugte er sich. Fast so, als würde er an seinem eigenen Feuer verbrennen.

Jeremy nutzte den Augenblick und griff nach dem Stab des Fürsten. Bisher war das immer der Weg zum Sieg über ein Opalwesen.

Als er den glühenden Stab anpackte, erging es ihm diesmal allerdings nicht so gut. Ohne eine Chance, den Griff wieder zu lösen musste er zusehen, wie seine Hand, sein Arm und sein Körper, unter höllischen Schmerzen von innen heraus zu glühen begannen. Seine Haut dampfte und es fühlte sich an, als würden seine Knochen aus purem Feuer bestehen. Gleichzeitig aber durchströmte ihn eine unbändige, tobende Kraft.

Der Fürst des Feuers zerrte an seinem Stab, sah auf Jeremy, dann wieder auf seinen Stab, wie ein Kind, dem das Spielzeug entrissen wurde. Panisch und wütend. Mit letzter Kraft packte er schließlich den Stab mit der anderen Hand und ein Knall beendete seinen Auftritt. Was von ihm übrig blieb, waren ein paar Funken, die im Nebel verglühten.

„Das war mächtig!", sagte Jeremy vor sich hin. Er starrte auf seine Hände. Eine derartige Kraft hatte er bei dem Erdfürsten und der Wasserfürstin nicht gespürt. Es schien als sei das Element Feuer, etwas ganz Spezielles.

Natürlich war er glücklich über seinen Sieg, aber er hinterließ Jeremy auch einige Fragen. Wie hatte er diesen Nebeltunnel gemacht, und könnte er das auch wiederholen? Hatte Lisa ihn tatsächlich gesehen? Sie hatte ja direkt auf ihn reagiert. Hatte er den Tunnel wirklich mit seinen Gefühlen zu Lisa geöffnet?

Es schien so, als sei dieser Nebeltunnel ganz und gar nicht geplant gewesen. Aber all das war ihm jetzt egal. Er hatte die Prüfung bestanden, nur das zählte für den Moment.

Als er wieder zurück im Kaminzimmer war, kreisten seine Gedanken nur um Lisa. Er hoffte so sehr, dass sie ihn wirklich gesehen und gehört hatte, dass er tatsächlich eine Tür aus diesem verdammten Sumpf aufgestoßen hatte – eine Tür nach Hause zu seinen Freunden – zu seiner Lisa.

Genauso wie von Corhedes, dem Fürsten der Erde und von Heelo, der Fürstin des Wassers, hatte er mit der Berührung des Stabes von Ignis etwas bekommen. So wie es schien, hatte er nun eine gewisse Macht über die Elemente Erde, Wasser und Feuer. Auch wenn er nicht wusste, wie er diese Fähigkeiten anwenden sollte, hatte er das Gefühl erreicht zu haben, was seine Aufgabe war.

Müde war er jetzt schon, aber viel zu aufgeregt um schlafen zu können. Er öffnete sein Tagebuch und begann zu schreiben ...

Kapitel 19

Der Tempel des Ewan Magnus

Cecile hatte ihr Büchlein zum Curiosum durchgesehen, wieder studiert und weiter ergänzt mit dem, was sie in letzter Zeit dazugelernt hatte.

Um die Zeit ihrer Wanderung besser zu nutzen, nahm sie sich immer eine Seite der Notizen vor und las sie während des Gehens durch. Teilweise war sie so sehr vertieft in das Geschriebene und in ihre Gedanken um diese unglaublichste aller Einrichtungen in der Nebelwelt, dass sie von der Landschaft, die sie durchwanderte kaum etwas mitbekam.

„Das Curiosum ist das Bewusstsein der Nebelwelt." Cecile blieb stehen, hob ihren Blick und starrte vor sich hin um zu verstehen. Zwischen ihren Gedanken hatte kaum etwas Platz, und dennoch gewann das, was sie sah, sofort ihre Aufmerksamkeit: Vor ihr lag die Silhouette von Espenscheid!

Vor lauter Aufregung packte sie hektisch ihr Büchlein ein und klopfte den Staub aus ihrer Kleidung. Der große Moment, als junge Seherin diesen Tempel aufzusuchen, stand nun unmittelbar bevor. Die Sonne stand hoch am Himmel und Cecile wusste, dass sie auf jeden Fall noch bei Tageslicht dort ankommen würde. Trotzdem legte sie einen Zahn zu, denn die Neugier auf alles, was sie dort wohl erwarten würde, war zu groß.

Espenscheid war eine besondere Stadt, schon allein deshalb, weil es eine Stadt war. Die Häuser, typisch für die Nebelwelt, waren aus dem gebaut, was man vor Ort finden konnte. Aus Sand. Allerdings waren die Baumeister dort sehr bekannt für ihre besonderen Fertigkeiten. Der Sand, mit dem sie bauten, war durch ein besonders hohes Maß an Energie verschmolzen und zu einem äußerst stabilen, sanft-gelblichen bis erdig-rotem Material geworden. Zudem war Espenscheid berühmt für seine Glasmeister. Gläser aus Espenscheid waren in der ganzen Nebelwelt beliebt.

Entsprechend schön waren die großflächigen und bunten Fensterflächen der Häuser. All das stand in starkem Kontrast zu deren Dächern. Die waren mit schwarzem Schiefer aus dem großen Schiefergebirge gedeckt.

Endlich angekommen spazierte Cecile durch die breiten Straßen der Stadt und erfreute sich an der offenen und fröhlichen Architektur, aber auch an den Massen von Blumen, die hier jedes freie Stück Boden zu bedecken schienen. Espenscheid war großzügig angelegt. Es gab viele freie Flächen oder Plätze mit Brunnen in der Mitte oder anderen Treffpunkten für die Menschen. Entsprechend viele waren hier auch unterwegs. Sie hatten immer ein Lächeln im Gesicht und es dauerte nicht lange, da wurde Cecile von einem Einheimischen namens Ben zum Essen in seiner kleinen Gaststube eingeladen. Cecile nahm dankend an und ihr Gastgeber kümmerte sich rührend um sie. Als die beiden an einem seiner Tische vor einem großen, bunten Glasfenster saßen und Geschichten austauschten, fragte Cecile Ben nach dem Tempel.

„Ich habe mich schon gewundert, dass du mit dieser Frage so lange gewartet hast.“, sagte Ben.

Ceciel war nicht schlecht erstaunt. „Aber woher ..., wieso wusstest du, dass ich das fragen würde?“

„Na, was wird eine junge Seherin wie du wohl in Espenscheid sonst machen?“, grinste Ben. „Außerdem hat Ewan Magnus mir vor ein paar Tagen schon gesagt, dass du bei mir einkehren würdest. Als ich dich gesehen habe, wusste ich sofort Bescheid.“

Cecile blieb der Mund vor Staunen offen stehen. Allerdings freute sie sich über dieses Maß an Aufmerksamkeit für sie und lächelte geschmeichelt.

„Du meinst, Ewan Magnus erwartet mich?“

Ben zögerte etwas: „So würde ich das nicht sagen ... Wenn er dich erwarten würde, dann wüsste er ja vielleicht nicht, wann genau du kommst. Das weiß er allerdings mit Sicherheit.“

„Du meinst, er weiß ganz genau, wann ich bei ihm ankomme?“

„Ja.“, antwortete Ben überzeugt. „Und ich soll dich nach dem Essen sofort losschicken.“

Cecile war baff, aber auch bereit für alles, was immer ihre Aufgabe sein sollte. „Gut“, sagte sie lächelnd, „dann erzähl' mal: Wie komme ich zum Tempel?“

Ben stand auf, nahm sich einen Stock aus einem kleinen Fass neben dem Eingang und sah auffordernd zu Cecile. „Komm! Ich begleite dich ein Stück."

Ben war ein alteingesessener Espenscheider und er wusste sehr viel über seine Stadt. So wurde der Spaziergang zum Tempel eine kleine Führung auf den Pfaden der Geschichte. Als die beiden tatsächlich in der Mitte Espenscheids über den Callirius-Platz gingen, erzählte Cecile von ihrem besten Freund Erion Callirius. Ben war sofort hochauf begeistert. Von Erion Callirius hatte in Espenscheid schließlich jeder schon gehört, von seinem tiefen Wissen über die Pflanzen und seinem einsiedlerischen Lebensstil. Während Ben sich wiederum Geschichten von Cecile erzählen ließ, kamen die beiden langsam an den Rand der Stadt und Ben blieb vor einem steil in den Himmel ragenden schwarzen Schieferfelsen stehen.

„Es hat mich unfassbar gefreut dich kennenlernen zu dürfen, Cecile von Thare!", sagte er zum Abschied. „Hier beginnt nun der Bereich, den nur die betreten sollen, die im Tempel des Ewan Magnus ein Anliegen haben."

Ben zeigte auf einen mehrere Meter hohen Spalt im Felsen: „Geh' dort hinein. Alles Weitere wird sich ergeben."

Cecile nickte nur und die beiden verabschiedeten sich, wie es die Nebelmenschen tun, und drückten die Handflächen ihrer linken Hände aneinander.

Ehrfürchtig ging Cecile durch den Spalt im Schieferfelsen. Sie betrat eine Art Vorraum, ganz von Gestein umgeben mit schwarzem Sand auf dem Boden. Außer ihr war niemand in diesem Raum, so hatte es den Anschein. Die Geräusche der Stadt waren verschwunden.

Ein paar Meter entfernt, gegenüber, sah sie einen schwarzen Schatten vor der dunklen Schieferwand stehen. Da in diesem Raum weiter nichts war, ging sie langsam darauf zu. Aus dem mannshohen Schatten schälte sich die vage Vorstellung eines Gesichts. Zwei Augen die leuchteten wie Flammen und im Dunkel des Raumes kaum erkennbar, die Konturen eines Gesichts.

„Cecile von Thare, willst du wirklich diesen Tempel betreten?"

Cecile war die ganze Reise so neugierig und voller Tatendrang gewesen, aber jetzt fühlte sie sich unerklärlich schwach. Fast hätte sie schon an ihrer Neugier gezweifelt, doch dann verhalfen ihr die Erinnerungen an ein paar Menschen, ihre Mutter, Jeremy und Erion zur nötigen Überzeugung: „Ja, das will ich."

Die Schattengestalt reagierte nicht auf ihre Antwort. Cecile wusste nicht recht, was sie nun tun sollte.

„Sind Sie Ewan Magnus?", fragte sie freundlich, doch sie bekam wieder keine Antwort. Als sie mit ehrfürchtig kleinen Schritten näher kam, entdeckte sie ein Glitzern am Körper der Gestalt oder besser gesagt hinter ihr.

Cecile war einer optischen Täuschung erlegen. Die scheinbare Gestalt war gar keine. Sie war eine Öffnung, ein Spalt im Felsen von der Kontur eines Menschen.

Cecile rätselte, woher die Frage gekommen war und ging durch die Öffnung. Als sie den Raum dahinter betreten hatte, sah sie gegenüber zwei Kerzen brennen, hinter einem Becken mit Wasser. Die Kerzen – ihre Spiegelung im Wasser – das hatte sie für das Gesicht dieser Gestalt gehalten.

Im Raum war es absolut still. Obwohl erstaunlich viele Menschen darin hin und her gingen, waren nicht einmal Schritte oder Räusperer zu hören.

Jeder dieser Menschen schien hier ein besonderes Anliegen zu haben. Manche gingen zwar nur gedankenversunken umher, doch die meisten standen vor einer der zahlreichen Nischen in der Wand. In jeder stand eine Statue oder war ein Symbol in den Fels gearbeitet. Jede der Nischen schien erfüllt von einer eigenen, ganz besonderen Atmosphäre.

Cecile starrte gebannt auf eine goldene Figur, zu der sie sich auf seltsame Weise hingezogen fühlte.

„Cecile von Thare." Cecile drehte sich herum und sah in das gütig lächelnde Gesicht eines weiß gekleideten Mannes. Wie ein Gelehrter aus der alten Zeit trug er eine Toga, die von seinen Schultern bis zum Boden ging. Seine weißen, langen Haare und sein struppiger Bart bedeckten fast sein ganzes Gesicht.

„Ich bin Ewan Magnus. Aber das weißt Du ja.", sagte er. Cecile war etwas irritiert als sie bemerkte, dass seine Augen geschlossen waren.

„Was führt dich zu mir?“

„Meine Mutter hat mich geschickt – ich bin ...“ Cecile merkte schnell, dass sie ihm etwas erklärte, was er gewiss schon wusste. „Ich meine, ich bin Cecile, eine junge Seherin ...“, „Ich ...“ Endlich begann Cecile wirklich darüber nachzudenken, was sie hier wollte. Sie sah auf den Boden, um die richtigen Worte zu finden. Natürlich wollte sie eine gute Seherin werden, aber sie wollte auch Jeremy helfen. Sie wollte ihre eigene Bestimmung kennenlernen. Sie wollte – ja, sie wollte alles wissen über das Größte, das Unglaublichste das es in der Nebelwelt gab: das Curiosum.

„Ich möchte ...“, als sie wieder aufblickte um Ewan Magnus zu erklären, was sie wollte, war er verschwunden. Dennoch hatte er sie mit seiner knappen Frage zum tieferen Nachdenken gebracht. Cecile war fasziniert. Im Grunde hatte er damit ihr Bewusstsein für das Bevorstehende geschärft.

Jetzt, da sie wirklich bereit war, ging sie geradewegs auf die goldene Figur zu. Sie saß auf einer goldenen Säule und hatte die Beine in einer Art Yoga-Stellung verschränkt. Cecile sah zu ihr auf und blickte in das Gesicht einer weiblichen Magierin. Auf ihrer Stirn war ein ‘V’ eingeprägt. Das alte Symbol des fünften Elements, soviel wusste Cecile bereits.

Aus den Erzählungen ihrer Mutter wusste sie, dass das fünfte Element und das Curiosum eng verbunden waren. Nur wusste sie leider nichts über das fünfte Element.

Cecile bestaunte diese Statue, als sie plötzlich eine Stimme hörte, wie aus dem Inneren ihres eigenen Kopfes und doch völlig fremd: „Willst du wahrlich den Schlüssel des Curiosums sehen?“

Die Stimme hörte sich so unglaublich bedrohlich an, dass sie am liebsten davongelaufen wäre. Doch Cecile nahm allen Mut zusammen: „Ja, ich will den Schlüssel sehen.“, antwortete sie standhaft.

„Bist du bereit, dich voll und ganz preiszugeben und dein Schicksal dem Curiosum anzuvertrauen?“

Cecile überlegte nur kurz, denn im Grunde war sie ohnehin der Ansicht, dass das Curiosum ihr Schicksal in der Hand hätte. „Ja, das bin ich.“

„So tritt denn ein.“

In dem Moment erkannte Cecile hinter der Statue ein Licht. Da war eine Öffnung, ein Zugang hinter ihr. Ohne den Anflug eines Zweifels ging sie an der Statue vorbei zur Quelle des Lichts.

Das flimmernde Licht kam aus der Tiefe eines mit Wasser gefüllten Beckens im Boden. Darin standen je drei Frauen auf beiden Seiten. Sie standen wie die Bäume einer Allee hintereinander und hielten in ihren Händen vor sich goldene Schalen.

Die beiden ersten Frauen winkten Cecile in das Wasser zu steigen. Sie folgte der Aufforderung und stellte fest, dass das Wasser keinerlei Empfindung auslöste. Es war nicht kalt, nicht warm, nicht heiß und auch nicht nass. Wie bei einer rituellen Waschung begannen die Frauen sodann ihre Schalen über Cecile auszugießen. Für Cecile fühlte es sich an, als würden sie Sand auf sie schütten. Sanft schoben die ersten beiden Frauen sie weiter zu den nächsten beiden. Als auch diese beiden ihre Schalen über Cecile entleerten, verspürte sie einen stechenden Schmerz auf ihrer Haut. Als sie an sich herabsah, erblickte sie: nichts! Sie war verschwunden – hatte sich aufgelöst. Erstaunlicherweise aber sah sie noch ihre Reflexion im Wasser.

Bevor sie sich wundern konnte, wo ihr Körper war, wurde sie zu den letzten beiden Frauen geschoben und auch diese leerten ihre Schalen über Cecile. Sie spürte, wie sie mit dem Inhalt der Schalen in das Wasser des Beckens gespült wurde.

Cecile wusste nicht, was mit ihr geschehen war, doch sie hatte auch keine Angst. Sie hatte volles Vertrauen in Ewan Magnus und in das Curiosum. Was auch immer diese Frauen mit ihr gemacht hatten, sie hatte nicht den Eindruck, dass sie verletzt wäre. Ihr Bewusstsein war unverändert, obwohl sie keinen Körper mehr zu haben schien. Und sie fühlte sich frei. Frei von Sorgen, Ängsten, Zweifeln – einfach frei von allem, was ihr jemals eine Last war.

Kapitel 20

Sahena – Herrin über die Luft

Als Jeremy die jüngsten Erlebnisse aufgeschrieben hatte, legte er das Tagebuch zur Seite.

Das Bild von Lisa in diesem Nebeltunnel – es hatte sich regelrecht in seine Erinnerung eingebrannt. Er wusste noch jedes Wort, das sie gesagt hatte: „Jeremy? Was ist das? Wo kommst du her, Jeremy? Wie hast du das gemacht?"

Tja. Wie hatte er das gemacht? „Wenn ich das nur wüsste.", sinnierte er vor sich hin. „Immer wenn ich einen von diesen komischen Stäben berühre, passiert etwas, geht etwas auf mich über. Aber was? Es fühlt sich an, als würde ich die Energie der Opalwesen spüren."

Jeremy war inzwischen aufgestanden und spazierte wie ein Professor bei einer Vorlesung durch den Raum. „Ja, ohne Frage, bekomme ich durch die Berührung der Stäbe irgendetwas. Nach meinem Kampf gegen den Steinriesen hatte ich diese Vision von meinem Weg zurück zum Haus. Wie war das ... ich habe dabei den Boden berührt ... aber wie habe ich dieses 'Sehen' ausgelöst?"

Jeremy wurde nicht schlau aus seiner Erinnerung, wie sehr er auch versuchte dahinterzukommen. Wie es aussah, hatte er irgendwelche magischen Fähigkeiten bekommen, aber kontrolliert anwenden konnte er sie nicht.

Nachdenklich sah er in die Ferne. Es war wieder ein neues Licht aufgetaucht dort draußen. Wieder zwischen den nächsten beiden der fünf Eichen um das Haus. Diesmal war es etwas ähnliches wie Polarlichter, nur in ständig wechselnden Farben. Eigentlich wunderschön, doch Jeremy wusste, dass das nichts gutes war.

Wie alles, das man zuerst für schön hält, war es doch von Opalwesen gemacht, nur mit dem einen Ziel: andere in den Wahnsinn zu locken. Was würde ihn wohl nun wieder erwarten dort draußen im Sumpf?

„Wenn es nach den Elementen geht, dann wäre jetzt Luft angesagt.“, murmelte er in sich hinein. Dann wurden seine Augen groß: „Und es gibt nur diese vier Elemente!“

Die Aussicht darauf, nur noch ein letztes Abenteuer bestehen zu müssen, gab Jeremy Kraft. Entschlossen stand er auf, packte etwas Verpflegung und ein paar Fackeln ein und ging los.

Wie bei seinen anderen Abenteuern war auch diesmal der Sumpf mit seinen tückischen Schlammlöchern und schmalen Pfaden aller Anfang. Nebelschlieren, die sich zwischen zu Heu erstarrten Grasbüscheln hindurchschlängelten und hier und da die Silhouette eines Baumschattens. Seine Erfahrung mit den Tücken des Sumpfes ersparte ihm inzwischen das Eintauchen in knietiefe Schlammlöcher und andere Fallen. Allerdings leitete ihn dieses Licht im Himmel auf eine sehr ungewohnte Art. Manchmal, wenn er aufschaute, war es verschwunden und er musste warten, bis es wie eine Laune des Wetters wieder am Himmel hing.

Nach einer gefühlten Stunde machte er Rast auf einem großen Stein am Rand seines Pfades. In der Luft lag ein feiner Nebel und Jeremy gab keinen Laut von sich, denn er lauschte auf das, was er vorher unter dem Geräusch seiner Schritte nicht wahrgenommen hatte. Neben dem üblichen Plätschern und Blubbern, dem leichten Wind und seinen raschelnden Büschen, hörte er diesmal auch flüsternde Stimmen, Stöhnen und sogar Gesänge.

Dabei konnte Jeremy nicht sagen, ob die Stimmen vom Wind zu ihm getragen wurden, oder ob sie Teil des Nebels waren. Das war das Unheimliche daran. So wie sie klangen, waren es im Nebel gefangene Stimmen. Vielleicht von ehemaligen Opfern der Opalwesen.

Er hörte die Ängste und Qualen von Hunderten gleichzeitig. Hilfeschreie wie: 'Ich will nicht sterben!', oder 'Ich werde noch verrückt!', oder einfach nur ein jämmerliches Wimmern. Und dann waren da diese seltsamen, sphärischen Gesänge. Zeitweise saß Jeremy da auf einem Stein, bewegungslos und wie hypnotisiert, lauschte den Gesängen und die Zeit verging und verging, ohne dass er es bemerkte.

Ob es Glück war oder Vorsehung, fand Jeremy nie heraus, aber plötzlich landete neben ihm auf dem Stein eine Nebelkrähe und krächzte ihn lautstark an. Erschrocken fuhr er auf und war hellwach. Die Nebelkrähe verschwand, weiter krächzend im nebeligen Dunkel des Sumpfes. Erst jetzt wurde Jeremy klar, dass er mitten im heimtückischen Spiel der Opalwesen gefangen gewesen war. „Jetzt weiß ich, was ihr mit mir anstellen wollt!", rief er in den Nebel. „Meine Sinne vernebeln und mich in irgendein Luftschloss sperren, aber daraus wird nichts, ich lasse mich von euch nicht einlullen!" Jeremy hätte erwartet, dass sich nun ein Opalwesen zu erkennen geben würde, aber da hatte er sich getäuscht.

Außer den üblichen Geräuschen war wieder nichts zu hören. Nach einer Weile gespannten Lauschens machte sich Jeremy auf weiterzugehen. Es hätte ihm schon gefallen, wenn er sein Abenteuer so schnell hätte bestehen können, aber jetzt war er sich gar nicht mehr sicher, ob er nicht tatsächlich die Stimmen und Gesänge aus vergangenen Tagen gehört hatte.

Er versuchte stets aufmerksam auf alles zu achten, was ihm nicht so vorkam, wie er es im Sumpf des Vergessens mittlerweile kannte. Bei jedem Geräusch, jedem Schatten, jedem Lüftchen stellte er sich die Frage, ob dahinter ein Opalwesen stecken könnte.

„Die bunten Polarlichter sind ja mal sicher von Opalwesen gemacht", dachte er gerade, als ein besonders helles und nahes am Himmel über ihm aufleuchtete. Als es nach einigen Sekunden wieder verschwand, brauchte Jeremy etwas Zeit, sich wieder an das Schummerlicht des Sumpfs zu gewöhnen.

Prompt sah er zwischen sich und dem Feuer eine kleine Gestalt. 'Ein Kind?', dachte er, denn für einen erwachsenen Menschen war sie zu klein, 'oder doch nur ein Busch ... oder eben ein Opalwesen ...'

Nach und nach sah er noch eine zweite und eine dritte schemenhafte Figur. Keine von ihnen rührte sich auch nur einen Millimeter und sie standen dicht beieinander. Als sich aus dem nebeligen Dunst bereits vier Figuren schälten, war sich Jeremy fast sicher, dass sie alle die Umrisse von Opalwesen hatten. Das Einzige, was ihn noch verunsicherte, war, dass sie sich nicht bewegten.

Er blieb stehen und rührte sich ebenfalls nicht. Was würde er nur tun, wenn sich hier alle Opalwesen versammelt hätten? Die Fürsten der Erde, des Wassers, des Feuers und nun noch der Luft? Dumm wäre es ja nicht, wenn sie versuchen würden, ihn gemeinsam zu vernichten. Im Mondlicht konnte Jeremy nun noch eine

Gestalt direkt vor sich erkennen. Und die sah ihn an. Wie er es geahnt hatte, war es ein Opalwesen. Wenn Jeremy auch erleichtert war, dass er nicht vier dieser gruseligen Halbmenschen vor sich hatte, so war es doch ungewöhnlich, direkt auf eines zu treffen, ohne einen Kampf ausgetragen zu haben.

Mit Haaren, die aussahen wie ein alter Reisigbesen, vertrocknet und durcheinander stehend in alle Richtungen, sah dieses Opalwesen aus wie eine Moorleiche.

Ihre Arme waren eher länger und ihre Beine kurz und krumm. Besonders fiel ihr viel zu großer, unförmiger Kopf auf. Die Gesichter waren bei allen durch auffallend große Nasen und Ohren auf eine absurde Art hässlich. Die weit auseinander stehenden Augen trugen ihren Teil dazu bei. Sie lagen so tief in den Augenhöhlen, dass man sie nur erahnen konnte.

„Na, wo sind denn die anderen hin?“, fragte Jeremy ohne Umschweife.

„Wir haben uns gemeinsam beraten.“, antwortete das Opalwesen mit kratziger Stimme.

„Ich weiß, dass du es gewagt hast, drei der mächtigsten in unserer Welt zu bestehlen.“

„Bestehlen?“, wunderte sich Jeremy, „Das sehe ich allerdings anders!“

„Du hast Corhedes, Heelo und Ignis auf arglistigste Weise um große Teile Ihrer Elementarkräfte gebracht. Ich bin Sahena. Herrin der Luft, Fürstin im Land der Opalwesen. Willst du etwa behaupten, ich lüge?“

Ihr wütendes Schnauben wurde zu einem Luftstoß, der Jeremy fast umgestoßen hätte. „Du hast sie bestohlen. Wie sollte man das sonst nennen?“

„Oh nein, so war es ganz sicher nicht!“, wehrte sich Jeremy. „Eure werten Fürstchen haben mich ohne Grund angegriffen. Das Einzige, was ich getan habe, war, mich zu verteidigen. Am Ende der Kämpfe haben sie dann von Ihren Kräften eingebüßt, und das geschah ihnen ganz recht!“

„Eingebildeter Nebeljunge.“, zeterte sie und schon formte sich in ihrer Hand ein Stab wie aus dem Nichts. Er sah aus, als wäre er aus erstarrter Luft.

„Ich könnte dich so einfach vernichten!“, spottete sie. Aber die drei anderen wollen, dass ich dir einen Handel vorschlage."

Jeremy wollte sich nicht einschüchtern lassen.

„Du bist dir ganz sicher, dass du es gegen meine drei neuen Kräfte aufnehmen kannst?"

Er bemühte sich, besonders gelangweilt auf sie herabzuschauen. „Na, von mir aus. Was willst du denn vorschlagen?"

„Ganz einfach. Du gibst die Elementarkräfte freiwillig wieder zurück und ich zeige dir den Weg aus dem Sumpf heraus. Weigerst du dich, werde ich dich mit Leichtigkeit vernichten und was von dir übrig bleibt, wird denken, es sei ein kleines Vögelchen."

Jeremy versuchte keine Miene zu verziehen, obwohl ihm bei der Drohung ein eiskalter Schauer über den Rücken lief. Er traute es diesen Opalwesen durchaus zu, jemanden in einen hilflosen Idioten zu verwandeln. Aber auf der anderen Seite stand das heiß ersehnte Ende seiner Prüfungen in diesem grauenvollen Sumpf und seiner ewigen Nacht. Eine echte Versuchung!

Sobald er jedoch das Wort ‚Versuchung' gedacht hatte, klingelten bei ihm alle Alarmglocken. Genau das war es doch immer, wie diese Wesen ihre Opfer eingefangen hatten. Was aber sollte er nun sagen? Auf einen Kampf wollte er sich nicht einlassen, der Handel war aber auch keine Option. Also blieb ihm nur noch der Versuch, sie hereinzulegen.

„Ich hab' auch einen Vorschlag für dich,", sagte er mit seiner gelangweiltesten Stimme. „Ich erspare dir eine Menge Ärger und vor allem das Leid, das deine Kollegen ereilt hat. Du gibst mir freiwillig deinen Stab und ich nehme dir nur das Allernötigste von deinen Kräften. So wenig, dass du es fast nicht bemerken wirst. Nicht so, wie bei den anderen." Ihr vom Zorn erfüllter Blick sagte Jeremy klar, dass sie keinesfalls überzeugt war.

„Sie hatten nie eine Chance gegen mich! Du kannst mir glauben, wenn ich sage, dass es dir nicht anders ergehen würde." Jeremy hatte sein bestes Pokerface und seine glanzvollste schauspielerische Leistung eingesetzt, doch eine Meisterin der Lüge kann man nicht so leicht betrügen.

„Wir werden ja sehen!", schrie sie auf und schwang ihren Stab über dem Kopf im Kreis.

Jeremy wartete auf einen Sturm oder eine Explosion, irgendetwas, das er aushalten oder überwinden müsste, aber es passierte nichts. Im Glauben, der Zauber sei ihr nicht gelungen, sagte er spöttisch: „Wow! Du bist ja wirklich gefährlich!".

Erst als er auf seine Gegnerin zugehen wollte, um sich den Stab zu holen, bemerkte er, dass er sich kaum bewegen konnte. Einen einzigen Schritt zu machen, kostete ihn enorm viel Kraft und eine gefühlte Ewigkeit.

Schon bedauerte er seinen Spott. Es fühlte sich an, als steckten seine Füße in flüssigem Teer und alle Anstrengung wurde durch eine unsichtbare Kraft gebremst. Nur unter größter Anstrengung schaffte er schließlich einen Schritt. Nicht viel, doch es machte ihm Mut. Er stemmte sich gegen die unsichtbare Barriere und setzte einen weiteren Fuß vor den anderen. Schwer atmend machte er nach einigen Schritten eine Pause und sah auf.

Die verdammte Lufthexe stand da, immer noch in der gleichen Entfernung wie vorher. Er war ihr nicht einen Schritt näher gekommen.

Seine Hilflosigkeit machte ihn wütend. Er hob einen Stein vom Boden auf und wollte ihn nach ihr werfen, doch auch dabei wurde er gebremst. Nach einer erbärmlich langsamen Wurfbewegung plumpste der Stein direkt vor seine Füße.

Schrill lachte die Fürstin: „Du bist aber auch sehr gefährlich!"

Jeremy arbeitete und strengte sich an, aber er war gebunden an diese Stelle und konnte nicht vorwärts, nicht zur Seite und auch nicht zurück. Vor ihm tanzte die Fürstin der Luft wie das Rumpelstilzchen und freute sich über ihre Macht. Jeremys Wut über seine Ohnmacht dagegen entwickelte sich wie ein Steppenbrand.

„Du gibst mir die Elementarkraft zurück,
sonst verlässt dich ab heute für immer dein Glück.",
säuselte Sahena.

Er konnte nicht viel mehr tun als nachzudenken. In seiner Wut hätte er dieses kleine Opalwesen am liebsten in der Luft zerrissen. Genau so, wie er nach seinem Kampf gegen den Steinriesen nicht mehr zurückgefunden hatte, war er nun an einem Punkt ohne Hoffnung angelangt. Also schloss er die Augen, kniete sich mit einem Bein auf den Boden und legte seine Hand auf die Erde.

Er wusste zwar nicht, was er damit bewirken wollte, aber er wartete auf eine Art Eingebung. Vergeblich. Es passierte nichts und er sah auch nichts vor seinem inneren Auge. Er zog seine Hand wieder aus dem schlammigen Boden und sah sie an. Sie war dreckig und nass. „Wasser.“, sagte er leise und versuchte sich an den Stab von Heelo zu erinnern. Wieder schloss er die Augen und stellte sich vor, die verdammte Lufthexe wegzuspülen, doch auch hier blieb ihm der Erfolg verwehrt.

In seiner Verzweiflung schlug er mit der Kraft seiner ganzen Wut mit der Faust auf den Boden. Dass er damit etwas auslösen könnte, hatte er nicht einmal ansatzweise erwartet.

Als wäre der Boden des gesamten Sumpfes mit Öl getränkt gewesen und als hätte Jeremy das Streichholz geworfen. Mit einem dumpfen Schlag züngelten Schlangen aus Feuer über das Moor, bis zur Fürstin der Luft. Unter ihren Füßen brach der Boden auf und entfachte ein wahres Inferno aus Feuer und glühenden Steinen. Schreiend wie eine Hexe auf dem Scheiterhaufen schoss sie in die Luft, ihr Stab flog in hohem Bogen davon und sie war verschwunden. Hatte sich buchstäblich in Luft aufgelöst. Als seien sie nur für sie erschienen, verschwanden mit ihr die Flammen und auch die Kräfte, die Jeremy gefesselt hatten.

Er starrte auf seine Hände. Er hatte tatsächlich die Magie des Feuerfürsten angewendet. Wie, wusste er mal wieder nicht. Noch weniger hätte er es wiederholen können. Aber das war ihm jetzt egal. Ein paar Schritte vor ihm steckte der Stab der Fürstin in einem Grasbüschel. Er hatte große Ehrfurcht davor ihn anzufassen und tat es sehr behutsam.

Zunächst kroch ein kühles Gefühl seinen Arm hoch. Dann fühlte es sich an, als würde eine kühle Brise durch alle seine Zellen wehen und ein Wind war tatsächlich aufgekommen. Aus dem Wind wurde schnell ein heftiger Sturm. Der Druck schien allein vom Stab auszugehen und er wurde so stark, dass Jeremys Haut davon schmerzte. Er konnte nicht loslassen, auch als die Schmerzen schier unerträglich wurden. Und als er schon dachte, dass dieser Orkan ihm die Haut vom Körper reißen würde, endete er abrupt und der Stab verpuffte unter Jeremys Griff, ohne irgendetwas zu hinterlassen.

Er suchte sich nach Verletzungen ab, aber seine Schmerzen waren wie weggeblasen und der ganze Zauber hatte keinerlei Spuren an ihm hinterlassen.

Nachdenklich sah er auf den Platz des Kampfes. Dieses Flammenmeer ..., er hatte das Gefühl, dass er einen mächtigen Schritt nach vorne getan hatte in seinen magischen Fähigkeiten. Aber er wusste auch, dass er selbst sich verändert hatte. Er fühlte sich nicht mehr wie der Schüler Jeremy Grey. Diese Welt hier hatte einen anderen Menschen aus ihm gemacht – schon jetzt. Und er dachte an seine Freunde. Und an Lisa. Und ob er ihnen jemals wieder in die Augen sehen können würde als der Jeremy, den sie kannten.

Über all dem stand allerdings seine Vorfreude darüber, endlich wieder in eine Welt mit Licht zu kommen. Er hatte das vierte Element, seine vierte Essenz bekommen, jetzt würde sich ihm der Weg aus dem Sumpf öffnen. Fast andächtig überschritt Jeremy die Schwelle zwischen den zwei Eichen, als er zurück war. Der Sumpf, in den er von hier blickte, sah aus wie immer. Ruhig und düster im bleichen Licht eines schwachen Mondes. Polarlichter gab es keine mehr zu sehen. In der Erwartung, nun endlich diesen verfluchten Sumpf verlassen zu können, ging er zu den nächsten zwei Eichen.

Er suchte nach einem Portal oder etwas wie einem Ausgang, aber er sah etwas, das seine ganze Freude mit einem Schlag vertrieb. Er sah ein Licht in weiter Ferne. Jeremy verstand die Welt nicht mehr. Was sollte das sein, nachdem er die Essenzen der Elementarkräfte aller vier Elemente hatte? Nachdem er keine Antwort finden konnte, machte er sich auf den Weg zum Vordereingang des Hauses. Er wollte jetzt einfach nur auf den Fellen sitzen und in das Feuer schauen. Zu seiner Verwunderung war die Tür jedoch verschlossen!

Jeremy war sich sicher, dass er jetzt am liebsten vor dem Kamin sitzen würde. Bisher hatte ihm das Haus doch immer alles gegeben, was er wollte. Vor der verschlossenen Tür versuchte er sich an das Tagebuch dieses Ewan Magnus zu erinnern. Ja – das Haus hielt immer alles bereit, was er brauchte, nicht was er wollte. Und er brauchte kein frustriertes 'in den Kamin Gestarre'.

Auf der Suche nach einer offenen Tür ging er um das Haus. Die Küchentür war verschlossen. Weiter zur Bücherei, verschlossen, zur Waffenkammer, verschlossen. Nun blieb ihm nur noch die eine letzte Türe. Bisher war auch sie immer geschlossen. Die schwere, vergitterte Eisentüre des Turmes, der wie ein Gefängnis aussah. Momentan war sie die letzte Möglichkeit in das Haus zu kommen, denn sie war offen.

Die Scharniere der schweren, schmiedeeisernen Tür quietschten und knarrten, als sei sie seit hundert Jahren nicht mehr geöffnet worden. Wozu an diesem Haus wohl ein Turm angebaut war, hatte sich Jeremy schon vorher gefragt und in den Notizen des Ewan Magnus stand nur, dass der Turm zum Schutz vor den Opalwesen erschaffen wurde. Nun stand er vor einer Tür im Inneren, die offensichtlich nach oben führte. Jeremy drückte ihre Klinke hinunter. Sie war verschlossen. Links neben der Tür führte eine Wendeltreppe hinunter. Eine steinerne Treppe, die nach ein paar Metern im Dunkel des Kellers verschwand.

Neben der verschlossenen Tür brannten zwei Fackeln, von denen sich Jeremy eine nahm. Dann ging er die Stufen hinab unter den Turm. Hinab, hinab und weiter hinab.

Im flackernden Licht der Fackel konnte er weiter unten ein Verlies hinter einem eisernen Gittertor erkennen. Die Luft war feucht und es roch nach kaltem Rauch. In der Mitte des Raumes lagen ein paar kreisförmig angeordnete Steine um ein Loch im Boden. Jeremy rätselte, ob das wohl ein Verlies für gefangene Opalwesen war. Im Buch über das Haus hatte er darüber nichts gelesen.

Die nassen Wände reflektierten das Licht von einigen Kerzen, die den Raum in eine geheimnisvolle Atmosphäre tauchten. Jeremy setzte sich auf einen der Steine und sah ratlos auf das Loch in der Mitte. Kalt war es hier unten und er wünschte sich, er würde oben vor dem Kamin sitzen.

Als hätte das Haus seinen Wunsch gehört, flammte plötzlich ein Feuer in der Mitte auf, erhellte den ganzen Raum und strahlte eine angenehme Wärme aus. Jeremy war baff. Und er hatte das merkwürdige Gefühl, an der spontanen Entfachung nicht unbeteiligt gewesen zu sein. Vorsichtig streckte er eine Hand Richtung Feuer. Mit offenem Mund beobachtete er, wie das Feuer zurückwich. Das Feuer folgte allen seinen Bewegungen. Ob er die Flammen zu sich zog oder zur Seite dirigierte, das Feuer tat, was immer er wollte.

Jeremy war sich sicher, dass dieser Ort eine besonders magische

Energie hatte. Hier unten war es ihm ein Leichtes, die Fähigkeiten des Fürsten des Feuers anzuwenden. Wie aber war es mit denen der Fürstin des Wassers? Er sah auf die feuchten Wände des Raumes. Die Lichter der Kerzen und des Feuers spiegelten sich darin und das Wasser ... er konnte es regelrecht spüren.

Mit beiden Händen befahl er in seinen Gedanken das Wasser zu sich. Er konnte sich vor Freude kaum bremsen, als sich tatsächlich die ersten Tropfen von der Wand lösten und zu ihm schwebten. Nach ein paar Minuten schwebte ein ansehnlicher Wasserball vor ihm in der Luft. 'Wenn mich jetzt Ceciles Vater sehen könnte,' sagte Jeremy zu sich. Er hatte ihm erst vor ein paar Tagen einen schwebenden Wassertropfen über seiner Hand gezeigt.

'Nun die Luft.' Jeremy konnte die Luft um sich spüren, wie das Wasser unter der Dusche. Durch eine einfache Bewegung seines Armes fegte eine Brise durch den Raum und löschte die Hälfte der Kerzen.

Lange Zeit verbrachte Jeremy damit, in diesem Keller Kerzen zu entzünden, sie wieder zu löschen, mal mit Wasser, mal mit Wind und er ließ Steine durch den Raum schweben und sogar ein Spiel aus Steinen, Wasser und Feuer brachte er zustande. Er hatte ungebremste Freude in diesem Raum. Irgendwann bei dem Gedanken, wie schön es wäre diese Künste seinen Freunden zu zeigen, fiel ihm jedoch ein, dass dort draußen noch ein neues Licht aufgetaucht war. Nach den vier Elementen noch eine fünfte Aufgabe. Oder auch nur das Licht, das ihn aus diesem vermaledeiten Sumpf bringen würde?

Kapitel 21

Geburt einer Seherin

Während Cecile mit ihrem bloßen Bewusstsein im Tempel des Ewan Magnus unterwegs zu sein schien, aufgelöst in einem Wasser, das kein Wasser war, an einem Ort, den sie nicht beschreiben konnte, erschien vor ihr die Gestalt eines alten Mannes. Er war groß und schlank, aufrecht in seiner Haltung und anmutig in seiner Bewegung. Cecile wusste sofort, dass sie dem Schöpfer des Curiosums gegenüber stand. Sein Blick, voller Energie, ruhte auf Cecile.

„Wen haben wir denn da?“, sprach er sie an. „Cecile von Thare.“

Cecile war einigermaßen verblüfft, und wollte ihn gebührend begrüßen, doch er unterbrach sie sofort.

„Du bist hier bei mir, ohne deinen Körper und aus freien Stücken. Du willst einmal eine große Seherin werden – das kann ich in dir erkennen. Und ich meine, du bist auf dem besten Weg dazu. Ich werde dir das Wichtigste geben, das eine Seherin bekommen kann. Ich gebe dir einen Teil des Curiosums und das Curiosum wird einen Teil von dir bekommen. Ich werde euch untrennbar verbinden.“ Seltsamerweise verspürte Cecile keinerlei Gefühlsregungen bei diesen Worten. Allein ihr Bewusstsein war hier, und es nahm ohne Vorbehalte alles in sich auf.

„Das Curiosum lenkt die Bestimmung. Es wirkt auf das Bewusstsein der Nebelmenschen ebenso wie auf das der Menschen in der Außenwelt. Im Moment bestehst du aus nichts als deinem Bewusstsein. Und jetzt, lass dich einfach vom Curiosum leiten.“

Sowie er diese Worte an Cecile gerichtet hatte, verschwand sein Bild und Cecile fand sich in einem runden Raum wieder. In der Mitte befand sich das Curiosum und bewegte sich in unglaublich schneller Rotation. Eine in vielen Farben schimmernde Kugel in dessen Mitte fesselte Ceciles Aufmerksamkeit. Zudem konnte sie sehen, dass dieses unruhig vibrierende Gebilde über einem Malstrom aus Wasser schwebte, der den Eindruck vermittelte, alles mit sich reißen zu können. In seiner Mitte war er so tiefschwarz wie der Stab eines Hüters. Um die Kugel herum bewegten sich vier Ringe, die ständig ihre Farbe und scheinbar auch ihre Beschaffenheit änderten. Sie rotierten gegenläufig in wechselnden Geschwindigkeiten. Der ganze Raum war erfüllt von farbigen Nebeln und kleinen, schwerelosen Lichtern.

Cecile spürte die Anwesenheit von weiteren Personen um sich. Vor ihr stand ein Mann mit dem Rücken zu ihr. Er ging langsam auf das Curiosum zu. Cecile hatte schon oft gehört, wie gefährlich es sein konnte, wenn man dem Curiosum zu nahe kommt.

Eine innere Stimme machte ihr in dem Moment klar, dass ihr sehr viel am Überleben dieses Menschen lag. Also musste sie ihm helfen. Durch die immerwährenden leichten Erschütterungen wurde sein Anblick immer verschwommener. Als er jedoch so nah am Curiosum war, dass er schon selbst zu vibrieren begann, drehte er sich langsam zu ihr um.

Es war Jeremy! In diesem Augenblick verspürte Cecile eine unerklärliche, intensive Verbindung zum Inneren des Curiosums. So intensiv, als wäre es in ihr. Als wäre sie ein Teil des inneren Kerns. Sie fühlte, dass sie sich mit ihm verständigen könnte.

Was sie vorher niemals für möglich gehalten hatte, war nun ein Kinderspiel: Mit einem einzigen Gedanken brachte sie das Curiosum, das schier aus reiner, rotierender Energie bestand, zum Stillstand. Alle Ringe blieben auf einer Ebene stehen und wie ein Spiegel umrahmten sie das kostbare Innere, die in allen Farben schimmernde Kugel – das Herz des Curiosums. Und Jeremys Weg zur Mitte war frei.

Cecile spürte, dass die Zeit in diesem magischen Augenblick still stand, was jedoch sie selbst nicht betraf.

Als Jeremy direkt vor dem Herz des Curiosums stand, hob er seine Hände und berührte es. Dann kam aus seinem Körper ein feiner, heller Lichtfaden, der sich mit dem Curiosum verband. Er wurde immer stärker, bis er so hell war, dass Cecile geblendet den Kopf zur Seite drehte. Zu ihrer linken sah sie ihre Mutter stehen. Delphena nickte und lächelte ihr zu. Einen Wimpernschlag später löste Jeremy sich in Luft auf und war verschwunden. Dann drehten sich die Ringe des Curiosums weiter, als wären sie nie stillgestanden.

„Es ist gut.“, hörte sich Cecile nur noch sagen, dann öffnete sie ihre Augen und fühlte sich aus dem Wasser auftauchen. Sie stand in dem Becken hinter der goldenen Statue im Tempel des Ewan Magnus.

Auf beiden Seiten standen je drei goldene Statuen von Frauen, die goldene Schalen in den Händen hielten. Cecile sah an sich hinunter. Sie trug ein weißes Kleid. Das Gewand der Seherinnen.

Kapitel 22

Die unendliche Leere

Als Jeremy aus dem Verlies unter dem Turm kam und die schwere Eisentür hinter ihm ins Schloss fiel, hatte er das Gefühl, von einer fantastischen, magischen Welt direkt in die Hölle gehen zu müssen. Dass die Tür zum Kaminzimmer nun wieder offen war, erstaunte ihn nicht weiter. Er schrieb dort alles in sein Tagebuch – von seinem vierten Sieg im Sumpf bis zu seinen Erlebnissen mit den gewonnenen Essenzen im magischen Turm. Das alles war, da war er sich sicher, die Vorbereitung auf seine nächste Prüfung. Inständig hoffte er, dass diese zugleich auch wirklich seine letzte sein würde, in diesem ewig dunklen Land.

Etwas war anders an diesem Weg. Kein Lüftchen wehte, kein Geräusch war zu hören, der Nebel stand dicht und unbewegt und reichte Jeremy bis zu den Knien. Das Gehen fiel ihm schwer, weil er mit keinem Schritt den Boden unter den Füßen spürte. Unbeholfen stolperte er Meter für Meter auf das ferne Licht zu, bis er sich entschied, diesen Boden genauer zu inspizieren. Er kniete sich hin und wedelte den Nebel zur Seite. Was er sah, war nichts als tiefstes Schwarz. Als wenn man in einen endlos tiefen Abgrund sehen würde.

Dass er auf dieser Leere gehen konnte! Er wollte gar nicht wissen warum. Das erste Mal war er froh, dass ihm der Nebel die Sicht auf den Boden verdeckte. Er fixierte das Licht des Feuers in der Ferne und ging zielstrebig darauf zu. Je größer es wurde, desto deutlicher konnte er erkennen, dass er auf einen Berg zusteuerte. Das Feuer brannte auf einem höher gelegenen Felsplateau.

Sowie er ihm näher kam, schälte sich aus der Dunkelheit ein Thron aus schwarzem, glasartigem Gestein. Jeremys Herz pochte bis zum Hals, als er darauf eine Gestalt ausmachte. Wenigstens doppelt so groß wie ein Opalwesen, doch bei näherer Betrachtung irgendwie mit ihnen verwandt. Dennoch kein Opalwesen, sondern ein sehr heruntergekommener Mensch.

Mit einer Krone auf dem Kopf, aus dem gleichen schwarzen Stein wie sein Thron. Ein dickes schwarzes Fell über den Schultern. Über seinem Gewand hingen Streifen aus ebenso schwarzem, glänzenden Stoff bis hinunter auf den Boden. Am Ende des Stoffes floss unaufhörlich Nebel in das Sumpfland, so dass man den Eindruck hatte, er würde den gesamten Nebel nähren. Der König saß auf seinem Thron und sah auf Jeremy herunter.

„Ich bin Jeremy aus der Außenwelt, der Prophezeite.", begann Jeremy ohne Umschweife.

„Ach, wirklich?", spottete der König gelangweilt. „Ich bin Porphyr. Schöpfer und König der Opalwesen. Herrscher über den Sumpf des Vergessens. Grausam. Unbezwingbar."

Jeremy schluckte schwer bei dieser Ansage.

„Ich muss zugeben, du hast meine Fürstinnen und Fürsten ordentlich in den Hintern getreten! Ich wünsche dir von Herzen, dass du deren Elementarkräfte gut einsetzen kannst. Und du solltest wissen, dass ich gar kein Herz habe!" Er erhob sich langsam von seinem Thron. Sowie er aufstand lösten sich die schwarzen Streifen von seinem Gewand und versiegten im glasigen Gestein des Throns.

Der König stand vor ihm, in einer Hand hielt er einen pechschwarzen Stab und über seinem Rücken hing ein schwarzer Gegenstand. Dann schlug er mit seinem Stab auf den Boden, dass ein Donnern durch den Sumpfboden hallte.

Das waren nicht gerade die Aussichten, die Jeremy sich erhofft hatte. Doch er blieb ungerührt stehen. 'Der Erschaffer der Opalwesen. Wenn der all das vereinen kann, was sie können, dann hab ich ein Problem', dachte er bei sich. Nichtsdestotrotz musste er herausfinden, was hier seine Aufgabe sein würde oder wie er aus diesem verdammten Sumpf herauskommen könnte.

„Ich bin nicht hier, um mich mit dir zu messen – König. Im Grunde ist alles, was ich will, aus deinem Reich wieder herauszufinden."

Der Opalkönig stieg mit schwerem Schritt die Stufen zu Jeremy herab und sah ihn angewidert an. „Und warum sollte ich dir das gestatten? Wieso sollte ich es nicht einfach genießen, dich leiden zu sehen, deine Versuche, den unüberwindbaren Sumpf zu durchqueren und dabei hoffnungslos verrückt zu werden, bis du dich an nichts mehr in deinem jämmerlichen Leben erinnern kannst? Das will ich mir nicht entgehen lassen!"

„Um ehrlich zu sein,", antwortete Jeremy, „wollte ich nie in dein Reich eintreten. Mein Ziel war immer nur, die Essenzen in mir zu befreien um die Nebelwelt zu retten."

„Wieso sollte ich dir das glauben?"

Jeremy wollte diesen mächtigen alten Hexer nicht reizen, denn er hatte das untrügliche Gefühl, dass er ihm hoffnungslos unterlegen war.

„Nun, ich nehme an, dass Eure Hoheit bereits darüber Bescheid wissen, dass der schützende Nebel der Welt, in der auch Sie selbst leben, am zusammenbrechen ist?"

Der König ließ ein unbeteiligtes Grunzen vernehmen.

„Ich wollte nie gegen die Fürstinnen und Fürsten kämpfen. Ich sah nur keinen anderen Weg die Essenzen in mir zu finden, wie es mir die Schamanin des Wassers aufgetragen hat. Ach, apropos – welche Essenz ist eigentlich die eure?"

„So, so, die Schamanin des Wassers – hm.", brummte er abfällig und überging die Frage zu seiner Essenz. Jeremy war erstaunt, dass dieser dunkle König die Schamanin offensichtlich kannte.

„Ja. Belisama Lir, Schamanin des Wassers und Beschützerin des Curiosums.", betonte Jeremy stolz.

„Weißt du, was ich machen würde, wenn ich sie treffen würde?", fragte der König scheinheilig und lachte laut auf, „Ich würde sie in die ewige Leere werfen und warten, bis der Wahnsinn sich ihrer bemächtigt!"

Solch eine Respektlosigkeit hatte Jeremy nicht erwartet. „Was hat sie dir denn getan, dass du sie so sehr bekämpfen möchtest?", fragte er den König unverfroren.

„Das will ich dir sagen!" Der König schlug erneut seinen schwarzen Stab auf den Boden. „Sie hat mich in diese ewige Verdammnis verbannt." Der Donner seines Schlages hallte noch weit in der Ferne nach.

„Oh, das wusste ich nicht." Die Situation entwickelte sich nicht gerade so, wie Jeremy sich das vorgestellt hatte. „Und was war noch mal eure Essenz, Hoheit?“, versuchte er den König von seinem Groll abzulenken.

„Das geht dich überhaupt nichts an, du dreckiger Nebelmensch. Wenn du nicht einmal weißt, was das fünfte Element ist, wie könntest du der sagenumwobene Prophezeite sein! Ha ha ha ...“

Der König und Erschaffer der Opalwesen lachte so furchterregend, dass es Jeremy die Sprache verschlug.

„Ich hasse euch Nebelmenschen und am meisten von euch diese arrogante Wasserhexe, die du ‚Schamanin‘ nennst. Der Nebel bricht zusammen? Gut! Dann wird auch mein Fluch gebrochen werden und ich komme hier endlich raus um mich zu rächen!“

Seine Augen glänzten, als er sich wieder Jeremy zuwandte: „Du allerdings wirst für ewig hier bleiben! Ich schicke dich in die ewige Leere, Freund der Wasserhexe!“ Mit diesen Worten nahm er den Gegenstand von seinem Rücken.

„Sieh her und höre, des Porphyr schwarzes Horn!“, rief er mit unheilverkündender Stimme und bevor Jeremy hätte irgendetwas tun können, holte der König tief Luft und blies hinein. Ein Dröhnen wie aus hundert Hörnern, tiefer als alles was Jeremy je gehört hatte, füllte den Raum und versetzte alles um ihn in Schwingung. Jeremy sank unter Schmerzen auf die Knie und hielt sich die Ohren zu. Das Bild des Königs begann zu vibrieren und zu verblassen und alles um Jeremy löste sich auf, und das tiefschwarze Nichts des Bodens öffnete sich um ihn zu verschlingen.

Jeremy fiel in die Tiefe. Um ihn wurde es immer dunkler und er fiel tiefer und tiefer. Irgendwann verlor er das Bewusstsein.

Er erwachte in absoluter Dunkelheit. Um ihn herum war nichts zu sehen, nichts zu spüren. Absolute Leere. Vorsichtig tastete er sich mit seinen Schritten vorwärts. Er versuchte immer in eine Richtung zu gehen, aber ohne jeglichen Anhaltspunkt war das unmöglich! Dieser Ort schien unendlich zu sein. Und doch aus Nichts zu bestehen.

„Das soll es jetzt gewesen sein?“ Er begann laut mit sich zu sprechen. „Das kann doch nicht das Ende des Prophezeiten sein.“

„Wie konnte ich nur glauben, der König der Opalwesen würde die Schamanin des Wassers so bewundern wie ich.“

Jeremy war stehen geblieben und hörte auf, mit sich selbst zu sprechen. Endlich realisierte er, dass all diese seltsamen Umstände, in denen er sich gerade befand, eigentlich nur allzu typisch für die Falle eines Opalwesens waren. Doch so sehr er sich auch sicher war, konnte er dennoch keinen Ausweg aus dieser Falle finden.

Er versuchte sich Dinge vorzustellen, eine Landschaft, ein Licht, aber nichts funktionierte. „Okay, konzentriere dich!“, ermahnte er sich. Seine Hände tasteten nach etwas, das ihm bei der Suche nach einem Ausweg helfen könnte. Schließlich fand er ein Lederband, das um seinen Hals hing.

Das hatte er völlig vergessen! Der Händler im Wirtshaus in Leathan! Er hatte ihm den Anhänger gegeben und gesagt, dass er ihm Hoffnung bringen wird. Hoffnung im dunkelsten Nichts.

Hastig holte Jeremy den Anhänger hervor. Das war im wahrsten Sinne des Wortes ein Lichtblick! Der Stein streute, kaum dass ihn Jeremy zum Vorschein gebracht hatte, tausende kleiner Lichter in den Farben des Opals aus und hörte nicht mehr damit auf. So hatte er sich das vorgestellt!

Die Lichter formierten sich und nach und nach bildete sich daraus ein bekanntes Bild für Jeremy. Der König der Opalwesen auf seinem Thron vor dem Leuchtfeuer. Jeremy fand sich am Boden liegend vor ihm und beobachtete, wie sich das Bild immer mehr vervollständigte. Das schwarze Horn des Porphyr hatte ihn in einen tiefen Schlaf fallen lassen und hinterließ in seinem Kopf die Illusion völliger Leere. Doch die Magie des Talisman des Lichts hatte ihn befreit. Seine tastende Hand fand das Amulett unter seinem Hemd.

Ungläubig sah der König auf den wieder zu sich kommenden Jeremy. Erzürnt stand er von seinem Thron auf. „Das ist nicht möglich!“

Jeremy stand langsam auf und hob noch langsamer seinen Kopf. Er schickte dem Opalkönig seinen angriffslustigsten Blick. Einen Schritt nach dem anderen ging er auf ihn zu. Ohne ein Wort. Die Stufe hoch und der König tastete unsicher hinter sich nach dem Thron, in den er unbehende hineinplumpste. Nun stand Jeremy vor dem ach so grausamen König und sah auf ihn herunter.

„Du kannst Illusionen erzeugen so viele du willst, doch das ändert nichts an der Wahrheit: Ich bin der prophezeite Erneuerer des Nebels.“ Mit diesen Worten griff Jeremy nach dem schwarzen Stab, den Porphyr in seiner Hand hielt.

Dunkelheit.

Dann schwebten aus allen Richtungen kleine Lichtlein heran. Des Porphyrs Stab saugte sie auf und ein gleißendes, weißes Licht strömte in Jeremys Arm. Jeremy war aus irgendeinem Grund nicht in der Lage die Augen zu schließen. Geblendet im Äußeren bekam er vor dem inneren Auge einen Blick in die Erinnerungen des Königs.

Aus der Ferne hörte Jeremy Kampfgeschrei, als wenn dort draußen im Sumpf eine fürchterliche Schlacht toben würde. Blitze jagten über den Himmel und kamen immer näher, bis sich Jeremy mitten im Treiben eines grausigen Krieges befand. Wohin er auch sah, gingen Menschen aufeinander los. Die einen mit Schwertern, die anderen mit Stäben und Magie. Stürme und Feuerbälle, Blitze und Steinhagel.

Jeremy Schien das zu sehen, was vor hunderten von Jahren der König sah, der zu jener Zeit ein dunkler Hexer war. Er sah ihn als jungen Mann in einem Krieg kämpfen. Einen Schwertstreich nach dem anderen schlachtete er seine Gegner ab. Griffen ihn zwei Krieger gleichzeitig an, dann ließ er schwarze Blitze durch seine Hand in seine Gegner fahren. So lange, bis sich die Glücklosen in kleine, schimmernde Kinder verwandelt hatten. In Opalwesen. Wo immer sie im Kriegsgetümmel auftauchten, verbreiteten sie wiederum Angst und Wahnsinn unter denen, die gerade noch auf ihrer Seite gekämpft hatten.

Im nächsten Moment griff den grausamen Hexer eine ganze Horde von Gegnern zugleich an. Jeremy sah, wie er vom Rücken sein schwarzes Horn hervorholte und mit seinem dumpfen Hall all die mutigen Krieger auf einen Schlag niederstreckte. Wahrlich, dieser Hexer schien unbezwingbar.

Vom Grauen dieses unerwarteten Einblicks zog es Jeremy zurück in die Realität. Er hielt noch immer den Stab, an dem sich auch der schwarze König verbissen klammerte. Der König schien sich ebensowenig wie Jeremy bewegen zu können, doch dann krallte er sich mit letzter Kraft in das gläserne Schwarz seines Throns, und wie Wasser in einen Schwamm saugte es den Herrscher in sich auf. Durch die glasige Oberfläche sah Jeremy sein Gesicht langsam in der schwarzen Tiefe verschwinden.

In Jeremys Hand der Stab zerfiel zu Staub und er sank erschöpft auf den Stufen nieder. Er fühlte eine Art vibrierende Energie in sich. Damit anfangen konnte er nichts, aber er wusste, dass es ein Teil der Macht des dunklen Hexers war, der der Opalkönig einstmals war. Zum ersten Mal war er sich nicht sicher, ob die Berührung eines dieser mächtigen Stäbe ihm etwas Gutes oder etwas Dunkles und Unheilvolles verpasst hatte. Nachdenklich kehrte er sich von diesem schwarzen Thron ab und machte sich auf den Rückweg. Der Nebel hatte sich vollständig aufgelöst und legte damit ein grauenvolles Bild frei. Abseits seines Pfades lagen verrottende Waffen – Speere, Schwerter, Helme – und dazwischen Knochen. Menschliche Knochen, ohne Frage. Trümmer von alten Kutschen und Skelette von Pferden. Und es stank ganz erbärmlich nach Tod und Verwesung.

Dieser Sumpf ließ keinen Zweifel an der Gesinnung seines Herrschers. Jeremy wusste, dass er sich besser beeilen sollte zurück zum Haus zu kommen.

Erst im Schutz der fünf Eichen wagte es Jeremy sich umzudrehen. Nie wieder würde er in diesen verfluchten Sumpf gehen. Egal wie seine Geschichte nun weitergehen sollte. Auch das alte Haus, so viel Schutz und Fürsorge es ihm auch geboten hatte, er wollte es nicht mehr sehen. Er wollte es nie wieder sehen.

Die Erfahrungen der letzten Tage und das ganze Leid, das er fühlen und erleben musste, den Krieg, seine brennenden Freunde, die tückischen Fallen der Opalwesen und alles, was er hier über sich hatte ergehen lassen müssen, drängte in seinen Kopf und er ballte die Fäuste vor seinen Augen und sank auf die Knie. Er holte sehr tief Luft und schrie aus Leibeskräften alles das hinaus. Und sein Schrei verhallte nur langsam in der Weite der ewigen Düsternis des Sumpfes.

Danach waren alle Geräusche wie erstarrt. Der Sumpf war so totenstill wie niemals zuvor.

Als Jeremy wieder aufsah, flimmerte zwischen den beiden Eichen, durch die er vor einer gefühlten Ewigkeit in diese Hölle gekommen war, ein Portal.

Es war soweit. Keine Zeit sich zu fragen, wie es sich plötzlich aufgetan hatte. Jeremy stand auf und drehte sich zum Haus um. Er fragte sich, ob er noch etwas dort hätte, vielleicht im magischen Raum des Turmes? Er trug immer noch den Mantel, das Schwert und die Tasche mit Proviant bei sich. Vor seinem letzten Abenteuer hatte er sogar Stiefel aus der Vorratskammer genommen. Derartig ausgerüstet würde er von Leathan aus schon irgendwie weiter kommen, dachte er sich.

Als er durch das Portal gegangen war, fand er sich nicht wie erwartet bei den zwei alten Birken im Park von Leathan wieder. Er stand einfach nur mitten im Nebel. Eigentlich kam es ihm eher wie ein Dampfbad vor und er konnte rein gar nichts erkennen.

„Ich bin sehr froh, dass du wieder hier bist, Jeremy.“, hörte er da die vertraute Stimme der Schamanin sagen und gleich darauf kam sie aus dem schweren Dunst auf ihn zu. Seine Erleichterung, aus diesem Albtraum endlich zurück zu sein, und seine Freude darüber, die Schamanin gleich wiedergetroffen zu haben, waren nur sehr schwer zu unterdrücken.

„Sicher dachtest du, dass du am Portal am Seeufer herauskommen würdest?“, begann die Schamanin gleich. „Und das wärst du auch. Ich habe dich abgefangen, um dich zu warnen. Während deiner Abwesenheit hat sich in Leathan eine große Anhängerschaft um Kilian Cathú gebildet. Sie nennen ihn den ‚wahren Retter‘. Leathan ist für dich nicht mehr sicher. Sie suchen in allen Winkeln nach dir. Der Wirt deiner letzten Unterkunft hat Verdacht geschöpft, als du trotz der schwarzen Blitze in den Park gegangen bist. Und nun hat Cathú mit seiner Gefolgschaft eine ziemlich genaue Beschreibung von dir.“

„Aber wieso sind sie hinter mir her?“, wunderte sich Jeremy, obwohl er die Antwort eigentlich schon kannte.

„Sie geben dir die Schuld für das Versagen des Nebels. Cathú behauptet außerdem, dass du Teil einer Verschwörung der höchsten Magischen gegen die Nebelbewohner bist. Du darfst dort auf keinen Fall auftauchen.

Die Gefolgschaft um Cathú wird schnell größer. Er ist ein guter Redner und die Leute lassen sich leicht von ihm fangen. Bald werden sich auch außerhalb von Leathan Menschen zu ihm bekennen. Bevor das passiert, musst du zusehen, dass du weiter kommst.“

„Ja, aber wohin? Was kann ich als nächstes tun?", wollte Jeremy wissen.

„Du musst nun zum Orakel. Ich weiß nicht, wie oder wo sich deine Prophezeiung erfüllen wird – das kann dir nur das Orakel sagen. Jetzt, da du diese schwere Prüfung hinter dir hast, bist du bereit. Ich kann es spüren."

Ja, bereit fühlte sich Jeremy allerdings. Und dass er der Prophezeite war, das konnte nicht einmal er selbst noch leugnen.

Belisama lächelte. „Ich muss zugeben, dass ich dachte, es würde länger dauern." Die Schamanin musterte Jeremy. „Die Opalwesen können einem den Verstand rauben ..."

„Ohne diesen Talisman des Lichts, das Amulett, hätte ich es am Ende wohl auch nicht geschafft!", gestand Jeremy und Belisama nickte nur leicht.

Wie auch immer, die Abenteuer im Sumpf um das verfallene Haus hatten Jeremy verändert. Er fühlte sich jetzt bereit, die Nebelwelt zu retten.

„Gut Belisama Lir, sag' mir wo ich das Orakel finden kann."

„Ich bringe dich an ein Portal an der 'Alle-Wasser-Furth'. Wundere dich nicht, es liegt hinter einem Wasserfall. Von dort musst du vorbei an Camden Richtung Niemen. Meide die Stadt Camden, aber gehe nach Niemen und suche den Weisen Eidun von Niemen auf. Sage ihm zu seiner eigenen Sicherheit nicht wer du bist, sondern frage ihn einfach nach dem Weg zum Orakel."

„Gut.", willigte Jeremy ein, „Klingt nach einem weiten Weg. Gibt es denn kein Portal dort hin?"

„Keines, das sicher genug wäre. Zudem liegt Niemen nicht besonders zugänglich. Du wirst es sehen. Ich muss dich jetzt verlassen. Ich wünsche dir alles Glück, das du brauchst. Ich habe Vertrauen in dich! Ich war stets bei dir in der Welt der Opalwesen und ich habe erlebt, wie du den Nebeltunnel in deine Welt geöffnet hast. Das ist eine Magie, die man in der Nebelwelt nicht kennt. Du bist zu Größerem imstande, als es dir selbst bewusst ist! Jetzt mache dich auf den Weg, ich weiß nicht, wie viel Zeit wir noch haben. Und grüße mir Delphena von Thare!" Mit diesen Worten verschwand Belisama Lir und mit ihr der Nebel.

Kapitel 23

Ein beschwerlicher Weg

Jeremy stand mit der Nase direkt vor einem strahlend blauen Wasserfall. Er drehte sich um und sah, dass er in einer Höhle gelandet war, die hinter diesem Wasserfall verborgen lag. Sein Mantel hielt einigermaßen dicht als er nach draußen ging, aber seine Stiefel waren nicht hoch genug und so bekam er wieder einmal nasse Füße.

Am Ufer des Wasserbeckens, das der Wasserfall nährte, setzte er sich auf die Wiese und sah sich um. Dieser strahlend blaue Himmel – wie hatte er ihn vermisst. Die Gräser und Büsche waren saftig grün, um die bunte Blütenpracht auf der Wiese tanzten Schmetterlinge und Vögel sangen fröhliche Lieder dazu. Nach der ewigen Nacht der Opalwelt fühlte er sich bei diesem Anblick wie im Paradies.

Er zog die Stiefel aus und legte sie in die Sonne zum Trocknen. Die Sonne! Er ließ sich nach hinten auf die Wiese sinken, den Kopf legte er auf seinen Mantel, darunter versteckte er das Schwert.

Die Anstrengungen der letzten Tage machten sich bemerkbar und der Genuss der Sonnenstrahlen in dieser wunderschönen Umgebung ließ Jeremy eine gute Stunde in einen erholsamen Halbschlaf abgleiten. Er hätte noch eine weitere Stunde drangehängt, wenn es nach ihm gegangen wäre. Ging es aber nicht.

Er erwachte unsanft, als ihm, direkt neben dem Kopf, eine Krähe ins Ohr krächzte. Etwas benommen setzte er sich auf. Dann holte er sich seine Stiefel, die inzwischen einigermaßen getrocknet waren, zog sie an, hängte sich das Schwert um und legte den Mantel über die Schulter um es zu verdecken.

Die Krähe hatte ihn die ganze Zeit beobachtet und hüpfte nun hinter ihm her. Jeremy drehte sich zu ihr um. „Na, wer bist du denn?“, sprach er sie an, „vielleicht wieder ein Botschafter?“

Die Krähe drehte den Kopf und musterte ihn von unten bis

oben. Dann flog sie los, über seinen Kopf hinweg um den nächsten Felsen und war verschwunden.

Als Jeremy um den Felsen bog, traute er seinen Augen nicht. Sein erster Wasserfall war schon von einem ziemlich hohen Felsen gekommen, hier aber herrschten ganz andere Dimensionen: Hunderte von Metern hohe Felswände bildeten ein Tal in ihrer Mitte, das man mit dem bloßen Auge nicht überblicken konnte. Nun war Jeremy auch klar, warum diese Gegend die „Alle-Wasser-Furth" genannt wurde. Hier reihte sich ein Wasserfall neben den anderen und alle fielen von den steilen Felswänden herab, die dieses weite Tal umsäumten. Ein fruchtbareres Land konnte man sich gar nicht vorstellen. Er genoss diese Landschaft mit jedem Schritt und jedem Atemzug. Nach einer Weile erblickte er in der Felswand zu seiner Linken einen Spalt. Gerade mal so breit wie der Weg, der hindurchführte und dahinter eine Art Neben-Tal. Dort in der Ferne sah man Häuser hinter einer Stadtmauer.

Ein Weg aus Steinplatten führte zu diesem Spalt und das Schild davor zeigte links eine Stunde nach Camden und rechts vier Stunden nach Niemen an.

‚Meide Camden' hatte die Schamanin ihn gewarnt. Aber warum nur? Irgendetwas lockte ihn, machte ihn neugierig auf diese Stadt. Außerdem hatte er schrecklichen Hunger.

„Was soll schon groß passieren, wenn ich mich abseits der großen Straßen halte und die Menschen meide", dachte Jeremy und folgte kurzentschlossen dem Weg nach Camden. Er würde nur kurz etwas essen und dann sofort wieder aufbrechen.

Ein Umweg mit Folgen

Camden war eine kleine Stadt, vollständig aus Stein erbaut. Was hätte sich bei den umliegenden Felsen auch mehr angeboten. Die Dächer waren alle mit schwarzen Schieferplatten gedeckt und so gab die Stadt ein recht farbloses Bild ab. Die Häuser waren dicht aneinander gebaut und die Straßen waren gepflastert, wie man es schon im Mittelalter gemacht hatte. Camden schien eine sehr alte Stadt zu sein.

Jeremy hatte seinen Mantel umgelegt, hielt das Schwert verborgen und den Blick gesenkt. Niemand kümmerte sich um einen einzelnen Fußgänger, der durch das Stadttor kam. Er versuchte in den kleineren Nebenstraßen zu bleiben und suchte nach einer Möglichkeit etwas zu essen zu bekommen. Ein seltsames Gefühl war es schon ohne etwas zum Bezahlen in der Tasche. Cecile hatte es ihm zwar schon erklärt, wie das mit der Hand funktioniert, aber er hatte es noch nie selbst gemacht.

Nach einem Gewirr von engen Gassen zwischen Wohnhäusern führte ihn sein Weg zu einem mit Leben erfüllten Platz. Menschen hatten hier Stände aufgebaut, Händler standen vor ihren Ladengeschäften und die Luft war erfüllt von Stimmen und vor allem vom Geruch nach köstlichen Speisen.

Heimlich beobachtete Jeremy die Menschen, die an die Stände kamen. Meistens sprachen sie ein paar Worte mit den Händlern, suchten sich etwas aus oder bekamen es angeboten. Dann gaben sich beide die Hand, allerdings nicht mal eben zur Verabschiedung oder zum Dank, sondern länger. Irgendetwas hatte es mit diesem Hände geben auf sich, das Jeremy noch nicht durchschaut hatte.

Nach reiflicher Überlegung entschied er sich dazu, etwas zu Essen zu erbetteln, in der Hoffnung, dass das Ding mit den Händen dann nicht notwendig wäre. Er ging zu einem abgelegeneren Stand und sah sich die Speisen an. Alles duftete so wunderbar, die meisten Speisen waren frisch angerichtet.

„Und? Wonach steht der Sinn?“, fragte ihn der Händler freundlich. Jeremy hob nur leicht seinen Blick und vermied es seinem Gegenüber in die Augen zu sehen.

„Ob ihr wohl etwas für einen hungrigen Wanderer habt?“

Den Satz hatte er sich extra für diesen Moment zurechtgelegt.

„Aber sicher, nehmt!“, damit reichte er Jeremy ein großes Stück einer Art Zwiebelkuchen, der besonders lecker duftete. Jeremy konnte nicht anders als ihn sich sofort in den Mund zu schieben.

„Na, sowas!“, lachte der Händler, „das nenn’ ich mal wirklich starken Hunger!“

Mit diesen Worten steckte er Jeremy noch einen Apfel in die Manteltasche und hielt ihm seine Hand hin.

Jeremy wusste wie verräterisch ein Handschlag in dieser Welt sein konnte und zögerte. „Na! Ich muss schon bitten!“, beschwerte sich der Händler grinsend. Um kein Aufsehen zu erregen, gab Jeremy ihm seine Hand. Als hätte er es geahnt, ließ der Gesichtsausdruck des Händlers keinen Zweifel daran, dass mit Jeremys Art der Bezahlung etwas nicht stimmte. Er sah auf Jeremy, als sei er der leibhaftige Teufel und dazu verschlug es ihm auch noch die Sprache. Jeremy nutzte den Moment, ließ die Hand los und machte sich auf und davon.

Nur ein paar Schrecksekunden später hörte er den Händler hinter sich laut rufen: „Da ... haltet ihn! Er ... er ist einer ... einer von den ... von den Verbannten!"

Sein Ruf löste sofortige Aufruhr unter den Menschen aus. Gerade als Jeremy nur noch wenige Meter vom Ende des Marktes in eine Seitengasse hätte entwischen können, wurde er von der aufgeschreckten Menge gestellt. Zwei versperrten ihm den Fluchtweg in die Gasse und drei weitere den Weg zurück auf den Markt. Zornige Blicke von immer mehr Marktbesuchern und Händlern richteten sich auf ihn. Er wusste sich nicht mehr anders zu helfen und zog das verborgene Schwert aus seinem Mantel.

Entsetztes Raunen durchfuhr die Menge und seine Angreifer wichen vor der Klinge zurück.

„Seht nur, Nephele!", schrie jemand aus der Menge und das schien noch mehr Entsetzen zu schüren.

Jeremy bahnte sich einen Weg mit dem Schwert vor sich und rannte in die Gasse. Nach ein paar Schritten hörte er jedoch schon, wie einige seine Verfolgung aufnahmen. Er steckte das Schwert wieder weg und versuchte sie abzuschütteln, indem er ständig Seitengassen nahm. Das schien ihm auch zu gelingen. Als er keine Verfolger mehr hörte, versteckte er sich noch ein paar Minuten hinter einer hölzernen Regentonne, um sicherzugehen. Sicher war jedoch nur, dass er sich hoffnungslos verlaufen hatte.

'Oh Mann, hätte ich nur auf die Schamanin gehört!', dachte er sich verzweifelt. Nun saß er fest, irgendwo in einer Stadt, in der er sich nicht auskannte, wahrscheinlich würde innerhalb der nächsten Stunde die Hälfte der Bewohner nach ihm suchen und er hatte nicht einen Schimmer, in welche Richtung er fliehen musste.

„He, da unten!", rief eine Stimme über ihm. Jeremy zuckte zusammen und sah nach oben. Ein junger Mann lehnte sich aus einem Fenster über ihm.

„Ich bin Leavit Elder, und du? Du siehst aus, als könntest du eine Pause vertragen. Komm doch hoch und trink einen Schluck mit mir!"

Jeremy stand auf und spähte nach seinen Verfolgern. Er war unsicher, ob es eine gute Idee war, nun zu einem Bewohner dieser Stadt in die Wohnung zu gehen. Leavit dagegen war bereits an die Eingangstüre gekommen und deutete ihm einzutreten. Jeremy entschied sich, die offensichtlich bessere Wahl zu treffen und erst einmal von der Straße zu verschwinden. Zudem wirkte Leavit irgendwie vertrauenswürdig.

Leavit führte ihn in seine Wohnung und bot ihm an Platz zu nehmen. Er stellte zwei Tonbecher auf den Tisch und setzte sich gegenüber von Jeremy. Dann hob er zur Begrüßung seine Hand.

Diesen Fehler würde er nicht gleich noch einmal machen, dachte Jeremy und sah Leavit nur in die Augen. Der war sichtlich verwirrt.

„Was ist?", fragte er.

„Mein Name ist Jeremy. Zuerst sag mir eines, Leavit: glaubst du an die Prophezeiung oder hältst du das alles für einen großen Schwindel?"

Leavit senkte die Hand und sah Jeremy an.

„Mein Vater ist ein Gelehrter. Ich glaube nicht, ich weiß, dass die Prophezeiung wahr ist. Wenn du einer dieser Zweifler bist, dann verlässt du bitte sofort mein Haus!" Mit diesen Worten stand Leavit auf und sah sehr streng auf den sitzenden Jeremy herab.

Jeremy musste lachen.

„Nein ... ich bin sicher kein Zweifler ... aber ich kann dir auch nicht sagen wer ich bin. Und ich kann dir nicht die Hand reichen. Obwohl ich es wirklich gerne täte."

Jeremys Worte, so wenig wie sie Leavit verstand, schienen ihn neugierig zu machen und Leavit setzte sich wieder.

Er nahm seinen Becher in die Hand und hielt ihn Jeremy hin. „Aber anstoßen kannst du schon, oder?", sagte er mit einem gespielt ernsten Gesichtsausdruck.

„Natürlich!", bestätigte Jeremy lachend und beide tranken ihren Becher mit herrlich duftendem frischem Saft in einem Zug aus.

„Also, was kannst du mir erzählen, Fremder? Wovor warst du gerade auf der Flucht?"

Nachdem er in Leavit einen im Grunde Verbündeten hatte, der

an die Prophezeiung glaubte, entschied sich Jeremy, ihn um Hilfe zu bitten.

„Auf der Flucht war ich vor einigen, die mich für jemand hielten, der ich nicht bin."

„Nämlich?"

„Sie hielten mich für einen Verbannten. Kannst du mir sagen, was sie damit meinten?"

Leavit war erstaunt über diese Frage.

„Du willst wissen, was sie mit 'einen Verbannten' meinten?"

„Ja!"

„Du bist wirklich ein komischer Geselle. Jeder hier weiß doch, wer die Verbannten sind."

Jeremy sah mit unverändert fragender Miene auf Leavit. Leicht irritiert begann der dennoch zu erklären: „Die Verbannten sind einige der gefürchtetsten Feinde der Nebelwelt. In den letzten Kriegstagen nach der Erhebung des Nebels wurden sie in einer großen Schlacht besiegt und in eine dunkle Welt verbannt. In den Sumpf des Vergessens."

Jetzt ging Jeremy ein Licht auf. Sicher hatte der Händler auf dem Markt die Energie gespürt, die die Opalwesen in ihm hinterlassen hatten!

„Ja ...", hauchte Jeremy in sich hinein. „Leavit, du musst mir helfen! Bring mich unauffällig aus der Stadt. Ich muss nach Niemen. In dieser Stadt hier bin ich in Gefahr. Und ich bitte dich, frage nicht, warum!"

Leavit war verdutzt: „Okay, ich bringe dich raus ... kein Problem! Aber dann weihst du mich in dein Geheimnis ein!"

Jeremy hatte nicht wirklich eine Wahl und wenn er erst aus der Stadt wäre, dann könnte er Leavit auch die Wahrheit sagen. Er würde ihm bestimmt nicht in die Quere kommen und so willigte er ein. Und Leavit füllte die Becher wieder auf.

Kapitel 24

Der letzte 'magische Jäger'

„Erst einmal brauchst du anständige Klamotten. In dem gruseligen Mantel fällt ja sogar meine Großmutter auf!"

Aus einem Schrank gab ihm Leavit trockene und frische Kleidung und legte alles in das Badezimmer. Jeremy freute sich so sehr auf ein erfrischendes Bad, dass er einen Moment das Schwert vergaß, das in seinem Mantel steckte. Prompt wollte Leavit den Mantel beiseite räumen.

„Hoppla! Was haben wir denn da?", sagte er und zog das Schwert aus dem Mantel. „Du steckst ja wirklich voller Überraschungen!" Jeremy ärgerte sich über seine Nachlässigkeit.

„Es ist ...", setzte er zur Erklärung an, aber Leavit unterbrach ihn und rief voller Begeisterung:

„Es ist Nephele! Das wohl berühmteste Schwert der Opalkriege!"

Diesmal war es Jeremy, der irritiert war. Nephele? Das hatte der Mann auf dem Markt doch gerufen ... er meinte also das Schwert damit. Sein Schwert hatte einen Namen! „Das ist ... wahrscheinlich richtig. Aber, Opalkriege? Du meinst, es gab hier in der Nebelwelt mehrere Kriege?"

Als Jeremy das gesagt hatte, sah ihn Leavit mit weit aufgerissenen Augen an. „Oh Mann! Bei der höchsten der Schamaninnen – du bist es!"

Leavit fasste sich an die Stirn und starrte ungläubig auf Jeremy. „Du bist es selbst! Du bist der Prophezeite!"

Erst jetzt wurde Jeremy klar, dass er sich kolossal verplappert hatte: ‚... hier in der Nebelwelt ...' und dann noch dieses ungebremste Gefrage nach den Opalkriegen. „Ich Dummkopf!" Zu leugnen machte jetzt keinen Sinn mehr.

Leavit Elder schien über seine Entdeckung allerdings höchst erfreut zu sein! Strahlend fasste er Jeremy an den Schultern und drückte ihn: „Dass du mir über den Weg läufst! Ich kann es nicht glauben! Das ist ... fantastisch!"

Jeremy hatte das dringende Bedürfnis Leavit zu beruhigen. Er durfte hier einfach nicht mehr auffallen.

„Ja ... aber bitte, es darf wirklich niemand erfahren, dass ich hier bin!"

„Kein Problem! Du kannst dich völlig auf mich verlassen! Irgendwann musst du mir nur erzählen, wie du zu diesem Schwert gekommen bist.", sagte Leavit und ließ seine Hand vorsichtig über die Klinge gleiten. „Du musst wissen, dass es eine enge Verbindung zwischen ihm und meiner Familie gibt!"

Nun war es Jeremy, der sich wunderte. Ein Schwert, das einen Namen hatte und dann zufällig ein Mensch, der zu diesem Schwert eine enge Verbindung hatte?

Er erinnerte sich an den Moment, an dem er das Schwert aus der Waffenkammer im alten Haus genommen hatte. Es hätte ebenso jedes andere sein können. Gut, es war schon das schönste Schwert, aber was, wenn er ein anderes genommen hätte? Hatte er sich rein zufällig für dieses entschieden? Bei aller Neugier wollte Jeremy nun wirklich sein Bad nehmen. Draußen setzte bereits die Dämmerung ein und die Nacht würde besten Schutz für seine Flucht bieten.

Leavits Kleidung passte Jeremy wie angegossen und als er aus dem Bad kam, witzelte Leavit: „Nanu, wo komme ich denn da her?"

„Na ja ... ob dir die Klamotten heute noch passen würden?", antwortete Jeremy zu Recht, denn Leavit war wohl einen guten Kopf größer und ein paar Jahre älter als er.

Leavit hatte mittlerweile alles hergerichtet und sogar einen Beutel mit Essen für jeden von ihnen dabei. Das Schwert hatte er, perfekt getarnt, in einer Angeltasche untergebracht.

„Jetzt erzähl mal.", begann Jeremy, als sie sich auf den Weg gemacht hatten. „Was verbindet deine Familie mit diesem Schwert?"

„Das kann ich dir sagen.", begann Leavit. „Das war vor so langer Zeit, dass ich gar nicht weiß, wie lange es her ist. Als der Nebel erhoben war, bildeten sich trotz der gemeinsamen Interessen Gruppen unterschiedlicher Überzeugungen unter den Nebelmenschen. Einige von ihnen wollten sich rüsten und sich für einen Gegenschlag in der Außenwelt vorbereiten. Das friedliche und zurückgezogene Leben, das die Gründermagier geplant hatten, hielten sie für eine feige Flucht. Als die höchsten Magier damals diese Kriegstreiber erkannten, wussten sie, dass man sie nicht in die Außenwelt zurückschicken durfte. Sie hätten sonst alles verraten! Deshalb musste man sie überzeugen oder bekämpfen. So sehr sie die Gewalt auch verabscheuten, blieb ihnen schließlich keine andere Wahl.

Auf der Seite der kriegerischen Nebelmenschen kämpfte damals ein sehr mächtiger Mann: der schwarze Hexer Porphyr. Er beherrschte Erde, Metall und Feuer wie kein anderer. Aus den Feinden, die er besiegte, erschuf er die Opalwesen, eine kleinwüchsige Lebensform, die nur noch wenig mit den Menschen zu tun hatte, die sie einst waren. Sie waren so durchtrieben und hasserfüllt, dass sie Hunderte ihrer eigenen Leute mit der Manipulation ihrer Gedanken ins Verderben führten. Es dauerte beinahe bis zum Ende des Krieges, bis die damals mächtigste Magierin, die Wassergeborene Schamanin, ihn in die Leere seiner eigenen Düsternis verbannte."

Jeremy war gebannt von dieser Geschichte, die er sich lebhafter vorstellen konnte, als es Leavit ahnte. „Wow! Was muss das für eine Zeit gewesen sein ..."

„Das kann man wohl sagen!", bestätigte ihn Leavit. „Jetzt müssen wir ein bisschen unterbrechen. Da vorne kommt ein Haufen Menschen auf uns zu. Ich nehme an, sie suchen dich schon."

Als Leavit und Jeremy an der Gruppe vorbeigingen, fragte einer der Männer Leavit: „Hey Junge, habt ihr einen Typ mit einem langen schwarzen Ledermantel gesehen, eine ziemlich verruchte Erscheinung ... hatte ein Schwert bei sich."

„Ein Schwert?", sagte Leavit in schockiertem Tonfall. „Bei allen Magiern, nein! Und möge es so bleiben!" Überzeugender hätte er es nicht sagen können.

„Schon gut", antwortete der Mann, „wo soll's denn hingehen mitten in der Nacht?"

Leavit hob seine Angeltasche und Jeremy folgte seiner Geste: „Mondschein-Angeln!"

„Ah ... na dann, viel Glück! Und bleibt wachsam! Wir suchen einen Verbannten, der in der Stadt gesehen wurde! Am besten ihr geht ihm aus dem Weg, er ist extrem gefährlich!", sagte der Fremde und beeilte sich zu seiner Gruppe aufzuschließen.

„Nicht übel!“, lobte Jeremy seinen Fluchthelfer.

„Liegt auch in der Familie, danke!“ antwortete Leavit grinsend. „Apropos, wo war ich stehengeblieben? Ach ja: damals zu Zeiten der Opalkriege, wie man sie später nannte, gab es verschiedene Gruppen von Kämpfern. Einer meiner Vorfahren war damals bei den ‘Magischen Jägern’, die sich ironischerweise nicht durch magische Fähigkeiten auszeichneten, sondern durch unempfindlichkeit gegenüber Magie. Sie waren direkt der Wassergeborenen unterstellt. Ihre Aufgabe war es, die Hexen und Hexer der Gegenseite zu entwaffnen und in die Verbannung zu schicken. Mein Urahne wurde recht berühmt, als er der damaligen Hexenanführerin das Schwert Nephele und die damit verbundene magische Macht abnahm. Das war zu jener Zeit der erste Schritt Richtung Sieg. Das Schwert wurde dann von den hohen Magiern versteckt gehalten, doch irgendwann verschwand es und niemand wusste, wo es abgeblieben war. Das ist die Geschichte.“

„Nicht schlecht!“, staunte Jeremy. „Und was ist aus deinem Urahnen geworden?“

„Das ist eine gute Frage. Er wurde damals in höchstem Maße geehrt. Landijer Elder ist noch heute ein Name, den jeder kennt. Er soll zum Ende des Krieges, in der schlimmsten der Schlachten, auf unerklärliche Weise verschwunden sein. Er ging in die Geschichte ein als ‚der letzte Jäger-Magier‘.

Über Leavits Erzählungen war das Verlassen der Stadt ein Kinderspiel gewesen. Zwei junge Männer, die sich angeregt unterhielten und mit Angeltaschen in der Hand, waren ja auch nicht besonders auffällig – und vor allem: sie wurden nicht gesucht.

Draußen vor der Stadt nahmen die beiden den Weg nach Niemen und Jeremy war froh, dass er nicht alleine gehen musste. Zudem hatte er mit Leavit einen ortskundigen Begleiter.

Jeremy hatte vollstes Vertrauen zu Leavit und auf dessen Frage, woher er denn nun das Schwert habe, begann er zu erzählen, wie er nach Leathan kam. Leavit wäre vor Aufregung fast in Ohnmacht gefallen, als Jeremy von seiner Begegnung mit der Schamanin des Wassers, im Park von Leathan erzählte. Als er jedoch mit den Abenteuern im Sumpf des Vergessens begann, war Leavit voller Mitleid für Jeremy, der sich sichtlich schwer tat, manche Teile der Geschichten in Worte zu fassen.

Fasziniert hörte Leavit Jeremys magische Übungen im Verlies des Turms an.

„Ich verstehe nur nicht, warum ich außerhalb des Turms diese Fähigkeiten nicht anwenden kann ... hast du da eine Idee?“

Leavit zuckte mit den Schultern. „Ich war nie besonders begabt in magischen Künsten. Wir Elders sind wohl eher die beherzten Kämpfer.“, sagte er und grinste Jeremy an.

Als Jeremy bei seinem Kampf mit Porphyr angelangt war, musste Leavit sich setzen.

„Oh Mann, das ist das Gruseligste, was ich je gehört habe! Der schwarze Hexer Porphyr ist nach dieser langen Zeit noch am Leben! Wahnsinn!

Du hast gesagt, er selbst sah aus wie ein Opalwesen?“

„Na ja, zumindest ähnlich ... nur um einiges größer.“

„Dann ist er mit der Zeit tatsächlich selbst geworden wie seine grauenvolle Schöpfung.“

„Ja.“, Jeremy nickte. „Ich glaube, dass ihn vor allem sein ewiger Hass auf die Menschen der Nebelwelt zu dieser entstellten Figur gemacht hat.“

Nach Jeremys darauf folgender Beschreibung von der Berührung des schwarzen Stabes, stand Leavit vor Staunen der Mund offen.

„Kannst du dir da einen Reim draus machen? Diese Lichter aus dem Sumpf? Was das war?“

Leavit schüttelte nur den Kopf.

Die Zeit verging wie im Flug während Jeremy erzählte und sie gingen in die mondhelle Nacht hinein, bis Leavit vor einer steilen Felsenwand stehen blieb.

„So. Am besten schlagen wir hier unser Lager auf, denn der Weg nach Niemen ist beschwerlich und bei Nacht viel zu gefährlich.“, sagte er und begann ein paar Hölzer für ein Feuer zusammenzutragen.

Die Neugier Leavits sorgte für immer weitere Erzählungen und als das Feuer brannte, begann er sich für die Außenwelt zu interessieren.

So saßen die beiden mit ihren Geschichten noch eine Weile an den wärmenden Flammen, bis auch dieser aufregende Tag für Jeremy endete und sie wie zwei alte Freunde auf Reisen neben dem Feuer einschliefen.

Ein paar letzte Hölzer glimmten noch, als Jeremy in der Morgendämmerung erwachte. Das Tosen der Wasserfälle hatte dafür gesorgt, dass er nicht allzu tief schlafen konnte. Leavit schien an dieses Geräusch bereits gewöhnt zu sein und er schlief noch, also holte Jeremy ein paar Äste und entfachte die Glut wieder um etwas Tee zu machen, den er in seiner Angeltasche gefunden hatte.

Leavit gesellte sich schon bald zu ihm und die beiden starrten wortlos in das Feuer und genossen den wärmenden Tee.

„Wir sollten uns langsam auf den Weg machen.“, sagte Leavit schließlich. „Die Sonne wird bald über den Rand des Hochplateaus kommen und die Tage in diesem Tal sind manchmal kürzer, als man denkt.“

Der Aufstieg begann mit einem halbwegs breiten Pfad durch eine satte und artenreiche Pflanzenwelt. Die anhaltend hohe Luftfeuchtigkeit brachte nicht nur Moose und Farne, sondern auch wunderschöne Blüten in allen möglichen Farben hervor. Die Pflanzen hielten sich teilweise an den Rinden der kleinen, aber stämmigen Bäume fest und holten ihr Wasser über Luftwurzeln ein. Auch Frösche und ähnliches Getier tummelte sich hier und in einem Bächlein neben dem Pfad gab es sogar Fische.

Als die beiden sich dem steil aufragenden Felsen näherten, wurde der Weg enger, sodass sie hintereinander gehen mussten. Leavit ging voraus und was als entspannte Wanderung begonnen hatte, entwickelte sich schon bald zu einer anstrengenden Tour über teils sehr steile und durch das Wasser sehr rutschige, schmale Pfade und Höhenwege. Immer wieder schlängelte sich der Weg um hervorstehende Felsen und gab den Blick auf eine Natur frei, die nun durch den kargen Stein und die mitreißenden Wasserfälle gar nicht mehr so entspannt zu genießen war wie zu Beginn des Aufstiegs.

Vor einem dieser hervorstehenden Felsen blieb Leavit stehen und drehte sich um: „Nach dieser Biegung müssen wir besonders vorsichtig sein.“, schrie er, denn das Tosen des Wasserfalls dort war schon jetzt sehr laut. „Der Weg ist eben und aus Stein – mit dem Wasser wird das manchmal gefährlich glatt. Nimm das Ende dieses Seils und warte an einer Stelle, die dir guten Halt bietet. Wenn ich unter dem Wasserfall durch bin, ziehe ich zweimal kurz daran. Das ist dann dein Zeichen loszugehen." ,Unter dem Wasserfall durch' klang für Jeremy in dieser Höhe nicht besonders verlockend und er war gespannt, was ihn nach dem Felsvorsprung erwartete.

Warum Leavit noch vor der Biegung angehalten hatte, war ihm sofort klar. Der Wasserfall war hier so laut, dass er selbst den schreienden Leavit nicht mehr verstanden hätte. Jeremy machte eine Schlinge an das Ende des Seils, steckte die Hand hindurch und stemmte sich mit dem Rücken an die Felswand. Leavit drehte sich noch einmal zu ihm um und deutete ihm mit einem Nicken, dass er nun losgehen würde.

Nach wenigen Metern war er auf dem Pfad hinter dem Wasserfall verschwunden. Leavit wog unwesentlich mehr als Jeremy selbst, und als er sich vorstellte, dass Leavit stürzen könnte und er seinen Fall nur mit diesem Seil abfangen müsste, war ihm ausgesprochen unwohl zumute.

Als er spürte, dass Leavit wie besprochen zweimal kurz am Seil zog, war er schon etwas entspannter, doch das Problem mit dem Gewicht blieb bestehen – zumindest für den Fall, dass er selbst stürzen würde. Mit einer Hand in der Schlaufe des Seils und unsicherem Tritt arbeitete er sich langsam unter den Wasserfall voran. Abgesehen von der kalten Dusche konnte Jeremy auch seine Augen nicht offen lassen und den Weg zu erkennen, war schlicht nicht mehr möglich. So tastete er sich suchenden Fußes mit den Händen langsam an der Felswand entlang, den Griff fest um das Seil. Ohne größere Zwischenfälle gelangte er schließlich auf die andere Seite, wo Leavit bereits auf ihn wartete.

Lässig angelehnt an die Felswand stand er da, das andere Ende des Seils vor sich auf dem Boden.

Als die beiden wieder ausreichend vom Wasserfall entfernt waren um sich nicht anschreien zu müssen, klopfte Jeremy Leavit auf die Schulter, damit er sich umdrehte. „Sag mal, da eben am Wasserfall – du hast das Seil ja gar nicht festgehalten. Was, wenn ich gestürzt wäre?"

Leavit grinste ihn an: „Wir sind beide viel zu schwer für den anderen. Das Seil war nur eine psychische Stütze – man geht sicherer, wenn man keine Angst hat. Außerdem: was sollte dem Prophezeiten schon passieren?"

„Aber was, wenn du gestürzt wärst?“

„Ich hatte das Seil nur locker in der Hand. Du hättest wohl gemerkt, dass ich gestürzt bin. Mein Gewicht hättest du aber nicht halten müssen.“, erklärte Leavit.

Jeremy war platt von so einer Frechheit. Oder war es vielleicht wirklich klug gewesen? Ohne Angst geht man sicherer ... das klang auf jeden Fall weise.

Die Sonne stand mittlerweile hoch über dem Plateau und brannte regelrecht auf die Felswand, an der der Höhenweg nun weiterging. Nach einer Stunde waren die beiden wieder völlig trocken und in gutem Tempo unterwegs. Jeremy fürchtete schon wieder nass zu werden, als ihnen erneut das Tosen des Wasserfalls näher kam.

Kaum hatte er das gedacht, drehte sich Leavit jedoch zu ihm um: „Diesmal brauchen wir kein Seil!“, lachte er und bog um die nächste Kurve. Der Weg führte hier in das Innere des Berges!

Leavit zündete zwei Fackeln an und sie folgten einem Gang, der sie tief in den Berg führte und dort in einen großen Raum. Es war ja schon ein seltsames Gefühl, mitten im Felsen auf einen Raum zu treffen, zumal er einen perfekt glatten Boden hatte und absolut gerade Wände. Die Wände waren weiß gestrichen, wie er es aus der Außenwelt kannte. An den Seiten standen Regale mit Büchern und weiter hinten mehrere Schränke mit Geschirr. In der Mitte thronte eine riesige Tafel aus fast schwarzem Holz, an der ohne weiteres 40 oder 50 Menschen platz finden würden. Darauf standen mehrarmige Kerzenleuchter und an der Wand flackerten große Kerzen, die eine warme, angenehme Atmosphäre verbreiteten. Zwei große Kamine an Anfang und Ende des Raumes sorgten für angenehm warme und trockene Luft. Im hinteren Bereich war eine Türe aus dem gleichen Holz wie der Tisch, die einen Spalt offen stand.

„Hunger?“, fragte Leavit mit einem Blick auf Jeremy.

„Ja, schon ...“, antwortete Jeremy, da hatte sich Leavit bereits an den Tisch gesetzt.

„Kundschaft!“, rief er laut und klopfte mit der Faust auf den Tisch. Sehr höflich kam das Jeremy nicht gerade vor und schon kam ein schlecht gelaunter Koch mit erbostem Gesichtsausdruck durch die Tür zwischen den Schränken. Gerade als er anfangen wollte loszuschimpfen, stand Leavit auf, drehte sich zu ihm und breitete die Arme aus. „Darus, alter Freund!“

„Leaviiit!!“, schrie der plötzlich vollends gut gelaunte Gastwirt voller Begeisterung und die beiden fielen sich in die Arme. Nach einer ausgiebigen Begrüßung und dem Austausch von neuestem Tratsch aus Camden und Niemen fragte Darus: „Was treibt dich denn über diesen beschwerlichen Weg in mein Bescheidenes Stüblein?“

Leavit ging einen Schritt zur Seite und gab Darus den Blick auf Jeremy frei. „Weißt du, wer das ist?“

Jeremy ahnte, dass Leavit nun seine Identität preisgeben würde, und das gefiel ihm überhaupt nicht.

„Tut mir schrecklich leid!“, antwortete Darus schulterzuckend.

„Du hast die Ehre, den Prophezeiten, den Retter unserer Welt kennenzulernen. Das ist Jeremy, der Geweissagte aus der Außenwelt!“

Als er das hörte, wurde der arme Koch kreideweiß und nahm ehrfürchtig einen Schritt Abstand.

„Du machst einen Scherz!“, sagte Darus, doch Leavit sah ihn nur an und Darus wusste, dass es ihm absolut ernst war.

„Du meine Güte!“, rief Darus und setzte sich mit an den Tisch. Er konnte seine Augen nicht von Jeremy lassen. Dann hob er die Hand und hielt sie Jeremy zur Begrüßung hin.

„Tut mir leid, Herr Darus. Besser wir tun das nicht!“, sagte Jeremy in dem Versuch höflich zu bleiben.

Leavit bestätigte das sofort und Darus akzeptierte mit einem verständigen: „Natürlich, natürlich ...“

Einen kurzen Moment brauchte er noch um sich zu fassen, dann polterte er wieder los: „Ich Jämmerlicher! Ihr habt sicher einen Mordshunger! Das möchte ich euch jedenfalls geraten haben!“

Leavits Lachen war ihm schon Antwort genug und er verschwand in seiner Küche.

Jeremy nutzte die Abwesenheit von Darus um mit Leavit zu sprechen: „Leavit, ich verstehe dich und ich bin dir auch was schuldig, aber bitte habe Verständnis, dass ich nicht will, dass alle wissen wer ich bin! Das kann mir so schnell gefährlich werden. Wie du weißt, gibt es einige, die mir keinesfalls wohlgesonnen sind!“

Leavit beugte sich zu Jeremy herüber und sagte mit flüsternder Stimme: „Ich weiß ... ist schon klar, vertrau' mir einfach! Wenn mein Plan aufgeht, erspart uns Darus den ganzen weiteren Weg!"

Jeremy verstand nicht, was Leavit meinte, aber er konnte auch nicht nachfragen, denn Darus kam, vollbeladen mit Tellern und Platten mit den unglaublichsten Speisen, aus der Küche. Der ganze Raum füllte sich mit den feinsten Düften und Jeremy wie auch Leavit lief das Wasser im Mund zusammen.

„So ein wunderbar duftendes Essen in so kurzer Zeit?" wunderte sich Jeremy, doch Darus sagte nur „Magiiiiie ...". Er gesellte sich zu den beiden und aß mit ihnen. Hin und wieder sprang er auf, um aus der Küche noch etwas zu Essen oder Trinken zu holen. Das Gelage dauerte fast zwei Stunden und Jeremy wurde schon unruhig.

„Darus,", begann Leavit schließlich, „wir brauchen deine Hilfe."

Nun war Jeremy ebenso neugierig wie Darus.

„Wir müssen rauf nach Niemen."

Darus brauchte ein wenig, doch dann schien er Leavit zu verstehen. „O-Oh ... Nein, nein ... Nein, das kannst du jetzt nicht ernst meinen!"

Jeremy verstand gar nichts und sah nur Leavit an. Der neigte den Kopf zur Seite und fixierte Darus.

„Du verdammter Mistkerl!", schimpfte Darus. „Du weißt doch, wie ..."

„Hey, entspann dich mal.", unterbrach ihn Leavit. „Es ist doch nur ein Mal ... Ich gehe vor, dann wird es schon keiner merken, und überhaupt, um diese Zeit sind sie eh' nicht oben."

Darus stützte beide Ellenbogen auf den Tisch und begrub sein Gesicht in den Händen. Eine Weile verharrte er in dieser Position, dann sah er auf, zuerst zu Jeremy, dann kaute er nervös auf seiner Unterlippe herum, dann zu Leavit.

„Ich würde dich nicht fragen, wenn es das nicht wert wäre!", versuchte Leavit ihn zu überzeugen.

„Na gut.", willigte Darus schließlich resigniert ein. Leavit packte seinen Kopf und küsste ihn auf die Stirn.

„Ja!", rief er. „Ich wusste, dass man sich auf dich verlassen kann!"

Mit leerem Blick sah Jeremy auf die beiden, bis sich Leavit zu ihm wandte und zu erklären begann: „Pass auf, Darus hat ein kleines Portal, das zwischen seiner Küche und der Großküche in Niemen zum Transport von Essen und kleineren Gegenständen errichtet wurde. Früher, als Kind, habe ich mich verbotenerweise damit nach Niemen portiert. Oben wurde ich dann mal erwischt. Darus hätte damals fast seine Erlaubnis verloren, die Grottenküche weiter zu betreiben. Ihm wurde die strikte Auflage gemacht, dass er niemals wieder Menschen in diesem Portal nach Niemen bringen darf, sonst würde sein kleines Gasthaus, das ihm alles bedeutete, für immer geschlossen werden."

„Verstehe ...", sagte Jeremy, „wir kämen damit direkt in Niemen raus? Wie lange bräuchten wir denn zu Fuß?"

Leavit sah ihn an: „Ich schätze, so zwei bis drei Tage."

„Das ist zu lange!", platze es aus Jeremy heraus.

Darus unterbrach die beiden: „Ich hab' schon kapiert, ist ja gut. Ich habe nur eine Bedingung – nein, eine Bitte an dich, Jeremy. Bevor ihr gleich durch das Portal geht, reich mir deine linke Hand. Ich kann mich schon darauf einstellen, glaub mir!"

Jeremy sah fragend auf Leavit, doch der zuckte nur mit den Schultern, wusste er doch selbst nicht, was man bei Jeremy zu erwarten hatte.

„Ich kann nur meine Energien nicht besonders gut unter Kontrolle halten ... und wie ich in Camden erfahren musste, wohl auch nicht meine Erinnerungen.", warnte er Darus.

„Das ist in Ordnung, ich blocke das einfach erst mal komplett ab und lasse es dann nur langsam zu.", sagte er mit einem Nicken in Leavits Richtung.

„Na gut.", sagte Jeremy, und schon hatte Darus die Hand gehoben. Jeremy atmete tief durch und versuchte sich zu entspannen, möglichst an nichts zu denken. Dann hob auch er seine Hand. Darus war ein älterer, erfahrener Mann, der den Anschein erweckte, dass er ebenso hart sein konnte wie der Fels, der ihn umgab. Und Darus verzog keine Miene. Zunächst.

Jeremy und Leavit beobachteten ihn. Kaum wahrnehmbar wurden seine Augen glasig und seine Lippen begannen zu zittern. Dann bekam er einen schmerzverzerrten Gesichtsausdruck und eine Träne kullerte über seine Wange. Ehe Jeremy bemerkte was geschah, ging Leavit dazwischen und löste die Verbindung. Darus plumpste auf seinen Stuhl und starrte leer vor sich hin.

„Du sanfter Riese.“, tröstete ihn Leavit und klopfte ihm beruhigend auf die Schulter.

Schluchzend stammelte Darus etwas wie: „Es ..., es tut mir so leid, Junge ... es ist wirklich schrecklich, was dir passiert ist ... tut mir alles so leid ... und das tust du alles für uns.“ Währendessen stand er auf, um die beiden in die Küche zu winken.

Während er schniefend in seine Schürze schneuzte, führte er die beiden zu einem hölzernen Bogen von etwa anderthalb Metern Höhe. Mit einem Klaps auf die obere Seite des Bogens aktivierte er das Portal und winkte zum Eintreten.

Leavit umarmte Darus wortlos, bückte sich und verschwand durch den Bogen. Jeremy legte Darus die Hand auf die Schulter. „Es tut mir wirklich leid, Herr Darus ... das wollte ich nicht!“

Darus hob seinen gesenkten Kopf etwas an und sagte: „Ich wünsche dir alles Gute, Junge. Wer weiß, was du noch alles durchmachen musst.“

„Danke.“, sagte Jeremy und folgte Leavit.

Kapitel 25

Niemen – Stadt im Fels

„Alles klar!", waren die Worte, mit denen Leavit Jeremy empfing. Was so viel bedeutete, dass sie nicht erwischt worden waren. Auf spitzen Zehen schlichen sie aus der Großküche hinaus auf die Straßen von Niemen. Niemen war eine faszinierende Stadt. Alles hier schien direkt aus dem Felsen geschlagen worden zu sein. In Kombination mit kräftigen Pinienholzbalken ergab das eine warme und gefällige Architektur. Die Menschen sahen fröhlich aus und Jeremy hatte nicht das Gefühl, sich verstecken zu müssen.

Leavit schien genau zu wissen wohin er gehen musste, also folgte ihm Jeremy ohne zu fragen. Jedes Eck dieser Stadt war mit größter Hingabe und Liebe zum Detail gearbeitet und jedes mal, wenn man um eine Ecke ging, gab es eine neue Überraschung. Die Pflanzen, die Bächlein und Brunnen, all' das hätte Jeremy von der Stadt im Fels nicht erwartet.

Leavit drehte sich vor einem hoch aufragenden Turm zu Jeremy um und sagte: „Wir sind da! Komm', das musst du dir ansehen!" Damit ging er in den Turm und rannte die Stufen hinauf. Oben angekommen wusste Jeremy schnell, warum Leavit ihn hier herauf geschleppt hatte.

Von diesem Turm aus konnte man Richtung Westen die ganze Stadt Niemen überblicken und blickte man Richtung Osten, sah man in die Alle-Wasser-Furth mit Camden am fernen Ende. Jeremy konnte sich am Anblick dieser Stadt nicht satt sehen. Wie auf einem Zwischenplateau lag sie über eine Breite von mehreren Kilometern in der Felswand und reichte sicher noch einmal einen Kilometer in den Felsen hinein. Dahinter wuchs das Massiv wieder steil in die Höhe, sodass man das Hochplateau darüber nur erahnen konnte. Kunstvoll geschlagene Steinbögen, fein gearbeitete Holzfenster, -türen und -säulen und eine Vielfalt von Kletterpflanzen und leuchtenden Blüten in wunderschön angelegten Grünflächen mit Miniatur-Wasserfällen ... das alles ließ diese Stadt wie ein einziges Kunstwerk erscheinen.

Es war nicht anders zu erwarten, dass die Bewohner dieser außergewöhnlichen Stadt ein buntes, lachendes und stets zuvorkommendes, freundliches Wesen hatten. Bunte Kleider und lustige Hüte trugen die meisten, beschwingt gingen sie durch ihre Stadt. Von der Spitze des Turms konnte man viel beobachten und die Musik aus den Häusern und Kneipen, den Wirtshäusern und die Rhytmen der Straßenmusikanten klang von hier oben wie ein brodelnder Topf mit Lebensfreude.

So etwas Wunderbares konnte es nur in der Nebelwelt geben, dachte sich Jeremy und der Gedanke erinnerte ihn wieder an seine Aufgabe.

„Leavit, sag mal, wo ist das Haus von Eidun von Niemen?"

„Na, sowas. Du lässt niemals locker, hm?", antwortete Leavit lächelnd. „Dort drüben, siehst du das kleine Türmchen mit dem grünen Dach? Das ist sein Haus. Komm, ich bringe dich hin."

„Nein danke, Leavit. Das muss ich jetzt alleine machen. Die Schamanin hat mir genaue Anweisungen gegeben."

Kein Argument der Welt hätte für Leavit mehr Gewicht haben können als dieses. „In Ordnung, das verstehe ich.", sagte er.

„Du hast mir wirklich wahnsinnig viel geholfen, Leavit. Ich weiß nicht, wie ich ohne dich hierhergekommen wäre, oder ob ich eher in einem Verlies in Camden gelandet wäre ..." Beide lachten, obwohl sie wussten, dass nun der Moment des Abschieds gekommen war und obwohl sie sich nur so kurz kannten, erschien es beiden wie eine tiefe Freundschaft.

„Ich wünsche dir alles Glück, das es in der Nebelwelt gibt! Deine Aufgabe wird sicher hart, aber wenn du es schaffst, wirst du in die Geschichte unserer Welt eingehen. Du wirst ein Held sein wie kein anderer vor dir!" Leavit sah Jeremy etwas wehmütig an. „Ich hoffe, das Schwert Nephele leistet dir gute Dienste! Jetzt geh und rette unsere Welt! Ich bleib noch etwas hier oben.", sagte Leavit und sah in die Ferne der Alle-Wasser-Furth. Und Jeremy machte sich auf den Weg.

Von oben ein Haus zu sehen ist immer noch etwas anderes, als es von unten zu finden, das wurde Jeremy bewusst, als er durch die verwinkelten Straßen von Niemen ging. Speziell die grünen Dächer sieht man von oben eindeutig besser, dachte er sich, als er in eine gerade Straße bog, an deren Ende endlich das kleine Türmchen stand, das Leavit ihm gezeigt hatte.

Nun war es soweit. Er erinnerte sich an die Anweisungen der Schamanin: nicht sagen wer er ist, nur nach dem Weg zum Orakel fragen. Er fühlte sich bereit, als er am Ende der Straße vor dem Turm stand. Also ging er zur Türe und klopfte an. Nach einer Weile, ohne Reaktion klopfte er noch einmal, nur wesentlich stärker: „Hallo?" Er drehte sich um, ob sich andere durch seinen Radau gestört fühlten, aber da saß nur ein alter Mann auf einem Holzstuhl an der Straße und las etwas.

Da selbst auf sein energisches Klopfen niemand öffnete, nahm er an, dass der Weise nicht zu Hause war. Einfach zu gehen, um später wieder zu kommen, wollte er aber nicht, schließlich hatte er ein wichtiges Anliegen. Deshalb entschloss er sich nach dem Weisen Eidun von Niemen zu suchen. Als erstes ging er zu dem alten Mann, der dort an der Straße auf seinem Stuhl saß.

„Entschuldigen Sie bitte, können Sie mir sagen wo ich Eidun von Niemen finde?"

Der alte Mann sah nicht mal von seiner Lektüre auf und Jeremy dachte schon, er würde vielleicht nicht mehr gut hören.

Doch dann sagte der Mann nur: „Warum?"

„Ich brauche eine Antwort von ihm.", erklärte Jeremy.

„Was musst du ihn denn wissen?", fragte der Mann, immer noch ohne Jeremy anzusehen.

Jeremy ärgerte sich über diese undiskrete Fragerei. „Hm, das ist etwas kompliziert ... Auf jeden Fall kann nur er selbst mir die Frage beantworten.", sagte er und um weitere Diskussionen zu vermeiden, hängte er gleich die nächste Frage an: „Wissen Sie wo er sich aufhält?"

Die langen Pausen, die der Mann machte, bevor er antwortete, machten Jeremy langsam nervös. „Stell dir vor, Junge: in Camden ist gestern einer der Verdammten gesehen worden.", sagte er, anstatt Jeremy zu antworten.

Jeremy erschrak. Das Thema gefiel ihm natürlich überhaupt

nicht. Um nicht auffällig zu werden sagte er nur: „Tatsächlich?"

„Ja, so wie es aussieht, tatsächlich. Und man möge es glauben oder nicht: Er soll das Schwert Nephele bei sich getragen haben.", erklärte der Alte weiter.

„Unfassbar!", spielte Jeremy weiter den Unwissenden.

Da fragte ihn der Alte: „Hast du denn nichts davon mitbekommen, als du in Camden warst?", Jeremy rutschte das Herz in die Hose.

„Ich? ...."

„Natürlich du.", erwiderte der Mann nun erheblich schneller und sah dazu Jeremy noch direkt in die Augen.

„Äh, woher wissen Sie, dass ich in Camden war?", wunderte er sich.

„Nun, ich kenne die Einwohner von Niemen. Du bist keiner von ihnen. Und so wie du aussiehst, könntest du gut aus Camden stammen. Zudem geht fast jeder, der in die Alle-Wasser-Furth kommt, auch nach Camden. Also?"

„Ja gut, ich geb's zu.", sagte Jeremy und versuchte dabei so harmlos wie möglich zu klingen. „Aber von einem Verdammten habe ich tatsächlich nichts mitbekommen.", log er dem Alten vor.

„Dann bist du also gar kein Verdammter?", fragte der Alte und brachte Jeremy damit endgültig ins Schleudern. Auf sein verdutztes Schweigen sah ihn der alte Mann an und sagte: „Da du durch das Essensportal von Darus gekommen bist, müsstest du rein zeitlich genau in Camden gewesen sein, als dieser Vorfall mit dem Verdammten war."

„Woher wissen Sie denn das nun wieder? Ich war sicher, dass uns niemand gesehen hat!"

„Uns?", fragte der alte Mann und stand auf. „Komm', ich glaube es ist besser, wenn wir drinnen weiter reden.", sagte er und ging Richtung Turm. Jeremy war baff vor solch einer Rafinesse – hatte ihn der Alte doch die ganze Zeit an der Nase herungeführt.

Natürlich folgte er dem alten Mann, dem Weisen Eidun von Niemen, in sein Haus. Im Inneren des Turms führte eine Treppe an der Wand entlang in das darüberliegende Stockwerk. Eidun ging hinauf, bot Jeremy einen Platz an, stellte ihm ein Glas Wasser vor die Nase und sagte: „So. Nun erzähl mir doch mal die wahre Geschichte."

Jeremy dachte immer daran, dass die Schamanin ihm geraten hatte, Eidun nicht die Wahrheit zu sagen, fühlte sich aber auch nicht imstande, diesen Mann anzulügen. Also versuchte er vom Thema abzulenken: „Woher wussten Sie das mit dem Essensportal?"

„Von Darus und seiner Grottenküche braucht man 2-3 Tage bis hier oben. Wenn man das zu Fuß geht, riecht man nicht mehr nach seinen Speisen, wenn man hier ankommt."

Innerlich kapitulierte Jeremy vor diesem gestochen scharfen Verstand. „Ich bin auf der Suche nach dem Orakel.", sagte er, wie es die Schamanin ihm aufgetragen hatte.

„Ja ...", sagte Eidun und machte wieder eine seiner langen Pausen. „Aber zunächst erzähle mir mal die Geschichte in Camden, und wie du den jungen Leavit Elder kennengelernt hast."

Schon wieder war Jeremy völlig verdattert, auch ein bisschen verärgert darüber, dass er für den Alten anscheinend ein offenes Buch war.

„Ich weiß gar nicht, was ich Ihnen erzählen soll ... Sie wissen ja schon alles!", sagte er resigniert.

„Ich weiß nicht viel.", entgegnete der Weise. „Nur eines weiß ich, den alten Darus zu überreden sein Portal zur Beförderung von Menschen zu verwenden: Das schafft nur ein Elder und das nur mit einem triftigen Grund." Eidun wandte sich zu Jeremy: „Du musst ein wahrlich dringendes Anliegen an das Orakel haben, dass dir die Menschen so zur Hilfe kommen."

Jeremy merkte, dass er sich hier kaum noch herausreden konnte. Er dachte an die Warnung von Belisama Lir – gehe nicht nach Camden, verrate dem Weisen Eidun nicht wer du bist. Verdammt, wie auch immer er es anfing, er konnte die Warnungen der Schamanin nicht befolgen. „Ich muss nur den Weg zum Orakel wissen, weiser Mann.", schmeichelte er seinem Gastgeber. „Bitte haben Sie Verständnis, dass ich nicht über mehr sprechen kann."

Eidun lächelte und hob seine rechte Augenbraue an. „Wie war noch dein Name?", fragte der Weise.

„Jeremy.", war die karge Antwort.

„Nun gut, Jeremy. Ich glaube, ich weiß jetzt genug, um dir den Weg zum Orakel weisen zu können."

Aus einem der Regale nahm Eidun eine zusammengerollte Karte

heraus und breitete sie auf dem Tisch aus. „Pass auf: Wir sind hier ...", begann er und erklärte Jeremy den Weg von Niemen auf das Hochplateau und wie er von dort, auf den ‚Sich windenden Weg' kommen würde, der ihn nach Uyndham führen würde. In Uyndham solle er nach dem Berg-Schamanen fragen. Alles Weitere würde sich dann ergeben.

Jeremy fragte sich, warum er nicht einfach direkt zu diesem Orakel gehen und seine Aufgabe bekommen konnte. Warum musste immer alles so kompliziert sein?

Wahrscheinlich hatte der Alte seinen Unmut gespürt und sagte: „Ich würde dir wirklich gerne mehr sagen, Jeremy, aber das Orakel ist kein Ort, zu dem man einfach so hingehen kann."

Jeremy lächelte Eidun dankbar an und öffnete die Tür um zu gehen, als der Weise ihm noch seine Anglertasche in die Hand drückte, mit den Worten: „Hier, vergiss nicht dein Schwert!"

Jeremy wunderte sich nicht mehr, dass der Alte von seinem Schwert wusste. Wahrscheinlich hatte er es am Gewicht der Tasche gemerkt. Damit war ihm auch klar, dass er genau wusste, wer Jeremy war und warum er unbedingt zum Orakel musste. Jeremy bedankte sich für den lehrreichen Empfang und die beiden sahen sich zum Abschied an und beide wussten mehr, als zwischen ihnen ausgesprochen wurde.

Wenn er Eiduns Ausführungen über den weiteren Weg Glauben schenken konnte, und er hatte keinen Grund daran zu zweifeln, dann dauerte der Aufstieg von Niemen auf das Hochplateau zwei bis drei Stunden. Mit einem Blick auf den Stand der Sonne entschied Jeremy, sich gleich auf den Weg zu machen. Darus aus der Grottenküche hatte ihm von seinen besten Speisen einen Beutel Proviant mitgegeben, also war er bestens gerüstet für den weiteren Weg. Er war steil, aber er führte zum Glück nicht unter Wasserfällen hindurch.

Als er am Hochplateau ankam, war er vom ständigen Bergauf, ziemlich erschöpft. Hier oben war die Landschaft nicht minder feszinierend wie unten in der Furth. Riesige flache Steinplatten bildeten hier den Boden und ließen nur schmale Spalte zwischen sich und der nächsten Platte. Entsprechend karg war die Vegetation, nur hin und wieder hatte sich dort, wo mindestens drei Platten aufeinandertrafen, eine Pinie durch den Boden gedrückt. Unter einem größeren Exemplar dieser Bäume legte Jeremy seine Sachen ab und sich zur Ruhe. Der sanfte, warme Wind trug den angenehmen Geruch von Pinienharz ihm und der, von der Sonne aufgeladene Steinboden, wärmte ihn in den Schlaf.

Mit den ersten Sonnen strahlen des nächsten Tages wachte er auf und fühlte sich, trotz des harten Bettes gut ausgeruht und bester Dinge. Ohne einen Blick zurück machte er sich auf und fand schon bald den ‚Sich windenden Weg'.

Während das Hochplateau durch seine flache Weitläufigkeit geprägt war, führte der ‚Sich windende Weg' aus dieser Ebene in eine mehr und mehr hügelige Landschaft. Von der Ferne hatte man den Eindruck, dass sich hinter den Hügeln spitze Felsen von unten durch das Plateau gebohrt hatten, um einen neuen Berg zu schaffen. Am Rande dieses bedrohlich wirkenden Gebildes waren die Felsspitzen noch niedriger, zur Mitte hin wurden sie immer höher. Der Weg führte auf dieses wenig einladende Gelände zu und weitere Abzweigungen waren nicht zu erwarten. Die Stadt Uyndham musste also irgendwo weit oben auf diesem Berg aus steinernen Nadeln liegen.

Als Jeremy hinter den Hügeln auf die ersten aus dem Boden ragenden Felsspitzen stieß, wusste er, woher der 'Sich windende Weg' seinen Namen hatte. Er schlängelte sich um die Felsen herum wie eine riesige Schlange. Da ihm durch die hohen Felsen die Sicht genommen war, hatte er bereits nach kurzer Zeit das Gefühl dafür verloren, in welche Himmelsrichtung er ging. Abgesehen davon war der Weg angenehm zu gehen. Gräser und kleinere Pflanzen, die auf dem weiten Plateau keinen Halt gefunden hatten, waren zwischen den Felsspitzen im Schutz vor den ungebremsten Winden des Plateaus gewachsen und bildeten einen angenehm weichen Untergrund für Wanderer. Je weiter sich der Weg auf die höheren Felsen zu schlängelte, desto schmaler wurde er und desto spärlicher die Vegetation.

Nach etlichen Windungen führte der Weg Jeremy schließlich auf das Felsmassiv, das er schon von der Ferne gesehen hatte. Zu seiner Rechten begann eine steinerne Treppe, die sich direkt am

Felsmassiv so weit nach oben fortsetzte, bis man sie nicht mehr sah. Auf ihrer rechten Seite, ragten dicht aneinender stehende Felsen soweit nach oben, dass sie einen guten Schutz für Wanderer bildeten.

Am Anfang des Weges stand ein Schild mit der ermutigenden Aufschrift: „Uyndham 2345 Stufen".

Kapitel 26

Der Weg zum Orakel

Anfangs machte sich Jeremy noch den Spaß die Treppenstufen zu zählen und nach hundert Stufen wurde ihm klar, dass mehr als 2000 Stufen doch eine gehörige Menge waren. Er wusste, dass er seine Kräfte gut einteilen musste, um einigermaßen schnell nach Uyndham zu kommen. Also setzte er sich genau auf die hundertste Stufe und genehmigte sich erstmal ein spätes Frühstück à la Darus.

Das Gehen auf der steinernen Treppe war nicht gerade einfach, weil die Stufen sehr unregelmäßig groß waren und man seinen Schritt anpassen musste. Manche Stufen waren eher so groß wie zwei oder sogar drei normale. Trotzdem versuchte er einen Rhythmus zu finden, mit dem er weniger Kraft verbrauchte. Dabei sah er immer auf die Stufen und versuchte in möglichst fließenden Bewegungen zu bleiben. Eine ganze Weile ging er so und nahm dabei seine Umgebung gar nicht mehr war.

Erst als die schützende Felswand zu seiner Rechten einen breiten Spalt öffnete und den Blick auf den Tafelberg des Hochplateaus unter ihm freigab, hielt er an.

Eine kleine Verschnaufpause war ohnehin angesagt, so setzte er sich auf den steinernen Boden und sah in die Tiefe. Es war ein fantastischer Ausblick.

Über die Spitzen der unteren Felsen sah man die Hügel und den sich windenden Weg von oben und weiter hinten erstreckte sich die Hochebene bis in weite Ferne. Das fein zerstäubte Nass der Wasserfälle stand über dem dahinterliegenden Tal der 'Alle-Wasser-Furth' und gleich mehrere Regenbögen stiegen über ihm auf. Von hier oben sah es aus wie die Märchenlandschaft aus einer Geschichte über Feen und Zwerge.

Einige Zeit saß Jeremy an diesem Platz und freute sich einfach nur über die Aussicht.

Er wollte gerade wieder aufstehen und weitergehen, als ihm eine kleine Steintafel auffiel, die neben ihm im Fels hing.

WILLKOMMEN AUF STUFE 555
BEI GUTEM WETTER
SIEHST DU HIER BIS IN DIE FURTH
BEI SCHLECHTEM WETTER
KEHRE BESSER UM

„Stufe 555 erst?" Jeremy dachte, er hätte den halben Weg bereits hinter sich gebracht, dabei war es gerde mal ein Viertel.

Der Wind pfiff durch den Spalt und er wollte schnell weiterkommen. Uyndham ... die Stadt von der aus man zum Orakel kommt. Sie muss wohl etwas besonderes sein. Angespornt von seiner Neugier ging er zügig weiter die Stufen nach oben. Während des Aufstiegs gingen so viele Gedanken durch seinen Kopf, dass er die Anstrengung nicht allzu sehr bemerkte.

Was er leider ebenfalls nicht bemerkte, war die einsetzende Dunkelheit, die nicht von der untergehenden Sonne kam, sondern von dicken schwarzen Regenwolken, die sich über seinem Kopf zusammenbrauten. Erst als er an einer Stelle vorbeikam, an der der Felsen niedrig genug war, sah er mit Besorgnis den dunklen Himmel.

Zwar war dort noch ein schmaler, wolkenloser Streifen über dem Horizont zu sehen, aber darüber und bis über seinen Kopf erstreckte sich eine nichts Gutes verheißende, düstere Wolkendecke. Jeremy hatte keine Ahnung, wie hoch er war oder wie weit es noch sein könnte. Er erinnerte sich nur daran, was auf der Steintafel im Felsen bei Stufe 555 stand: Bei schlechtem Wetter kehre lieber um.

An ein Umkehren war jetzt nicht mehr zu denken. Aber so schlimm würde es schon nicht werden, schließlich konnte er zumindest nicht abstürzen, denn zu seiner Linken war der Fels, und die Treppe war von dem anfänglichen einen Meter auf etwa drei Meter Breite angewachsen. Als Schutz auf der rechten Seite standen die spitzigen Felsen, einer neben dem anderen, wie eine Mauer.

Als hätte er es gerufen, endeten die ‚Begrenzungsfelsen' nach gut hundert Metern und aus der kühlen Luft von eben wurde ein schneidender, eisiger Wind. So nah es ging hielt sich Jeremy an der Bergseite, um dem Wind wenigstens ein bisschen zu entkommen, aber als die Wolkendecke mit einem kräftigen Blitz und Donner den Niederschlag eröffnete, war es um jeden Schutz geschehen.

In kürzester Zeit war Jeremy bis auf die Knochen durchnässt und der Wind begann ihn mehr und mehr abzukühlen. Sein Kampf um jede weitere Stufe war mit den weiten Schritten vom Anfang seines Aufstiegs nicht mehr zu vergleichen. Er biss die Zähne zusammen und nahm den Kampf auf. Das Gewitter, in dessen absoluter Mitte er da gerade zu stecken schien, war ein Gegner, den er besiegen konnte. Glaubte er.

Ein gleißend heller Blitz schlug nur wenige Meter vor ihm in die Felswand ein und Gesteinsbrocken flogen in alle Richtungen. Der Einschlag war so laut, dass Jeremy einen Moment nichts mehr hörte und sich an die Felswand klammerte, um nicht das Gleichgewicht zu verlieren.

Als er sich gerade etwas von dem Schreck erholt hatte, schlug ein weiterer Blitz irgendwo hinter ihm ein. Weit genug entfernt um ihn nicht zu erschlagen, aber nah genug um ihm das Gefühl zu geben, dass er diesem Gewitter schutzlos ausgeliefert war.

Er erinnerte sich an seinen Kampf gegen die Fürstin des Wassers im Sumpf des Vergessens und saß zusammengekauert auf dem Boden, als aus dem eiskalten Regen auch noch Hagel wurde. Als Jeremy die kleinen weißen Eiskugeln sah, musste er ein bisschen über seine Situation lachen. Er war hier um diese Welt zu retten und es schien fast, als würde sich die Welt dafür nicht wirklich interessieren.

Das kann doch den Prophezeiten nicht aufhalten, dachte er sich trotzig, und stand gegen die Gewalt von Sturm und Hagel auf. Schritt für Schritt, Stufe für Stufe, Meter für Meter kämpfte er sich seinem Ziel entgegen. Um ihn schlugen die Blitze mal unterhalb seines Weges, mal oberhalb ein und er musste immer wieder vor fallenden Felsbrocken Schutz an der Bergwand suchen.

Je höher er aufstieg, desto breiter wurde zwar die Treppe, doch der Hagel und der eisige Wind hatten inzwischen die Stufen mit einer gefährlichen Eisschicht überzogen und so rutschte Jeremy immer wieder aus, manchmal gefährlich nah an den Abgrund.

Nach gut vier Stunden, die Dämmerung hatte bereits eingesetzt, sah Jeremy in der Ferne zwei Lichter. Zwei Fackeln, die dem Sturm trotzend an den Seiten eines Torbogens angebracht waren, sofern er das aus dieser Entfernung richtig erkennen konnte.

Sowie er den Lichtern näherkam war er sich sicher: Da stand ein einsamer Torbogen von vielleicht fünf Metern Breite, mitten auf der Treppe, die hier oben inzwischen mindestens zehn Meter breit war. Was es mit dieser „Installation" auf sich hatte, war ihm nicht klar, denn dahinter ging die Treppe einfach weiter.

Als Jeremy am Torbogen stand, stellte er erstaunt fest, dass es dort weder regnete noch hagelte. Er streckte sich, um seine Hände an einer der Fackeln zu wärmen, als er unter ihr eine Inschrift las: „Guten Mutes!"

Unter der Fackel auf der gegenüberligenden Seite stand: „Reinen Herzens!" Guten Mutes und reinen Herzens. Na ja, schöne Namen für zwei Fackeln, dachte er bei sich, aber was hatte das zu bedeuten? Er ging ein paar Schritte zurück, um den ganzen Torbogen sehen zu können.

Was ihm vorher nicht aufgefallen war, war eine Inschrift über dem Tor: „Einlass nach Uyndham bekommt nur, wer zwei Lichter in sich trägt."

„Ein Portal nach Uyndham!", dachte Jeremy aufgeregt und machte sich bereit hindurch zu gehen. Was er für ein Portal gehalten hatte, war jedoch eine Pforte. Kaum war er durch den Bogen gegangen, stand er in einer großen Halle, mitten im Trubel geschäftiger Menschen.

Eine ältere Dame kam direkt auf ihn zu: „Herzlich willkommen in Uyndham, junger Mann! Oh! Sie sind ja ganz durchnässt! Hier, nehmen Sie eine Decke!", und mit dieser netten Begrüßung drückte sie ihm eine in die Hand und ging einfach weiter. Jeremy sah ihr hinterher und wunderte sich, dass er ihr nicht als Bezahlung die Hand geben musste, aber es schien sich bei der Decke wohl um ein Geschenk gehandelt zu haben.

Sowie er sich zurückdrehte, stand ein großer, stämmiger Mann vor ihm. „Junge, du bist ja halb erfroren. Hier hast du einen wärmenden Trunk!“, sagte er und gab ihm einen dampfenden Krug aus Ton in die Hand. Auch er ging daraufhin einfach weiter.

Ach, würde es nur so unkompliziert weiter gehen, wünschte er sich insgeheim und setzte sich mit seinem heißen Getränk, eingewickelt in die wärmende Decke, auf einen Strohballen an der Seite der Halle. Eine Weile saß er da, wärmte sich auf und beobachtete die Menschen, bis er auf der anderen Hallenseite eine Gestalt, ebenfalls auf einem Strohballen sitzend, sah. Sie trug einen Umhang mit Kapuze, unter der man das Gesicht nicht sehen konnte. Jeremy spürte jedoch, dass sie ihn ansah.

Instinktiv tastete er nach seiner Angeltasche mit dem Schwert. Versehentlich stieß er dabei die Tasche um und bückte sich schnell, um sie wieder aufzuheben. Als er wieder aufsah, war die Gestalt verschwunden. Ein wenig seltsam kam ihm das schon vor, aber er kannte diese Stadt und ihre Bewohner einfach noch nicht gut genug, um sich daraus einen Reim zu machen. Zuerst musste er wieder zu Kräften kommen. Aufgewärmt hatte ihn das warme Getränk erstaunlich schnell, nun brauchte er noch etwas zu essen.

Er erinnerte sich an den Markt in Camden, wo er zuletzt versucht hatte, sich etwas zu essen zu besorgen. Das würde er hier sicher nicht wiederholen. Er entschloss sich, diesmal mit niemandem Kontakt aufzunehmen, bevor er sich nicht sicher war, dass nichts passieren konnte.

Er ging durch die Halle und auf einen hohen hölzernen Torbogen zu. In ihm waren kleinere Türen integriert, die möglicherweise in die eigentliche Stadt führten. In dem Moment, da er eine der kleinen Türen öffnen wollte, legte jemand die Hand auf seine Schulter. So viel zu meinem Vorhaben keinen Kontakt mit den Bewohnern herzustellen, dachte er sich und drehte sich um. Er blickte in die Augen des Händlers aus Cadha, der ihm das Amulett gegeben hatte. Den Talisman des Lichts, der ihm im Sumpf des Vergessens das Leben gerettet hatte! Hinter dem Mann stand die Gestalt mit dem Umhang, die ihn offensichtlich zu Jeremy geführt hatte.

„Er ist es!“, rief der Händler voller Freude. „Jeremy, der Prophezeite!“

Jeremy zuckte zusammen. Der Händler hatte ihn so laut begrüßt, dass die umstehenden Menschen sich umdrehten und ihre

Tätigkeiten sofort einstellten. Die ersten kamen begeistert auf ihn zu und einige riefen: „Der Prophezeite ist da!“, so dass innerhalb kürzester Zeit die gesamten Menschen dieser Halle wie eine Traube um ihn standen und ihn anstarrten.

Jeremy stand mit dem Rücken zum Holztor und schnappte nach Luft. Er war aufgeflogen, wie es auf keinen Fall hätte passieren dürfen!

„Es ist ja schön dich wieder zu treffen Händler, aber musste das jetzt sein? Von hier habe ich keine Chance zu entkommen!“

„Entkommen?“, lachte der Händler. „Entschuldige Jeremy, das kannst du natürlich nicht wissen. Hier in Uyndham sind ausschließlich Anhänger der Gelehrten, also Menschen, die an die Prophezeiung glauben. Anderen ist es nicht möglich durch das magische Portal zu gehen. Das habe ich schon vor langer Zeit so eingerichtet. Du bist hier unter Freunden!“

Das war wirklich eine gute Nachricht und Jeremy beruhigte sich schnell.

„Alles in Ordnung?“, fragte der Händler mit einem freundlichen Klaps auf die Schulter.

„Alles okay.“, bestätigte Jeremy und schon drehte sich der Händler um und rief in die Menge: „Menschen von Uyndham! Der Prophezeite ist gekommen!“ Die Menge reagierte mit lautem Jubel und Jeremy war das nur peinlich.

„Da die Sicherheit und damit die Existenz der Nebelwelt in ihren Grundfesten erschüttert wurde, wird die Prophezeiung nun Wahrheit!“ Verängstigte Stille machte sich breit. „Die schwarzen Blitze drohen den Nebel zu zerreißen und unsere Welt zu offenbaren. Lasst uns jetzt alles tun, um dem Auserwählten zu helfen, wo wir nur können und vor allem seht zu, dass dieses Geheimnis nicht die Mauern von Uyndham verlässt!“

Mit unterstützenden Rufen und Bestätigung reagierte die Masse, und Jubel und Freude machten sich breit. Vier Männer brachten einen großen Sessel, den sie mit zwei Holzbalken auf der Schulter trugen wie eine Sänfte. Jeremy musste sich in den Sessel setzen und die Männer trugen ihn durch das Holztor in die Stadt. Hinter ihnen folgte eine jubelnde und grölende Traube von Menschen. Irgendjemand hatte eine Trommel ausgepackt und seinem Beispiel folgend formierte sich die musikalische Begleitung zu einer regelrechten Parade. Aus den Häusern der Stadt kamen Menschen geströmt und bildeten ein Spalier von winkenden und singenden Anhängern.

Jeremy versuchte ein möglichst strahlender Held zu sein, obwohl er sich bei Weitem nicht dafür hielt. Er lächelte dennoch, winkte der Menge zu und fand mit der Zeit durchaus Gefallen daran derart gemocht zu werden. Einige warfen ihm kleine Köstlichkeiten zu, die er nur allzu gerne fing und zur Freude seiner Anhänger direkt verspeiste. Der Freudenzug endete in der Mitte der Stadt, wo ein monumentaler Felsen stand, der seltsamerweise eine Eingangstüre und mehrere Fenster hatte.

Die vier Männer setzten Jeremy ab und der Händler begleitete unter dem rhythmischen Trommeln der Musikanten Jeremy zur Türe im Stein. Er öffnete sie und ging hinein. Hinein in den Stein. Jeremy wunderte sich über so ein felsiges Haus, machte sich aber keine weiteren Gedanken und folgte dem Händler ins Innere.

Als hinter den beiden die Türe zufiel, war von der feiernden Menge draußen nichts mehr zu hören. Die beiden standen in einem großen runden Raum, von der Decke hingen Tropfsteine, einige davon leuchteten in angenehm warmem Licht. Der Boden war einfach, flacher Stein wie auf dem Hochplateau, die Wände waren rau. In der Mitte des Raumes lag ein ziemlich großer, runder Teppich mit langem weichem Haar. Instinktiv wollte Jeremy nicht mit seinen Stiefeln darauf treten.

„Wer wohnt denn hier, Händler?“, da fiel ihm auf, dass er nicht einmal den Namen des Mannes kannte, der ihm das rettende Opal-Amulett geschenkt hatte. „Nein, erst einmal, wie heißt du eigentlich? Du weißt, dass ich Jeremy heiße und dein Amulett hat mir im Sumpf des Vergessens das Leben gerettet! Ich kann dich unmöglich noch weiter ‚Händler‘ nennen.“

Der Mann sah ihn schmunzelnd an: „Du kannst mich Elao nennen. Ich heiße Elao Wadass, man nennt mich auch den Berg-Schamanen.“

Jeremy stand wie versteinert da und sah ihn verständnislos an: „Du … bist … ein Schamane? Du wusstest genau, wie wichtig der Talisman des Lichts für mich werden würde!“

Elao hob nur seine Augenbrauen und schien zu warten, bis endlich alle Groschen bei Jeremy gefallen waren.

„Du bist genauso ein Schamane wie Belisama Lir, die Nebelschamanin?“

Elao Wadass machte einen nachdenklichen Gesichtsausdruck. „Ich würde sagen, wir sind ähnlich, auf keinen Fall aber gleich. Belisama ist weitaus mächtiger als ich. Sie ist, wenn du so willst, die Herrin über das Wasser. Und wie du weißt, besteht unser schützender Nebel ebenfalls aus Wasser. Ich dagegen bin dem Stein verbunden, der Erde und dem tiefen Grund. Alle Schamanen vereinen sich unter dem Curiosum, doch Belisama führt uns. Sie bat mich auch, dir das Amulett zu bringen. Ich wusste damals nicht, ob oder wann du es brauchen würdest.“

Jeremy war tief beeindruckt.

„Jetzt ist es aber genug für deinen Tag. Ich weiß, wie müde du bist und es ist nicht verwunderlich. Komm nach oben und ich zeige dir dein Nachtlager. Morgen sollst du zum Orakel. Da sollte man gut ausgeruht sein!“

Elao führte Jeremy in einen Raum über der Eingangshalle, zeigte ihm eine Nische voller Felle direkt an einem offenen Kaminfeuer, das im ganzen Raum eine wohlige Wärme verbreitete. Jeremy kroch unter die Felle und die Anstrengung der letzten Tage zog ihn in einen tiefen Schlaf.

Kapitel 27

Der Traumgänger-Traum

In einer über fünfhundert Jahre alten Welt gibt es viele hundert Geschichten. Natürlich konnte Jeremy alle diese Geschichten unmöglich kennen. Allerdings hatte er bereits gehört, dass der Pfad zwischen Traum und Realität in der Nebelwelt besonders schmal sein soll. Seine Träume in der Nebelwelt waren bisher auch immer besonders realistisch gewesen. In dieser Nacht jedoch, sollte er auf eine Art träumen, die er vorher niemals für möglich gehalten hätte.

Er ging auf einem festen Pfad durch eine von dichtem Nebel verhüllte Gegend. Um ihn war absolute Stille. Kein Mensch, kein Tier, kein Wind, kein Regen. Er kam an einen Baum mit einer dicken Wurzel. Er legte seine Hand auf den Stamm und fragte den Baum, ob er sich setzen dürfte. Das warme Gefühl bei der Berührung ließ keinen Zweifel, also setzte er sich und ruhte sich aus. Aus dem Nebel kam eine Nebelkrähe und stellte sich neben ihn auf die Wurzel. Sie begann sich das Gefieder zu putzen. Jeremy sah sie nur an. Als sie mit der Pflege ihres Gefieders fertig zu sein schien, sah sie zu Jeremy und sagte: „Kennst du die Geschichte des Traumgängers?“ In dem Augenblick, als die Krähe anfing mit ihm zu sprechen, wurde Jeremy klar, dass dies nicht möglich war und er träumen musste.

Er sah zur Krähe und sagte: „Nein. Willst du sie mir erzählen?“

Ohne Umschweife begann die Nebelkrähe mit ihrer Geschichte: „In der Nebelwelt erzählt man sich viele Geschichten aus alten Tagen. Eine, die die Kinder besonders gerne hören, ist die Geschichte des Traumgängers. Sie handelt von einem Magier der alten Zeit. Während der magische Nebelschutz geschaffen wurde, war er dafür zuständig, Nachrichten möglichst schnell von einem Ort zum anderen zu bringen. Er entwickelte dabei eine Technik, bei der er sich an einem Ort im Nebel auflösen konnte um kurz darauf an einem anderen Ort des Nebels zu erscheinen. Er erreichte darin eine so hohe Perfektion, dass niemand sonst seine Aufgabe hätte besser erfüllen können.

Mit der Zeit wurde allerdings der Bedarf Nachrichten zu übermitteln sehr hoch. Der Traumgänger schaffte es jedoch, nicht nur tagsüber, sondern auch nachts Nachrichten zu überbringen. Anfangs wusste niemand wie das möglich war, aber später stellte sich heraus, dass er es geschafft hatte, mit seinem Traumselbstbild eine körperliche Form anzunehmen. Und damals bekam er den Namen ‚Der Traumgänger'." Jeremy nickte verständig und lächelte die Krähe an.

Es war ein seltsames Gefühl zu wissen, dass er in Felle gewickelt im Haus des Bergschamanen schlief, während er sich hier mit einer sprechenden Nebelkrähe unterhielt.

Und noch viel seltsamer war, dass die Geschichte des Traumgängers, die sie ihm erzählte, sogar einiges mit seiner eigenen Situation zu tun hatte. Schließlich war ja auch er ‚unterwegs' mit seinem träumenden ‚Ich'.

„Was passierte mit dem Traumgänger?", fragte Jeremy die Krähe.

„Man erzählt sich, dass er, als seine Zeit kam, eine Möglichkeit fand sein Traumselbst zu erhalten. Es heißt, dass man ihn im Traum treffen könnte, wenn man es schafft, sich in den Nebel ‚hineinzuträumen'. Einzig in der Zwischenwelt soll man ihn auch im wachen Zustand treffen können. Denn die Zwischenwelt ist ein Bereich zwischen Traum und Realität."Als die Krähe das erzählt hatte, flog sie auf und verschwand im Nebel. Jeremy sah ihr hinterher.

Eigentlich wäre ihm die Sache nicht geheuer gewesen, aber im Traum konnte ihm ja nichts passieren! Also wagte er spontan den Versuch und rief nach dem Traumgänger. Im Traum ist alles möglich, also hatte er auch prompt Erfolg und der Nebel zog sich vor ihm zu einer dichten Nebelsäule zusammen. Wenige Augenblicke später formte sich daraus eine Gestalt und der Traumgänger stand vor ihm.

„Was kann ich für dich tun, Jeremy?", fragte er ohne Umschweife. Jeremy war nicht überrascht, dass der Traumgänger seinen Namen kannte. Fasziniert davon, dass sein Traum ihm eine Gestalt zeigte, die er sich so beim besten Willen nicht hätte vorstellen können - so etwa mussten sich die Menschen vor ein paar hundert Jahren gekleidet haben - begann Jeremy: „Es freut mich sehr, dich kennenzulernen. Verrätst du mir deinen Namen?"

„Mein Name ...", antwortete der Traumgänger etwas nachdenklich. „Es ist lange her, dass mich jemand nach meinem Namen gefragt hat ... Ich ... heiße ... ja - ich heiße Sonado. An mehr kann ich mich nicht erinnern."

„Ich habe gehört, du bist ein Magier aus längst vergessenen Tagen?", fragte Jeremy ihn aus.

Sonado sah nur leer vor sich hin und Jeremy befürchtete schon, er würde seinen Traum verlassen.

„Na egal ... und ja, vielleicht kannst du etwas für mich tun. Kannst du mir Neuigkeiten berichten?"

Sofort war Sonado wieder ganz bei Jeremy. „Selbstverständlich! Welche Neuigkeiten möchtest du erfahren?"

„Kannst du mir sagen, was sich um Kilian Cathú aus Leathan tut?"

„‚Kilian, der wahre Retter' nennen ihn seine Anhänger.", legte der Traumgänger los. „Er hat in Leathan eine Horde von Menschen um sich versammelt, die ihm geradezu an den Lippen hängen. Sie haben ganz Leathan nach dir abgesucht und dabei wahrlich ein Chaos verursacht. Leathan ist seitdem in fast bürgerkriegsähnlichen Zuständen versunken. Cathú ist dann mit etwa 500 Mann Richtung Camden gezogen, weil er erfahren hatte, dass dort ein Verbannter gesehen worden sein soll. Er und seine Gefolgsleute nehmen jede verdächtige Spur auf, die zum ‚Verräter des Nebels' führen könnte. So nennen sie dich. In Camden haben sich ihm noch weitere 800 Mann angeschlossen. Cathú ist mit ihnen allen nach Niemen aufgestiegen. Eidun der Weise hatte wohl damit gerechnet und Kilian zu sich eingeladen, um sich berichten zu lassen. Viel konnte er natürlich von Kilian nicht erfahren, allerdings hat sich Eidun als Anhänger der Prophezeiung zu erkennen gegeben und die beiden hatten einen Streit. Genaueres über den Ausgang weiß ich nicht. Zumindest hat Kilian Cathú Eidun von Niemen abgenommen, dass du dort nie gesehen worden bist. Momentan befragen seine Soldaten die Niemener."

Jeremy hörte den Nachrichten des Traumgängers gebannt zu. Immer wieder ging ihm durch den Kopf, dass er gerade träumte und das alles vielleicht gar nicht der Wahrheit entsprach. Der alte Magier, der in diesem Traumgänger steckte, sah Jeremy durchdringend an.

„Ich beobachte alles, was in der Nebelwelt vonstatten geht – auch dich. Du kannst dir einen echten Vorteil verschaffen, wenn du dich über mich auf dem Laufenden hältst. Ich bin hier, wann immer du mich brauchst. Aber natürlich kannst du auch an mir zweifeln, wie du es jetzt gerade tust." Sonado sah Jeremy an, als würde er eine Antwort erwarten, aber bevor Jeremy etwas sagen konnte, löste sich die Gestalt Sonados im dichten Nebel auf.

Jeremy war einigermaßen verstört. Er wünschte sich, endlich aufzuwachen und in der gleichen Sekunde öffnete er seine Augen im Haus des Berg-Schamanen. Er stand auf und ging ruhelos im Zimmer auf und ab. Dieser Traum war so unglaublich echt gewesen und so verrückt die Tatsache, dass ihm bewusst war, dass er träumte. So konnte er nicht mehr schlafen. Er musste erfahren, ob es den Traumgänger tatsächlich gab. Er ging aus seinem Zimmer hinunter in die Halle.

Zuerst dachte er, er wäre dort alleine, bis er die Stimme des Berg-Schamanen hörte: „Kannst du nicht schlafen?", fragte er und trat aus einer dunklen Ecke des Raumes in das Licht der Tropfsteine.

„Doch, doch.", antwortete Jeremy, „Und aber auch nicht ..." Jeremy überlegte sich, wie er nach dem Traumgänger fragen sollte, ohne sich lächerlich zu machen.

„Hast du schon mal geträumt, dass du im Traum wusstest, dass du träumst?", fragte er nachdenklich.

Elao Wadass ging auf ihn zu um sein Gesicht besser zu sehen. „Du hattest einen bewussten Traum.", stellte er recht nüchtern fest. „Konntest du etwas Interessantes erfahren?"

Jeremy wollte Klarheit, egal ob er für verrückt gehalten würde oder nicht. „Kennst du die Geschichte von einem Traumgänger?"

Als hätte er auf diese Frage gehofft, klatschte Elao triumphierend in die Hände. „Ja! Ich wusste es! Ja, und nochmals ja! Jeremy, den alten Sonado gibt es wirklich. Jeder hier kennt seine Geschichte!"

Er hatte ihn Sonado genannt. Er kannte seinen Namen! Das war der Beweis. Jeremy hatte tatsächlich nicht geträumt. Also natürlich schon, aber es war alles wahr.

„Komm, setz dich, Jeremy! Du musst mir alles erzählen.“, sagte Elao und bot ihm einen Sessel und eine Tasse Tee an. Jeremy hätte jetzt ohnehin nicht mehr schlafen können, also nahm er die Einladung an und erzählte dem Schamanen von Cathú und seiner Meute. Elao verfolgte alles mit ernstem und besorgtem Gesichtsausdruck.

Jeremy tat es gut, mit jemandem reden zu können und seine Aufregung legte sich schon bald. Die beiden saßen noch lange vor dem wärmenden Kaminfeuer, doch irgendwann holte Jeremy die Müdigkeit wieder ein und er verabschiedete sich dankend von seinem Gastgeber.

Der darauffolgende Schlaf war, ganz im Gegentsatz zum ersten Versuch, völlig traumlos, aber dafür sehr erholsam.

Kapitel 28

Die Offenbarungen des Orakels

Als Jeremy gänzlich ausgeruht am folgenden Tag aus seinen Fellen kam, wartete der Schamane bereits auf ihn. Er saß an einem Tisch mit einer stattlichen Auswahl an Köstlichkeiten.

„Wow, das ist aber ein mächtiges Frühstück!", freute sich Jeremy.

„Das ist, wie so oft, eine Frage der Sichtweise.", antwortete Elao belustigt. „Für mich ist es ein mächtiges Mittagessen."

„Tatsächlich? Ist es schon so spät??"

„Wenn man Ruhe braucht, braucht man Ruhe. Nimm Platz und bediene dich!" Das ließ sich Jeremy nicht zweimal sagen.

„Iss, wonach dir ist. Du wirst heute Kraft brauchen. Wenn du fertig bist, gehen wir in den Turm. Ich spüre, dass man dich erwartet."

„Wer erwartet mich?", fragte Jeremy mit vollem Mund.

„Später. Stärke dich jetzt, ich muss noch einiges erledigen. Besser, du verlässt inzwischen nicht das Haus. Ich bin bald zurück." Damit stand er auf, klopfte Jeremy auf die Schulter, musterte ihn eine Weile und ging nach draußen. Um irgendetwas schien sich Elao Sorgen zu machen. Jeremy wusste wohl, dass er an diesem Tag zum Orakel gehen würde, aber was das bedeutete, wollte ihm ja niemand sagen. Wozu sich also Gedanken machen, er würde es früh genug erfahren.

Als er fertig gegessen hatte, ging Jeremy zum Fenster und sah hinaus auf den Platz vor dem Haus.

Ein buntes Treiben war das. Die Menschen schienen irgendwie in Eile zu sein. Bei näherem Hinsehen fiel Jeremy auf, dass alle offenbar Taschen und Koffer mit sich trugen, als würden sie verreisen wollen. Wer nicht anschickte zu verreisen, schien sich mit Nahrungsmitteln eindecken zu wollen. Große Säcke mit Reis, Karren voll Kartoffeln und Tragen mit Gemüse wurden eilig vor seinem Fenster hin und her transportiert.

In einiger Entfernung sah er Elao im Gespräch mit einer größeren Gruppe von Menschen. Sie schienen die Aufgabe zu haben, die Stadt zu bewachen, denn sie trugen zu Jeremys Verwunderung lange Speere oder Stöcke – so gut konnte er das nicht erkennen. Als der Berg-Schamane sich von der Gruppe löste, gingen seine Zuhörer eilig in verschiedene Richtungen davon.

Als Elao wieder zurückkam und die Tür öffnete, drang der Lärm der Straße kurz in das Haus. Jeremy fand es erstaunlich, dass diese Türe so überhaupt keinen Mucks vom Lärm der Straße durchließ.

„So, Jeremy!“, sagte er in einer Lautstärke, als müsse er noch immer gegen den Lärm ankommen. „Bist du bereit?“

„Keine Ahnung.“, antwortete Jeremy ruhig. „Aber Elao, sag mal, was ist denn da draußen los? Warum sind die Leute so unruhig?“ Elao Wadass grübelte vor sich hin.

„Das musst du jetzt nicht wissen. Konzentriere dich auf deine Aufgabe.“ Diese Antwort gefiel Jeremy überhaupt nicht.

„Also von Überraschungen habe ich derzeit genug.“, sagte er mit ernster Miene. Das schien der Schamane zu verstehen.

„Na gut. Nach deinem Traum mit Sonado habe ich mich etwas umgehört. Offensichtlich hat dein großer Widersacher Kilian Cathú mit seinen Anhängern in Niemen heute bei Tagesanbruch einen Haufen Leid angerichtet. Man sagt, dass einige Anhänger der Prophezeiung ihr Leben lassen mussten.“

Jeremy wurde leichenblass.

„Mit Gewalt hat er dann später wohl auch Eidun von Niemen dazu gebracht, zu verraten, was er wusste. Nun soll er inzwischen mit gut tausend Mann auf dem Weg hierher sein, um dich ...“ Mehr musste er nicht erklären.

Der Gedanke, dass wegen ihm oder wegen der Prophezeiung Menschen bereits sterben mussten, versetzte Jeremy einen derben Schlag.

„Aber ich dachte, nach Uyndham kommen nur Menschen mit reinem Herzen?“

„Keine Magie ist unbezwingbar, Jeremy. Keine!“

Das war es nicht, was Jeremy hören wollte.

„Wie ich erfahren habe, ist in der Gruppe um Kilian Cathú auch ein berüchtigter Schwarzmagier. Einer, der damals nicht in die Verbannung geschickt werden konnte, weil er sich verborgen gehalten hatte. Er verfügt wahrscheinlich über Kräfte, die meinen Schutzzauber irgendwann brechen werden." Elao sah sehr besorgt aus.

„Aber was sollen wir denn jetzt tun? Was kann ich denn machen – ich bin doch der Prophezeite. Die Leute erwarten doch Hilfe von mir.", meinte Jeremy unruhig.

„Mach dir keine Sorgen um die Menschen von Uyndham. Sie wissen sich zu verteidigen. Außerdem werde ich an ihrer Seite sein. Du musst deinen Weg gehen – so wie es die Prophezeiung verlangt. Am besten hilfst du den Menschen hier, wenn du sie erfüllst!"

Mit diesen Worten legte er die Hand auf Jeremys Rücken und schob ihn in Richtung Treppe, die nach oben führte. „Es ist Zeit. Lass uns nach oben in den Turm gehen. Das Orakel erwartet dich."

Der Bergschamane ging direkt auf eine felsige Wand zu, berührte sie mit seinem Stab und beide gingen durch den Fels, als sei er nur ein Trugbild gewesen.

Sie fanden sich am untersten Ende einer Wendeltreppe, die weit nach oben führte. Keine Fenster, keine weiteren Räume. Die Treppe führte weit nach oben in den Turm. Am Ende der Treppe angelangt standen sie vor einer einfachen, aber massiven Holztür.

Elao öffnete sie und betrat den dahinterliegenden Raum. Als Jeremy ihm folgte, war er etwas enttäuscht. Das Orakel hatte er sich eindeutig beeindruckender vorgestellt. Wie genau, dass hätte er auch nicht sagen können, aber sicher nicht so.

Ein Steinboden mit Stroh ausgelegt, der Raum rund wie der Turm und in der Mitte eine große Feuerstelle. Na gut, das Feuer brannte bereits oder auch schon immer ... Aber ein Orakel?

„Setz' dich, Jeremy!", sagte der Schamane des Berges. Jeremy setzte sich und der Schamane setzte sich genau gegenüber, auf die andere Seite des Feuers. Über den Flammen konnte Jeremy jetzt gerade noch seinen Kopf sehen.

„Das hier ist ein ausgesprochen magischer Ort. Ich bin der Schamane des Berges. Mir gehorchen Stein und Fels. Sieh mir in die Augen und spüre die Energie!"

Der Schamane hatte, seinen Stab vor sich haltend, mit bebender Stimme gesprochen und Jeremy eindringlich angesehen. Jeremy bemühte sich ebenfalls, so gut es über die Flammen hinweg möglich war.

„Ich bin der Schamane des Berges. Mir gehorchen Stein und

Fels!“ wiederholte der Schamane mit mehr und mehr donnernder Stimme. Immer wieder. Jetzt erst wurde Jeremy klar, was für eine Macht dieser Schamane besaß. Um die beiden herum wurde es immer dunkler. Bald konnte Jeremy nur noch das Feuer sehen und den Schamanen. Seine Stimme verlor mit jedem Mal etwas mehr von seiner Menschlichkeit und Jeremy war gefesselt von dieser Kraft und starrte wie gebannt in die Augen des Schamanen.

Von einem Augenblick zum nächsten verdunkelten sich die Augen des Schamanen und seine Stimme sank in ein tiefes Grollen ab. Jeremy erschrak, konnte sich aber nicht rühren. Als hätte er sich verwandelt, erschien ihm der Schamane plötzlich größer und ... und seine Haut ... sie wurde zu Stein. Zwei tiefschwarze Augen sahen ihn erbarmungslos aus einem Gesicht aus Stein an. Tief in seinem Inneren wollte er fliehen oder wenigstens laut schreien, doch nicht einmal das gelang ihm. Zu seinem Entsetzen stand diese monströse Gestalt nun auf und ging durch das Feuer auf ihn zu. Mit seiner mächtigen Hand packte er Jeremy und trug ihn an den Rand des Raumes. Mit einem gewaltigen Schlag prallte seine andere Faust gegen die Wand und wie durch eine Explosion brach die Mauer und Steinbrocken fielen in die Tiefe.

Jeremy konnte zwar zappeln, doch aus der Riesenhand konnte er sich nicht befreien. Der Griff war zu stark. Dann hielt das Monster Jeremy aus dem Loch im Turm und er sah in einen Abgrund, wie er ihn sich tiefer und bedrohlicher nicht hätte vorstellen können.

„Hör auf! Lass mich wieder runter!“ schrie er, doch der Schamane sah ihn nur mit seinen schwarzen Augen an. Wollte er ihn nun in die Tiefe werfen oder nicht? Unbeweglich stand er da, mit Jeremy fest in seiner Hand. Jeremy wollte zu dem Menschen in diesem Monster durchdringen „Ich bin’s doch! Jeremy. Der Prophezeite!“

Als hätte er auf dieses Wort gewartet, öffnete der Schamane seine Hand. Jeremy konnte sich nirgends festhalten. Er stürzte in den Abgrund. Er ruderte mit den Armen, schrie, strampelte. Und er fiel. Tiefer und tiefer. So schnell fiel er, dass die Welt um ihn nur noch aus bunten Streifen bestand. Als der Sturz bereits absurd lange gedauert hatte, schien etwas seinen Fall abzubremsen. Er fühlte wieder ein wenig Schwerkraft! Er schaffte es sogar, gerade und aufrecht zu bleiben! Wirklich zu stehen schien er allerdings nicht, denn alles um ihn herum sah immer noch so aus, als würde es in seinem Fall an ihm vorbeirauschen. Er war in einem Zustand zwischen Fallen und Schweben.

Dann kam aus den vorbeirauschenden Farben eine Gestalt auf ihn zu. Dann noch eine und eine weitere. Von allen Seiten kamen sie. Da erkannte Jeremy die erste. Es war Delphena von Thare! Er rieb sich die Augen, streckte seine Hand nach ihr aus. Zu seiner Verblüffung reichte Delphena ihm die ihre, und tatsächlich konnte er sie fühlen.

„Ich freue mich so sehr, dass du hier bist, Jeremy!“, sagte sie zur Begrüßung. Alles fühlte sich für ihn so wackelig an. Delphena aber stand fest wie ein Fels da.

„Ich freue mich ... auch ...“, stammelte Jeremy, der durchaus noch damit rechnete, irgendwann auf dem Boden aufzuschlagen, „aber ich verstehe das hier alles nicht ...“

„Das hier musst du nicht verstehen, Jeremy.“, sagte sie ruhig. „Es kommt nicht darauf an, *wo* du bist. Wichtig ist nur, dass wir uns treffen. Wir sind vier Seherinnen und das Curiosum hat uns hierher gebracht, um dir das Orakel zu sein.“

Jeremy sah die anderen Seherinnen an. Sie waren alle ähnlich wie Delphena. Groß und mit diesem würdevollen Blick. Jetzt musste er versuchen sich damit abzufinden, dass er in freiem Fall zum Orakel kommt. Er atmete tief durch und konzentrierte sich darauf, dass er die Nachricht vom Orakel bekommen würde, was er in der Nebelwelt zu tun hatte.

„Jeremy, das Orakel wird durch uns zu dir sprechen.“, erklärte Delphena. „Nichts, was du hören wirst, sagen wir selbst. Das Orakel spricht oft in Rätseln, lass dich davon nicht beunruhigen, denn die Wahrheit hinter den Worten wird dir erst später klar werden. Manchmal spricht das Orakel auch Grausames unverhohlen aus. Und auch das muss überdacht werden.“

„Aber wo ist denn nun das Orakel?“, fragte Jeremy, fast schon ungeduldig. Delphena lächelte milde und sah nacheinander zu den anderen Seherinnen.

Sie nickten sich zu und schlossen ihre Augen. Als hätten sie damit einen Schalter betätigt, verdunkelte sich alles und ein Boden bildete sich unter ihren Füßen. Er war aus glänzendem schwarzen Stein.

Jeremy sträubten sich bei diesem Anblick die Nackenhaare. Licht der Umgebung strahlte die Seherinnen von hinten an, so dass Jeremy ihre Gesichter fast nicht erkennen konnte. Plötzlich begannen alle vier wie aus einem Mund zu sprechen: „Jeremy aus der Außenwelt!“ Die Worte der vier vereinten sich zu einer eindringlichen Stimme: „In den Tagen der Schöpfung unserer Welt wurdest du gesehen für den heutigen Tag, in dieser Stunde die Nachricht des Orakels zu empfangen.“

Die Stimme des Orakels wurde nun so durchdringend, dass Jeremy sie bis in die Mitte seines Körpers fühlte.

„Gehe in die Zwischenwelt. Morius Vanta, der oberste Hüter, wird dich dort führen. Du musst den Grund finden für die Schwächung des Nebels. Es ist die Königin der Hexen aus der alten Zeit. Sie wird den Kampf mit dir aufnehmen, denn sie hält dich für einen Verräter ihrer Sache. Sie wird alles gegen dich einsetzen, was in deiner Welt als böse gilt. Ihre Macht ist in über fünfhundert Jahren so groß geworden, dass du nicht den Hauch einer Chance gegen sie hast.

Wohl kennst du vier Essenzen, die dir Kraft verleihen könnten – doch kennst du auch die fünfte? Und, trägst du sie in dir? Die Königin der Hexen hat den Kampf gegen die Menschen nie aufgegeben und ist am Ende des Krieges vor der Verbannung in die Zwischenwelt geflohen. Sie will noch immer die Außenwelt vernichten und hält die Menschen der Nebelwelt für erbärmliche Verlierer. Die Königin ist die älteste, stärkste und bei Weitem grausamste aller Hexen.“

Kaum waren die Stimmen versiegt, verschmolzen die Bilder der Seherinnen mit dem Licht, aus dem sie kamen, und der Boden verschwand langsam unter seinen Füßen. Die Umgebung wurde wieder heller und fing an sich nun auch seitlich zu bewegen. Mehr und mehr wandelte sie sich in flackernde Flammen und Jeremy hatte wieder das Gefühl, Boden unter den Füßen zu haben. Tatsächlich merkte er, dass er saß. Auf Stroh. Vor sich das Feuer und gegenüber der Schamane der Berge. Er war noch immer im Turm und erwachte aus einer tiefen Trance. Der Schamane sah ihn ernst an.

„Ich hoffe, du hast gute Nachrichten.", sagte er trocken.

Dann stand er auf und reichte Jeremy die Hand. Jeremy fühlte sich, als wäre eine Bisonherde über ihn hinweggetrampelt. Er war so schwach, dass der Schamane ihn stützen musste.

„Ich weiß gar nicht, warum ich so fertig bin ...", seufzte Jeremy.

„Ich habe dir ja gesagt, dass es anstrengend sein wird.", erklärte Elao. „Was glaubst du denn, wie lange deine kleine Vision mit dem Orakel gedauert hat?"

Jeremy wunderte sich über diese Frage, wo der Schamane doch schließlich die ganze Zeit mit ihm am Feuer gesessen hatte.

„Keine Ahnung, vielleicht ... zwanzig Minuten?" Der Schamane lächelte angestrengt. „Wohl eher zwei Tage!"

„Wie bitte?", stutzte Jeremy.

„Warte ...!" Elao fing an im Geiste zu zählen und nahm dabei die Finger zu Hilfe: „Es waren genau 51 Stunden."

Jeremy konnte es nicht fassen. „Was? Aber was habe ich die ganze Zeit gemacht?! Ich kann mich höchstens an eine halbe Stunde erinnern!"

„Du Glücklicher!", zeterte Elao. „Die Zeit spielt keine Rolle, wenn man beim Orakel ist. Je nachdem wie schnell dein Geist den Weg findet, können auf dieser Seite Stunden, Tage und sogar Wochen vergehen, während dir selbst alles vorkommt wie ein völlig gewöhnlicher Vorgang von einer halben Stunde ... Ich hatte schon viel schwierigere Fälle als dich hier. Die wären mir fast verhungert. Dir musste ich nur genügend Flüssigkeit einflößen."

„Du meinst, du hast mir Wasser in den Mund geschüttet?", wunderte sich Jeremy.

„Es kommt immer darauf an, in welcher Phase du dich befindest. Manchmal muss man dem ‚Reisenden' nur ein Glas in die Hand drücken, manchmal muss man das Wasser durch einen Schlauch einfüllen ..." Elao verzog keine Miene, als er das erklärte und so zweifelte Jeremy auch nicht daran.

Sowie der Schamane ihn in sein Zimmer gebracht hatte, wo er Essen, Trinken und eine gemütliche Schlafstätte vorfand, setzte er sich ihm gegenüber an den Esstisch und sah ihn neugierig an. „Und?", fragte er schließlich, „Jetzt spann' mich nicht so auf die Folter! Ich will wissen was du gesehen hast!"

Und so erzählte Jeremy, während er aß, alles von Anfang an.

Elao konnte sich vor Lachen kaum halten als Jeremy erzählte, dass er sich in ein steinernes Monster verwandelt hatte.

Als Jeremy jedoch zur Prophezeiung kam, blieb ihm das Lachen in der Kehle stecken. Als Jeremy fertig erzählt hatte, saß ihm ein gebeugter, grübelnder alter Mann gegenüber.

„Oh, Jeremy, ich beneide dich nicht um deine Aufgabe! Jetzt verstehe ich auch, warum niemand aus der Nebelwelt uns retten kann. Die Hexenkönigin ist zu mächtig – und sie kennt das Nebelvolk zu gut! Sie beherrscht Magie, wie unsereins das Lesen und Schreiben."

Jeremy war viel zu erschöpft, um sich Sorgen zu machen. Ständig fielen ihm die Augen zu.

„Schlaf' jetzt, Jeremy! Ich muss in die Stadt und mit den Wachen sprechen. Kilian Cathú wird bald vor den Toren stehen." Damit verließ der Bergschamane das Zimmer.

Kapitel 29

Angriff auf Uyndham

Ein dumpfer Schlag, der sogar die Wände dieses massiven Felshauses erschütterte, weckte Jeremy am nächsten Morgen. Soetwas, da war er sicher, konnte nur von einem Erdbeben verursacht werden.

Als er hinunter ging, fand er den Raum leer vor, also öffnete er die Türe. Er sah kaum eine Menschenseele auf dem Vorplatz des Hauses, aber er hörte laute Stimmen aus der Richtung des Haupttores. Plötzlich rollte ein Donnerschlag durch die Stadt und ihm folgte ein weiteres Beben der Erde. Kurz entschlossen holte er seine Sachen aus dem Haus und machte sich auf zum Tor.

Auf halbem Weg kam ihm der Bergschamane entgegen. „Du musst verschwinden Jeremy! Sie werden den Schutzzauber bald gebrochen haben, dann kann ich sie kaum noch aufhalten. Es sind viel zu viele!"

„Cathú?", fragte Jeremy.

„Nicht nur der!", antwortete der Schamane. „Er hat an die tausend Mann hinter sich. Hätte ich's nicht gesehen, würde ich es nicht glauben. Dieser Wahnsinnige hat einen Krieg entfacht! Wie unwürdig für einen Mann der Nebelwelt. Und er hat den schwarzen Hexer an seiner Seite. Das ist einer der verruchtesten und ältesten Hexer, die sich am Ende des Krieges vor der Verbannung verstecken konnten. Seinen Namen bekam er, weil er die schwärzeste Magie nicht scheute, um sein übles Werk zu verrichten. Er soll auch an Kilian Cathús steiler Redner-Karriere beteiligt sein. Manche sagen, dass Cathú seine Marionette ist und dass der Schwarze hinter der ganzen Revolution steckt."

„Ich glaube, ich erinnere mich an ihn. Cecile und ich haben ihn im Wirtshaus zur sprudelnden Quelle in Leathan getroffen. Er stand unbewegt hinter Cathú und alle hielten sich von ihm fern."

„Da hattest Du ein wahnsinniges Glück, Jeremy.", sagte Elao.

„Hätte er damals von dir gewusst, wärst du mit Sicherheit jetzt nicht hier. Diese verbitterten Magier der alten Zeit kennen nichts als Hass und Zerstörung." Elao schüttelte verständnislos den Kopf.

„Also dann," sagte Jeremy „schicken wir die Kriegstreiber wieder nach Hause!"

„Was? Hast du mir nicht zugehört?", beschwerte sich der Schamane. „Der schwarze Magier zerstört gerade meinen Bannzauber am Tor. Mit ihm und tausend Mann werden die Uyndhamer nicht fertig werden. Auch nicht mit mir und genausowenig mit dir! Du musst verschwinden – die Nebelwelt retten. Das ist viel wichtiger!"

„Aber wie soll ich von hier wegkommen? Außerdem hab' ich euch den ganzen Ärger eingebrockt, da kann ich euch doch jetzt nicht damit alleine lassen!"

Elao sah ihn verständnislos an: „Was soll das heißen ‚ich hab' euch den Ärger eingebrockt'? Du bringst uns die Rettung, Junge!"

„Das will ich gerne tun, aber dass Kilian Cathú vor deiner Türe steht, ist nur so, weil ich nicht auf die Schamanin des Wassers gehört habe und nach Camden gegangen bin."

Elao blieb stehen und griff Jeremy an der Schulter, zog ihn zu sich und sah ihm tief in die Augen: „Was passiert, Jeremy, das passiert nicht umsonst. Es passiert nicht, weil du es so wolltest, sondern weil es dein Weg war. Ich will nicht sagen, dass es Schicksal ist. Aber es ist der Weg der Energie. Du spürst ihn hier drin." Damit klopfte er Jeremy auf die Brust.

„Im Herz?", fragte Jeremy unsicher.

„Ja! Es gibt Dinge, die dir dein Verstand nicht sagen kann, weil sie sich nicht aus logischen Konsequenzen ergeben. Dein Herz aber leitet dich niemals fehl! Wenn es dir sagt, dass du etwas tun solltest, dann wird es immer ein Weg im Fluss der Energie sein."

„Gut, dann bleibe ich hier bei dir. Ich werde an deiner Seite kämpfen!"

„Das wirst du nicht!", entgegnete Elao schroff.

„Ich weiß, dass es richtig ist, Elao!", sagte Jeremy und legte die Hand auf sein Herz. „Ich bin dir sehr dankbar für deine Hilfe bis hierher, aber ich treffe meine eigenen Entscheidungen. Ich bleibe und kämpfe mit dir." Mit diesen Worten zog Jeremy sein Schwert.

Sprachlos blieb Elao Wadass, der Schamane des Berges stehen und starrte auf das Schwert. Dann sah er Jeremy an.

„Bist du dir sicher?“, fragte er.

„Das sagt mir mein Herz, ohne jeden Zweifel!“, antwortete Jeremy, obwohl er genau wusste, dass er in seinem ganzen Leben noch kein Schwert geführt hatte.

„Gut. Dann soll es so sein.“, sagte Elao und die beiden gingen los. „Und wenn wir das Ganze unbeschadet hinter uns haben, dann musst du mir erklären, wie ein Mensch aus der Außenwelt nach ein paar Tagen in der Nebelwelt zu einer der mächtigsten Waffen aus den alten Kriegstagen kommt. Ich nehme an, du weißt, was man dem Schwert Nephele nachsagt?“

Jeremy kannte zwar in etwa die Geschichte des Schwertes, aber was man ihm nachsagte, das wusste er nicht. „Ich hoffe, man sagt, dass es seinem Besitzer ganz schnell den Schwertkampf beibringt.“, witzelte er.

„So ähnlich. Nephele kommt aus der alten Sprache, es bedeutet ‚Nebel‘, aber auch so viel wie ‚sein Ziel niemals verfehlen‘. Nach der Überlieferung wurde es der Anführerin der schwarzen Hexen in der letzten großen Schlacht abgenommen. Der Hexenkönigin. Sie hat damals so viel Macht mit dem Schwert verloren, dass sie fliehen musste und ihre Kriegerinnen mit ihr. Das war das Ende des Krieges.

Das ist doch endlich mal eine gute Nachricht, dachte sich Jeremy. Während ihres Gesprächs waren die beiden den halben Weg zum Tor bereits gegangen.

Ein erneuter Donnerschlag brachte den Boden zum Erzittern. „Der schwarze Hexer kämpft gegen meinen Bann.“, erklärte Elao und sah Jeremy besorgt an. Wie abgesprochen rannten die beiden los Richtung Tor. Kurz bevor sie dort ankamen, blieb Elao abrupt stehen.

„Was ist los, Wadass, hast du Angst?“, fragte Jeremy.

„Jetzt nicht mehr!“, sagte Elao und steckte seinen steinernen Stab neben sich in den Boden. Erst jetzt sah Jeremy drei verhüllte Gestalten auf Elao und ihn zukommen. Düstere Gestalten schienen es zu sein, groß und mit ihren Umhängen von bedrohlicher Statur.

Jeremy hielt sein Schwert in festem Griff. Ein paar Meter vor Elao und Jeremy blieben die drei stehen. Der Erste schlug seine Kapuze zurück und ein Mann grinste Elao an, dann die zweite Kapuze, darunter war eine Frau mit jungem Gesicht, aber schneeweißen Haaren. Die dritte Gestalt aber drehte sich zu Jeremy, bevor sie die Kapuze zurückschlug. Als er ihr Gesicht sah, wusste er, dass er zu Recht geblieben war.

Belisama Lir, die Schamanin des Wassers. Jeremys Freude hätte nicht größer sein können.

Während Elao die anderen beiden begrüßte, sagte Belisama zu ihm: „Ich bin glücklich, dich bei guter Gesundheit anzutreffen, Jeremy! Wie es scheint, hattest du bereits das Vergnügen mit dem Orakel." Jeremy nickte bedeutungsschwer.

„Ich wünschte, wir könnten alle zusammen über alles plaudern, aber uns fehlt die Zeit. Außerdem hat uns der Traumgänger schon vieles berichtet."

„Lass mich dir nun geschwind zwei Menschen der Nebelwelt vorstellen."

Mit einer anmutigen Geste lud sie die Weißhaarige zu sich ein. „Das hier ist Samira Ricahn, die Schamanin der Luft und des Windes." Die Schamanin senkte zur Begrüßung tief den Kopf und Jeremy folgte ihrem Beispiel sofort. Natürlich erfüllte ihn die Anwesenheit einer weiteren Schamanin mit tiefster Ehrfurcht. Umso beeindruckter war er, als Belisama ihm den Dritten im Bunde vorstellte.

„Und hier haben wir Grimius Fegor, den Schamanen des Feuers." Er nickte Jeremy mit feurigem Blick zu. „Und hier, meine Freunde, steht der Prophezeite, Jeremy aus der Außenwelt."

Das war Jeremy natürlich fürchterlich peinlich. Er hier, der junge Kerl, und dort, vier ausgewachsene Schamanen, ausgestattet mit Fähigkeiten, die er sich nicht einmal vorstellen konnte.

Der Feuerschamane sprach ihn auch gleich direkt an: „Na los, zeig uns mal, was du so drauf hast!" Damit war Jeremys Unsicherheit komplett.

„Hör auf, Grimius!", ermahnte ihn die Wasserschamanin sanftmütig. Grimius lachte: „War nur ein Scherz, Kleiner.", sagte er und zwinkerte Jeremy zu.

Das ohrenbetäubende Donnern eines weiteren Schlages der Angreifer lenkte in der nächsten Sekunde die Aufmerksamkeit der Fünf auf das Haupttor der Stadt. Herabrieselnder Stein und das krachende Nachgeben des Tors zeigten an, dass diese Befestigung bald fallen würde. Von draußen hörte man das Kampfgeschrei aus hunderten von Kehlen. Die Angst der Bewohner Uyndhams war förmlich in der Luft zu spüren.

„Jeremy, halte dich dicht hinter uns!“, befahl Elao streng.

Belisama nickte ihm nur kurz zu und wandte sich an Samira: „Kündige uns an.“

Samira schlug ihren Umhang über die Schultern, hob ihre Hände und hielt sie so, als würden sie eine unsichtbare Kugel umfassen. Sogleich fing ein schneidender Wind an in Richtung des Tores zu wehen. Hüte flogen davon und Stroh und Gras wirbelten durch die Luft. Samira senkte ihre Hände wieder und sofort herrschte wieder Windstille.

Die Menschen am Tor drehten sich um und sahen auf die fünf Gestalten. Da nahm Elao seinen Stab und rammte ihn in den Boden. Die Erde erzitterte. Darauf schlug Grimius Fegor seinen Umhang zurück und holte einen flammenden Stock hervor, der an der Spitze den Kopf eines Drachens trug. Er hielt ihn hoch und eine Flamme schoss aus dem Maul des Drachen über die Köpfe der staunenden Menschen. Samira Ricahn zog sogleich ein Zepter mit einer weißen Kugel an der Spitze aus ihrem Umhang, strich mit der Hand über die Kugel und pustete leicht darüber. Über Uyndham fegte daraufhin ein Orkan, der unbefestigte Gegenstände erbarmungslos in die Luft riss. Am Boden bei den Schamanen und bei den Menschen herrschte jedoch absolute Windstille. Dann hob Belisama ihren Arm und vor ihr wirbelte Wasser wie aus dem Nichts der Luft und aus den Steinen des Bodens magisch in die Höhe, um zu einem schimmernden Stab in ihrer Hand zu werden. Ein krachender Donnerschlag in den Wolken über ihnen ließ die Menschen zusammenzucken.

Auch eine Art sich vorzustellen, dachte sich Jeremy. Tatsächlich hatte die Menge nun wohl begriffen, welche Macht sich hier auf ihrer Seite zu erkennen gegeben hatte und brach in Jubel aus. Ein Jubel, hinter dem das Kampfgebrüll der Angreifer verstummte.

Belisama ging auf das Tor zu und die anderen folgten ihr. Auch Jeremy. Die Menschen wichen vor ihnen zur Seite. „Ihr wisst, was zu tun ist?“, fragte Belisama ihre Mitstreiter. Ein einvernehmliches „Ja“ war zu vernehmen und Jeremy hielt sein Schwert fest in der Hand.

„Öffnet das Tor!“, tönte Belisamas Stimme so laut, dass Jeremy vor Schreck zusammenzuckte. Das war nicht mehr die sanftmütige Schamanin des Wassers, das war eine zornige Göttin – bereit Vernichtung über ihre Gegner zu bringen.

Sofort machten sich ein paar Uyndhamer daran, die riesigen Holztüren zu öffnen. Von der unerwarteten freiwilligen Öffnung des Tores verwundert, standen Kilian Cathú und seine Anhänger unbewegt davor. Neben Cathú stand eine schwarz gekleidete, hagere Gestalt mit zurückgeschlagener Kapuze. Der schwarze Magier. Einen guten Kopf größer als alle anderen, mit eingefallenem Gesicht, grauer Haut und tiefliegenden Augen, deren Blick alleine hätte töten können.

Belisama Lir verschwendete keine Zeit und erhob ihre beängstigende Stimme. „Kilian Cathú, du bist eine Schande für die Nebelwelt! Wir wissen nicht, was dich antreibt, aber hier kommst du nicht weiter.“

Cathú zeigte sich wenig beeindruckt. „Ja, sowas! Alle vier Schamaninnen und Schamanen unserer Welt an einem Ort? Ich muss zugeben, das ist beeindruckend.“ Er sah sich zu seinen Anhängern um und während er sich wieder zurückdrehte, schrie er: „Aber es ändert nichts daran, dass ihr alle Betrüger seid!“

Belisama antwortete mit kalter Stimme: „Du kannst die Prophezeiung nicht aufhalten. Das Orakel hat bereits gesprochen.“

Kilian lachte. „Ha! Prophezeiung, Orakel ... ! Ihr könnt uns mit euren Ammenmärchen nicht mehr um den Finger wickeln. Wir haben euch längst durchschaut. Heute und hier endet euer heimtückischer Plan des Verrats! Es muss allerdings nicht mit Gewalt sein. Rückt diesen angeblichen Prophezeiten raus, dann geschieht euch nichts.“ Auf Kilians Rede folgten Waffenklirren und Kampfrufe seiner Gefolgsleute. Der schwarze Magier überdeckte alles mit einem tiefen Grollen aus seinem weit aufgerissenen Mund. Viele kleine rote Blitze schlugen über seinen Umhang.

Belisama und Samira merkten zu spät, um ihn noch daran zu hindern, dass Jeremy zwischen ihnen hindurch schlüpfte und sich gegenüber Kilian Cathú aufbaute.

„Was will denn nun der kleine Junge hier? Soll er euch beschützen?“, sagte Cathú hämisch und erntete grölendes Gelächter bei seinem Gefolge.

Jeremy ging noch einen Schritt weiter. „Nun, wenn du so überzeugt von deiner Sache bist, dann kümmere dich doch auch selbst darum. Ich bin Jeremy, der Prophezeite." Stille Anspannung machte sich unter den Angreifern breit. „Lass die Menschen von Uyndham und auch deine Gefolgsleute raus aus deinen wirren Ideen." Mit diesen Worten hob Jeremy sein Schwert und ließ es geschickt in seiner Hand kreisen.

Cathú sah das Schwert Nephele und wusste wohl nicht sofort, wie er mit dieser unerwarteten Situation umgehen sollte. Belisama hielt sich abwartend zurück.

Schließlich sagte Cathú: „Wie ich sehe, hat man dich bereits mit großer Macht ausgestattet. Das Schwert Nephele! Gratuliere! Ich werde mich nicht alleine gegen höhere Magie stellen. Für so einfältig solltest du mich nicht halten."

Doch dann zog auch er ein Schwert und mit großem Gebrüll tat es ihm die Horde seiner Kämpfer gleich.

Wie durch eine unsichtbare Kraft gelenkt schoss das Schwert Nephele nach oben und parierte den ersten Schlag des Angreifers. Cathú schien ein guter Kämpfer zu sein, mit den nächsten Attacken musste Jeremy mehrere Schritte rückwärts gehen und sein rasendes Schwert fest umklammern, um es nicht zu verlieren. Als er gerade wieder einen festen Stand hatte, zog Cathú ein zweites, kurzes Schwert aus seinem Gürtel. Damit hatte Jeremy nicht gerechnet. Nephele hielt so lange dem doppelten Angriff stand, bis sein Angreifer mit beiden Schwertern gleichzeitig auf Jeremy einschlug. Eines seiner Schwerter fing Nephele ab und schlug es ihm aus der Hand, doch das andere hätte Jeremy übel getroffen, wenn nicht, wie aus dem Nichts, Elao zu seiner Linken aufgetaucht wäre. Mit seinem bloßen Arm parierte Elao Cathús Schwert. Im ersten Moment dachte Jeremy, dass Elao, um ihn zu retten, seinen Arm geopfert hatte. Doch dann sah er, dass Elaos Haut aussah ... wie Stein!

Die Funken spritzten, als das Schwert auf seinem Arm aufschlug und mit dem anderen Arm schlug Elao den Angreifer so stark auf die Brust, dass er mehrere Meter rückwärts flog und bewegungslos liegenblieb. Das Gefolge des Anführers war irritiert und der große Ansturm blieb zunächst aus, doch dann stellte sich der schwarze Magier vor die Menge, breitete seine Arme aus, holte tief Luft und blies einen schwarzen Qualm aus seinem Mund auf die nächststehenden Uyndhamer Kämpfer. Wer auch den Qualm zu atmen bekam, fiel augenblicklich bewegungslos zu Boden.

Von der grauenvollen Macht an ihrer Seite beflügelt stürmten Kilians Horden die Tore von Uyndham. Schwerter klirrten und Schreie füllten die Luft. Die Schlacht war im Gange.

Da tauchte an Jeremys anderer Seite Grimius auf. Seine Haut sah aus, als würde sie glühen. Flammen überzogen ihn, als er einen nach dem anderen Gegner ausschaltete.

Während die Menschen von Uyndham von beiden Seiten auf die Angreifer stürzten, schlugen die beiden Schamanen breite Korridore in die angreifenden Horden. Die wenigen Angreifer, die es an den beiden vorbei schafften, wurden dahinter von Samira Ricahn und Belisama Lir empfangen. Die Herrin des Wassers schwang ihren Stab wie eine Zirkusartistin und wer von ihm getroffen wurde, dessen Lungen füllten sich mit Wasser, bis es ihnen aus den vor Entsetzen aufgerissenen Mündern floss. Nicht weniger folgenschwer erging es denen, derer sich Samira Ricahn annahm. Sie führte ihr Zepter wie ein Dirigent seinen Taktstock und aus der weißen Kugel an seiner Spitze schossen Blitze in ihre Angreifer, mal gezielt durch zwei oder drei Angreifer, mal verzweigte sich der Blitz und legte eine ganze Gruppe von Angreifern lahm. Den tödlichen Atem des schwarzen Magiers wendete Samira mit einer heftigen Windböe einmal gegen seine eigenen Leute. Daraufhin verschwand er in der Menge und Samira wähnte bereits einen einfachen Sieg. Dann aber tauchte der Schwarze wieder auf und baute sich fast dreimal so groß wie vorher vor Elao und Grimius auf. Mit seinen riesigen Händen schickte er eine flimmernde Energie mit schwarzen Fäden darin auf die beiden Schamanen. Um sie herum fielen die tapferen Uyndhamer sofort zu Boden und die Schamanen der Erde und des Feuers hatte größte Mühe, dem Angriff standzuhalten.

Die Masse der Angreifer war so immens, dass Jeremy merkte, wie die scheinbare Übermacht auf seiner Seite langsam ins Wanken geriet.

Auch Belisama hatte das wohl festgestellt und sie erhob ihre schauderliche Stimme über das tosende Kampfgeschrei: „Samira – vereinte Macht!“ Samira drehte langsam ihren Blick zu Belisama. Jeremy sah, dass ihre weißen Haare wie Blitze durch die Luft schossen, sie sah so aus, als stünde sie komplett unter Strom. Kaum wahrnehmbar nickte sie Belisama zu.

Binnen Sekunden hüllte schwerer Nebel die Angreifer ein, Blitze fuhren nieder und ein Donnergrollen untermalte das Kriegsgeschrei. Ein Malstrom aus Nebel bildete sich über dem schwarzen Magier und ehe er darauf reagieren konnte, schoss ein gleißender Blitz aus der Mitte des Malstroms und schlug in den schwarzen Riesen ein. Im Radius von mehreren Metern fielen die Krieger um wie Grashalme. Der schwarze Magier aber stand noch immer am selben Fleck. Sein Umhang dampfte und sein Kopf war kahlgebrannt. Mit letzter Kraft schwang er seinen Umhang über seinen Kopf und war verschwunden.

Im dichten Nebel sah man das flammende Aufleuchten von Grimius, der sich einen Weg durch die Schlacht bahnte. Elaos Standort im Nebel konnte man daran erkennen, wo die Schreie des Entsetzens zu hören waren, denen meistens ein durch die Luft geschleuderter Körper folgte, kurz aus dem Nebel auftauchend um gleich darauf leblos in ihn hinabzufallen. Mit gnadenloser Gewalt zerlegte er die angreifende Meute.

Belisama und Samira standen mittlerweile vor Jeremy und beobachteten den Verlauf der Schlacht - bis Belisama Samira ein Zeichen gab. Die hob ihr Zepter und umgriff die Kugel an seiner Spitze. Mit gesenktem Kopf sah sie auf die Krieger. Und es begann ein Wind, dann ein Orkan mit unglaublichem Druck auf die Angreifer zu wehen. Der Nebel verschwand augenblicklich in der Ferne und legte die tobende Schlacht frei.

Elao und Grimius knieten sich auf den Boden und stemmten sich gegen den Orkan. Jeremy sah, wie Elao seine Hand auf den Boden legte. Sogleich wuchs eine schützende Felsspitze vor ihm und Grimius aus dem Boden. Dann erhob Belisama ihren Stab und dem Orkan mischte sich zuerst Wasser unter, dann Schnee und schließlich Hagel. Eisbrocken so groß wie Fäuste schossen auf die Angreifer ein und trieben sie den Weg zurück, den sie gekommen waren. Doch keiner der Brocken traf auch nur einen einzigen Uyndhamer.

Das eisige Inferno dauerte so lange an, bis die Angreifer entweder geflohen oder gefallen waren. Als die Schlacht eindeutig gewonnen war, ließen die Schamaninnen ab und sanken sich erschöpft in die Arme. Einige tapfere Uyndhamer schlossen schnell die Tore und die Überlebenden begannen sich um ihre treuen Mitkämpfer zu kümmern. Dank dem Einsatz der Schamaninnen und Schamanen waren die Opfer nicht allzu zahlreich und irgendwann erhoben die ersten Krieger ihre Stimmen zum Siegesjubel.

Die Freude über den Sieg ergriff schließlich alle und Jeremy jubelte mit. Zumindest bis sich die beiden Schamaninnen zu ihm umdrehten. Erschrocken wich er einen Schritt zurück, als er in ihre Gesichter sah. Glasige Haut und tiefe Falten zeichneten sie. Sie waren um Jahrzehnte gealtert! Ebenso waren Elao und Grimius gezeichnet, als sie zurückkamen. Belisama sah das Entsetzen in Jeremys Gesicht.

„Alles hat seinen Preis, Jeremy."

Jeremy fand keine Worte.

„Mach dir keine Gedanken deshalb. Wir müssen uns nun alle zurückziehen, um uns zu erholen. Du dagegen hast noch einen Auftrag zu erfüllen!"

„Werdet ihr wieder ...?" Jeremy schaffte es nicht weiter zu sprechen, die Traurigkeit schnürte ihm die Kehle zu.

„Wir werden uns wieder erholen, sorge dich nicht. Allerdings kann es ein paar Jahre dauern." Jeremy war das Elend anzusehen. Er überlegte, ob das alles seine Schuld war, ob er es verhindern hätte können.

Die vier standen geschlossen vor Jeremy, als Belisama sagte: „Du musst nun gehen. Der Schwarze und Kilian Cathú werden einige Zeit brauchen, um diese Schlacht zu verdauen. Ich glaube nicht, dass sie sich geschlagen geben.

Du musst jetzt zu Morius Vanta gehen. Er erwartet dich in der Zwischenwelt." Während sie sprach stieg hinter Jeremy das Wasser aus dem Boden in die Luft und bildete eine dichte Nebelwand.

Jeremy erinnerte sich an die Weissagungen des Orakels. Morius Vanta, der oberste Hüter, würde ihn zu seinem letzten Kampf führen. Was das jedoch bedeuten würde, das konnte er sich nicht ausmalen.

Instinktiv drehte er sich um und starrte erstaunt in den Nebel. „Wo kommt der Nebel denn plötzlich her?" fragte er, während Belisama Elao einen auffordernden Blick zuwarf. Der Bergschamane stellte sich an Jeremys Seite und sah zu ihm hinüber.

„Erinnerst du dich an deine Vision?", fragte er in beiläufig plaudderndem Ton. „Wie ich dich den Turm hinunterwarf?"

Jeremy drehte seinen Kopf zu Elao: "Wie könnte ich das vergessen!"

„Es ist wieder soweit.", sagte Elao und Jeremy verstand nicht was er meinte, bis er einen kräftigen Stoß von Elao auf seinem Rücken spürte. Jeremy machte einen ordentlichen Satz nach vorne und landete mitten in der Nebelwand.

Er drehte sich um, um sich von seinen Helfern zu verabschieden, doch da war nur Nebel. Er ging ein paar Schritte zurück, aber er konnte den Nebel nicht verlassen. Nach ein paar Versuchen wurde es ihm langsam klar. Er war im Nebel der Zwischenwelt gelandet.

Das ganze ging Jeremy erheblich zu schnell. Eben noch in der Schlacht um Uyndham und jetzt plötzlich in dieser Totenstille. „Reiß dich zusammen!", sagte er sich und ging weiter hinein. In den dichten Nebel der Zwischenwelt.

Kapitel 30

Morius Vanta – oberster Hüter des Nebels

Zweifellos war es der Wille seiner schamanischen Freunde gewesen, ihn hierher zu bringen. Das war es schließlich auch, was das Orakel ihm prophezeit hatte. „Aber wo, in aller Welt“, dachte sich Jeremy, „wo oder wie finde ich nun diesen Morius Vanta?“

Die Zwischenwelt schien vor allem aus unglaublich dichtem Nebel zu bestehen. Selbst seine eigenen Füße zu sehen war an manchen Stellen nicht möglich. Zuallererst war Jeremy von der Schlacht in Uyndham erschöpft. Er suchte sich einen Platz zum Setzen und fand einen Stein. Als er sich gesetzt hatte, sah er, dass unweit vor ihm ein Pfad verlief. Er kam von rechts aus dem Nebel um auf der linken Seite wieder darin zu verschwinden.

Wie in seinem Traum vom Traumgänger verlief durch diese Welt aus nichts als Nebel tatsächlich ein Pfad. „Ein Traumpfad“, dachte Jeremy. Allerdings hatte er, um Morius zu finden, nur die Wahl zwischen rechts und links, denn von diesem Pfad wieder weg in den Nebel zu gehen würde bedeuten, freiwillig das kleine bisschen Orientierung wieder abzugeben, das er gerade gefunden hatte. So saß er auf seinem Stein und überlegte. Würde er den Hüter rufen können? Was hatte er zu verlieren? „Mooorius! Morius Vanta!“

Irgendwie wunderte es Jeremy nicht, dass sein Rufen unbeantwortet blieb.

Nachdem er sich noch etwas ausgeruht hatte, machte sich Jeremy auf den Weg. Er folgte dem Pfad, wie es ihm sein Gefühl sagte, nach rechts, in der Hoffnung, irgendwann den obersten der Hüter des Nebels zu treffen. Vielleicht würde er ihn ja auch suchen? Oder vielleicht würde er einen anderen Hüter treffen? Jeremy blieb stehen.

Der Gedanke an einen Hüter des Nebels rief ihm, wie ein Déjàvu, seine erste Begegnung in Erinnerung. Wie konnte er sich nur wünschen von denen einen zu treffen! Diese übermannshohe Gestalt mit einem Umhang aus Nebel. Ohne erkennbares Gesicht. Mit einem Stab, an dessen Ende ein bedrohliches schwarzes Nichts wartete. Eine düstere Macht, die in der Lage war, einem erwachsenen Mann das Gemüt eines Kleinkindes zu verpassen ...

Jeremy ging langsam weiter und blickte konzentriert in den Nebel. Jeder dunklere Schatten erschreckte ihn zuerst, bevor er erkannte, dass es nur ein Stein war, eine Pfütze oder auch nur Einbildung.

Es kam ihm wie Stunden vor, die er sich durch den Nebel tastete, bis er endlich etwas Neues zu sehen bekam. Einen Baum. Allerdings einen liegenden Baum. Seinem Zustand nach zu urteilen, musste er vor nicht allzu langer Zeit noch gestanden haben. Jeremy legte eine Hand auf den Stamm. Er konnte nichts Lebendes spüren. Also setzte er sich auf den Stamm.

Jeremy ärgerte sich über seine Furcht vor dem Hüter. Inzwischen kam es ihm auch reichlich dumm vor. Schließlich hatte das Orakel doch gesagt, dass er ihn treffen müsse! Warum sollte er dann ihm, dem Prophezeiten, etwas antun wollen?

Die Stille inmitten dieses Nebels gab ihm irgendwie Kraft. Er wusste, dass er nun nicht mehr irgendein kleiner Junge war, sondern ein wichtiger Teil der Menschen in der Nebelwelt. Nachdenklich blickte er entlang des Pfades in den Nebel. Was hatte Cecile ihm über die Hüter erzählt ... und ihr Vater ... Hüter konnten grausam sein, die Gedanken von unschuldigen Menschen manipulieren oder sogar löschen. Am besten würde man ihnen immer aus dem Weg gehen.

Wie aber könnte man sie rufen? Vielleicht indem man unaufmerksam war wie ein Spaziergänger? Jeremy spürte, wie seine Augen müde wurden. Die Suche in dichtem Nebel nach jemandem, der selbst fast aussah wie der Nebel, war anstrengend. Er entschloss sich, sich und seinen Augen etwas Ruhe zu gönnen und legte sich auf den Baumstamm. Die Ruhe des Nebels hätte ihn schon fast zum Einschlafen gebracht, da hörte er ein seltsames Geräusch. Als würde jemand tief und langsam ausatmen. Er öffnete die Augen und sah sich um. Nichts zu sehen. Er versuchte in der Richtung, aus der er gekommen war, im Nebel etwas zu erkennen.

Seltsam, dachte er nur, während er sich umdrehte um sich wieder auf den Baum zu legen, da sah er ihn stehen. Als sei er aus dem

Boden gewachsen. Obwohl Jeremy nur ein paar Schritte von ihm entfernt stand, konnte er sein Gesicht nicht erkennen. Morius war von großer Gestalt, breiter als er den anderen Hüter in Erinnerung hatte. Sein Umhang sah aus wie der Nebel selbst und hing lang und gerade an ihm hinunter. Eine übergroße Kapuze aus fließendem Nebel verdeckte sein Gesicht.

Aus einer Seite des Umhangs ragte ein dünner Arm mit einer knochig wirkenden Hand, die einen langen dunklen Stab hielt. Am Ende des Stabes, und das kannte Jeremy nur allzu gut, ein schwarzes Nichts, das alles Licht um sich verschluckte. Der Onyx der Hüter.

Jeremy nahm allen Mut zusammen: „Morius Vanta? Sind Sie Morius Vanta?“ Die Gestalt kam auf Jeremy zu. Langsam schwebend. Kurz vor Jeremy neigte er sich zu ihm hinunter. Jeremy versuchte jetzt sein Gesicht zu erkennen. Doch da war nichts. Unter der Kapuze floss Nebel wie Wasser in einem Wasserfall hinunter. Hin und wieder konnte man eine Art Kontur eines Kopfes erkennen. Ein Kinn, die Idee einer Wange und manchmal zwei dunkle Schatten, dort wo bei einem Menschen die Augen wären.

Was immer hier vor Jeremy stand, war auf keinen Fall menschlicher Natur. Die Gestalt richtete sich wieder langsam auf und sah über Jeremy hinweg.

„Morius Vanta.“, hörte Jeremy die tiefe, leise Stimme unter der Kapuze sagen.

Jeremy versuchte seine Angst zu verbergen.

„Ich bin Jeremy, der Prophezeite. Kannst du mich zur Hexenkönigin bringen?“

Als er 'Hexenkönigin' gesagt hatte, schien Morius für den Bruchteil einer Sekunde so etwas wie einen Atemaussetzer gehabt zu haben. Der Nebel, der über die Konturen seines Gesichtes lief, setzte kurz aus und zeigte Jeremy für einen Wimpernschlag sein wahres Äußeres. Schwarze Augenhöhlen, ein knochiges Gesicht, fahl wie der Nebel. Mehr brauchte Jeremy nicht, um erschrocken zu Boden zu sehen.

„Folge!“, zischte Morius, drehte sich zur Seite und ging, weg vom Pfad in den Nebel. Jeremy folgte ihm ohne Fragen zu stellen. In diesem Teil der Zwischenwelt gab es tatsächlich nichts anderes zu sehen als Nebel. Unter den Füßen und über dem Kopf – rundum nur Nebel. Der Nebelumhang von Morius verwirbelte die schweren Schwaden und schien zeitweise fast darin zu verschwinden. Seine Größe und die Tatsache, dass er sich langsam bewegte, machten es jedoch gut möglich, ihm zu folgen.

Der dichte Nebel setzte sich auf Jeremys Mantel ab und in seinen Haaren. Um ihn war absolute Stille. Er hörte keine Schritte von Morius und auch seine eigenen verursachten nicht das kleinste Geräusch. Die Luft roch nach nichts, war nur feucht. Jeremy hätte am liebsten angehalten um zu erspüren auf was für einer Art von Boden er geht, doch die Gefahr Morius hier zu verlieren war ihm zu hoch. Eine Orientierung war bei diesen Verhältnissen nicht mehr möglich.

Eigentlich hatte er den Eindruck, dass Morius immer geradeaus ging, beschwören hätte er es aber nicht können.

Nach einer Weile stieg Jeremy ein leicht modriger Geruch in die Nase. Im ersten Moment hatte er Morius in Verdacht. Konnte es möglich sein, dass dieses Wesen nach irgend etwas riecht? Nach kurzer Zeit jedoch war ihm klar, dass selbst Morius Vanta bei seiner ganzen Größe und seiner modrig-gruseligen Erscheinung diesen Geruch nicht verursacht haben konnte. Oder besser diesen Gestank, denn mittlerweile zogen Gerüche von Verwesung und Zerfall in seine Nase, dass er alle paar Meter dachte, er müsse sich übergeben.

Auch zu hören gab es inzwischen einiges. Und nichts davon hörte sich gut an! Hier ein Zischen wie von einer übergroßen Schlange, da ein Knurren wie von zehn hungrigen Wölfen, dort ein dunkles Knarzen und Krachen wie von Bäumen, die zum Leben erwacht waren.

So beängstigend waren die Geräusche, dass Jeremy sogar die Anwesenheit von Morius Vanta als einen Segen empfand.

Nach einem Marsch, der Jeremy vorkam wie eine halbe Ewigkeit, drehte sich Morius zu ihm um. Jeremy blieb stehen und sah zu ihm hoch. Morius sah über ihn hinweg in den Nebel, aus dem sie gekommen waren.

Auch wenn Jeremy wusste, dass dieser Hüter sich zu jeder Zeit seltsam benahm, war ihm diese Situation irgendwann zu dumm und er fragte Morius „Was ist? Bin ich auf deinen Umhang getreten? Oder sind wir endlich da?“

Kaum hatte er die letzten Worte gesprochen, lösten sich die Konturen des obersten Hüters vor seinen Augen auf und er war verschwunden. Da wo Morius eben noch war, blickte Jeremy nun auf eine nicht gerade einladende Landschaft. Völlig ohne Nebel kam sie ihm vor wie ein Fremdkörper in der Zwischenwelt.

Kapitel 31

Kirra Willgrimm

Zunächst war Jeremy etwas verstört, dass Morius verschwunden war, dann verspürte er fast so etwas wie Freude darüber, dass er in einem Teil der Zwischenwelt gelandet war, in dem dieser verdammte Nebel einem nicht jede Sicht nahm.

Langsam ging er ein paar Schritte vorwärts. Der Blick nach links und rechts zeigte eine fast messerscharfe Trennung des massiven Nebels von diesem sonderbaren Ort. Alles lag in einem Licht wie zur Abenddämmerung eines verregneten Tages. Die knorrigen Bäume sahen fahl und grau aus, der Boden war sumpfig und über allem lag eine kalte Nässe.

Jeremy ging einfach geradeaus. Er wusste ja nicht wohin ohne seinen knochigen Führer, aber ihm war klar, dass Morius sich nur im Nebel bewegen konnte.

Dieses Gebiet hier war ganz offensichtlich das Land der gefürchteten Hexenkönigin. Je weiter er vom Nebel wegging, desto ferner klangen die Geräusche und auch der unangenehme Geruch verflog langsam. Der Boden wurde trockener und er ging durch einen Wald, der nur aus wenigen, weit auseinander stehenden Bäumen bestand. Fast keiner von ihnen sah noch lebendig aus, vielmehr standen sie da, als seien sie schon vor hunderten von Jahren abgestorben. Moose und Flechten, die in dieser dunklen und nassen Witterung überleben konnten, hingen in langen Strähnen von den Ästen. Hier und da lagen halb zerfallene Kutschen an der Seite, die von Gräsern, Moos und Pilzen schon fast ganz verschlungen worden waren. Umgefallene Statuen, zum Teil im Boden versunken, wechselten sich ab mit moosüberzogenen Felsbrocken. Hier und da steckten verrostete Schwerter und andere Waffen im Boden. Die gesamte Gegend sah aus wie ein Massengrab der Geschichte.

Als wenn er hier bereits früher einmal gegangen wäre, setzte Jeremy Fuß vor Fuß. Er kannte zwar nicht den Weg, aber wohl sein

Ziel. Es führte ihn auf ein freies, hügeliges Feld, aus dem ein paar abgebrannte Baumstümpfe ragten, vom Zahn der Zeit bis fast auf den Boden abgekaut. Es gab braunes abgestorbenes Gras, kein Grün und schon gar keine Blumen. Und Tiere hatte Jeremy im Land dieser Hexenkönigin noch gar nicht gesehen. Nicht einmal Insekten. Nichts als tote Landschaft umgab ihn.

Tot – und doch lebte hier etwas. Hinter ein paar Hügeln sah er eine schwache Rauchsäule aufsteigen. Er ging darauf zu. Es war der Kamin eines kleinen, aus Steinen und Holz zusammengehaltenen Häuschens.

Wer konnte hier draußen in diesem verruchten Land wohl ein Häuschen haben ... Auch wenn er sich unter dem Haus der Hexenkönigin etwas anderes vorgestellt hätte, es bestand für ihn kein Zweifel, dass dies der Platz war, an dem er seinen Kampf auszutragen hatte. Seine Hand tastete nach Nephele. Er würde es wohl benutzen – sein Schwert – wenn es nicht anders gehen sollte. Er nahm all seinen Mut zusammen und ging auf die Türe des Hauses zu. Egal was dahinter auf ihn warten würde, er fühlte sich bereit. Kraftvoll klopfte er an und trat ein paar Schritte zurück.

Das Herz klopfte ihm bis zum Hals, als sich die Türklinke langsam senkte. Das Licht von Kerzen drang durch den ersten Spalt und dann stand sie in der Tür. Jeremy war bewegungs- und sprachlos zugleich. Von allem Grauen und aller Hässlichkeit, von allen monströsen und verabscheuungswürdigen Gestalten, die er erwartet hatte, war das, was er hier vor sich stehen sah, das genaue Gegenteil.

In der Tür stand eine junge, hübsche Frau mit großen treuherzigen Augen. „Hallo Jeremy!“, sagte sie mit freundlich warmer Stimme. Jeremy aber war in der Opalwelt so vielen Versuchungen ausgesetzt gewesen, dass er sich hier sicher nicht so schnell um den Finger wickeln lassen würde. Skeptisch musterte er sie von oben bis unten. Wenn das die Hexenkönigin war, dann musste er verdammt gut aufpassen und zu jeder Zeit mit einem Hinterhalt rechnen.

„Komm doch rein. Ich habe dich schon erwartet. Es kommt so gut wie nie Besuch hier her zu mir in mein enges Gefängnis.“, sagte sie in traurigem Ton. Langsam und unter höchster Anspannung ging Jeremy auf die Türe zu. Mit einer einladenden Handbewegung bat die Frau ihn in ihr Haus ... und Jeremy folgte.

Das Haus schien innen weit mehr herzugeben, als es von außen versprach. Anstelle einer von modrigem Holz und feuchtem Lehm zusammengehaltenen Hexenhöhle fand er sich in einem ordentlich aufgeräumten Raum wieder, der angenehm vom Kaminfeuer gewärmt war und in dessen Mitte ein knorriger Holztisch stand, mit einem ebenso knorrigen und hölzernen dreiarmigen Kerzenleuchter darauf. Der verführerische Duft von frisch zubereitetem Essen lag in der Luft. Am liebsten hätte er sich an den Tisch gesetzt und sich den Bauch vollgeschlagen. Wer aber würde bei der bösartigsten aller Hexen zu Abend essen wollen?

„Bitte, setz dich doch, Jeremy ... ich darf dich doch so nennen oder?“

„Du bist mir gegenüber im Vorteil! Wie heißt du denn? Und wer bist du?“, fragte Jeremy scheinheilig.

„Oh entschuldige, ich bin Gäste einfach nicht mehr gewohnt. Ich heiße Kirra. Kirra Willgrimm.“

Jeremy war einigermaßen verunsichert. War das nun die mächtige Hexenkönigin, oder nicht? War diese Kirra vielleicht nur ein Vorposten? Er entschied sich vorerst nicht zu fragen und höflich zu bleiben.

„Kein Problem“, sagte er freundlich lächelnd und deutete ihr mit einer Handbewegung ihm vorauszugehen und sich an den Tisch zu setzen. Kirra Willgrimm folgte seinem Wunsch und ging voraus. Jeremy musterte sie von oben bis unten und erschrak gehörig, als er an den Füßen angekommen war. Entweder hatte er bereits Halluzinationen, oder seine Gastgeberin berührte mit ihren Füßen den Boden nicht beim Gehen.

Er überspielte seinen Schreck und setzte sich an die gegenüberliegende Seite des Tisches.

„Was genau führt dich denn hierher zu mir in diese abgelegene Gegend?“, fragte die Hexe.

Jeremy entschied, dem Theater seiner Gastgeberin keinen Raum zu geben. „Na, du kennst ja meinen Namen und du hast mich erwartet. Ich bin sicher, dass du auch weißt, warum ich hier bin.“, sagte er emotionslos.

Die erste Reaktion von Kirra war ein kurzes Zucken ihres Gesichtes. Dann lächelte sie mild und sagte: „Gut. Ich gebe es zu. Natürlich weiß ich, dass diese erbarmungslosen Nebelweltler dich auf mich gehetzt haben. Du bist der Prophezeite, haben sie dir gesagt, und, dass du mich ...“, eine Träne rollte über ihre Wange und sie begann zu wimmern, „dass du mich töten sollst.“

Mit diesen Worten brach eine Flut von Tränen über ihr Gesicht und sie blickte angsterfüllt auf Jeremy.

Damit hatte Jeremy nicht gerechnet. Fast hätte er sie in den Arm nehmen wollen, doch dann erinnerte er sich an ihren schwebenden Gang. Sie war eine Hexe, nein, sie war die Königin der Hexen – niemand anderes würde ihn sonst hier erwarten. Die grausamste ihrer Sippe sei sie, hatte es geheißen.

„Ich muss dich nicht töten.“, sagte Jeremy mit unterkühlter Stimme. „Ich bin hier, um dafür zu sorgen, dass der schützende Nebel der Nebelwelt nicht von dir zerstört wird. Allerdings werde ich alles tun, was nötig ist, um das zu erreichen.“

Urplötzlich waren alle Tränen aus Kirra Willgrimms Gesicht verschwunden, als wären sie nur reine Einbildung gewesen.

„Das hat man dir also gesagt? Dass ich die Nebelbarriere kaputt mache? Pff ...“, entrüstet drehte sie den Kopf zur Seite.

Jeremy hatte langsam genug. „Schluss mit der Schauspielerei. Du bist die große und grausame Hexenkönigin. Du hasst die Menschen der Nebelwelt.“ Wieder dieses nervöse Zucken im Gesicht der Hexe. „Und du hasst die Menschen in der Außenwelt, weil sie dir ja so viel angetan haben. Du hasst sie alle.“

Kirra Willgrimm drehte ihren Kopf wieder Jeremy zu und Ihre Augen waren bei Weitem nicht mehr so warmherzig wie am Anfang. „Du hast keinen Schimmer davon, was mir angetan wurde!“ Mit beiden Fäusten schlug sie auf den Tisch und stand auf. „Man hat uns alle verachtet und verfolgt! Geschlagen, gedemütigt und gesteinigt!“, ihre Stimme war schrill und schneidend geworden und ihre Haare wurden fahl und grau. Das Grauen befiel Jeremy, als ihre Haut begann Falten, nein Risse, zu bekommen.

„Ich wurde auf den Scheiterhaufen gebunden!“

Der Geruch von verbranntem Fleisch breitete sich aus, jetzt hatte sich die Hexenkönigin eindeutig nicht mehr unter Kontrolle, ihr Äußeres wandelte sich Stück für Stück von der jungen Frau zu dem, was Jeremy sich in seinen schlimmsten Befürchtungen vorgestellt hatte.

„Sie haben mich verbrannt! Wieder und wieder!“, kreischte sie. „Meine Freunde, Familie, Geschwister – alle haben sie getötet und mich auf das Bitterste verfolgt! Und die ach so anständigen Magier und Hexen, die alles mitbekommen haben, haben sich nur abgewendet! Im Nebel versteckt haben sie sich wie Feiglinge!“

Nun hatte die Hexenkönigin ihre wahre Gestalt angenommen. Der Raum um sie herum hatte seinen falschen Zauber ebenso verloren: Alles schien sich zu bewegen, schien zu leben. Nicht nur Steine mit Schlamm waren hier verbaut, auch Schädel und Gebeine. Alles dampfte und der Gestank spottete jeder Beschreibung.

„Und du! Jämmerlicher! Du Mörder aus der Außenwelt! Was sollst du einer Hexenkönigin entgegensetzen können? Ich bin hunderte von Jahren alt!“

Fast unabsichtlich rutschte Jeremy ein „Eben!“ über die Lippen. Gleichzeitig fasste er den Griff seines Schwertes. Mit einem zornigen Aufschrei rauschte die Hexenkönigin mitten durch den Tisch auf Jeremy zu. Im Zurückspringen zog der sein Schwert und schlug in einem Zug durch ihren Körper.

Wie ein Trugbild löste sich der Körper in Rauch auf. Wieder eine Lüge, dachte sich Jeremy und packte Nephele fester. Von einem plötzlichen Geräusch hinter sich fuhr er herum, das Schwert nach vorne.

„Woher hast du dieses verfluchte Schwert?!“, schrie eine Stimme und gleich darauf löste sich der Körper der Hexe aus den Steinen der Wand.

„Keinen Schritt weiter!“, drohte Jeremy, mit Nepheles Spitze nur eine Hand breit von der Hexenkönigin entfernt.

Kirra Willgrimm hob langsam ihre knochigen Hände und richtete sie auf Jeremy. Ein schwarzer Blitz, wie er ihn nur allzu gut kannte, fuhr aus ihren Händen und verdunkelte den Raum für Sekunden. Als das Licht wieder zurück kam, war Kirra verschwunden. Und auch die Hexenhöhle.

Jeremy fand sich zu seiner Verwirrung in der Aula seiner Schule wieder! Und da war Jonas! Er kam direkt auf ihn zu und Jeremy wollte ihn begrüßen. Doch er konnte sich nicht bewegen und nicht sprechen!

„Weißt du was, Jeremy, ich hab' genug von dir! Du bist die längste Zeit mein Freund gewesen!", sagte er und ging an ihm vorbei. Jeremy war komplett verwirrt. Da kam Natalie aus einem Klassenzimmer: „Geh' mir aus dem Weg, Lügner!", sagte sie und rempelte ihn zur Seite. Und auch noch Lukas sollte ihn verlassen – er kam von der Seite und spuckte Jeremy ins Gesicht. „Da! Das ist für Betrüger! Geh mir ja aus dem Weg!" Jeremy war vollends verwirrt. Nun stand auch noch Lisa vor ihm: „Ich will nichts mehr von dir wissen, du Mistkerl!" Mit diesen Worten gab sie Jeremy eine knallende Ohrfeige. Leicht benommen drehte er sich um, weil ihm jemand auf die Schulter tippte. Kevin Kitter. Auch das noch. „Und von mir kriegst du das hier!", sagte der und schlug Jeremy direkt auf die Nase. Wieder wurde ihm schwarz vor Augen.

Als er wieder sehen konnte, war er plötzlich wieder im Hexenhaus. Die Hexe kam aus dem Dunkel des Raumes auf ihn zu, so schnell, dass er nicht mehr reagieren konnte. Die Alte traf ihn mit voller Wucht und er wurde bis an die Eingangstüre geschleudert. Leicht benommen versuchte er wieder einen klaren Blick zu bekommen.

Wie man es ihm im Orakel prophezeit hatte, versuchte die Hexe ihn zu brechen. Doch er hatte sie durchschaut. Seine Freunde ließ er sich nicht nehmen.

Wieder schälte sich die Grausame aus den Schatten gegenüber und erhob ihre Hände für den nächsten Schlag. Jeremy sprang auf um sie davon abzuhalten, doch schon zuckte der nächste schwarze Blitz durch den Raum. Als das Licht zurückkam, stand Jeremy auf der Wiese vor dem Haus seiner Eltern. Es stand lichterloh in Flammen. Aus dem Fenster im ersten Stock schrie seine Mutter um Hilfe. Jeremy schloss die Augen und versuchte die Szene nicht an sich heranzulassen. Plötzlich hörte er seinen Vater schreien und öffnete die Augen wieder. Sein Vater rannte brennend aus der Haustüre und schrie vor Schmerzen. Jeremy wehrte sich gegen diese Bilder, schrie laut „Nein!" und schlug mit seinem Schwert um sich. Sofort war er wieder in der Hexenhöhle. Sein Schwert hatte zufällig die Hexe, als sie es nicht erwartet hatte, am Bein getroffen und ihr einen tiefen Schnitt verpasst. Ihr Schrei war so markerschütternd, dass die Gläser auf dem Tisch zersprangen.

Nun standen sich die beiden gegenüber und keiner von beiden schien zu wissen, was er als nächstes unternehmen könnte.

„Ich weiß, was du vor hast!", sagte Jeremy. „Du willst mir meine Freude nehmen, mein Glück und meine Hoffnung ... alles das, was mir Kraft gibt. Ja, dann wäre ich verletzlich. Aber das wird dir nicht gelingen!"

Die Hexe zischte nur feindselig. Jeremy witterte seine Chance und machte zwei schnelle Schritte auf Kirra zu. Die Spitze Nepheles landete direkt vor ihrer Nase. „Gib auf!", forderte Jeremy. „Sag mir, wie ich die Nebelbarriere retten kann und ich lasse dich am Leben!"

Mit dem Blick der Wahnsinnigen sah die Königin der Hexen Jeremy an und öffnete ihren Mund zu einem lautlosen Lachen. Ihre fauligen Zähne vollendeten dabei das Bild der über die Jahrhunderte verrückt gewordenen Alten. Mit einem heulenden Keuchen holte sie tief Luft und blies einen stinkenden schwarz-grünen Qualm aus ihrem Mund in Jeremys Richtung. Für ein paar Sekunden war Jeremy die Sicht genommen und seine Augen brannten.

Als sich der Qualm langsam aufgelöst hatte, standen vor ihm etwa zehn Hexenköniginnen. Kirra hatte sich vervielfacht. Nephele raste durch die Luft, als es den Angriffen der Hexen parieren wollte. Zwei der Angreiferinnen wurden getroffen und lösten sich sogleich in den stinkenden Qualm auf, aus dem sie entstanden waren.

Eine der Angreiferinnen kam jedoch an Nephele vorbei und erwischte Jeremy mit den Krallen ihrer Hand an seiner rechten Seite. Sein schwerer Mantel hing an dieser Stelle in Fetzen herab und sein Hemd darunter saugte sich voll Blut. Vor Schmerz gekrümmt hielt er sich die Seite. Ein Angriff von drei Hexen gleichzeitig wurde von einem mächtigen Hieb Nepheles zunichte gemacht – alle drei gingen in Rauch auf.

Als Jeremy zu erkennen versuchte, welche nun die echte Hexe sein könnte, kam ihm eine Idee. Rückwärts ging er zur Türe, öffnete sie hinter seinem Rücken um die Hexen nicht aus den Augen zu lassen und ging nach draußen. Die fünf noch übrigen Hexen folgten ihm.

Seine Idee war ziemlich gewagt, denn so etwas hatte er noch nie versucht. Mit allem, was er über die Energien und deren Beeinflussung gelernt hatte, hoffte er die Winde zu Hilfe rufen zu können. Hier in der Nebelwelt, vor allem in der noch magischeren Zwischenwelt, so hoffte er, könnte ihm das vielleicht gelingen wie im Turm des alten Hauses. Zu verlieren hatte er ja sowieso nichts, dann würde er halt draußen weiterkämpfen.

In Gedanken stellte er sich vor, wie sich langsam ein Wind erheben würde. Dann heftigere Böen und schon bald ein ausgewachsener Sturm, der über den Boden fegt. Wie ein schwaches Spiegelbild erschien da für Sekunden vor ihm die Gestalt von Samira Ricahn, der Schamanin der Luft und in diesem Moment fegte eine kurze, aber heftige Orkanböe über die Hügel, dass Jeremy fast das Gleichgewicht verlor.

Jeremys Plan funktionierte und der Orkan riss vier der Hexengestalten mit sich. Allerdings hatte ihn die ganze Aktion noch zusätzlich geschwächt und er konnte dem Angriff der verbliebenen wahren Hexenkönigin nicht schnell genug parieren. Mit einem wuchtigen Hieb riss sie Jeremy das Schwert Nephele aus der Hand und schleuderte es einige Meter über die Hügel davon. Jeremy taumelte rückwärts und stolperte über einen dicken Ast auf dem Boden.

Bedrohlich beugte sich Kirra über den gefallenen Jeremy. Ihre Haare schwebten so schwerelos wie ihr Umhang über ihm. In diesem Moment sah sie auf und über Jeremy hinweg. In ihren Augen stand der Zorn, als sie sah, dass der Nebel einen großen Teil ihres Landes wieder eingenommen hatte. Jeremy nutzte den Augenblick ihrer Unaufmerksamkeit, packte den Ast, über den er gestolpert war, und verpasste ihr damit einen ordentlichen Schlag auf den Kopf.

Diesmal löste sich nichts in Rauch auf. Die Hexe taumelte rückwärts und ließ benommen ihren Kopf hängen. Jeremy raffte sich mühsam auf und stellte fest, dass der Nebel mit seinem Schlag gegen die Hexe wieder ein Stück näher gekommen war. Da erkannte er sein Ziel. Wenn sich der Nebel um die Hexe schließen würde, dann, und nur dann, hätte er gewonnen.

Mit letzter Kraft schleppte er sich zu Kirra, die langsam wieder zu sich kam und schlug ihr erneut den Holzprügel Richtung Kopf.

Doch die Hexe reagierte und schützte sich mit beiden Armen. Wieder zog sich der Nebel weiter zu und erreichte schon fast Jeremys Rücken. Mit einem wütenden Schrei holte die Hexe mit ihren Händen hoch über dem Kopf aus, um einen weiteren Zauber über Jeremy zu schleudern. Diesmal aber war Jeremy schneller und stieß ihr den Ast in den Bauch.

Jetzt erreichte der Nebel Jeremy und er hatte nicht den Eindruck, dass sein Stoß mit dem Holzstock so stark gewesen war, aber der Hexenkönigin stand plötzlich das blanke Entsetzen im Gesicht. Fast regungslos starrte sie, nicht etwa auf Jeremy, sie starrte abwechselnd auf seine rechte und linke Seite. Verwundert sah er sich um. Da erblickte er zwei Geisterbären neben sich, die mit grimmigem Blick auf Kirra Willgrimm herabsahen und in diesem Augenblick mit ihrem markerschütternden Brüllen die Luft erzittern ließen. Der Prankenhieb eines Bären erwischte die Hexenkönigin, und riss ihr drei tiefe Furchen in die Seite. Nebel umschloss die Kämpfenden. Jeremy wähnte sich schon als Sieger. Doch eine jahrhunderte alte grausame Königin war nicht so schnell zu schlagen. Mit einem schrillen Aufschrei fegten ihre knochigen Hände in den Nebel. Schwarze Blitze schossen in die Bären und eine donnernde Druckwelle riss den Nebel mitsamt den Geisterbären davon.

Von der Druckwelle erfasst wurde Jeremy rückwärts auf einen Felsbrocken geschmettert. Er konnte sich kaum noch bewegen. Die Hexenkönigin hatte nach dem Schlag gegen die Geisterbären ganz offensichtlich eine Menge Kraft eingebüßt. Für einen Moment brauchte sie nun selbst eine Pause. Jeremy verspürte bei jeder auch nur kleinsten Bewegung stechende Schmerzen. Er hatte sich bei dem Aufprall auf den Fels wohl ein paar Rippen gebrochen und vom Kopf ronn das Blut seinen Hals hinunter.

Wie er auch gegen den Schmerz ankämpfte, er schaffte es nicht, sich aufzurichten. Und wieder kam seine Angreiferin zu ihm und beugte sich über ihn.

„Jetzt bist du des Todes, Prophezeiter! Und wieder hat dieses armselige Nebelvolk einen Krieg verloren!“, mit diesen Worten sah sie auf Jeremy herab und hob ihren Arm für den letzten Schlag.

„Warte – Königin!“, japste Jeremy und die Hexe hielt tatsächlich inne. „Jetzt, da Du ohnehin gewinnst, verrate mir nur noch eins: Wie hätte ich die Nebelbarriere überhaupt erneuern können?“

„Du?!", lachte sie hämisch. Dann sah sie ihm tief in die Augen und flüsterte: „Indem du die fünfte Essenz in das Curiosum bringst. Sie steht drinnen im Regal neben meinem Kessel! Hol sie dir doch!"

Siegessicher lachte Kirra schrill. „Und dabei, aaarmer Jeremy, wärst du genauso verstorben wie JETZT!", damit holte sie mit beiden Armen über ihrem Kopf aus und ein Dolch nahm darin Gestalt an. Um die beiden herum versank das Land augenblicklich in hoffnungsraubender Dunkelheit. Allerdings hatte die beiden gerade in diesem Moment auch der Nebel wieder erreicht.

Im Angesicht des Todes sah Jeremy alles um sich ganz langsam ablaufen. Er dachte an seine Freunde. Sein Zuhause. An das Baumhaus und all die schönen Dinge in seinem Leben.

War das nun wirklich sein Ende? Sein Schicksal? Unausweichlich? Konnte es sein, dass er als Prophezeiter versagte? Würde er sie alle nie wieder sehen? Auch nicht ... Lisa? ... Lisa ...

„Lisa?" Im Nebel über sich sah er plötzlich ihr Gesicht! Er streckte den Arm nach ihr aus – streckte ihn in den Nebel.

Plötzlich ging wieder alles ganz schnell! Die Hexenkönigin schreckte auf und sah in den Nebel über Jeremy. Die Dunkelheit verschwand und mit einem dumpfen Knall öffnete sich ein kreisrunder Tunnel im Nebel – gerade da, wo Jeremy Lisa gesehen hatte. Ein Tunnel, wie er ihn im Kampf gegen den Fürsten des Feuers in der Opalwelt geöffnet hatte.

Im gleichen Moment riss ein mächtiger Sog die Hexenkönigin über Jeremy hinweg hinein und ihr schriller Schrei verhallte in der Ferne. Dann schloss er sich so schlagartig wie er gekommen war und Kirra Willgrimm war verschwunden.

Jeremy lag auf dem Felsen, Schmerzen im ganzen Körper, mit blutgetränktem Hemd und langsam zog der Nebel über ihn hinweg zum Haus der wahnsinnigen alten Königin der Hexen.

Er hatte den Kampf gewonnen. In einem letzten Versuch sich aufzurichten drehte er sich zur Seite, doch dann verließ ihn seine Kraft endgültig und er sank bewusstlos zu Boden.

Kapitel 32

Die fünfte Essenz

Es mussten ein paar Stunden gewesen sein, die er da lag, bis ihn der Schnabel einer Nebelkrähe an der Nase stupste. Aufgeregt flatterte sie um ihn herum und drehte immer wieder ihren Kopf um ihn zu mustern. Als sie ihm einmal direkt in sein Ohr krähte, öffnete er endlich die Augen.

Er fühlte sich, als seien in ihm sämtliche Knochen zermalmt. Aus seinem Mund lief Blut und er hatte nicht den Eindruck, dass er sich bewegen könnte. Die Nebelkrähe aber gab keine Ruhe und hüpfte um ihn herum, auf ihn drauf und krächzte und flatterte ihm über das Gesicht. Sie ging ihm derart auf die Nerven, dass er irgendwann zornig mit der Hand nach ihr griff. Damit hatte ihm die Krähe gezeigt, dass er sich eben doch noch bewegen konnte. Langsam wurde der Willen in ihm wieder stärker und er tastete mit seinen Hände nach einer Position, die den minimalsten Schmerz verursachte.

Stück für Stück schaffte er es tatsächlich sich wieder aufzurichten. In gebeugter Haltung, eine Hand auf der schmerzenden Wunde an seiner Seite, stand er nun da, im Nebel, vor dem Haus der Hexenkönigin.

Seine Gedanken kreisten um den Kampf, den Nebeltunnel ... Er hatte keine Ahnung, was da passiert war, was die Hexe in den Nebel gezogen hatte und wo sie nun war. Die Nebelkrähe hüpfte immer noch nervös vor ihm umher und krähte ihn immer wieder an, als wollte sie sagen: ‚Komm jetzt! Komm schon! Geh weiter!'

Schritt für Schritt schleppte er sich mühsam zur Tür. Die fünfte Essenz würde er brauchen, hatte die Hexenkönigin gesagt. Er musste diese Essenz auf jeden Fall mitnehmen. Egal, ob er es jemals raus aus diesem Nebel schaffen würde oder nicht, die Essenz zu suchen war jetzt das einzig Sinnvolle. Also ging er hinein und die Krähe hüpfte ihm voraus.

„Wie sieht so eine Essenz aus?“, überlegte Jeremy. In der Welt der Opalwesen hatte er die Elementarkräfte über die Berührung derer Stäbe bekommen, aber sie sprachen immer auch davon, dass er ihnen die Essenzen genommen hatte.

Die vier Elemente, Essenzen, Elementarkräfte ... irgendwie schien alles das Gleiche zu sein oder zumindest zusammenzugehören.

Im Regal neben ihrem Kessel hatte sie gesagt. Leider waren hier fast ein Dutzend Kessel in allen möglichen Größen und Regale standen vor jeder Wand. Jeremy nahm eine Flasche mit einer schwach leuchtenden Flüssigkeit aus einem Regal. Er öffnete sie und roch daran. Davon hätte er beinahe die Besinnung verloren. Schnell steckte er den Korken wieder in die Flasche.

Riechen war ganz offensichtlich nicht die beste Idee, um eine Essenz zu finden. Er zog eine Flasche nach der anderen aus den Regalen und suchte nach Beschriftungen, schüttelte, hielt sie gegen das Licht. Selbst wenn er die fünfte Essenz gefunden hätte, wie hätte er sie erkennen sollen?

Jeremy setzte sich vorsichtig auf einen Stuhl. Seine Wunde schmerzte und er hob das Hemd an, um zu sehen wie sie aussah. Der Anblick war alles andere als beruhigend. Drei der Hexenkrallen hatten ihm tiefe Schnittwunden verpasst und um die klaffende Wunde war seine ganze Seite dunkel, fast schwarz geworden.

Jeremy sah sich in der Hexenküche um. Die Nebelkrähe hatte ihn bei der Untersuchung der Wunde beobachtet und flatterte nun zu Jeremys Erstaunen zielstrebig auf ein Regal zu, landete und packte ein kleines Fläschchen mit dem Schnabel. Auf dem Tisch neben Jeremy stellte sie es ab und krähte ihn an.

„Was bringst du mir denn da?“, stöhnte Jeremy erschöpft. Er nahm die dunkelgrüne Flasche und versuchte die verwischte Schrift darauf zu entziffern: ‚II. E / Erde‘ oder so könnte das heißen. Die Nebelkrähe sprang auf sein Bein und pickte in Richtung seiner Wunde. Aus einem Reflex heraus stieß Jeremy sie mit seiner Hand von seinem Bein und sie landete etwas unsanft auf dem Boden.

„Oh Mann, entschuldige!“, rief er erschrocken, denn irgendwie hatte er das Gefühl, dass sie gerade seine einzige Freundin war. Die Nebelkrähe aber schien sich nichts aus seiner kleinen Attacke zu machen, und flog wieder auf den Tisch, um erneut auf ihn einzukrähen.

Jeremy zog sachte den Stöpsel aus der Flasche. Mit der Hand wedelte er sich vorsichtig etwas von dem Geruch zu. Gestank war es schon mal keiner. Behutsam ließ er etwas von der Flüssigkeit auf seine Handfläche tropfen. Der Tropfen versiegte sofort und Jeremy konnte nicht fassen was passierte. Innerhalb von Sekunden war der Schmerz in seiner Hand verschwunden!

Die Nebelkrähe ließ einen kurzen Krächzer hören, der so etwas wie ‚Na, bitte!' hätte heißen können. Jeremy zog seinen Ärmel nach hinten und sah auf seinen Arm. Als die Hexe ihm sein Schwert aus der Hand geschlagen hat, hatte sie ihm am Arm einen handtellergroße blauen Fleck hinterlassen. Jeremy tropfte etwas aus dem Fläschchen in seine Mitte und er konnte zusehen, wie die blutunterlaufene Färbung langsam verschwand und mit ihr der Schmerz.

Eifrig schlug er sein Hemd zurück und legte die Wunde an seiner Seite frei. Ein Tropfen würde vielleicht nicht genügen, also ließ Jeremy mehr von dem Wundermittel direkt in die Wunde laufen. Der Effekt war mindestens ebenso beeindruckend heilsam, aber um ein vielfaches schmerzhafter. Jeremy sah mit dem Gesichtsausdruck völlig missglückter Selbstbeherrschung auf die Krähe. Etwa so, als hätte er in die schärfste Chili der Welt gebissen. So schnell wie er kam, war der Schmerz jedoch auch wieder vorbei und Jeremy sah nach der Wunde. Zu seiner Freude war sie komplett verschlossen und langsam verschwand auch die schwarze Färbung der Haut darum herum.

Nachdem er fast das halbe Fläschchen zur Heilung seiner Wunden und Kratzer verwendet hatte, sah er sich das Etikett der Flasche nochmal genau an. ‚II. E / Erde' – Natürlich! Zweite Essenz musste das heißen! Und ‚Erde' – eines der vier Elemente. Jetzt war alles klar: er suchte nach einem Fläschchen mit der römischen Zahl ‚V', für fünf, darauf. ‚V. E / irgendwas'. Die fünfte Essenz.

So völlig frei von Schmerzen wie er jetzt war, lief er voller Elan zwischen den Regalen hin und her und untersuchte die Fläschchen. ‚III. E / Feuer' fiel ihm als nächstes in die Hände. Ein Fläschchen mit einer orangen Flüssigkeit darin. ‚IV. E / Luft' stand auf einer weiteren, doch sie war leider leer. Nach einer Weile blickte er auf vier Fläschchen, die vor ihm auf dem Tisch standen: Wasser, Erde, Feuer und Luft. „Vier Essenzen, die den vier Elementen zugeordnet sind.“, sagte Jeremy bedeutungsschwer vor sich hin. Nun fehlte nur noch die wichtigste, die fünfte Flasche …

Jeremy musterte die Fläschchen. Was die Essenz der Erde konnte, das wusste er bereits sehr gut. Doch was hatte es mit den anderen auf sich? Er nahm die Flasche ‚Luft‘ und sah nach, ob nicht wenigstens noch ein winziger Tropfen in ihr wäre. Nichts. In diesem Fall, dachte er sich, wird man auch daran riechen können. Er öffnete die Flasche und urplötzlich füllte sich der ganze Raum mit einem Stimmengewirr, als säße er in einer Kneipe voller Menschen. Schnell schloss er sie wieder und die Stimmen waren verschwunden. Schlau wurde er daraus zwar nicht, doch war er nun der Überzeugung, dass diese Flasche keinesfalls leer war.

‚III. E / Feuer‘ war seine nächste Wahl und die orange Flüssigkeit war zäh wie Sirup. Jeremy hatte Respekt. Doch wie es den Anschein hatte, war keine der Essenzen wirklich gefährlich. Er hielt die Flasche weit vom Körper weg – Kräh, sagte die Nebelkrähe und flatterte auf einen Balken, weit oben im Dach des Hauses.

„Angst?“, sagte Jeremy mit einem Blick zu ihr und öffnete die Flasche. Ein gleißend helles Licht kam aus der Öffnung und erfüllte die gesamte Hütte. Das Licht war so stark, dass Jeremy, nachdem er den Stöpsel wieder in die Flasche gedrückt hatte, eine ganze Weile geblendet war.

„Wow!“, sagte er. Nicht nur, weil das Licht so unglaublich hell gewesen war, sondern weil er sich auf einmal unglaublich beflügelt fühlte. Er wollte unbedingt mit den Essenzen experimentieren! Doch zunächst nahm er noch die Essenz des Wassers in die Hand. Darin war eine klare Flüssigkeit, eben wie Wasser. Die Nebelkrähe kam von ihrem Balken herunter auf den Tisch neben Jeremy geflogen.

„Na, du musst es ja wissen.“, sagte er zu ihr. „Das mit dem Licht wusstest du ja wohl auch, hm?“

Die Nebelkrähe hielt nur ihren Kopf schief und sah Jeremy an. Er zog den Stöpsel. Mit einem Mal schoss ein wirbelnder Wind aus der Flasche und füllte den Raum binnen Sekunden mit dichtem Nebel. Jeremy konnte die Flasche nicht schnell genug wieder schließen und so dauerte es, bis sich der Nebel wieder gelegt hatte. Was blieb, war eine vor Nässe tropfende Hexenküche. Die Nebelkrähe hüpfte und flatterte darin herum, als würde sie einen Freudentanz aufführen.

„Na? Ganz dein Element der Nebel, hm?“ fragte Jeremy belustigt, doch er selbst fühlte sich nicht minder beschwingt. Diese vier Essenzen hatten wirklich erstaunliche Kräfte. Konnte es sein, dass er aus diesen vier Essenzen die fünfte mischen müsste?

Er hatte Lust etwas auszuprobieren. Was wäre wohl, wenn man die vier Essenzen mischen würde? Als hätte sie seinen Plan durchschaut, nahm die Nebelkrähe eine drohende Gebärde ein: sie senkte den Kopf, spannte die Flügel weit auseinender und knurrte wie ein kleines Hündchen. Jeremy war einigermaßen erstaunt. Dass Krähen solche Geräusche machen können, hatte er nicht gewusst. Außerdem verdeckte die Krähe mit ihren Flügeln die Fläschchen mit den vier Essenzen. Sie schien genug vom Experimentieren zu haben.

Bisher hatte Jeremy gut daran getan auf die Krähe zu hören. Diese zahme und scheinbar besonders schlaue Krähe.

Jeremy stand auf und ging suchenden Blickes durch den Raum. Was hatte er nur übersehen ... er hatte alle Regale gründlich durchsucht.

Einer der Kessel der alten Hexe war größer als die anderen. ‚Im Regal neben dem Kessel‘ hatte sie gesagt. Dieser Kessel aber stand vor dem Kamin ... und auf dem Kaminsims ... da lag ein großer, schwarzer Stein. Jeremy nahm ihn in die Hand, da entdeckte er einen Stöpsel daran. Der Stein war eine Flasche! Sein Blick war schon mehrere Male über das schwarze Ding hinweggehuscht, in der Annahme, es sei eben nur ein Stein. Unförmig wie die Flasche war und schwarz, konnte Jeremy den Inhalt nicht sehen. Er drehte die Flasche in allen Richtungen, bis er auf ihrem Boden ein eingeritztes ‚V‘ entdeckte. Weiter nichts. Doch das war Jeremy genug. Das war sie, die fünfte Essenz. Die Nebelkrähe kam angeflattert und neigte ihren Kopf mal nach der einen, mal nach der anderen Seite, beäugte die Flasche und konnte sich gar nicht mehr beruhigen. Die Flasche zu öffnen? Nein, das traute sich Jeremy nicht. Er packte alle fünf Flaschen ein und machte sich auf den Weg.

Kapitel 33

Gefangen in der Zwischenwelt

Als er die knarzende Tür des Hexenhauses geöffnet hatte, staunte er nicht schlecht über die unzähligen Nebelkrähen, die sich hier draußen versammelt hatten. Seine spezielle Freundin hüpfte eilig hinter Jeremy hervor, direkt in die Menge und wurde von einigen aufgeregt empfangen.

Nun stand er da und wusste eigentlich gar nicht, in welche Richtung er gehen musste. „Erstmal weg aus dem Vorgarten der Alten.“, dachte er sich und ging einfach vom Haus weg tiefer hinein in den Nebel. Als hätten sie sich abgesprochen, flogen alle Nebelkrähen auf und kreisten über Jeremy. Er hielt an und beobachtete sie. Da flogen sie in eine andere Richtung davon. Irgendetwas sagte ihm, dass er ihnen folgen sollte. Das tat er auch. Doch schon bald waren die grauen Flieger außer Sichtweite. Hören konnte er sie immer noch, also folgte er ihren Stimmen.

Die vernebelte Sicht und das immer leiser werdende Krähen forderten seine ganze Konzentration und mit der Zeit wurde er müder und müder. Irgendwann blieb er stehen, denn seine Schritte auf dem matschigen Boden waren zu laut, um die Krähen noch zu hören. Er klammerte sich an den letzten krächzenden Laut, nur um sich nicht eingestehen zu müssen, was er längst ahnte: Er hatte sich verlaufen.

Die Müdigkeit steckten ihm noch in den Knochen und er fand nicht einmal einen Stein, einen umgestürzten Baum oder sonst etwas, um sich ein bisschen auszuruhen. Der Boden war viel zu nass um sich hinzulegen. Inzwischen umgab ihn nur noch die einsame Stille der Zwischenwelt. Keine Krähen – nichts.

Entmutigt sank er auf seine Knie in den matschigen Boden und legte den Kopf in die Hände. Eine Weile verharrte er so, atmete in seine Hände und konnte sich etwas beruhigen. Hier war er nun, umgeben vom Nebel der Zwischenwelt, und überlegte, was er tun könnte. Er hatte noch ein paar Kleinigkeiten zu essen, aber keinen Hunger. Er hatte zu trinken, aber keinen Durst und er hatte die Essenzen.

Er tastete in seiner Tasche nach den Flaschen. Was er erwischte, war die Flasche mit der Essenz „Luft“. „Hm ...“, er grinste vor sich hin, etwas Unterhaltung wäre auch gut. Belustigt zog er den Stöpsel aus der Flasche. Anstelle des Stimmengewirrs, das er erwartet hatte, stieg diesmal allerdings ein gräulicher Dunst aus der Flasche und vermischte sich knisternd und funkelnd mit dem Nebel. Instinktiv musste Jeremy daran riechen. Kaum hatte er einen winzigen Schnupperer getan, konnte er nicht anders, als gierig seine ganze Lunge mit dem Dunst zu füllen. Irgendetwas in diesem Dunst machte ihm klar, dass dies seine Rettung sein konnte und dass er seine Stimme, seinen Ruf im gesamten Nebel verbreiten musste.

Doch wen konnte er im Nebel der Zwischenwelt schon erreichen? In der Not wieder atmen zu müssen, hatte er plötzlich einen Geistesblitz ... Der Traumgänger! Sein Ruf nach Sonado, dem Traumgänger, den er mit dem eingeatmeten Dunst in den Nebel rief, hallte weit und schien nur sehr langsam zu verstummen. Jeremy hörte ihn noch selbst wie ein Echo, als ihm eine Stimme von hinten einen ordentlichen Schreck versetzte.

„Warum in aller Nebelwelt schreist du denn so?“

Jeremy fuhr herum und blickte in das fahle Gesicht des Traumgängers.

„Das ging aber schnell!“, wunderte sich Jeremy.

„Nun ja, du kennst es doch aus deinem Traum: Ich bin überall dort, wo der Nebel der Zwischenwelt ist. Und wenn du mit der Essenz der Luft nach mir rufst, dann ist das etwa so, als würdest du mir aus vollem Hals direkt ins Ohr schreien.“

„Oh, entschuldige. Das wusste ich nicht.“, sagte Jeremy, konnte sich ein Grinsen aber nicht verkneifen. „Aber danke, dass du gekommen bist. Ich meine, dass du schon hier warst. Oh Mann ..., dass du dich mir halt zu erkennen gibst.“

„Was kann ich denn für dich tun?“, fragte Sonado gelangweilt.

„Na ja, es ist so: Ich finde hier nicht mehr heraus ...“, begann Jeremy.

„Oh, dann sind wir schon zu zweit.“.

„Was?", erschrak Jeremy. „Wirklich?"

„Aber das weißt du doch. Ich bin ein Schatten meiner Selbst in einer Welt zwischen den Welten. Alles was ich kann, ist, Informationen zu überbringen."

Jeremy ärgerte sich über seinen unüberlegten Ruf in den Nebel. „Okay, kannst du auch Informationen in die Nebelwelt bringen?", fragte er voller Hoffnung.

„Nein." Jeremy sank in sich zusammen. „Nur an die Schamanin des Wassers."

„An Belisama Lir? Du kannst ihr was von mir ausrichten?" Nun schien es doch, als hätte sich Jeremy richtig entschieden.

„Oh ja, das könnte ich.", sagte der Traumgänger stolz.

„Könntest du ihr sagen, wo ich bin, und dass ich hier nicht herausfinde? Dass sie mich doch holen soll?"

Der Traumgänger blickte einige Sekunden bewegungslos auf Jeremy, dann sagte er: „Schon geschehen. Sie sagt, dass sie dich nicht holen kann, weil sie die Zwischenwelt nicht betreten kann."

„Oh.", sagte Jeremy ernüchtert.

„Aber es könnte sein, dass ich jemanden kenne, der dir helfen kann." Der Traumgänger sah Jeremy mit einem Gesichtsausdruck an, der nichts Gutes verhieß.

„Und wer ist das?"

„Du kennst ihn ja bereits: es ist Morius."

„Natürlich! Dass ich da nicht selbst daran gedacht habe ..."

Sonado wunderte sich über Jeremys Freude. „Ich frage mich ernsthaft, worüber du dich freust. Scheinbar hast du Morius noch nicht richtig kennengelernt. Er ist ein grausamer und gewalttätiger Tyrann!"

In der Tat hatte Jeremy von Morius nicht besonders viel erfahren können, die Beschreibung des Traumgängers kam ihm jedoch reichlich übertrieben vor.

„Ach, mach dir keine Gedanken. Kannst du mich zu ihm bringen?"

Der Traumgänger zuckte nur mit den Schultern, dann nickte er, drehte sich um und ging los. Jeremy folgte ihm und wurde zu dem Weg gebracht, der durch die Zwischenwelt führt, genau an die Stelle, an der er Morius das erste mal traf. Erleichtert setzte er sich auf den dort liegenden Baumstamm.

„Ich werde nicht bei dir bleiben können. Du musst wissen, dass Morius und ich uns nicht besonders gut verstehen."

Noch bevor Jeremy sich für seine Hilfe bedanken konnte, hatte sich der Traumgänger im Nebel aufgelöst.

Jeremy konnte es nicht erwarten, endlich aus dieser bedrückenden Umgebung wieder herauszukommen. Darum freute er sich sichtlich, als wie aus dem Nichts Morius vor ihm stand.

Morius seinerseits konnte mit Jeremys Freude nichts anfangen und er hatte wohl auch nicht besonders viel für Jeremy übrig.

Ohne Jeremy eine Chance zu lassen, ließ er seinen knorrigen Stab mit dem schwarzen Schattenstein an der Spitze aus dem dichten Nebel seines Umhangs auf Jeremy niederrauschen.

Er traf ihn damit so unerwartet und hart, dass Jeremy augenblicklich ohnmächtig zu Boden sank.

Kapitel 34

Die schwarze Macht des Onyx

Weiße Wände mit vielen Fenstern und zwischen ihnen lange helle Vorhänge, der Boden bedeckt mit vielen Fellen, die Decke eine offene Dachschräge mit Balken aus Holz, so sah das Zimmer aus, in dem Jeremy erwachte. Es war still und er lag in einem Bett, zugedeckt mit weißen glitzernden Decken.

Wo war er? Er konnte sich an nichts erinnern. Wie war er hiergekommen? Er wurde etwas unruhig. Gerade als er aufstehen wollte, öffnete sich die Tür und vier Menschen kamen herein. Als erstes ein Mädchen mit einem Tablett. Dann ein junger Mann und ein älterer und eine Frau, die er im Alter nicht einschätzen konnte. Jeremy sah sie relativ verblüfft an.

„Wer seid ihr?", fragte er.

Die Tasse mit einem Löffel darin, der Teller und das Besteck auf dem Tablett des Mädchens begannen zu wackeln. Das Mädchen zitterte so, dass alles vom Tablett herunterzurutschen drohte. Jeremy sah ihr in die Augen und sah zu seiner Verwunderung, dass einige Tränen ihre Wangen herabrollten. Der junge Mann rettete gerade noch das Tablett, bevor es ihr aus der Hand geglitten wäre. Das Mädchen drehte sich von Jeremy ab und begann zu schluchzen.

„Das ist Cecile, Jeremy. Erkennst du sie nicht mehr?", fragte der junge Mann. Jeremy zuckte mit den Schultern. Es tat ihm so leid, dass das Mädchen so traurig war – und das offensichtlich wegen ihm.

„Tut mir leid ...", sagte er. Der junge Mann sah sich zu den beiden anderen um. Die Frau war zu Cecile gegangen und tröstete sie. Sie war offensichtlich ihre Mutter.

„Und wer bist du?", fragte Jeremy den jungen Mann.

„Mein Name ist Erion. Erion Callirius. Wir haben uns ...", er stockte kurz und musste schlucken. „Wir haben uns früher mal kurz kennengelernt."

Jeremy konnte sich absolut nicht erinnern, jemals so einen komischen Namen gehört zu haben. Langsam kam ihm die Situation etwas seltsam vor.

Der ältere Mann kam und setzte sich zu Jeremy auf den Rand seines Bettes. „Du hattest einen ziemlich schlimmen Unfall, Jeremy.“, sagte er. „Um ein Haar hätten wir dich verloren!“

Jeremy überprüfte sofort, ob er noch alles bewegen konnte, tastete sich nach Verletzungen ab. Doch außer einem kleinen Verband um den Kopf konnte er nichts finden. Allerdings hatte er ziemliche Kopfschmerzen. „Was ist passiert?“, fragte er den Mann.

„Du hast einen starken Schlag auf den Kopf bekommen ... Wie das genau geschehen ist, wissen wir nicht, aber wir haben einen Verdacht. Doch jetzt geht es erst mal darum, dass Du wieder gesund wirst. Die kundigsten Heiler des Landes sind hier und manche noch auf dem Weg.“

„Ich fühle mich eigentlich ganz gut!“, sagte Jeremy und wollte aufstehen. Der Mann drückte ihn sanft auf das Bett zurück.

„Noch nicht, Jeremy. Deine Verletzung ist keine normale Wunde. Spätestens nach zwei Schritten würdest du umkippen.“, sagte der Mann.

„Wer sind Sie, dass Sie das wissen? Sind Sie der Chefarzt?“ Das Mädchen begann wieder laut zu schluchzen, so dass ihre Mutter sie nach draußen brachte.

„Mein Name ist Magnus von Thare und ich wünschte, wir hätten uns unter besseren Umständen wieder getroffen. Trink jetzt das hier!“, befahl er und hielt ihm ein Glas von dem Tablett hin. „Du musst schlafen, damit dein Körper sich wieder erholen kann, oder genauer gesagt, dein Gehirn.“

Jeremy war einigermaßen verwirrt, um nicht zu sagen verängstigt und so trank er das Glas ohne Murren aus. Was immer es war, das er da getrunken hatte, es zeigte seine Wirkung schnell. Er sank ermüdet auf das Kissen und fiel in einen tiefen Schlaf.

Magnus und Erion verließen das Zimmer und gingen zu Cecile und Delphena.

„Papa ...“, empfing ihn Cecile. „Wird er wieder gesund werden? Er kann doch gar nichts dafür! Wir haben ihm das alles angetan ...“

„Beruhig dich, mein Liebling.“, antwortete von Thare. „Ich

denke, es ist ziemlich klar, was hier passiert ist. So einen kompletten Gedächtnisausfall kann nur eines verursachen!"

Delphena sah ihn an: „Ein Schlag mit dem Onyx-Stab?"

Von Thare nickte. „Und nicht irgendeiner. Das war der stärkste von allen – der Stab von Morius!"

Delphena konnte es kaum glauben und auch Cecile und Erion waren fassungslos.

„Morius?", fragte Cecile entsetzt.

Ihr Vater antwortete ihr: „Ich weiß nicht warum, aber Morius hat ihm auf die übelste Art einen Schlag verpasst. Anders kann ich mir nicht erklären, dass er fünf Tage im Koma liegt und sich nun an nichts mehr erinnert. Und die Wunde am Kopf bestätigt meinen Verdacht noch. Ich bin absolut sicher, das war die schwarze Macht des Schattensteins Onyx. Genau das ist es, liebste Cecile, was Hüter so unberechenbar und gefährlich macht."

„Aber Papa, wenn Morius das getan hat, warum hat er Jeremy dann aus der Zwischenwelt zur Grenze gebracht?"

„Ich weiß es nicht Cecile. Vielleicht hat er seine Tat bereut ... obwohl ich nicht glaube, dass Nebelhüter etwas bereuen können ... vielleicht hat er ihn einfach aus der Zwischenwelt geworfen."

„Lasst uns jetzt überlegen, wie wir Jeremy wieder hinbekommen.", sagte Erion. „Ich werde ihm noch einen Trank aus Pflanzen brauen, doch dazu muss ich erst losziehen um sie zu finden. Blaue Himmelsschlüssel und Silbermohn sind selten. Habt ihr Walnüsse im Haus?"

Cecile sprang auf. „Ja, komm mit! Ich zeige dir, was wir haben und ich helfe dir suchen!" Cecile ging voran und Erion folgte ihr.

Delphena sah den beiden nach und lächelte sanft. Dann wandte sie sich zu Magnus: „Ich habe die Schamanen informiert. Belisama wusste bereits Bescheid. Sie hatte von Jeremy über den Traumgänger einen Ruf aus der Zwischenwelt bekommen, dass er nicht mehr hinausfinden könne. Sie hatte ihm geraten sich von Morius helfen zu lassen. Wenn ich ihr berichte, was er getan hat ..." Delphena schüttelte ratlos den Kopf. „Die Schamanen beraten sich derzeit und treten dann mit mir in Kontakt."

„Wir müssen alles tun, was in unserer Macht steht.", brummte Magnus von Thare vor sich hin. „Wenn wir nur wüssten, was in der Zwischenwelt passiert ist. Wir wissen nicht einmal, ob er es bis zur Hexenkönigin geschafft hat."

Delphena nahm seine Hand: „Zumindest habe ich, seit er zurück ist, keine Vorfälle mit schwarzen Blitzen mehr gesehen.

„Meinst du, sein Zustand könnte vielleicht vom Kampf mit der Hexenkönigin kommen?", fragte von Thare.

„Nein. Sie hätte ihn nicht am Leben gelassen.", meinte Delphena. „Ich denke, dass der Kampf schon stattgefunden hat, sonst hätte Jeremy nicht zurückkehren wollen. Ich glaube, dass er die Hexe besiegen konnte, sonst hätten wir längst weitere Brüche im Nebel gehabt. Vielleicht ist während des Kampfes etwas passiert, das den obersten Hüter wütend gemacht hat ..."

„Meinst du, dass Morius vielleicht über die Jahrhunderte von der Hexe auf ihre Seite gezogen worden sein könnte? Und nachdem Jeremy sie besiegt hat, schlug er ihn mit dem Onyxstab?" Magnus zweifelte selbst an seiner Theorie.

„Niemals. Der Zauber der Hüter ist viel zu mächtig. Er könnte nicht mal von fünfhundertjährigen Hexenköniginnen gebrochen werden. Hätte sie das versucht, dann hätte sie sich mit Morius, seiner gesamten Hüterarmee und mit seinen Geisterbären angelegt. Das wäre selbst für sie ein chancenloser Kampf geworden.", argumentierte Delphena.

„Na gut, wir werden wohl warten müssen, bis Jeremy uns alles erzählen kann.", sagte von Thare und stand auf. „Was meinst du, können wir noch für ihn tun?"

„Ich hoffe, Erions Trank wird etwas bewirken. Ich werde jetzt mit den Seherinnen in Kontakt gehen, bleib du bei Jeremy, mein lieber Mann. Er soll nicht alleine sein, wenn er aufwacht. Er muss essen und trinken, damit wenigstens sein Körper stark wird."

„Du hast Recht, Delphena. Übrigens fällt mir da gerade etwas auf: Ist es nicht verwunderlich, dass Jeremy nach dem Kampf mit der Königin der Hexen nichts anderes fehlt? Dass er keine Wunden davongetragen hat?"

„Das ist eine interessante Frage, Magnus, und ich werde mit den anderen darüber sprechen!"

Grübelnd ging Magnus von Thare in Jeremys Zimmer auf und ab. Immer wieder blieb er am Fußende seines Bettes stehen und sah ihn an. „Verrate mir dein Geheimnis, Prophezeiter!", beschwor er den Schlafenden.

Doch Jeremy war weit weg. In bleischwerem Schlaf träumte er von seinen Eltern, seinen Freunden, von seinem zu Hause, seinem Baumhaus und von Lisa.

Kapitel 35

Erions Trank

Kurz nach der Abenddämmerung, kamen Erion und Cecile von Ihrer Suche zurück. „Ich hoffe, das wird ein wahrer Meistertrank!“, schwärmte Erion voller Tatendrang.

„Beziehungsweise zwei Meistertränke!“, berichtigte ihn Cecile.

„Ja, wir haben vor, zwei Tränke zu bereiten.“, bestätigte Erion.

„Und wie werden sie wirken?“, fragte von Thare neugierig.

„Na ja, der erste muss Jeremy stabilisieren. Er wird ihn davor beschützen, von den wiedergefundenen Gedanken verrückt zu werden. Seine Erinnerungen werden nicht in logischer Folge zurückkehren, sondern völlig durcheinander, wisst ihr. Wenn er, zum Beispiel als erstes das Gesicht der alten Hexe vor Augen hat, dann wird ihn der Trank mit absoluter Gleichgültigkeit schützen. Kommen zu viele Erinnerungen auf einmal, dann wird der Eskensaft darin, seine Wahrnehmung auf das Tempo der Wahrnehmung von Bäumen reduzieren. Das ist um ein Vielfaches langsamer als die der Menschen.“

„Scheint so, als hättest du an alles gedacht, guter Erion.“, lobte ihn Magnus von Thare. „Und was soll der zweite Trank bewirken?“

„Wenn er mir gelingt,“, Erion machte gedankenversunken eine Pause „dann wird er den Weg der Zerstörung, den die Macht des Schattensteins genommen hat, in Jeremys Kopf finden und mit verschiedenen Wirkstoffen dessen Macht brechen, um unserem Helden die Erinnerung wieder zu bringen. Der zweite Trank ist äußerst kompliziert zu brauen und man muss sehr genau arbeiten. Ich brauche dazu viel Ruhe, aber vor allem fehlt mir noch eine Zutat: ich brauche Onyx.“

Delphena hatte den letzten Satz gerade mitbekommen, als sie zur Tür herein kam. „Oh je!“, sagte sie bestürzt.

„Allerdings, oh je!“, bestätigte sie von Thare. „Ich wüsste nicht, woher wir den bekommen könnten.“

Cecile, die immer neben Erion stand, wollte keine Zeit verlieren. „Los, wir müssen alles absuchen. Bestimmt haben wir irgendwann mal irgendwo Onyx gehabt."

„Ich fürchte eher nicht, Schatz.", sagte Delphena, „ich würde mich daran erinnern, wenn wir einen Stein von so dunkler Macht gehabt hätten! Allerdings habe ich euch noch etwas zu berichten. Ich hatte mich mit den Seherinnen vereint, um etwas über Jeremys Genesung zu erfahren. Die Informationen waren sehr dünn! Aber wie wir einhellig wahrnehmen konnten, hieß es, dass er seine Heilung selbst besäße, sie aber nicht anwenden kann. So ganz schlau konnten wir daraus nicht werden."

„Na gut, ich mache mich ans Werk.", sagte Erion und Cecile wollte ihm folgen. „Nein Cecile, zum Brauen brauche ich Ruhe. Aber du musst mir den Onyx besorgen! Ohne Onyx kann ich den zweiten Trank nicht fertigstellen."

Cecile nickte: „In Ordnung, mache ich. Du kannst dich auf mich verlassen."

Als Erion gegangen war, fragte Delphena ihre Tochter: „Wie kannst du dir da so sicher sein?"

„Ich hatte den Stein die ganze Zeit vor Augen, als würde er nach mir rufen ...", sagte Cecile, und schien dabei gleichzeitig in ihrem Kopf danach zu suchen.

„Du hast ihn ‚gesehen'?" fragte Delphena ungläubig.

„Meinst Du, wie eine Seherin ‚gesehen'? Woran erkenne ich das?"

„Daran besteht kein Zweifel. Komm', wir gehen den Weg in deinen Geist – es wird Zeit, dass ich dir diese Technik beibringe.", sagte Delphena entschlossen und die beiden verließen den Raum. Magnus sah den beiden, ebenso stolz wie fasziniert, lächelnd hinterher.

Dann ging er wieder in Jeremys Zimmer. Gerade rechtzeitig, wie sich herausstellte, denn er war gerade aufgewacht. „Na, wie fühlst du dich, Jeremy?"

„Es geht so ... der Kopfschmerz hat nachgelassen ... und ich habe Hunger!", sagte er.

„Das ist gut! Du musst wieder zu Kräften kommen!", von Thare schob ihm das Tablett hin. „Ich bringe dir noch ein paar feine Sachen." Jeremy hatte den Eindruck, dass er tagelang nichts mehr gegessen hatte. Auch wenn ihm die Speisen der Nebelwelt wieder sehr fremdartig vorkamen, obsiegte sein Hunger und er fragte nicht lange und aß.

Magnus von Thare brachte so lange Nachschub, bis Jeremy beim besten Willen nichts mehr essen konnte. Nachdem er einen großen Tonbecher mit Wasser geleert hatte, ließ er sich zufrieden in sein Kissen sinken.

Früher als erwartet kam Erion nun zurück und er hatte eine gläserne Schale in der Hand. „Ah! Unser Patient ist wach, das trifft sich gut. Hier, nimm diese Schale und trink sie bis auf den letzten Tropfen aus!"

„Oh nein ...", jammerte Jeremy. Von Thare schaltete sich gleich ein: „Er hat für fünf Mann gegessen und getrunken ."

Aber Erion setzte die Schale bereits an Jeremys Mund „Der Trank muss frisch getrunken werden, los rein damit und so viel ist es auch nicht." Und Jeremy trank. „Es wird eine Zeit dauern, bis er seine Wirkung entfaltet.", erklärte Erion. „Ich hoffe, bis dahin habe ich die letzte Zutat für den anderen!"

Von Thare nickte nur und Erion machte sich wieder an die Arbeit. Noch bevor er Jeremy fragen konnte, ob er etwas von der Wirkung des Trankes spürte, platzte Cecile in das Zimmer.

„Papa! Es ist so aufregend! Ich wünschte, ich könnte dir zeigen was ich gerade gelernt habe! Es ist wie das Anschauen von vergangenen Träumen!"

„Du kannst richtig stolz auf deine Tochter sein!", ergänzte Delphena. „Sie macht sich erstaunlich gut! Und wir haben auch ein Ergebnis. Cecile?" Auffordernd sah sie Cecile an.

„Ja, so wie es scheint, hat Jeremy selbst den Onyx bei sich!"

Magnus staunte nicht schlecht über diese neue Erkenntnis. „Hat denn noch niemand seine Sachen durchsucht?"

„Noch nicht!", freute sich Cecile und machte sich daran die Tasche von Jeremy zu durchsuchen. Als erstes zog sie mit zwei Fingern ein aufgeweichtes Stück Brot heraus und legte es leicht angeekelt auf das Tablett. Jeremy sah es verwundert an.

Dann fand sie das erste Fläschchen.

„‚IV. E / Luft'„, las Cecile vor. Die Flasche sah aus wie eine Kugel mit Stöpsel an der Oberseite. „Hm, leer. Schade.", sagte sie und stellte die Flasche zur Seite.

„Ein matschiges Brot und eine leere Flasche? Wem gehört diese Tasche?“, fragte Jeremy. Von Thare musste lächeln.

„Cecile, gib mir diese Flasche mal.“, sagte er und grübelte über dem Etikett. Delphena wurde ebenfalls neugierig und sah ihm über die Schulter.

„Die Form ... die Alchemisten der alten Zeit wählten sie manchmal passend zu ihrem Inhalt. Die Kugel stand damals für die Himmelskuppel.“

Cecile hatte bereits die Nächste Flasche in der Hand und las das Etikett vor: „‚II. E / Erde‘. Sieht gar nicht aus wie Erde.“

„Ist es auch nicht!“, rief von Thare laut, dass alle Anwesenden zusammenzuckten. „Ich hab's! Das sind Essenzen!“

Delphena sprang zu Cecile und nahm ihr die Flasche aus der Hand. „Du hast Recht, Magnus. Schnell Cecile, such nach weiteren Flaschen. Das könnte Jeremys Heilung bedeuten!“

Cecile kniete mit der Tasche am Boden und suchte aufgeregt nach weiteren Flaschen. Sie fand: ‚III. E / Feuer‘ – sofort reichte sie die unförmige Flasche ihrer Mutter weiter. Delphena konnte sich vor Aufregung kaum beruhigen. „Weiter!“ ‚I. E / Wasser‘ war die nächste Flasche und Delphena gab sie mit leuchtenden Augen an ihren Mann weiter. Ceciles Hand suchte weiter in der Tasche und ihre Augen leuchteten, als sie sagte: „Ich hab den Onyx!“ Dann nahm sie den vermeintlichen Stein heraus. Mit verwirrtem Blick gab sie die seltsame schwarze Flasche an ihre Mutter weiter. Die nahm sie und las das ‚V‘ darauf. Plötzlich wurde sie blass und tastete rückwärts nach einem Stuhl, auf den sie sich halb fallen ließ.

„Was ist?“, fragte von Thare ebenso neugierig wie besorgt.

„Beim höchsten ... aller ... Magier! Die fünfte Essenz!“, sagte sie voller Ehrfurcht.

Cecile und Magnus sprangen fast gleichzeitig auf und sahen auf die Flasche, die Delphena mit beiden Händen festhielt. Sie sah einfach aus wie ein Stein, doch es war eine Flasche, gemacht aus purem Onyx.

„Was für ein Kontrast – die hellste aller Essenzen im Kleid der schwärzesten Macht.“, sagte von Thare.

„Wir sollten Erion Bescheid sagen, dass wir keinen Trank mehr brauchen und wir können Jeremy jetzt mit den Essenzen heilen oder?“, fragte Cecile voller Hoffnung.

Als hätte man ihn gerufen, kam Erion herein. „Jetzt wird es dann langsam Zeit für den Onyx. Wie sieht es aus? Habt ihr etwas gefunden?"

Von Thare nahm die fünfte Essenz von Delphena und drehte sich zu Erion. „Nicht nur das. Wir haben ein Heilmittel für Jeremy!"

„Und das wäre?", fragte Erion höchst erstaunt.

„Stell dir vor, was Cecile herausgefunden hat: Jeremy hat alle vier Essenzen des Lebens bei sich. Und das hier: die fünfte Essenz!"

Erion sah auf die Flasche. „Unglaublich! Das ist wirklich die fünfte Essenz? Seid ihr sicher?"

Delphena stand auf: „Es besteht kein Zweifel."

Erion aber schob seine Begeisterung zur Seite: „Damit dürft ihr Jeremy aber nicht behandeln. Ich hoffe das ist euch klar?"

„Wieso sollten wir das nicht dürfen?", reagierte Cecile empört.

„Ich will nur sagen, dass Jeremy das nicht wirklich heilen würde! Ich kenne die Essenzen und ihre Wirkungen sehr gut – sie können wahre Wunder vollbringen. Jede einzelne von ihnen ist ein höchst magisches Elixier, aber sie können nichts wiederbringen, was verloren ist. Sie können heilen, eine Struktur aufbauen, den ursprünglichsten Zustand wieder herstellen.

Jeremys Erinnerung ist aber nicht verschwunden, weil eine Struktur zerstört wurde. Sein Gehirn ist in tadellosem Zustand. Sein Problem ist eher, dass er keinen Zugriff auf die Erinnerung bekommt. Wenn man nun das Gehirn erneuert, dann werden die Erinnerungen nur noch tiefer vergraben und vielleicht für immer verloren.

Da meldete sich der bisher stille Beobachter Jeremy zu Wort: „Oh nein! Das darf auf keinen Fall passieren! Wenn ich mich niemals an das erinnere, was mich hierher und in diese Situation gebracht hat, dann werde ich verrückt!"

Erion sah ernst in die Runde. „Wir müssten versuchen, die Barrieren, die der Onyx gestellt hat, aufzulösen." Er ließ sich die Flasche mit der fünften Essenz von Magnus von Thare geben. „Die Flasche ist aus Onyx und ein kleiner Brösel davon genügt mir für den Trank. Ich werde mir etwas abschleifen." Erion machte sich auf den Weg und drehte sich in der Türe noch einmal um: „Ich brauche noch ein paar Minuten, dann kann es losgehen."

Delphena nickte ihm zu: „Ich bin sehr froh, dass du hier bist, Erion."

„Der erste Trank hat bereits seine volle Wirkung entfaltet.", bemerkte Erion als er mit einem kleinen Gläschen in der Hand wieder zurückkehrte. „Seht nur!"

Alle blickten auf Jeremy, der völlig unbeteiligt die Fingernägel seiner rechten Hand betrachtete. Es war ihm anzusehen, dass die 'absolute Gleichgültigkeit' bereits eingesetzt hatte.

Erion überreichte Delphena die Onyx-Flasche und setzte sich auf den Rand von Jeremys Bett. „Hier, mein Freund. Dieser Trank wird dich erinnern lassen. Trinke langsam und in kleinen Teilen. Immer dann, wenn du glaubst, mehr Erinnerung zu vertragen."

Respektvoll nahm Jeremy das Gläschen entgegen, betrachtete es etwas und führte es an den Mund. Erion sah ihn ernst an und die von Thares sahen gebannt auf ihn und das Glas. Jeremy nahm einen kleinen Schluck und stellte das Glas auf das Tablett ab. Seine Augen rollten von einer Seite zur anderen und seine Stirn faltete sich. Er hielt sich seinen Kopf mit den Händen, als wollte er verhindern, dass er platzt. Dann nahm er einen weiteren kleinen Schluck. Man konnte ihm förmlich ansehen, wie er einem inneren Film folgte. Auch wenn er hin und wieder angsterfüllt dreinblickte oder hektisch ein- und ausatmete, trug er bis dahin die Erinnerungen einigermaßen gefasst. Fast gierig nahm er einen weiteren Schluck doch bevor Erion es verhindern konnte, leerte er diesmal das gesamte Glas in einem Zug.

„Ooooh nein!", rief Erion und nahm etwas Abstand von Jeremy. „Das war zu schnell und zu viel!"

„Was willst du damit sagen?", fragte von Thare, doch die Antwort kam von Jeremy. Als hätte er das Ende der Welt gesehen, blickte er gebannt auf etwas, das in dieser Welt nicht existierte. Er drückte den Rücken an die Wand und begann hysterisch zu schreien. Erion und Magnus versuchten ihn festzuhalten. Die Panik stand in Jeremys Gesicht, sein Kopf war rot angelaufen und dicke Adern zeichneten sich auf seiner Stirn ab, bis er in Tränen ausbrach und nur noch leise wimmernd und zusammengekauert auf seinem Bett lag.

„Verdammt!", rief Erion verärgert und raufte sich die Haare. „Ich hätte damit rechnen müssen!"

„Das konntest du nicht wissen, Erion" beschwichtigte ihn Cecile: „Aber was bedeutet das jetzt?" Sie ging zu Jeremy und berührte ihn sanft tröstend.

„Ich weiß es nicht.", antwortete Erion. „Ich habe so einen Trank vorher nie gebraut." Er setzte sich hin, stützte den Kopf in die Hand und dachte nach.

Delphena ging zu ihm: „Ich werde mit den Seherinnen Kontakt aufnehmen. Erion, mach dich nicht verrückt. Wir werden eine Lösung finden."

„Das sehe ich auch so!", schloss sich von Thare an. „Ich lasse den Schamanen eine Nachricht überbringen und vielleicht haben sie ja eine Idee. Erion, am besten bleibst du bei ihm. Keiner kann sich besser in andere einfühlen als du. Cecile, auch du bleibst bei Jeremy. Und gib uns Bescheid, wenn sich sein Zustand verschlechtert."

Auch wenn er hin und wieder in einen seichten Schlaf fiel, wachte Jeremy nicht gerade erholter wieder daraus auf. Schlimmer noch, in den nächsten Tage verschlechterte sich Jeremys Zustand zusehends. Zusammengerollt kauerte er auf seinem Bett. Er hatte bereits einiges an Gewicht verloren und bekam Fieber.

Delphena hatte Ihre getreuen Seherinnen gebeten mit ihr nach einer Lösung zu suchen, Magnus durchforstete seine Bücher nach Hinweisen und Erion verbrachte Stunden damit, sich mit Hilfe verschiedener Tränke in andere Wahrnehmungszustände zu bringen. Er hoffte eine Antwort zu finden und zog sich bald von allen zurück. Alle versuchten ihr Bestes um Jeremy zu helfen, obgleich sie schon ahnten, dass ihre Suche vergebens war. Umso mehr freuten sich alle, als am nächsten Tag alle vier Schamanen eintrafen.

Sie nahmen Jeremy unter die Lupe und von Thare zeigte ihnen die vier Essenzen und auch das schwarze Fläschchen.

Belisama Lir rief alle zu einer Besprechung zusammen. „Zunächst möchte ich euch allen mitteilen, dass Kilian Cathú, nachdem er mit seinen Truppen bei Uyndham den Krieg angzettelt hatte, die meisten seiner Anhänger verloren hat. Auf seinem Rückweg wurde er in Niemen von einer wütenden Menge im Kampf besiegt. Mit einer Hand voll Männern wollte er in Camden neu ausholen, doch dort wurde er von einer neu gegründeten Vereinigung unter Leavit Elder, dem Sohn des letzten Hexenjägers – genannt die Camdener Friedenswächter – ohne größeren Widerstand gefangengenommen. Es herrscht wieder Frieden in unserer Welt."

Endlich einmal wieder eine gute Nachricht zu hören tat allen Anwesenden gut.

„Nun zu unserem Patienten. Außer Frage steht, dass wir alles tun werden um Jeremy zu retten, das sind wir ihm schuldig. Wir haben ihn bereits untersucht und festgestellt, dass deine Tränke, Erion Callirius, der einzige Grund sind, warum Jeremy noch lebt. Den Schlag des obersten Hüters hat bisher keiner länger als eine Woche überlebt. Wir sind nun zu dem Schluss gekommen, dass wir die Lebenskraft, die in den vier Essenzen steckt, bei Jeremy einsetzen wollen. Die Essenz der Luft zuerst, denn sie steht für Überlieferung. Sie ist Medium für alle anderen Essenzen. Dann kommt die Wasser-Essenz, sie wird Heilung für das Bewusstsein bringen, dann die Erd-Essenz, die seinen Körper wieder zu Kräften bringen wird und zum Schluss das Feuer, die Essenz der Inspiration, wird ihm, wenn alles gut geht, den Geist wieder erwecken."

Die Versammelten schwiegen zu den Worten der obersten Schamanin, denn ihr Wort war nie in Frage gestellt worden. Alle hofften, dass ihr Plan aufgehen würde.

Nur Erion schien skeptisch zu sein. „Verzeiht Schamanin, aber ich habe in vielen Energien unserer Welt nach einer Lösung gesucht – auch die Anwendung der Essenzen habe ich durchleuchtet. Und dabei ist mir eines immer wieder vor Augen geführt worden: gemeinsam bringen die vier Essenzen das Leben – fehlen sie, bedeutet es den Tod. Aber ohne die fünfte Essenz fehlt ihnen die Seele. Ich glaube, genau dort liegt Jeremys Problem. Was haltet ihr von der Anwendung der fünften Essenz?"

Ein Raunen ging durch die Reihen. Selbst Belisama Lir brauchte etwas, um diesen Gedanken einzuschätzen. „Danke, Erion Callirius. Wir werden deinen Einwand besprechen. Dennoch ist Jeremys Zustand so bedenklich, dass wir sofort handeln müssen. Delphena, du weißt Bescheid wie man die Essenzen magisch verabreichen kann. Die Anwendung sollte ihn vorerst stabilisieren. Niemand jedoch hat Erfahrungen mit der fünften Essenz – niemand hat sie je zu Gesicht bekommen! Wir wissen nicht einmal was passiert, wenn wir die Flasche öffnen." Erion nickte.

„Ich denke, es wäre vernünftig, dich im Rat der Schamanen als Gast begrüßen zu können.", ergänzte Belisama. Erion antwortete verlegen: „Es wird mir die größte Ehre sein."

Während Delphena nach Anweisung der Schamanen kleinste Mengen der Essenzen in einer Art magischem Ritual an Jeremy verabreichte, beriet sich der Rat der Schamanen über drei Stunden.

Wie vorausgesagt verbesserte sich Jeremys Zustand binnen kürzester Zeit und er saß wieder aufrecht in seinem Bett, als sich alle in seinem Zimmer versammelten.

„Hat er bereits gesprochen?", fragte Samira Ricahn Delphena.

„Kein Wort. Er starrt nur leer vor sich hin."

Kapitel 36

Die letzte Entscheidung

Elao gab Erion einen freundlichen Klaps auf den Rücken. „Dir gebührt die Ehre, Erion!", sagte er.

Erion stand nun neben Jeremys Bett und sprach: „Wir sind zu dem Ergebnis gekommen, dass Jeremys einzige verbliebene Chance die Einnahme der fünften Essenz ist." Ein Raunen ging durch die Anwesenden. „Allerdings ist das eine Entscheidung, die wir alle treffen sollten, denn es ist sehr wahrscheinlich, dass die fünfte Essenz die einzige Möglichkeit ist, den Nebel – unseren Schutz – wieder in Ordnung zu bringen! Die Schamanen sind sich sicher, dass Jeremy nur deshalb die Essenzen bei sich hatte."

„Soll das heißen, dass dann alles umsonst war?", fragte Cecile.

Erion sah nur zu Delphena. „Sag', gibt es etwas Neues vom Curiosum zu berichten, Delphena?"

„Ich habe während des Rates Kontakt mit den Seherinnen vom Curiosum aufgenommen. Zwar gibt es hin und wieder bedrohliche Geräusche von sich, doch scheint es seine Funktion noch zu erfüllen. Die Hexenkönigin zeigt keinerlei Aktivitäten mehr. Alle gehen davon aus, dass Jeremy sie besiegt hat.

Ob das Curiosum ohne eine heilende Reparatur weiterhin bestehen wird kann niemand sagen, aber zumindest scheint seine weitere Zerstörung gestoppt zu sein."

Belisama richtete sich an die Gemeinschaft. „Ohne Jeremys Einsatz hätten wir unseren Schutz längst verloren, nun können wir nur handeln, wie es Nebelmenschen immer tun würden: wir helfen, wenn wir können."

„Zudem macht alles andere ohnehin keinen Sinn.", ergänzte Delphena. „Denn niemand außer Jeremy weiß, wie man das Curiosum retten kann – und wer dem Curiosum zu nahe kommt, ist des Todes!"

Magnus von Thare stand auf: „Dann also ist es beschlossen! Wir vertrauen auf die Weisheit der Schamanen, das Wissen der Seherinnen und auf die Prophezeiung. Jeremy bekommt die fünfte Essenz verabreicht. Oder ist noch jemand dagegen?“

Die Entscheidung war einhellig. Doch wer sollte nun Jeremy die fünfte Essenz geben? Belisama Lir ging auf Erion zu und drückte die schwarze Flasche in seine Hand.

„Ich ... hatte nicht gerade ein ... glückliches Händchen mit der Verabreichung von Tränken bisher ...“, stammelte er.

„Das sehe ich anders. Ich habe in dieser Sache mehr Vertrauen in dich als in jeden anderen hier im Raum – mich selbst eingeschlossen.“

Jetzt konnte Erion nicht mehr ablehnen. Er ging an Jeremys Bett und setzte sich an den Rand. Mit der Linken nahm er seine Hand. Dann horchte er auf. Als hätte er eine Eingebung gehabt, hielt er Jeremy die schwarze Flasche hin.

Zum Erstaunen aller hob Jeremy seinen Blick und starrte auf die Flasche. Nehmen konnte er sie anscheinend nicht, also legte Erion die andere Hand an den Stöpsel. Alle anderen gingen ehrfürchtig einen Schritt zurück, nur Cecile nicht. Sie lächelte zuversichtlich.

Erion zog den Stöpsel und – es schien nichts zu passieren. Um zu prüfen, ob es sich bei der Essenz um eine Flüssigkeit handelt, schüttelte Erion das Fläschchen leicht hin und her. Er konnte nichts fühlen.

Doch dann stieg langsam ein bunt schimmernder, leuchtender Lichtfaden aus der Flasche. Er stieg vor Jeremy auf und stand ein paar Sekunden in der Luft. Dann löste er sich von der Flasche und rauschte durch Jeremys Augen in seinen Körper.

Sämtliche Beobachter standen still staunend da. Auch Cecile. Doch sie war die erste, die wieder ein Wort über die Lippen brachte. „Was war denn das? Das war ja unglaublich ...“.

„Ja.“, stimmte ihre Mutter zu. „Wunderschön!“

„Was ist wunderschön, Frau von Thare?“, fragte Jeremy. Und es brach ein Jubel los.

Jeremy hatte keinerlei Erinnerung mehr an seine Krankheitsphase, dafür aber erinnerte er sich an jedes Detail seines Abenteuers in der Zwischenwelt und auch an alles, was er in der Nebelwelt erlebt hatte. Vom ersten Tag an.

Er erzählte bis spät in die Nacht von seinem ersten Schritt in der Zwischenwelt bis zu Morius Vantas Schlag, und seinen Zuhörern blieb zuweilen die Luft weg vor Spannung. Alle waren überzeugt, dass Morius wegen seiner beiden vernichteten Geisterbären den folgenschweren Schlag auf Jeremy abgegeben hatte.

Als Jeremy dann die Geschichte seines Entkommens aus der Zwischenwelt hörte und in welchem Zustand er so lange Zeit war, verspürte er große Dankbarkeit für die Hilfe seiner Freunde in der Nebelwelt.

Bis Erion Jeremy erzählte, dass man ihm die fünfte Essenz verabreicht hatte.

„Waaas? Ihr habt was gemacht? Nein!“, schrie er außer sich. „Aber ... dann war alles umsonst!“ Erion, Cecile, Delphena und Magnus reagierten erschrocken, die Schamanen schwiegen betreten. Das wollte niemand hören.

Kaum hatte er diesen Satz gesagt, erinnerte er sich an die Worte der Hexenkönigin: ‚Du selbst wirst in das Curiosum gehen und dort sterben!‘ – so in etwa hatte sie es gesagt. Da wurde auch Jeremy sehr still.

Nach einer Weile, während die anderen ihm erklärten, was sie schlussendlich dazu gebracht hatte, ihm die Essenz zu geben, wie sie versuchten ihn zu beschwichtigen, da wusste Jeremy tief in sich drin, dass nun die fünfte Essenz in ihm war und dass er selbst also in das Curiosum gehen musste. Ganz genau so, wie es die Hexenkönigin vorhergesagt hatte.

Jeremy verstand auch, warum ihm seine Freunde die fünfte Essenz verabeicht hatten – er war schließlich sogar froh darüber, denn sonst wäre er tatsächlich hier in der Nebelwelt gestorben.

Dann kam die Nacht. Erschöpft waren alle nach den letzten Tagen, nur Jeremy lag noch lange wach. Immer wieder fragte er sich, ob die alte Hexenkönigin vielleicht tatsächlich recht gehabt hatte und ob er hier vielleicht nur ausgenutzt wurde. Da klopfte es leise an seine Türe.

„Entschuldige, Jeremy!“, flüsterte Ceciles Stimme hinter der Tür. „Ich kann nicht schlafen.“

„Komm' doch rein!“, antwortete er ebenso flüsternd.

Cecile öffnete leise die Tür und kam ins Zimmer: „Ich wollte einfach einmal alleine mit dir reden. Ich bin so froh, dass du wieder gesund bist! Ich hätte es mir nie verziehen, wenn du hier bei uns ... ich kann's gar nicht aussprechen!“ Eine Träne rollte über ihre Wange.

„Nicht, Cecile! Es ist doch alles okay! Du weißt doch: Was ich tue, das tue ich, weil ich es selbst so entschieden habe. Du hast da eh keinen Einfluss darauf!“ Und Jeremy grinste sie frech an.

Cecile musste leise lachen. „Na ja, ich wollte dir das nur sagen. Und ich weiß, dass die anderen genauso denken. Belisama hat gesagt, dass wir dir die Essenz schon deshalb geben müssen, weil wir sonst gegen unsere Überzeugung handeln würden. Ich hoffe wirklich, dass du das verstehst ... außerdem hast du uns schon genug geholfen.“

Jeremy nickte verständig: „Natürlich verstehe ich das. Ich bin ja auch froh darüber. Ihr habt so großes Vertrauen in mich gehabt ... Es macht mich nur wütend, dass ich aus dieser verdammten Zwischenwelt nicht besser rausgekommen bin.“

„Du hast eine über fünfhundert Jahre alte Hexenkönigin besiegt – besser geht's ja wohl nicht!“, schwärmte Cecile. „Die Geschichte wirst Du noch oft erzählen müssen. Aber jetzt bin ich sehr müde.“

„Ja, das verstehe ich. Danke, dass Du nochmal gekommen bist. Gute Nacht, Cecile!“

„Ja, gute Nacht.“, erwiderte Cecile und verschwand in ihr Zimmer. Es war nicht die Gelegenheit, die sich Cecile gewünscht hätte Jeremy von ihren Erfahrungen im Tempel des Ewan Magnus zu erzählen. In ihrer Vision hatte sie ja das Curiosum für ihn angehalten. Das schien ihr nun ganz klar der Weg zu sein, wie sie ihm helfen konnte, doch sie konnte es ihm noch nicht erzählen.

Am nächsten Morgen erwachte Jeremy früh und schlich sich leise an den Zimmern der Schlafenden vorbei nach draußen. Er fühlte sich wie neugeboren. Die frische Luft, das saftige Grün der Pflanzen, zwitschernde Vögel und vor allem die wärmenden Strahlen der aufgehenden Sonne. All das hier in dieser schönen Welt konnte ihn so glücklich machen!

Doch in ihm brodelte ein Kampf. Sein Herz sagte ihm, dass er alles für die Rettung der Nebelwelt tun musste, doch sein Verstand warnte ihn ohne Unterlass, dass diese Rettung das Letzte sein könnte, was er jemals tun würde. Bei all den Freunden, die er hier gewonnen hatte und all den magischen Erlebnissen – es war nicht seine Welt und er war nicht schuld an dem Versagen des Nebelschutzes.

Er dachte an sein Zuhause, seine Freunde. Sein Zimmer ... wie er es vermisste! Einiges vermisste er freilich nicht: die Schule, Ärger mit den Lehrern oder Krach zwischen seinen Eltern ... In diesen Dingen schien die Nebelwelt wirklich unermesslich viel weiter entwickelt zu sein. Jeremy dachte an den letzten Schultag und sein Gespräch mit seinem besten Freund Jonas. Auf keinen Fall wollte er das Leben seiner Eltern nachleben. Doch wie er etwas ändern könnte, das wusste er auch nicht.

Hier aber, schien es, war er so sehr in der Lage etwas zu ändern wie nie zuvor! Allein mit seinem Tun konnte er eine Welt retten, die zu retten ihm lohnenswerter schien als seine eigene. Und, auch wenn die Hexenkönigin das behauptet hatte, es war nicht gesagt, dass er bei der Rettung sterben würde. Schließlich hatte niemand das je zuvor versucht.

Je mehr er darüber nachdachte und je mehr er sich erinnerte, was er schon alles riskiert hatte, desto klarer wurde ihm, was seine Bestimmung war. Und so fasste er einen Entschluss. Die fünfte Essenz war *in* ihm, also würde er in das Curiosum gehen. Was immer das auch für ihn bedeutete.

Beim ausgiebigen gemeinsamen Frühstück spürte Jeremy die Nervosität seiner Gefährten. Er konnte das verstehen. Schließlich mussten sie um ihren schützenden Nebel fürchten. Als alle, die am Tisch saßen, fertig waren, stand er auf, blieb aber am Tisch stehen.

Als alle Blicke auf ihn gerichtet waren und Ruhe eingekehrt war, sagte er: „Ich habe das Gefühl, ich würde euch alle schon eine Ewigkeit kennen." Einige nickten bestätigend. „Ich fühle mich fast eurer Welt näher und verpflichteter als meiner eigenen." Magnus von Thare hob erwartungsvoll seine Augenbrauen. „Ich habe nun lange über alles nachgedacht, was passiert ist und was vielleicht noch vor uns liegt. Und ich habe einen Entschluss gefasst. Ich will, dass ihr mich zum Curiosum bringt!"

Seine Rede erntete Raunen und Gemurmel, bis Delphena das Wort an ihn richtete. „Was möchtest du denn am Curiosum machen? Hast du uns etwas verschwiegen?"

Jeremy ahnte schon, dass er seinen Plan nicht preisgeben sollte, da man ihn dann wahrscheinlich daran hindern würde. „Sagen wir mal, ich habe eine Idee ..."

„Willst du uns nicht einweihen?", fragte Delphena.

„Das ist mir leider nicht möglich. Ihr müsstet mir noch einmal vertrauen."

Jeremy sah in die Runde und einzig Cecile hatte ein Lächeln für ihn. Belisama Lir sah Jeremy prüfend an, als wolle sie seine Gedanken lesen. Jeremy versuchte alles etwas zu verharmlosen: „Also? Wer kommt mit?"

Delphena antwortete sofort: „Da muss ich dich enttäuschen, Jeremy! Das Curiosum befindet sich an einem Ort, der seit der Erhebung des Nebels geheim gehalten wird. Ich kann dich natürlich dort hinbringen, aber abgesehen von den Seherinnen können höchstens drei weitere Menschen mitkommen."

„Oh. Ach so."

„Und zudem, ist das auch kein netter Ausflug. Das Curiosum ist gefährlich!" Delphenas Stimme wurde bedrohlich leise. „Seit seinem Bestehen ist es zum Beispiel den Schamanen verboten an diesen Ort zu gehen, weil die Gefahr zu groß ist, dass wir einen von ihnen verlieren. Das wäre ein Verlust, der unsere Welt fast so treffen würde wie ein Riss im Nebel."

„Kann ich mir nicht vorstellen.", witzelte Elao.

Grimius sah ihn verschmitzt an: „Das gilt ja auch nicht für dich! Nur für richtige Schamanen."

„Na, dann kann dir ja erst Recht nichts passieren!" konterte Elao.

Belisama nutzte die Späße der beiden und nahm Jeremy auf die Seite. „Ich weiß, was du vor hast, Jeremy. Ich weiß ebenso, was das fünfte Element bewirken kann. Es festigt die Bindung zwischen den Elementen, also wird es auch die Nebelbarriere wieder herstellen, wenn man es in das Curiosum bringt, nicht wahr? Aber wie, glaubst du, könntest du es in das Curiosum bringen?" Belisamas Blick prüfte Jeremys Reaktion genau.

Jeremy aber widerstand ihrer Prüfung. „Bevor ich sie in den Nebeltunnel schleuderte, hat die Hexenkönigin mir verraten, wie ich das machen kann. Ich weiß, was ich tue, keine Angst."

„Und das kann niemand für dich tun?", Belisama schien das erste Mal verunsichert zu sein, seit er sie kannte.

„Die Alte sagte, nur der Prophezeite könne das tun."

Und Belisama musste ihm glauben.

Nun richtete Delphena wieder das Wort an Jeremy: „Wenn es denn dein Wunsch ist, dann führe ich dich zum Curiosum. Cecile sollte sich dort ohnehin einmal blicken lassen, sie kommt auch mit, und Magnus, mein Mann, dich hätte ich auch gerne dabei, denn bei Komplikationen brauchen wir womöglich deinen wissenschaftlichen Verstand." Delphena lächelte ihn an und er willigte nickend ein.

In Sachen Curiosum hatte Delphena auf jeden Fall das letzte Wort, also war es beschlossene Sache. Cecile und ihre Eltern würden Jeremy, so wie er es wollte, zum Curiosum bringen. Während Delphena sich zurückzog um mit den anderen Seherinnen in Kontakt zu treten, tauschten die anderen noch Geschichten aus und verabredeten sich für später.

Der Tag ging in den Abend über und alle unterhielten sich in kleineren Gruppen über Jeremys Geschichten und sie spekulierten über sein Vorhaben beim Curiosum.

Jeremy selbst hatte sich zu Magnus von Thare gesellt um ihn zu fragen, was es mit Elementarkräften, Essenzen und Elementen eigentlich auf sich hatte. Der Wissenschaftler in von Thare ließ sich nicht lange bitten: „Dazu gibt es tatsächlich ziemlich klare Definitionen unter den Wissenschaftlern. Vielleicht fange ich bei den Elementen an. Feuer, Erde, Wasser, Luft – das kennst du aus deiner Welt auch. Das sind die Elemente, die alles beinhalten, was wir kennen. Ihnen zugeordnet sind die Elementarkräfte. Wie du ja erlebt hast, gibt es in der Nebelwelt viele Begabte, die mit einem der vier Elemente besonders gut umgehen können. Sie entwickeln und üben sich in der Anwendung von Elementarkräften.

Was du den Stäben der Opalwesen entzogen hast, das waren pure Elementarkräfte. Keine Ahnung, wie du das gemacht hast und keine Ahnung, wie jemand Kräfte aus allen vier Elementen in sich bergen kann." Magnus sah Jeremy bewundernd an.

„Na ja, und die Essenzen. Sie sind, wenn man so will, eine durch höchste Magie aus Elementarkräften extrahierte, konzentrierte Energie. Meistens gebunden in Wasser oder anderen, ganz speziellen Flüssigkeiten. Das ist eine äußerst magische Prozedur und übersteigt meine magischen Kenntnisse bei weitem."

„Dann kann man Essenzen nicht so einfach herstellen?"

„Oh nein! Absolut nicht. Ich würde annehmen, dass diese Fähigkeit nur die Erbauer des Nebels hatten. Oder eben über fünfhundert Jahre alte Hexenköniginnen. Heute ist dieses tiefe Wissen, sind diese Künste nicht mehr bekannt. "

„Und das fünfte Element? Was weiß man darüber?" forschte Jeremy weiter.

„Über das fünfte Element wurde bisher nur spekuliert. Niemand hatte es je gesehen, seine Existenz war umstritten, bis du es aus der Zwischenwelt geholt hast. Es wurde allerdings immer vermutet, dass es ein wichtiger Bestandteil des Curiosums ist und auch der hohen Magie, die zur Erhebung des Nebels nötig war."

Jeremy bedankte sich bei Ceciles Vater für seine Geduld und für alles, was er überhaupt bereits für ihn getan hatte.

Dann ging er zu Erion Callirius. „Erion, ich weiß, was ich dir zu verdanken habe. Was ich nicht weiß, ist, wie ich mich jemals revanchieren könnte ..."

Erion lächelte wohlwollend: „Jeremy, wenn hier jemand Danke sagen muss, dann sind wir Menschen der Nebelwelt das! Wenn du das mit dem Curiosum erledigt hast, dann musst du mich mal in meinem Wald besuchen. Ich bringe dir alles über das Wesen und die Energien der Pflanzen bei und du bringst mir bei wie man Hexenköniginnen besiegt!"

Obwohl er wusste, wie unwahrscheinlich seine Rückkehr war, lächelte Jeremy, dankte Erion und versprach sein Bestes zu geben. Die beiden umarmten sich wie alte Freunde und Jeremy wandte sich Elao Wadass und Grimius Fegor zu, die sich wieder einmal gegenseitig aufzogen.

„Na?“, begann er, „Feuer und Stein kennen keine Gnade oder?“

Elao grinste nur, aber Grimius stieg gleich auf Jeremys Theorie ein: „Meinst du? Vielleicht sollten wir ja mal Frieden schließen, hm ...? Was meinst du, Kieselchen?“, fragte er Elao in der üblichen provokanten Art.

„Ich geb dir gleich ein Kieselchen!“, erwiderte Elao erbost und beide platzten fast vor Lachen.

„Ich hab da noch was für euch.“, sagte Jeremy und griff in seine Tasche. Als er sie wieder herauszog, bekamen beide einen ernsten Gesichtsausdruck. In seinen Händen hielt Jeremy die Essenzen ‚Erde‘ und ‚Feuer‘. Er hielt sie den beiden hin, jedem die Seine, und sagte: „Hier, das ist für euch. Ich wüsste nicht, wer mehr damit anfangen könnte als ihr!“

„Jeremy, bist du dir sicher?“, fragte Elao ungläubig.

„Allerdings.“, antwortete Jeremy schlicht.

„Danke Jeremy, das ist ein wahrlich wertvolles Geschenk!“, freute sich Grimius.

„Ja ... ich weiß nicht, was ich sagen soll“, ergänzte ihn Elao. „Danke!“

Wie gerufen kamen Samira Ricahn und Belisama Lir zu den dreien um zu sehen, was Elao und Grimius so still gemacht hatte.

„Ah!“, empfing sie Jeremy. „Für euch hab' ich auch ein kleines Abschiedsgeschenk.“, und ein Griff in seine Tasche brachte die Essenzen ‚Luft‘ und ‚Wasser‘ hervor.

Nach dem Kampf in Uyndham waren die beiden, ebenso wie ihre männlichen Mitschamanen, um etliche Jahre gealtert. Bei dem Anblick der Essenzen schien Samira sogleich um ein paar Jahre jünger geworden zu sein, so sehr freute sie sich. Sie nahm die Flasche und hielt sie mit beiden Händen wie einen unbezahlbaren Schatz fest. Als sie Jeremy in die Augen sah um ihm zu danken, wehte ihm eine Windböe ins Gesicht.

„Oh, entschuldige ...“, sagte Samira peinlich berührt, „das passiert manchmal, wenn ich mich besonders freue.“ Mit leuchtenden Augen sah sie ihn an: „Danke Jeremy!! Das ist das Wertvollste, was man einer Schamanin schenken kann!“

„Gerne!“, freute sich Jeremy für sie. „Wenn es jemand verdient hat ...“

„Auch ich will dir von Herzen danken, Jeremy!“, sagte Belisama

Lir, „Ich nehme an, du weißt gar nicht, was diese Geschenke für uns bedeuten, abgesehen davon, dass sie uns von der Last des Alters befreien werden. Und du gibst sie so frei von allem Eigennutzen – man könnte sagen, du bist ein vorbildlicher Nebelmensch!"

„Das ist wohl das größte Kompliment, das du mir machen kannst!", sagte Jeremy und in seinen Augen war zu lesen, dass er das tatsächlich ernst meinte. „Vielleicht bin ich ja auch inzwischen einer von euch ..."

Belisama sah ihn lange an. „Wenn es deine Entscheidung sein sollte," sagte sie, „dann fühle dich in unserer Welt auf das Herzlichste eingeladen!".

Die Freunde unterhielten sich noch sehr lange und immer wieder musste Jeremy Einzelheiten seiner Reise in der Zwischenwelt erzählen.

Eine Flasche, die Erion herumgereicht hatte, sorgte für ausgelassene Stimmung. Das Lachen seiner Freunde hallte noch lange und tief in die Träume Jeremys nach. Darin erlebte er, allein in dieser Nacht, das glückliche und erfüllte Leben eines Nebelmenschen.

Als er am nächsten Tag erwachte, fühlte er sich, als hätte er bereits viele Jahre in der Nebelwelt verbracht. Die Sonne stand schon fast am höchsten Punkt und die Schamanen waren bereits abgereist. Auch Erion hatte sich noch vor Jeremys Erwachen auf die Reise zurück in seine Wälder gemacht.

So blieben nur noch Cecile und ihre Eltern am Frühstückstisch und man spürte die Aufbruchsstimmung.

Während des Essens erzählte Delphena von ihrem Kontakt mit den Seherinnen. Alle hatten versucht Informationen zu bekommen, doch seltsamerweise war über den bevorstehenden Kontakt von Jeremy mit dem Curiosum nichts in Erfahrung zu bringen.

Leider gab es auch schlechte Nachrichten vom Curiosum, die Seherinnen spürten starke Schwankungen des magischen Feldes.

„Was bedeutet das?", fragte Jeremy.

„Das ist eine Folge der früheren Angriffe der Hexenkönigin. Wir hatten gehofft, dass das nun langsam wieder aufhören würde, aber es scheint eher schlimmer zu werden.", erklärte Delphena.

„Wie lange werden wir zum Curiosum brauchen?", fragte Jeremy ohne Umschweife.

„Wenn du wirklich imstande bist, das Curiosum wieder in den alten Zustand zu bringen, dann steht die ganze Nebelwelt für immer in deiner Schuld. Allerdings sollten wir uns beeilen. Was mir über den Zustand des Curiosums berichtet wurde, hörte sich ganz und gar nicht gut an.", erklärte Delphena weiter. „Wir werden den schnellen Weg benutzen, der gewöhnlich den Seherinnen vorbehalten ist."

„Gut, dann lasst uns aufbrechen!", drängte Jeremy und stand vom Tisch auf. Magnus von Thare nickte zustimmend und stand ebenfalls auf. Die vier machten sich bereit und folgten Delphena nach draußen. Die Seherin hatte einen langen Mantel mit einer großen Kapuze an, wie ihn alle Seherinnen trugen. Zu Jeremy's Überraschung hatte auch Cecile nun so einen Mantel an. Delphena ließ die anderen hinter sich warten und wies sie an, auf ihr Zeichen loszugehen. Sie stellte sich an die Spitze und senkte den Kopf. Ihre Arme hoben sich langsam, bis sie, mit beiden Händen nach vorne gerichtet, aussah wie eine Schlafwandlerin. Gleichzeitig hob sich von der Wiese ein feiner weißer Dunst ab. In Schlieren kroch er über den Boden und bedeckte nach und nach den ganzen Bereich vor ihr. Dann drehte Delphena ihr Hände nach oben. Aus den feinen weißen Schlieren bildete sich ein schnell aufsteigender, sehr dichter Nebel. Angesichts des klaren Morgens und der Wärme war das eine ausgesprochen ungewöhnliche Erscheinung. Als der dichte Nebel wie eine Glocke vor ihnen lag, winkte Delphena den anderen, ihr zu folgen und ging hinein.

Jeremy betrat die Nebel-Glocke als Letzter. Nicht gerade seine besten Erinnerungen, denn der Nebel ähnelte so sehr dem Dauerzustand in der Zwischenwelt ... er wollte gar nicht daran denken.

„Ha, endlich mal wieder Nebel.", scherzte er, um sich den Gedanken zu vertreiben.

„Pst!", zischte Cecile nur und brachte damit nicht nur Jeremy zum Schweigen, sondern stoppte auch ihren Vater, der gerade auf Jeremys Spaß antworten wollte.

Also gingen die vier schweigend weiter. Und weiter und weiter. Es war offensichtlich, dass sie durch den Nebel nicht einfach nur hindurchgingen wie etwa bei einer Pforte oder einem Portal. Wie bei einem Portal würden sie an einem völlig anderen Ort wieder aus dem Nebel kommen, aber ihr Weg schien im Schutz des Nebels für niemanden erkennbar zu sein. Nach ein paar Minuten endete der Nebelweg und, als wären sie am Ende durch einen Vorhang gegangen, standen sie alle vor einem monumentalen Gebäude. Sie alle standen vor dem Tempel, in dem sich das Curiosum befand.

Der Tempel selbst war umringt von Mammutbäumen. Allein diese Riesen der Urzeit brachten Jeremy zum Staunen. Tatsächlich standen sie in einem Mammut-Wald, der ganz offensichtlich zur Tarnung des Tempels diente. Der Tempel selbst war fast so hoch wie die kleineren Mammutbäume und schien aus etlichen, spitzen Türmen von unterschiedlicher Größe zu bestehen. Das Material, aus dem sie waren, faszinierte Jeremy allerdings noch mehr: Mal wirkte es wie bemooster Stein, dann spiegelte man sich darin und im nächsten Augenblick sah es aus, als würde man den Waldboden dahinter sehen, gerade so, als sei es unsichtbar.

Delphena ging voran, Cecile direkt hinter ihr, dann Jeremy, dann Magnus. Mit einer grazilen Handbewegung machte Delphena eine Art hölzernes Tor sichtbar, das sie sogleich öffnete. Mit Jeremy und ihrer Familie betrat sie nun das Gebäude.

Erst als die schwere Holztüre hinter ihnen zufiel, erhellte sich der Raum langsam. So in etwa musste sich Alice im Wunderland gefühlt haben, dachte sich Jeremy. Als hätten sie alle gerade einen Traum betreten. Der Boden, der sich endlich wieder fest anfühlte, sah aus wie die Oberfläche eines Sees bei sanftem Wind. Hauchdünne Nebelschwaden zogen hier und da über ihn hinweg und hinterließen ein Glitzern und Funkeln auf ihm. Hinter ihnen die Tür, durch die sie gekommen waren, war verschwunden. Die Wände sahen aus wie die Rinde der Mammutbäume draußen. Dicke Lianenstränge wuchsen an ihnen empor, hoch hinauf, um dort in dichtem Hochnebel zu verschwinden.

Nebel im Haus ..., dachte sich Jeremy, was kommt wohl als Nächstes? Was als Nächstes kam, war jedoch eher erfreulich als fremd: Aus dem Dunkel schälten sich ein paar Gestalten mit Umhängen wie die von Delphena und Cecile. Als sie ihre großen Kapuzen zurückklappten, erkannte Jeremy ihre Gesichter wieder. Alle Seherinnen, die er im Orakel getroffen hatte, waren hier. Sie sahen ihn an und lächelten. Lächelten und kamen auf ihn zu. Sie fragten ihn nach seinem Befinden, fragten, ob er sich erinnern würde und dankten ihm dafür, dass er sich so sehr einsetzte für die Nebelwelt und ihre Bewohner.

Jeremy hatte sie alle als eine Art Geister in Erinnerung und da er sie ja „nur“ in einer Vision getroffen hatte, fand er es um so faszinierender, dass sie von der Begegnung wussten. Er begnügte sich damit zu wissen, dass sie eben Seherinnen waren.

Während er diese geistartigen Gestalten in seinem Kopf gegen freundliche Nebelmenschen tauschte, stellten sich die Seherinnen nebeneinander auf und nahmen sich bei den Händen. Ihre Gesichter zur Mitte des Raumes gedreht, fingen sie an leise zu summen.

Ihre Stimmen erhoben sich, als der Boden in der Mitte des Tempels anfing stärker zu funkeln. Dann hob er sich zur Mitte des Tempels an. Aus einer großen runden Fläche von vielleicht zehn Metern Durchmesser schob sich eine Art Arena durch den Boden nach oben. Ihre Wände bestanden aus Wasser, das durchsetzt war mit diesem glitzernden Funkeln. Das Wasser strömte daran unaufhörlich herab und verschwand geräuschlos im Boden. Die Seherinnen schwenkten mittlerweile beschwörend die Armen über ihren Köpfen und schienen in eine Art Trance gefallen zu sein. Jeremy war schwer beeindruckt von diesem Schauspiel.

Als es getan war, stand diese Arena aus funkelndem Wasser in der Mitte des Tempels wie die Perle in einer Auster. Die Seherinnen drehten sich um und lächelten Jeremy an. Nur einen Wimpernschlag später aber versteinerte sich ihr Lächeln zu einem ängstlichen, ja bedrohlichen Ausdruck. Sekunden danach hörte man einen dumpfen Knall und ein kreischendes Quietschen aus dem Inneren der Arena. Ihre Wasser-Wand bildete spitze stachelige Formen aus. Das Quietschen wurde immer tiefer und lauter. Als der Tempel leicht zu erzittern begann, umringten die Seherinnen gemeinsam Jeremy und die anderen. Der Tempel fing an zu wackeln und zu donnern, als würde ein Güterzug über ihn hinwegrasen. Dann, als hätte jemand den rettenden Schalter gedrückt, kehrte abrupt wieder Ruhe ein.

„So schlimm hatte ich es mir nicht vorgestellt!“, wandte sich Delphena entsetzt zu den Seherinnen „Ich denke, es wird höchste Zeit.“ Und auch Jeremy stand noch das Entsetzen im Gesicht, als er sich zu Cecile umdrehte: „Was war *das* denn?"

„Ich ... was ...? Keine Ahnung, ich schätze, das war das Curiosum."

„Das ist leider richtig", flüsterte Delphena.

„Jeremy, was immer du vor hast, tue es jetzt!", beschwor ihn Magnus.

Jeremy atmete tief durch. „Okay, ich muss zum Curiosum. Ich nehme an, es ist da drin? Wie komme ich da rein?"

Eine der Seherinnen legte ihre Hand auf Jeremys Arm: „Wir werden alle zusammen durch die Wasserwand gehen. Doch nimm dich in Acht – mache keine schnellen Bewegungen – dem Curiosum zu nahe zu kommen bedeutet den unweigerlichen und blitzschnellen Tod für jeden."

Jeremy schluckte, aber er wollte es genauer wissen: „Was genau passiert, wenn man in das Curiosum hineingeht?", fragte er Delphena.

Delphena sah ihn ungläubig an. „Du meinst *in* das Curiosum selbst?"

Jeremy nickte.

„Niemand weiß, was dabei passieren kann, weil es noch nie jemand getan hat. Es ist auch viel zu gefährlich!", sagte Delphena irritiert.

Da wandte sich Magnus von Thare an Jeremy: „Man nimmt an, dass das Curiosum als lenkende Kraft der gesamten Nebelwelt, weil es direkt mit dem Chronikum verbunden ist, in der Lage sein könnte, einen Zeit-Materie-Sprung auszulösen. Das würde bedeuten, dass ein Mensch, der davon getroffen wird, verschwindet und in einer anderen Zeit an einem anderen Ort und eventuell auch mit einer komplett anderen Erinnerung wieder auftaucht. Aber das sind alles nur Theorien. Ebensogut kann es sein, dass man einfach in tausend Teile zerspringt."

„Danke. Theorie hin oder her, das ist interessant!" grinste Jeremy und versuchte seine Angst zu überspielen.

„Aber du willst das doch nicht machen, oder?", fragte ihn Magnus ungläubig.

„Das ist die einzige Möglichkeit.", antwortete Jeremy trocken. „Ich habe die gesamte fünfte Essenz *in mir.* Und die Essenz muss in das Curiosum gebracht werden. Seltsam, die Hexenkönigin hatte mir diesen Moment vorhergesagt." Alle starrten ungläubig auf Jeremy und niemand konnte etwas sagen. „Also. Gehen wir!", forderte Jeremy.

Das Betreten des Curiosums war so etwas wie eine rituelle Handlung, so hatte es für Jeremy jedenfalls den Anschein. Die Seherinnen legten ihre Mäntel ab und alle, sogar Cecile, trugen weiße, lange Kleider darunter. Sie nahmen Magnus und Jeremy in ihre Mitte und schritten bedächtig auf die runde Wasserwand in der Mitte des Raumes zu.

Das Wasser war weder nass noch kalt. Jeremy spürte es überhaupt nicht. Dann standen sie in diesem inneren Raum. Und in der Mitte des Raumes war das Curiosum.

Jeremy hatte sich schon so einiges vorgestellt unter dem Curiosum, doch das übertraf alles. Wider alle physikalischen Gesetze schwebte da eine Kugel, bedrohlich knisternd und zischend in der Mitte des Raumes. Etliche kleine Lichter blitzten funkelnd auf seiner Oberfläche auf und hin und wieder zuckte ein Blitz darüber. Sie sah aus wie über alle Maßen mit purer Energie aufgeladen.

Um dieses Zentrum rotierten vier Ringe in abwechselnden Richtungen, mal gleichlaufend, mal gegenläufig, mal schnell, mal langsam. Die vier Ringe bestanden aus vier Materialien, die ohne ersichtliches Muster im ständigen Austausch waren. Einer war schwarz wie Onyx, der nächste sah aus wie glühendes Eisen, dann einer in allen Abstufungen zwischen grün und blau und ein vierter, der aussah wie aus Glas. Oder auch wie Luft.

Verteilt im ganzen Raum schwebten kleine Lichter wie Sterne am Nachthimmel und kreisten langsam und gleichförmig um das Gebilde in der Mitte. An manchen Stellen waren sie durchzogen von farbigen Wolken, die Jeremy an Bilder vom Universum erinnerten.

Unter diesem unglaublichen Gebilde drehte sich ein Malstrom aus Wasser, der den Eindruck vermittelte, alles mit sich reißen zu können. In seiner Mitte war er so tiefschwarz, dass man nicht erkennen konnte, ob darunter ein Boden oder einfach nur ‚nichts' war.

Die Ringe des Curiosums drehten sich unaufhörlich und teilweise so schnell, dass das menschliche Auge sie nicht mehr wahrnehmen konnte. Bloß, um einen Moment später fast still zu stehen.

Jeremy bewegte sich sehr langsam auf das Curiosum zu. Ein ordentlicher Wind ging durch die schnellen Rotationen vom Curiosum aus. Aus dem Wasser des Malstroms unter ihm peitschten immer wieder Wellen nach oben und so waren die Umstehenden einem drückenden und nassen Wind ausgesetzt. Die schnelle Drehung der Ringe verursachte zudem noch starke Vibrationen in der Luft. Für Jeremy fühlte es sich an, als würden unhörbare Schallwellen seinen ganzen Körper durchdringen. Für die hinter ihm Stehenden jedoch ergab sich ein Bild, als würde Jeremys Erscheinung bei der Annäherung an das Curiosum regelrecht durchgeschüttelt werden.

Die immer stärker werdenen Vibrationen spalteten seine Erscheinung sodann in zwei Jeremys auf. Die umstehenden starrten ungläubig auf diesen Vorgang. Doch das war noch lange nicht alles. Das Ganze wiederholte sich, bis sage und schreibe fünf Jeremys in der Reihe auf das Zentrum des Curiosums zugingen.

Niemand wusste, was hier passierte oder was nun kommen könnte. Einzig Cecile schien die Szene gefasst zu beobachten. Da drehte sich der vorderste Jeremy zu Cecile um.

Als hätte sie genau darauf gewartet, hob Cecile ihre Hand und richtete sie auf das Zentrum des Curiosums. Nur einen Gedanken später stand das Gebilde wie in Stein gemeißelt still. Die Ringe waren alle in der gleichen Ebene angehalten und bildeten nun einen spiegelnden Rahmen um die funkelnde Mitte, die sie nun freigaben.

Cecile sah sich um. Alles um sie war wie eingefroren. Sie hatte die Zeit angehalten. Die anderen Seherinnen, ihr Vater, sie alle standen unbewegt, mit vom Sturm verwehten Haaren, umringt von stehenden Wassertropfen, mit zu Schlitzen verengten Augen da und starrten auf die Szene. Dann sah Cecile zur Seite. Da stand ihre Mutter und sah sie an. Obwohl alles, sogar der Wind, einer Momentaufnahme glich, nickte ihr Delphena zu und lächelte mild.

Dann machte der vorderste Jeremy den letzten Schritt zum Herz des Curiosums. Cecile sah, dass auch er sich außerhalb der Zeit bewegte. Vor der inneren Kugel blieb er stehen und berührte sie sachte mit beiden Händen. Dann wurden die vier Abbilder Jeremys in seinen Körper gezogen. Cecile konnte nicht genau erkennen was passierte, doch es ging ein heller Schein, dann ein blendendes Licht und schließlich ein gleißendes Strahlen von ihm und der inneren Kugel aus. Eine Sekunde später sah Cecile, dass auch der fünfte Jeremy in der Mitte des Curiosums verschwunden war. Dann für einen Moment tiefe Dunkelheit und mit einem Knall peitschte der nasse Wind wieder in die Gesichter der Umstehenden.

Cecile drehte sich zu den anderen und sah in ihre erschrockenen Gesichter. Für sie musste das Ganze ausgesehen haben, als wäre Jeremy vom Curiosum verschluckt worden. „Es ist gut.", hörte sich Cecile sagen.

Delphena legte sanft, mit stolzem Blick ihre Hand auf die Schulter ihrer Tochter.

„Wisst ihr irgendwie mehr als wir?" fragte Magnus etwas verunsichert. „Also für mich hat es ausgesehen, als hätte sich Jeremy erstmal verfünffacht, um dann komplett vom Curiosum verschluckt zu werden. Ist das jetzt gut?"

Während die Seherinnen alle nach draußen führten, hörte Magnus von Thare nicht auf Fragen zu stellen. Delphena war es, die ihm alles erklärte und Cecile ergänzte, was ihre Mutter nicht wusste. Eines jedoch konnte auch sie nicht wirklich beantworten. Wo war Jeremy jetzt?

Sie wussten nicht einmal, ob er noch am Leben war.

Kapitel 37

Alles bleibt anders

Ein flimmerndes Licht, das durch das Dachgaubenfenster von Jeremys Zimmer auf die gegenüberliegende Holzwand fiel, ließ ihn sanft erwachen. Verständlich, dass er ein wenig brauchte um sich zu orientieren. Als er realisierte wo er war und vor allem, wo er zuvor gewesen war, setzte er sich erschrocken auf. Er tastete seinen Körper ab. Alles war gut! Er war unverletzt und sicher zu Hause in seinem Zimmer.

Er stand auf und ging unruhig zwischen Bett und Schreibtisch hin und her. Er erinnerte sich daran, auf das Curiosum zugegangen zu sein, dass er sich zu Cecile umdrehte und sie es irgendwie geschafft hatte, das Curiosum anzuhalten. Oder hatte sie die Zeit angehalten?

Dann dieses helle Licht, das aus ihm in das Curiosum geflossen ist. Kurz darauf stand er plötzlich in dichtem Nebel und dann ...

„Ich bin ohnmächtig geworden.", erinnerte er sich. „Und jetzt bin ich hier?" Jeremy versuchte die Puzzleteile zusammenzusetzen. „Na klar! Das Curiosum ... wie hatte von Thare gesagt? Man nimmt an, dass das Curiosum einen ‚Zeit-Materie-Sprung' auslösen kann. Das Curiosum hat mich zum letzten Zeitpunkt, zu dem ich in der Außenwelt war, zurückgeschickt."

Das war die einzige Erklärung, die Jeremy fand. „Ich muss sicher gehen ... ich muß herausfinden, ob jetzt wirklich der Tag ist, an dem ich, nach dem Streit mit Jonas am See, auf dem Heimweg mit dem Fahrrad gestürzt war. Der Tag, an dem ich nach unserem Streit Hausarrest bekommen hatte.

Es kam ihm vor wie eine Ewigkeit. Der Tag, an dem er zuletzt in die Nebelwelt gegangen war.

Es war erst früh am Morgen und Jeremy kam zum Erstaunen seiner Eltern in die Küche. „Morgen.", sagte er gutgelaunt.

„Guten Morgen." antworteten die beiden und sahen sich verwundert an. Sie saßen da, die Hände um ihre Kaffeetassen und beobachteten Jeremy, wie er sich ein Frühstück zusammenstellte. Ihn mitten in den Ferien so früh und so gut gelaunt anzutreffen, war aussergewöhnlich.

Jeremy war sich noch nicht völlig sicher, ob er mit der Theorie des Zeit-Materie-Sprungs richtig lag und wollte nichts Falsches sagen. Die Bestätigung, dass es der Tag nach ihrem Streit war, gab ihm sein Vater. „Na? Haben wir uns wieder beruhigt?"

Jeremy lachte innerlich vor Freude. „Jap.", sagte er und setzte sich grinsend an den Tisch. „Tut mir echt leid wegen gestern. Hab mich mit Jonas gestritten und irgendwie ist alles zu viel geworden."

Er beobachtete, wie seine Eltern einen zufriedenen Blick austauschten.

Der Haussegen hing wieder gerade und mit dem Hinweis: „Geh nicht zu weit weg, um zwölf gibt es Mittagessen.", hatte seine Mutter den Hausarrest aufgehoben.

So kam es, dass Jeremy langsam und voller Genuss den Trampelpfad zum alten Apfelbaum entlang schlenderte. Jeden Sonnenstrahl, jedes Gras, jede Blume und jeden Geruch saugte er förmlich in sich auf. Alles war ihm so vertraut.

Und doch so fremd. Er setzte sich auf einen Stein unter dem Apfelbaum. Gerade an die Stelle, an der er das erste Mal in die Nebelwelt gegangen war.

So viele Fragen waren noch ungeklärt, jedoch vor allem eine: Warum hatte ihn Morius Vanta, der oberste Hüter des Nebels, nach seinem Erfolg über die Hexenkönigin fast umgebracht? Er konnte nicht glauben, dass es wegen der beiden Geisterbären war. Schließlich hatte nicht er, sondern die Hexenkönigin sie auf dem Gewissen. Antworten auf diese und andere Fragen würde er wohl vorerst nicht bekommen. Zumindest nicht in seiner Welt. Nun hieß es, sich auf sein Zuhause und seine Freunde zu konzentrieren.

Soviel war Jeremy klar: Wenn er seine Freunde, allen voran Jonas, nicht noch mehr verärgen wollte, dann müsste er sie einweihen. Zumindest Jonas bräuchte er als Verbündeten. Die Frage war nur, ob ihm Jonas glauben würde. Am liebsten hätte er ihn mit in die Nebelwelt genommen, aber nun wusste er selbst nicht, wie er jemals wieder dort hinkommen könnte. Ohne die Hilfe von Cecile oder der Schamanin des Wassers.

Und dann war da noch Lisa. Er brannte schon vor Neugier. Hatte sie ihn gesehen, als er im Sumpf des Vergessens diesen Nebeltunnel geöffnet hatte? Wie könnte er sie das fragen, ohne Gefahr zu laufen, dass sie ihn für komplett durchgeknallt hielt?

Jeremy wusste, dass er sich einiges sehr genau überlegen musste. Die kommenden Tage würde er nutzen um alles in sich zu ordnen und Pläne zu schmieden.

„Vielleicht", flüsterte er vor sich hin, „finde ich ja sogar eine Möglichkeit, wie ich ohne Hilfe in die Nebelwelt gelangen kann."

Den Bewohnern der Nebelwelt war sein Schicksal unklar. Cecile beteuerte immer wieder, dass Jeremy sicher am Leben war und bestimmt eines Tages zurückkehren würde. Viele hielten das jedoch für eine vage Hoffnung.

Viel Zeit, sich darüber Gedanken zu machen, hatten sie allerdings nicht. Das Curiosum funktionierte zwar wieder einwandfrei und ohne Zwischenfälle, und schwarze Blitze gab es schon lange nicht mehr, aber es bahnte sich in der Nebelwelt ein anderes – unerwartetes Problem an.

Ein Problem, zu dem es keine Prophezeiung gab.

Namensglossar

In der Reihenfolge des Auftretens

Jeremy Grey
Der Junge, der eines Tages die Welt hinter dem Nebel entdeckt und der Held der Geschichte wird.

Kathrin Grey
Jeremys Mutter.

Thomas Grey
Jeremys Vater.

Jonas
Jeremys Mitschüler und bester Freund.

Nathalie
In Jeremys engstem Freundeskreis, Mitschülerin.

Lukas
In Jeremys engstem Freundeskreis, Mitschüler.

Anna
In Jeremys engstem Freundeskreis, Mitschülerin.

Lisa
Jeremys großer Schwarm an seiner Schule.

Frau Löwitsch
Jeremys Deutschlehrerin.

Herr Biaska
Jeremys Mathelehrer, Spitzname: Fiasko-Frank.

Kevin Kitter
Der ungeliebte Schulschläger, Spitzname: Killer-Kevin.

Frau Gruber
Altbackene Geschichtslehrerin von Jeremy.

Frau Ippen
Englischlehrerin und Klassenleiterin von Jeremy.

Cecile von Thare

Tochter von Magnus und Delphena von Thare. Die junge Seherin, die den Prophezeiten in die Nebelwelt führt.

Magnus von Thare

Vater von Cecile und Mann der Seherin Delphenia von Thare. Ein hoch angesehener Wissenschaftler in der Nebelwelt.

Delphena von Thare

Mutter von Cecile von Thare und Frau von Magnus von Thare, Seherin im Curiosum.

Erion Callirius

Druide und berühmtester Gelehrter der Pflanzen in der Nebelwelt. Bester Freund von Cecile.

Talida

Eine der engsten Freundinnen von Cecile. Auf ihrer Feier lernt Jeremy folgende Nebelwelt-Bewohner kennen:
Arkin, (Begabt im Umgang mit dem Element Wasser)
Tyree, Talidas Freund (geschickt mit dem Element Erde)
Bosco, Ceciles Onkel
Eilidh, Seherinnen-Kollegin von Cecile

Kilean Cathú

Anführer der Revolution gegen den Prophezeiten Retter der Nebelwelt. An seiner Seite steht 'der schwarze Magier', einer der letzten nicht verbannten Hexer aus den Opalkriegen.

Belisama Lir

Schamanin des Wassers genannt die 'Wassergeborene'. Mächtigste Schamanin in der Nebelwelt.

Corhedes

Fürst der Erde im Land der Opalwesen. Opalwesen waren einst gutartige Menschen der Nebelwelt, die vom dunklen Hexer Porphyr in hinterhältige kleine Giftzwerge verwandelt wurden und im Sumpf des Vergessens ihr Dasein unter seinem Regent fristen.

Heelo

Opalwesen und Fürstin des Wassers im Sumpf des Vergessens.

Ignis

Opalwesen und Fürst des Feuers im Sumpf des Vergessens.

Ben

Ein freundlicher Gastwirt aus Espenscheid.

Ewan Magnus

Erbauer des Hauses im Sumpf des Vergessens und Hoher Magier in seinem Tempel in Espenscheid. Alter unbekannt.

Sahena

Noch ein Opalwesen und die Fürstin der Luft im Sumpf des Vergessens.

Porphyr

König und Schöpfer der Opalwesen, Herrscher über das Land der Opalwesen – den Sumpf des Vergessens und einstmalig schwarzer Hexenmeister in den Opalkriegen.

Leavit Elder

Bewohner Camdens und Ahne eines der bekanntesten Kämpfer in den Opalkriegen – Landijer Elder einem 'magischen Jäger' der in der letzten Schlacht der Opalkriege der Hexenkönigin das Schwert Nephele abnahm.

Darus

Der alte Freund von Leavit Elder, der die Grottenküche betreibt, die auf dem Weg nach Niemen liegt.

Eidun von Niemen

Ein alter, Weiser Mann aus Niemen, der den Weg zum Orakel weisen kann.

Elao Wadass

Schamane der Erde, der sich in Leathan als Händler aus Cadha ausgegeben hatte um Jeremy den Talisman des Lichts zu geben. Jeremy trifft ihn in der Stadt Uyndham wieder.

Sonado

Der Traumgänger. Mensch oder Erscheinung ... wer weiß das schon.

Samira Ricahn

Schamanin der Luft und des Windes.

Grimius Fegor

Schamane des Feuers.

Morius Vanta

Ein Magisches Wesen aus purem Nebel - der oberste Hüter des Nebels der Zwischenwelt, bekannt für sein hohes Maß an Grausamkeit.

Kirra Willgrimm

Die Hexenkönigin die, zur Zeit der Opalkriege, die Widersacher des schützenden Nebels anführte. Sie flüchtete vor vielen hundert Jahren in die Zwischenwelt, von wo aus sie die Magie der Nebelbarriere zu zerstören versucht.

Ortsregister

Leathan
Die wohl magischste Stadt der Nebelwelt, nahe der Grenze zum Nebel der Zwischenwelt. Um sie zu erreichen muss man das Portal der Geisterbären finden.

Espenscheid
Der Tempel des Ewan Magnus und der Platz der Callirius befinden sich in dieser Stadt im Wispertal, mitten im Schiefergebirge.

Alle-Wasser-Furth
Ein weitläufiges Tal unterhalb eines Felsplateaus, umringt von beeindruckenden Wasserfällen.

Camden
Eine kleine Stadt am Rande der 'Alle Wasser Furth'.

Niemen
Eine besonders schöne Aussicht in die Alle-Wasser-Furth hat man von Niemen aus. Der Stadt im Fels der Steilwand, auf dem Weg von der 'Alle-Wasser-Furth' hinauf auf das Hochplateau.

Uyndham
Die Stadt auf den Felsspitzen im Hochplateau über der 'Alle-Wasser-Furth'. Zu erreichen über endlos viele Treppenstufen, geschützt vor ungebetenen Gästen durch eine besondere Magie.

Magische Gegenstände und Wesen

Nebelkrähen
Sie sind die Boten zwischen den Welten. Die Schamanin des Wassers kann sie mit einfachen Aufgaben betrauen.

Hüter des Nebels
Sie bewachen die Übergänge vom Nebel der Außenwelt in die Nebelwelt. Sie können den Nebel dieser Zwischenwelt nicht verlassen, doch in ihm haben sie gefährliche, sogar totbringende Kräfte.

Geisterbären
Sie hängen auf unklare Weise mit den Nebelhütern zusammen und sind doch eigenständig. Ihre Kraft und Schnelligkeit sind legendär und doch werden sie in der Nebelwelt teils für Mythen gehalten.

Der Onyxstab
Er ist die brutale und erbarmungslose Waffe der Hüter. Damit lenken sie die Menschen der Außenwelt an den Pforten vorbei und damit können sie Gedanken beeinflussen oder komplett löschen.

Einerlei
Ein ganz spezielles Wasser, das die Menschen der Nebelwelt benutzen um Jeremys Gemüt auf all die Wunder ihrer Welt vorzubereiten. Einerlei ist eines von zahlreichen Wassern die in der Nebelwelt auch als Heilmittel verwendet werden.

Der Mondstein
Ein für die Nebelwelt relativ unspektakulärer Stein. Nur weil er besonders hell bei Mondschein leuchtet und auch aus eigener Kraft leuchten kann wird er hilfreich für Jeremy.

Der Talisman des Lichts
Ein Schutz-Amulett, belegt mit einer ganz besonderen Magie und einem wirklich schönen Opal daran.

Das schwarze Horn des Porphyr
Ein ebenso großes wie mächtiges Instrument, das ähnlich wie das Schwert Nephele in den Opalkriegen die Waffe eines grausamen Magiers war.

Das Schwert Nephele
Einst im Besitz der Anführerin aller schwarzen Hexen und Hexer, der Königin der Hexen: Kirra Willgrimm. Aufgeladen mit Magie verleiht es seinem Besitzer größtes Geschick im Kampf.

Das Haus im Sumpf des Vergessens
Erbaut von Ewan Magnus vor rund 500 Jahren und mit umfangreichen magischen Eigenschaften versehen.